LA POUDRIÈRE D'ORIENT

**

Pierre Miquel

LA POUDRIÈRE D'ORIENT

Suite romanesque

Le vent mauvais de Salonique

**

Fayard

Le camp de concentration

L'ancien paquebot *Algérie* entre dans la rade de Salonique, machines au ralenti. Chargé à ras bord des derniers soldats des Dardanelles, l'imposant bâtiment badigeonné de gris attend le pilote anglais qui le conduira sans risques dans le chenal miné par la marine alliée.

Ils sont sur le pont, les poilus du général Brulart. Les *dardas*, comme ils s'appellent entre eux. Survivants d'une expédition manquée. Heureux d'avoir échappé aux torpilles, de ne plus baisser la tête, d'instinct, pour éviter les gros noirs venus de la rive d'Asie, de s'être arrachés à la boue glacée des tranchées du Kérévès Déré, au vent du nord porteur de miasmes. Ils saluent l'aube d'un jour nouveau, ce 31 décembre 1915.

Encore pleins d'espoir, persuadés qu'ils ne pourront connaître pire sort que sur les pentes de l'Achi Baba où tant des leurs ont laissé la vie, ils découvrent la ville émergeant de

7

la brume, étagée sur sa demi-couronne de collines de cyprès et de pins. Les Algérois, larmes aux yeux, se croiraient presque de retour au pays, tant Salonique ressemble à leur cité : un amphithéâtre de maisons blanches.

La sirène hurle, les treuils grincent. Les matelots vérifient les amarres. Il n'est pas temps de jeter l'ancre, les quais sont encore loin, et pourtant, le bateau semble immobile. D'autres transports, vers l'avant, découpent leur masse sombre sur la mer. Le convoi attend les ordres.

Il faut céder le passage aux navires anglais partis chercher du matériel et des renforts en Égypte, et surtout aux nombreux cargos grecs, cabotant depuis le Pirée. Les Alliés ne sont pas les seuls à profiter du port. Ils y sont tolérés. Leurs experts affirment que le bassin a la capacité d'accueillir huit grandes embarcations et de les décharger simultanément. Sur ses quinze cents mètres de quais de granit, les engins de levage foisonnent, et cependant, il faut attendre.

La mer est grise et sale, mais le site est sublime. Les taches claires des maisons et les palais à tuiles rouges, en tuf ocre et flanqués de tours, escaladent les collines dominées par des montagnes aux pics en dents de scie, les Balkans. Cent minarets pointant leur doigt vers le ciel rappellent que la ville, turque durant trois siècles, n'est grecque que depuis trois ans.

On peut apercevoir à la jumelle les murailles de pierres crénelées, bâties au temps des Croisades de l'empire franc d'Orient. Massives et toujours debout, elles n'ont pourtant pas fait reculer le sultan Mourad, en 1430, lors de la prise de Constantinople, ni l'armée grecque dans sa reconquête victorieuse qui, en 1912, avait chassé les Turcs à la mitrailleuse. Salonique, ville sentinelle, porte orientale de la guerre : que les chrétiens s'avisent de la franchir et aussitôt, l'Islam brandit l'étendard vert de la guerre sainte.

La ville a beau être hellénisée et occupée par les fonctionnaires du roi Constantin, les muezzins y appellent encore à la prière. Accoudés aux rambardes de l'*Algérie,* les soldats sont trop loin pour les entendre : les paroles sacrées, lancées en direction de La Mecque sur un ton suraigu, se perdent dans le vent du nord, le borée des Anciens.

Ont-ils du respect pour la ville de saint Paul et d'Alexandre le Grand, les poilus venus des Dardanelles? Entassés sur le pont depuis plusieurs jours, ils sont seulement soucieux de boire et de manger, bourrant leur pipe de tabac de troupe et dormant peu, grignotant le pain de munition arrosé du médiocre pinard de l'intendance. Des zouaves se jetteraient volontiers à l'eau pour y noyer d'un coup leurs puces et leurs poux, mais la mer est froide et peu engageante. Au 31 décembre 1915, seul un Lapon aurait le cran de se baigner à Salonique.

Le capitaine demeure enfermé au poste de timonerie. Près de lui, le pilote donne des signes d'impatience. Il s'éloigne bientôt, appelé à d'autres tâches. Le débarquement n'est pas pour tout de suite. Quatre vapeurs attendent leur tour d'approcher les quais, sans être assurés d'y accoster. Une division anglaise patiente elle aussi. Les milords seront servis les premiers.

Une seule certitude : l'*Algérie* a franchi le barrage des filets protecteurs de l'amiral de Robeck qui empêchent les sous-marins de torpiller les navires. Les matelots du bord ont retrouvé leur calme. Ils ne manquent pas de rappeler aux marsouins que, le 7 octobre 1914, un sous-marin allemand, l'U33, a coulé l'*Amiral Hamelin,* un cargo de

Marseille chargé de trois cents soldats, dix-sept mille obus et deux millions de cartouches. Et que l'U38, un autrichien, a envoyé par le fond, le 3 novembre, le vapeur *Calvados,* noyant d'un coup sept cents hommes d'un bataillon métropolitain. L'*Algérie* et les trois autres transports du convoi l'ont échappé belle. Pas la moindre alerte au cours de leur traversée ni de périscope suspect autour du trident de la Chalcidique. Poséidon les a protégés.

Des barques à voiles latines louvoient entre les navires, s'immobilisant près de leur flanc. Aussitôt, les zouaves descendent à la mer des paniers retenus par des cordages, contenant des pièces de monnaie. Ils remontent à brassées des trésors de raisins, de radis, de pastèques, de figues et de boules de pain. Marsouins et artilleurs ne tardent pas à les imiter. Mille hommes embarqués, saturés de singe en conserve, veulent profiter de l'aubaine. Les mercantis ne se lassent pas de tournoyer autour du bateau. Les affaires sont bonnes : l'armée française va débarquer.

* *
*

À la tombée du jour, les machines sont remises en marche. La sirène retentit à nouveau pour prévenir les quatre transports suivants. L'autorisation de débarquer est accordée. L'*Algérie* défile devant le *Charlemagne* : l'amiral a rassemblé sur le pont la musique et les chœurs en pompons rouges. Les *dardas* sont accueillis aux sons de *Sambre et Meuse* et du *Chant du départ*. La présence du cuirassé *Saint-Louis* et de nombreux torpilleurs est rassurante : la flotte de Toulon et de Bizerte est au rendez-vous.

10

Le capitaine a finalement fait jeter l'ancre dans la rade. Il n'est pas question d'accoster sur les quais trop encombrés. L'*Algérie* est bientôt cerné par un essaim de chalutiers ou de simples barques qui se pressent à la coupée pour débarquer le bataillon... Sous la garde des cuirassés aux canons pointés vers la montagne des Balkans, les poilus des Dardanelles sautent d'un bord à l'autre, avant de se reformer sur la terre ferme.

Ni drapeaux déployés ni comité d'accueil dans le port. Les dockers turcs s'affairent près des chalands bourrés de marchandises des commerçants de Salonique, indifférents aux Français et aux Anglais. Un transport grec venu du Pirée se range à quai. Il débarque sans plus attendre une division d'infanterie hellène qui va prendre position au nord de la ville. Les soldats grecs se regroupent, sans un regard pour les zouaves français. Leurs officiers ne saluent pas, raides sur leurs chevaux anglo-normands, ces aristocrates au service du roi Constantin gardent les yeux fixés vers les cimes des montagnes, dédaigneux des intrus foulant indûment leur sol.

Les lieutenants français ont-ils aussi reçu l'ordre d'ignorer les Grecs en armes ? Ils se bornent à former les colonnes par deux qui traverseront la ville avant de gagner le camp réservé à l'armée d'Orient, loin vers l'est.

Les autorités grecques du port surveillent le débarquement sans intervenir. Les *dardas* allongent le pas, alourdis par trente kilos de charge, pendant que leurs colonels se font guider par des chasseurs d'Afrique de la division Bailloud, débarqués à Salonique deux mois plus tôt après une campagne d'opérations sanglantes dans la montagne et aussitôt réengagés.

Les *dardas* de Brulart croyaient trouver reposés et dispos ces camarades partis au début d'octobre, garde montante relevant la descendante déjà éprouvée par la nouvelle guerre contre les Bulgares. On comptait sur eux pour renforcer la première division décimée. Mais il n'y a pas eu de répit pour les soldats d'Orient. Les Bailloud seraient-ils remplacés, relevés, renvoyés en France ? Nullement. On leur a laissé à peine quelques jours pour souffler, avant un nouveau combat.

Les chasseurs à cheval font place nette devant les colonnes, dispersant la population qui encombre la chaussée à coups de lattes. Pas de pitié pour les Saloniquards. On suit les ordres, qui sont d'éviter tout retard ou anicroche à l'armée française durant sa traversée de la ville, où elle n'a pas le droit de prendre ses quartiers. Le roi ne veut pas.

Les *dardas* ne s'attendaient pas à un tel accueil de la part des Grecs. Ils se croyaient en pays neutre, ami. Pas le moindre camion à leur disposition pour les transporter au camp. Les nombreuses casernes de la ville sont toutes occupées par des Hellènes de l'armée royale qui semble y avoir concentré plusieurs divisions. Des evzones en jupons de ballerines et babouches rouges à pompons verts montent la garde devant la préfecture, où des officiers à cheval contemplent sans aménité le défilé des colonnes françaises.

Il pleut dans l'avenue Vénizélos et dans la rue de la Liberté. Une bruine fine et glacée qui n'incite pas les chefs de bataillon à autoriser les haltes. Les soldats veulent pourtant se procurer de la monnaie grecque, mais déchantent dans les échoppes de changeurs : non seulement on leur retient quinze à vingt pour cent de leurs billets de cinq francs, mais l'appoint leur est fait en menue monnaie française! Les chefs répriment toute contestation afin d'éviter les affrontements avec une population hostile.

Seuls les officiers d'état-major sont logés (médiocrement) en ville, dans le lycée français devenu le QG du général Sarrail. Les autres doivent suivre la troupe dans sa longue progression vers le camp de Zeitenlik, accessible seulement à pied, par une piste toute en ornières emplies d'eau noirâtre. Ici comme à Verdun, les poilus marchent dans la boue.

Ces coloniaux levés dans le nord de l'Algérie et dans le sud de la France découvrent avec surprise, au bout de six kilomètres, une superbe caserne. Ils croient naïvement qu'elle leur est réservée, mais les lieux, gardés par des sentinelles en armes, fourmillent d'artilleurs grecs dont les canons sont pointés du côté du camp. Faut-il considérer comme ennemie déclarée l'armée du roi Constantin?

Le camp de Zeitenlik s'annonce enfin, reconnaissable à ses réseaux de barbelés déployés sur la plaine fangeuse. Des soldats épuisés, ceux de Bailloud de retour de campagne, se reposent sous des tentes détrempées ou des cabanes construites à la hâte, à perte de vue. Le sol est glissant, la boue absorbe la neige qui tombe fine comme un crachin breton, sans discontinuer.

Cette immensité marécageuse n'a jamais été cultivée, faute de drainage. L'été, sans doute, la terre forme une croûte épaisse sous la chaleur torride qui ne laisse survivre, dans ses fissures d'argile craquelée, que des essaims de moustiques. L'aspect du camp est sinistre. Les officiers pataugent dans la boue comme les hommes, à peine isolés le soir dans leurs abris de planches. Dans les *Stalag* de Poméranie, les prisonniers français et leurs gardiens prussiens sont sans doute mieux lotis.

Aménager ce chaos, assécher ce marécage est une tâche immense que l'armée épuisée doit affronter d'urgence pour rester en vie. Chaque jour se présentent les toutes dernières unités débarquant des Dardanelles, mais aussi des renforts venus de France, accablés par la pluie ou la neige incessantes. Zeitenlik a des allures de camp de réfugiés.

Pas d'accueil organisé. Des chasseurs à cheval débordés font signe aux têtes de colonne de poursuivre jusqu'au bout du camp et d'y trouver un emplacement libre pour s'installer. Ils sont sans doute plus de cent mille à piétiner dans le crépuscule. On leur avait dépeint la Grèce comme un paradis de lumière et de fleurs. Les anciens de l'Yser se croient de nouveau dans la plaine des Flandres inondée, par temps de brouillard glacé.

**
*

En queue de convoi, le lieutenant Émile Duguet dit l'Alpin, niçois d'origine, ancien combattant des Vosges toujours coiffé, par coquetterie ou par une sorte de privilège d'ancien, d'un béret d'artilleur des Alpes, a emprunté une vingtaine de mulets à l'infanterie pour charger à bât ses quatre canons de 65 en pièces détachées. Les biffins ont grogné, mais l'artillerie a toujours la priorité.

Avant de quitter Sedd ul Bahr, Émile a dû faire abattre au mousqueton ses propres montures, blessées lors du dernier bombardement des Dardanelles, avant de hisser ses canons à dos d'homme à bord des chalands. On lui a assuré qu'il trouverait à Salonique des buffles pour tirer ses pièces. Les attelages de bovidés ont mystérieusement disparu de la ville, alors qu'ils y défilent d'ordinaire en si grand nombre qu'ils semblent faire partie du paysage. Il faut attendre un débarquement de mulets venus de France, si l'on veut un jour sortir de ce camp.

Dire qu'en France, on imagine les fantassins d'Orient se pavanant dans un paradis parfumé! Le zouave Edmond Vigouroux, de Limoux, est le plus indigné du bataillon : les hommes en colonnes par deux, crottés jusqu'à la ceinture, contournent un cimetière où sont enterrés les premiers des leurs, tués en octobre et en novembre.

— Ils sont gardés par des boumians!

Des roulottes délabrées stationnent autour des tombes des héros. Un village tzigane s'est installé là, dans des cahutes faites de vieux bidons à pétrole colmatés de boue séchée. Des familles entières vivent dans ce cloaque. À quelques mètres de leurs enfants dépenaillés, les soldats de la Territoriale creusent des fosses communes destinées aux prochains morts. Des tombes aux croix de bois éparpillées à la diable s'adossent au muret du cimetière, dont l'enclos trop petit est réservé aux soldats tués au combat. Ceux enterrés en dehors, près du campement des gitans, sont les victimes des épidémies.

— C'est mieux que de les jeter à la mer, commente le caporal Floriano, zouave d'Alger.

— Tu as raison, mon fils, dit le père Delestraint, l'aumônier des zouaves. S'ils ne sont pas en terre chrétienne, ils ont tout de même une sépulture. Au regard de la miséricorde de Dieu, c'est l'essentiel.

*
**
*

Cavalcade grotesque dans un décor misérable, des gendarmes crétois à cheval, coiffés d'une calotte ronde et vêtus d'une culotte bouffante, jambes bien prises dans des bas noirs ajourés, patrouillent à l'extérieur du camp, le long des barbelés qui délimitent l'enceinte réservée au matériel du génie.

Un parti de chasseurs d'Afrique les éloigne rudement. La fonction de ces cavaliers d'un autre temps est sans doute plus sérieuse qu'il n'y paraît. Ils renseignent leur commandement sur les mouvements des Français. Le chef d'état-major de l'armée grecque, Ioannis Metaxas, rapporte les informations recueillies au roi, qui les communique à son tour aux généraux allemands de l'armée bulgare.

— S'ils reviennent, dit le commandant Mazière, je leur fais tirer dessus.

Ainsi, Mazière est à Salonique! Pour Paul Raynal, quelle joie! Il l'aurait reconnu entre mille. Son instructeur de Montpellier, qui l'a pris en affection et chaudement recommandé au capitaine Maublanc, n'a pas changé d'un iota. Ses rides profondes sur son large front bronzé et sa moustache blanche d'une ligne soignée inspirent le respect, ses yeux noirs ont gardé leur vivacité coutumière. Paul le dévisage, dans une contemplation muette. Il a retrouvé à la fois son père spirituel et son père adoptif, Mazière et Maublanc, Maublanc et Mazière.

Soudain, la grisaille humide de Zeitenlik, ce camp baptisé à la prussienne qui ne traite guère mieux les poilus que des prisonniers de guerre, ne lui apparaît plus comme une brimade insupportable. Tout au plaisir de saluer son vieux commandant, il est envahi par le souvenir ému de ses premiers pas dans l'armée, époque où il apprenait à jeter des ponts sur le lit desséché des oueds de l'Hérault.

Mazière est affairé, préoccupé. Le général Sarrail a découvert, furieux, qu'on avait omis de lui fournit des équipages de ponts. Démuni, devant le Vardar, pour remplacer les ouvrages détruits par les Bulgares, il a exigé l'envoi des moyens nécessaires de toute urgence.

Sur ses demandes impératives et réitérées, le dépôt de Montpellier a été vidé de toutes ses réserves. Le commandant lui-même a été expédié en Orient malgré son âge (il est plus que sexagénaire). Il a reçu la charge de faire convoyer treuils, éléments métalliques et caisses de dynamite que le capitaine Maublanc avait très judicieusement abandonnés au mois de mars sur les quais de Marseille, estimant qu'il n'en aurait nul besoin aux Dardanelles. Mais en Macédoine, c'était une autre affaire, et Sarrail ne le lui avait pas envoyé dire.

— As-tu vu Maublanc au port? Il attend les chevaux bretons promis par l'intendance. Je me demande pourquoi des chevaux? Qu'en ferons-nous dans un pays sans routes où les voitures à quatre roues ne peuvent circuler? Les poneys, les mulets feraient mieux notre bonheur.

Mazière désigne à Paul la cavalerie de poneys grecs qui vient de débouler dans le camp. Un négociant arménien la lui a procurée pour un bon prix. Cent petits chevaux trottant à vive allure, crinière au vent, et dont la parade endiablée distrait les poilus qui se demandent s'ils ne sont pas plutôt destinés, dans un cirque gitan, à des écuyers nains. Très vifs, piaffant d'aise dans la boue glacée, les *pindos*, en dépit de leur petite taille, sont forts et résistants. Ils viennent des montagnes du Pinde, en Macédoine occidentale.

17

Un sapeur venu de Camargue, Albert Diego, familier des chevaux sauvages, réussit à capturer au lasso le noiraud qui mène la danse. Il lui passe prestement une longe et montre au commandant les fers à frein cranté aux sabots des animaux.

— Ils sont équipés pour la montagne. Ces fers spécialement forgés les empêchent de glisser sur les sentiers périlleux. Ils peuvent tenir même sur la glace. Par les temps qui courent, ce n'est pas négligeable.

La science du Camarguais semble inépuisable. Il s'est renseigné au port, à la livraison des équidés, auprès du marchand arménien. Ce dernier, maquignon de son métier, lui a donné, en français, toutes les explications nécessaires. Diego raconte au commandant Mazière que le *pindo* est plus fiable, plus robuste que l'autre poney grec à la robe alezane, le *skyros*. Petit, habitué à vivre en liberté dans les montagnes de l'île des Sporades, ses réactions, à la monte comme à la traction, sont satisfaisantes.

Les gendarmes crétois se présentent de nouveau, mousqueton en main, le long de l'enclos. Leur officier s'approche, semble vouloir parlementer.

Mazière hausse les épaules.

— Il revient pour la dixième fois. Toujours le même discours. Il prétend que ces chevaux sont grecs et veut les récupérer. Selon lui, nous les aurions achetés à un escroc étranger qui les a dérobés au gouvernement. Il réclame son bien.

Pour toute réponse, Mazière fait tirer un coup de semonce au pied des chevaux des gendarmes, et fulmine en regardant les Crétois se retirer au petit trot, en direction de l'entrée du camp :

18

— Ils refusent même de nous vendre de l'avoine ou du fourrage pour notre cheptel! Ces gens-là ne méritent pas d'égards. Ils ont choisi leur camp. Ce n'est pas le nôtre.

* *
*

Chez les zouaves, le commandant Pierre Coustou, récupéré du 4ᵉ régiment mixte, fait distribuer cent vingt cartouches à chacun des nouveaux arrivants, en vue de répondre aux agressions éventuelles des Grecs disposés autour de Zeitenlik. Il recommande également aux sous-officiers de se méfier des saboteurs, capables de s'introduire de nuit, en creusant sous les barbelés, pour faire sauter les réserves de poudre et de munitions.

— Les abords ne sont pas sûrs, leur explique-t-il. Les chasseurs d'Afrique multiplient les patrouilles mais soyez aux aguets.

Les Grecs ont concentré cinq divisions aux alentours de Salonique. Soixante-quinze mille soldats de l'armée royale commandés par des officiers intransigeants, qui brûlent d'intervenir dans le conflit aux côtés de l'Allemagne de Guillaume II.

— Ils attendent l'arrivée des Bulgares pour nous tomber dessus, dit Vigouroux. Nous pensions trouver des alliés, il est clair que nous sommes en territoire ennemi.

Le commandant Coustou hoche la tête, conscient que cette campagne dépend des aléas de la politique. Pour obtenir Sarrail au téléphone, il doit insister des journées entières. Les lignes de l'état-major français semblent toujours occupées, si ce n'est placées sur écoute, vu le nombre de déclics et d'interférences. Le général, réfugié au lycée français, a finalement ordonné de faire porter les messages par des estafettes armées au radio du navire amiral ancré dans la rade.

Il ne peut pas davantage utiliser les services officiels pour télégraphier. Les envois restent en souffrance, et les télégrammes reçus sont transcrits de façon incompréhensible. Les ordres donnés aux responsables civils et militaires de Salonique consistent visiblement à gêner le plus possible les mouvements des Français. Il faut les isoler dans leur camp, sans aide, sans ravitaillement, sans aucun service, comme une armée captive en territoire neutre.

Paul Raynal est choqué par l'arrivée d'un convoi de blessés dans un centre d'accueil provisoire délimité par des bottes de paille, tout près de l'enceinte réservée au matériel du génie.

— Sarrail a demandé au préfet de Salonique qu'on mette à sa disposition un vaste hôpital grec dont seulement cinq lits sont occupés, explique Mazière. Refusé. Le prétexte avancé est toujours le même : l'armée grecque en a besoin. Il n'aurait jamais obtenu d'installer son état-major au lycée si le bâtiment n'était la propriété de l'ambassade de France qui l'a fait construire.

Les blessés soignés dans le camp sous les tentes sont ceux des derniers combats en retraite sur le front des Balkans. Le major Blancpain qui les a recueillis est inquiet de leur état. Beaucoup agonisent des suites de leurs hémorragies. Il manque d'éther pour opérer les plus atteints, sous sa casemate ouverte à tous les vents. Le matériel de santé n'a pas encore été déchargé des bateaux. Les jambes et les bras cassés sont si nombreux qu'il doit renoncer à s'en occuper.

Ses infirmières se bornent à remplacer les pansements et à distribuer des piqûres de morphine.

– Départ demain pour le port, en charrettes! crie le major Blancpain, ajoutant, pour ses aides soignants : on m'a juré que les navires sont aménagés et outillés pour traiter les blessés les plus graves. Si toutefois ils sont amarrés à quai. Ici, nous n'avons rien.

Les Grecs ne proposent aucune assistance. Les Français doivent construire eux-mêmes des abris hospitaliers de fortune pour les blessés des futures attaques. Arrivé des Dardanelles, Paul a du mal à réaliser qu'après deux mois seulement de combats dans la montagne, certes rudes, trois divisions françaises – dont la deuxième du père Bailloud, soit quarante-cinq mille hommes –, accusent déjà une perte de près de cinq mille poilus. Pour trois mille blessés, on compte plus de quatre mille malades incapables de tenir debout.

Le piètre accueil qui leur est réservé dans le camp pousse Paul à s'informer. On doit conduire les blessés opérables dans des navires-hôpitaux, comme à Moudros. Il n'en a vu aucun dans la rade, et ce n'est pas faute d'avoir scruté un à un les bâtiments français à quai ou au mouillage. Pas de *Charles-Roux*. Depuis qu'il foule la terre inhospitalière de Salonique, Paul guette en effet le bateau où l'amour de sa vie, Carla Signorelli, travaille comme infirmière. Il se berce de l'espoir qu'il a suivi la division Bailloud, première arrivée sur les lieux en octobre.

Il s'approche du chirurgien Blancpain, qui le repousse, trop absorbé par ses tâches urgentes.

– Je cherche le major Sabouret, lance-t-il à tout hasard d'une voix forte – un peu honteux tout de même d'importuner le praticien.

— Sabouret ? répond Blancpain sans relever la tête. Il est à bord du *Charles-Roux,* qui a levé l'ancre la semaine dernière. Il reviendra dans un mois. Vous ne trouverez ici qu'un seul hôpital chirurgical flottant. Les autres navires ont rapatrié la plupart des éclopés de la dernière danse, et surtout les malades, à Marseille. Mais il nous en reste sur les bras. Nous ne savons plus qu'en faire.

**
*

Carla ne se console pas d'avoir abandonné Paul aux Dardanelles. Elle n'a aucune nouvelle de lui depuis que le *Charles-Roux* a quitté l'île de Lemnos et contourné le trident de la Chalcidique pour mouiller dans la baie de Salonique.

Deux mois durant, elle a soigné les blessés venus du nouveau front des Balkans. Le major Sabouret y a épuisé ses derniers stocks de médicaments et de matériel, mais aussi son énergie. Son navire a quitté Salonique pour Marseille le 20 décembre. À cette date, la division Brulart de Paul Raynal, dernière unité française à tenir la rive Europe à l'entrée du détroit des Dardanelles, n'avait pas encore quitté le rocher de Sedd ul Bahr.

La jeune infirmière se retrouve donc en congé de guerre, sans avoir revu Paul ni même savoir où il est. De retour au logis arlésien des Signorelli, elle fête Noël au milieu de ses parents et amis italiens. La famille des émigrés de Florence s'est reconstituée pour la circonstance, autour du minuit chrétien et des cantiques à la Madone. Ils ont participé à la messe de minuit dans l'ancienne cathédrale de Saint-Trophime, sous la plus belle voûte de pierre de Provence ;

puis leurs chants se sont prolongés jusqu'à l'aube, au-dessus de la blanchisserie, marquant les étapes des treize desserts de la nuit sainte.

Louise, la mère, s'est alors rendu compte que sa fille avait changé. À plusieurs reprises, l'interrogeant du regard, elle s'est demandé pourquoi elle semblait se dérober. Elle ne peut deviner que malgré sa joie de revoir son frère Mario, en permission de convalescence, Clara garde fiché au cœur le souvenir de son cher amour laissé sur la grève. Son visage n'a rien perdu de sa beauté toscane ; ses yeux verts, à peine filtrés par leurs longs cils, brillent toujours de leur éclat rare, mais se voilent souvent d'une sorte de mélancolie anxieuse. Quand elle sourit, la gaieté des fossettes qui s'est estompée ne trompe pas Louise. Se pourrait-il que sa fille eût rapporté d'Orient un gros chagrin ?

Elle n'obtiendra pas de confidences. Secrète, Carla n'a jamais volontiers parlé d'elle. Petite, l'enfant d'émigrés taisait les humiliations qu'on lui faisait subir à l'école, ne se plaignait jamais. Prêtant peu d'intérêt aux amitiés adolescentes, elle se satisfaisait de partager la vie de ses frères, jouant comme eux, parlant leur langage.

Elle se serait habillée en garçon si sa mère l'avait permis, réclamant de porter les cheveux courts comme Mario. L'idée de sacrifier ses boucles blondes remplissait d'horreur la tendre Louise. Pour ne pas la peiner, Clara les avait gardées mi-longues, aux épaules. Si décidée qu'elle fût à écarter les garçons de sa route, elle ne pouvait empêcher son regard de briller. Elle passait dans le quartier pour une orgueilleuse lorsqu'elle repoussait, sans égards, les avances des jeunes gens d'Arles.

La voilà silencieuse, ce qui ne la change guère, mais aussi dolente et énigmatique. Elle, si vive et décidée, si impatiente de revoir Mario. À qui pense-t-elle?

Le père, prévenant, place sa fille au centre de la table familiale, cherche toutes les occasions de la faire parler, imposant le silence aux cousins trop bavards.

Mario lui-même se demande à quoi songe sa sœurette. Le blessé de guerre devine qu'elle a souffert d'avoir affronté, si jeune, trop d'horribles épreuves. À la voir ainsi absente, distante, le père se reproche de l'avoir laissée quitter la maison. A-t-il fait son malheur, en la conduisant à la gare maritime de Marseille? N'aurait-il pas dû tout tenter pour la garder?

Clara reprend parfois ses esprits, offrant à l'auditoire son sourire éblouissant. Au désespoir de voir les siens attristés par son manque d'entrain, elle chantonne avec eux *les Trois Grands Rois,* le grand air des Arlésiens. En écho, lui revient aussitôt à la mémoire la chanson que sifflotait Paul quand il évoquait son pays, *Se canto, que canto.* Que n'a-t-elle retenu le nom de la petite ville où vivent ses parents? Peut-être ont-ils de ses nouvelles? Sa permission de deux semaines lui laisserait tout loisir d'aller jusqu'à eux par chemin de fer, en descendant à la gare de Caussade, dans le Tarn-et-Garonne…

Son visage se referme. Elle a ce geste machinal et enfantin d'étirer ses boucles jusque devant ses yeux, signe de grande perplexité que Louise connaît bien. Pourquoi irait-elle à la rencontre de ces Raynal qu'elle n'a jamais vus, et qui n'ont sans doute eux-mêmes jamais eu vent de son existence? Pour s'entendre dire, peut-être, qu'ils ont reçu des gendarmes l'avis de décès de leur fils unique?

— À moi, tu peux le confier, lui souffle Mario à l'oreille. Comment s'appelle-t-il ?

— Paul Raynal, répond-elle à voix haute. Quand je l'ai vu pour la dernière fois, c'est le nom qu'il portait.

* *
*

Mario lui conseille de se renseigner au centre de recrutement de Montpellier, où le jeune homme a été mobilisé. Elle prend le train dès le lendemain. En tenue d'infirmière, elle se présente au bureau compétent du 2ᵉ génie où elle se fait rabrouer. À quel titre vient-elle demander des nouvelles du maréchal des logis Paul Raynal ? Est-il son parent, son frère, son fiancé ?

— Si l'on devait satisfaire les demandes de toutes les filles qui s'intéressent aux poilus ! grogne le sergent de service en refermant le guichet.

À Marseille, le temps est maussade, ce dimanche 2 janvier 1916. Des femmes en noir sortent de la messe, veuves de guerre chaque jour plus nombreuses. Il semble que le commandement veuille user jusqu'au dernier les soldats du 15ᵉ corps levé dans la région, et promis à toutes les offensives désastreuses du père Joffre.

Même les vieux pêcheurs sont tristes. Pas un jour sans que le journal leur apprenne qu'un sous-marin a coulé un nouveau cargo en Méditerranée. Plus de sécurité en mer. La veille, c'était le tour de l'anglais *Persia,* un vapeur de plus de sept mille tonnes.

— Ils sont capables de venir jusqu'au Vieux-port, dit l'un d'eux. Il n'y a que le pont transbordeur pour les arrêter. J'ai lu dans le *Petit Provençal* qu'ils pouvaient aller jusqu'à « Neuve York ».

Longeant les ruelles près de la chapelle des Accoules où elle a entendu la messe, Clara se souvient de son premier séjour à Marseille, au mois de mars 1915. Elle s'était alors échouée sur la grève, sirène sans voix, à la recherche d'un embarquement pour l'Orient.

Elle avait fui l'hôpital d'Aix-en-Provence, sa première affectation, pour ne plus subir le mépris des dames de la haute société locale. Drapées dans la cape bleue de la Croix-Rouge, ces pseudo-infirmières, qui n'avaient pas la moindre aptitude au métier, prenaient un malin plaisir à couvrir la petite émigrée de leurs sarcasmes et vexations.

D'instinct, Carla retrouve le chemin de la Joliette, le regard obstinément fixé sur la bordure des trottoirs, pour ne pas perdre le fil rouge tissé dans sa mémoire. Elle se souvient de sa première rencontre avec Paul, visage aux contours à peine entrevus, éclair furtif dans son désespoir. Sur le cours Belzunce, elle avance sans réfléchir, lisant à peine le nom des rues, avec le sentiment de renouer, par un mystérieux automatisme, avec les échecs du passé.

Elle frappe au guichet de la lourde porte d'accès au port. Le gardien, un vieux de la marine, galons de quartier-maître accrochés sur sa casquette, lui demande ses papiers d'un ton rogue. Ce dogue affecté à la gare de la Joliette était-il le même au mois de mai ? Carla lui tend son carnet du service de santé et déclare qu'elle veut se rendre à bord du *Charles-Roux*.

– Le *Charles-Roux* n'est pas à quai, affirme-t-il en refermant le guichet, étonné qu'une infirmière venue de Salonique ignore que le bateau où elle prétend servir a disparu du port.

Elle repasse devant le café sinistre où les légionnaires s'adonnent à l'absinthe. Tout lui revient en mémoire : le quartier populaire du Panier où le linge des familles sèche sur des fils tendus en travers des rues; la petite place au banc accueillant où elle a passé une nuit blottie contre Paul. Est-il possible qu'après tant d'épreuves et malgré la rencontre du bel amour, elle se retrouve encore plus seule et démunie que lors de son premier passage à Marseille?

Quand elle se présente au bureau d'entrée de l'hôtel-Dieu, elle lance sans hésiter le nom du chirurgien, Ernest Pellegrino, qui l'a recueillie et engagée six mois plus tôt.

— Vous voulez parler de l'inspecteur général de la santé militaire?

Carla va défaillir. Le sol se dérobe sous ses pas à chaque étape. Le *Charles-Roux* n'est plus là, Pellegrino n'est plus chirurgien. La ville qui l'a déjà rejetée une fois continue de lui être hostile. Elle lui refuse toute identité, dresse un mur devant le moindre de ses souvenirs. La jeune fille, fermant les yeux d'impuissance, appelle l'image de Paul à son secours. Elle n'entend même pas le vieux factionnaire téléphoner.

— Monsieur l'inspecteur général va vous recevoir, mademoiselle, lui dit-il avec un bon sourire.

Sauvée! Pellegrino lui réserve un accueil enthousiaste. La promotion du chirurgien, unanimement approuvée, l'a placé à la tête de tous les hôpitaux de la ville, mais ne l'empêche pas de continuer à opérer le matin à l'hôtel-Dieu. Il a vu récemment le major Sabouret et sait tout le bien qu'il faut penser de Carla.

Il la rassure d'abord sur le sort du *Charles-Roux*. Elle respire! Pellegrino précise que le navire avait besoin d'une révision complète, comme il est d'usage après une longue campagne.

Le chirurgien écoute patiemment Carla raconter son histoire, jusqu'à partager son inquiétude au sujet de Paul Raynal. Elle évoque son nom avec tant de chaleur qu'il comprend aussitôt que sa petite infirmière est folle d'amour et d'angoisse. L'ancien major retrouve ses origines italiennes.

« Voilà l'*appassionata*, se dit-il. Elle ferait tout au monde pour le sauver. Rien ne compte, pour ces beaux yeux, que le soldat perdu. »

Il fait téléphoner devant elle au général commandant la région de Montpellier, pour qu'une enquête soit faite au 2e génie sur le maréchal des logis Raynal.

Puis il invite la jeune fille à dîner le soir même à sa table, non sans lui proposer une visite des services hospitaliers où elle a commencé sa carrière d'infirmière. Il se sent responsable de sa réussite et s'en réjouit fort.

— Vous aurez, je pense, une surprise, lui confie-t-il. Soyez sans inquiétude : une surprise agréable.

* *
*

Pour Carla, cette soirée dans la salle à manger austère de l'hôtel-Dieu est inattendue. Deux heures plus tôt, elle se croyait niée, inconnue, oubliée. Voilà qu'on déploie le tapis rouge devant ses pieds menus. Sabouret et Pellegrino, ses deux patrons réunis, la présentent au général Girodet, gouverneur militaire de Marseille. Elle est déçue. Est-ce la surprise annoncée ? Son bienfaiteur n'a-t-il pas compris qu'elle s'attendait à mieux ? Elle salue sans grand enthousiasme le général voûté, vieil homme pâle et maigrichon, puis esquisse une révérence modeste devant l'armateur Fabre, d'allure majestueuse, de longues mains d'évêque passées à tout propos dans ses cheveux blancs soignés. Une autorité incontestable du port et de la chambre de commerce : il a transformé de son propre chef, sans crédits d'État, deux de ses cargos en navires-hôpitaux.

Les médecins ne tarissent pas d'éloges sur le courage de la jeune Italienne aux Dardanelles, comme si sa condition d'émigrée était une raison de plus pour la soutenir et l'encenser.

— Vous donnez un exemple magnifique à nos jeunes filles, dit l'armateur.

Le général Girodet renchérit, loue les nations sœurs latines unies dans la guerre comme dans la paix. Le président Poincaré ne vient-il pas de présider à Marseille le comité France-Italie?

Carla sourit. Son pays d'origine semble soudain en vogue. On ne parle plus de la lâcheté des Italiens ni de leur odieux cynisme politique. Voilà qu'on oublie les *babi* si décriés dans les rues de Marseille. Leurs cousins de Naples ou de Turin deviennent des frères d'armes.

— Les Italiens de France, poursuit Girodet…

— Vous voulez dire, mon général, se permet Pellegrino, les Français d'origine italienne…

— Qu'ils soient ou non français, ils sont partis à nos côtés. Et les frères Garibaldi se sont portés volontaires dans notre Légion étrangère, comme leur père en 1870. Je peux vous le dire, je les ai reçus moi-même au centre de recrutement du fort Saint-Nicolas. Ils se sont conduits en héros.

Carla baisse la tête. Elle ne sait si Pellegrino est au courant de sa situation familiale : un frère amputé à la guerre. Que lui importe le discours ronflant du général. À ses yeux, la guerre est une folie. Les jeunes gens sont envoyés à la mort par des vieillards qui ont le front de monter leur sacrifice en épingle.

On lui présente un homme roux et bronzé, d'une trentaine d'années au plus. Preste et décidé, il est en tenue de ville assez négligée, chemise sans col dur, veste lâche et cravate de couleur.

— Jim Morton, journaliste américain.

Ernest Pellegrino précise, dans un clin d'œil :

— Il revient de Salonique par le dernier bateau.

Rayonnante, Carla se tourne vers le jeune homme. Elle apprend qu'il enquête pour le *New York Times* sur le traitement des blessés dans l'armée française, et vient de visiter les centres de soins de Salonique.

— Est-il possible?

Carla s'apprête à lui demander des détails. Et s'il avait vu Paul, blessé, dans un de ces hôpitaux insalubres? L'inspecteur général Pellegrino ne lui laisse pas le temps de l'interroger. On passe à table. Elle est à la place d'honneur, à la droite de Girodet, ce qu'elle déplore. Mais le vénérable chirurgien entend qu'elle soit au centre des discussions, puisqu'elle a vécu l'épisode horrible des Dardanelles. D'emblée, il revient sur le rôle primordial des infirmières militaires : «Il faut, déclare-t-il, l'encourager à tout prix. Nos soldats d'Orient ont grand besoin d'aide et de dévouement.»

— Beaucoup de nos jeunes filles se dévouent avec efficacité dans nos services, assure le général Girodet. Je crois, mon cher Fabre, que la chambre de commerce est entièrement représentée dans nos hôpitaux, à commencer par votre petite-fille. Pour l'Orient, il faut une formation spéciale et trop peu d'infirmières acceptent de s'expatrier sous ces durs climats. La jeune Carla devrait profiter de la mise au radoub du *Charles-Roux,* qui peut durer un mois au moins, pour suivre un nouveau stage sur les maladies propres à l'Orient, qu'elle connaît, hélas, déjà trop bien.

– En même temps, suggère le major Sabouret, elle pourrait faire bénéficier nos volontaires de son expérience en organisant elle-même des stages, avec le grade d'infirmière-chef, par exemple.

Cette promotion rapide – sur le tambour, comme on dit au front –, fait rosir Carla d'émotion. Elle est pourtant loin d'être comblée, ne retenant de cet échange qu'une seule information : son navire est en panne pour longtemps. Touchée au cœur, elle redoute cet embrigadement dans la formation des infirmières, alors qu'elle n'a qu'une idée : reprendre la mer et retrouver Paul, s'il est encore au nombre des vivants de la nouvelle campagne.

Ernest Pellegrino n'a pas mis longtemps à deviner que Carla ne cherche pas de galons, mais un nouveau départ. Aucune inquiétude : elle embarquera avec Sabouret, ils constituent désormais une équipe.

Pellegrino, pur produit de la Coloniale, ancien élève de l'École de santé militaire de Lyon, docteur en chirurgie avec une thèse soutenue à Montpellier sur les maladies tropicales, a servi jadis avec Gallieni et Joffre à Diégo-Suarez, le port de Madagascar, et il n'imagine pas que Sabouret, vétéran de la campagne du Tonkin, puisse renoncer à prendre le large. Il rassure aussitôt sa jeune infirmière désappointée :

– Vous rejoindrez Salonique après votre stage, dès que le *Charles-Roux* sera remis en état et pourvu du matériel sanitaire le plus efficace. Nous n'avions que deux divisions aux Dardanelles. Sarrail réunit une armée. Vous devez sans tarder mobiliser autour de vous une élite de jeunes volontaires s'inspirant de votre exemple et capables de partir dans un esprit de sacrifice.

Carla réprime ses larmes. Peut-on comprendre qu'elle est une femme ? Ils parlent d'elle comme d'un soldat ! Croient-ils que leur confiance la flatte, au point d'oublier celui qu'elle a dû abandonner ? Pour eux, un mois n'équivaut qu'à la durée d'une formation, d'une respiration dans la guerre. Pour elle, cela signifie trente longs jours de douloureuse incertitude.

Sa déception s'évanouit bientôt. Au café, le journaliste américain se rapproche d'elle.

— J'ai connu Paul Raynal, lui confie-t-il sous l'œil complice de Pellegrino. C'est un ami. Je l'ai vu il y a quatre jours au camp de Zeitenlik, à Salonique.

* *
*

Pataugeant jusqu'aux chevilles dans la boue, Paul s'efforce de tenir son rang de margis — sous-officier de sapeurs à cheval —, espèce rare au front. Il veut s'habituer aux poneys du Pinde ou de l'île de Skyros pour en faire des auxiliaires utiles au transport du matériel. Le commandant Mazière lui a conseillé de faire connaissance au plus vite avec ces montures capricieuses afin d'apprendre aux bleus à les mater à leur tour. À défaut de merles, il faut manger des grives, les Grecs ayant réquisitionné tous les chevaux, ânes et mulets.

Monté sur un *pindos* rétif, Raynal fait la joie de la compagnie quand l'animal s'élance comme une flèche jusqu'à l'autre bout du camp, avant de le verser dans la boue devant les légionnaires de papa Bailloud, rescapés de toutes les batailles. Le gardian Diego, accouru à son aide, lui montre comment enserrer fortement le corps du cheval, et tenir sa bride avec fermeté sans jamais la tirer.

— Ces poneys sont ivres de liberté, lui dit-il. Dans leurs montagnes, les paysans ne leur passent rien. Ils les accablent de charges et les font marcher au fouet, à la trique, ou même à l'éperon quand ils les montent, les jours de fête. Ici, ils échappent à toute contrainte. Oublié le licou, il est difficile de les reprendre en main. Ces nains quadrupèdes ne sont pas des bretons ni des boulonnais. Ils ne sont pas habitués à ton poids, à tes longues jambes. Tu as trop tiré sur la bride, le tien a pris le mors aux dents.

Rompu à la remonte des petits chevaux gris issus des élevages sarrasins, dit-on en Camargue, Diego, d'origine peut-être gitane, est un maître écuyer qui s'ignore. Son expérience des *manades,* ces troupeaux de chevaux sauvages, est précieuse pour le dressage des poneys grecs à la vie militaire.

Il se fait fort d'y parvenir en quinze jours et de composer des attelages fort convenables, à condition de les munir de charrettes à deux roues, les arabas des Macédoniens. Sous l'œil vigilant de Paul, les bleus ne tardent pas à mettre en pratique ses techniques de domptage afin d'utiliser au mieux et au plus vite les cent montures que le ciel leur envoie.

— C'est un pis-aller, commente le commandant Mazière en assistant aux démonstrations du gardian. Mais nous n'avons pas le choix, tâchons de nous adapter à ces montures. Faites en sorte que les ponts métalliques soient scindés en éléments transportables.

Paul rentre le soir, les jambes et les reins moulus par la monte des poneys. Il rend visite au baraquement des artilleurs, où le sous-lieutenant Émile Duguet se retrouve mieux loti : il a réussi à faucher une vingtaine de mules aux équipages de l'infanterie. Elles sont vicieuses et cagneuses, mais utiles pour charger les pièces détachées des 65 déjà remis en état et démantelés, prêts à partir en campagne au premier signal.

Une forte explosion interrompt les préparatifs du repas du soir. Des flammes s'élèvent par-delà une colline située au nord du camp. On aperçoit, dans le soleil couchant, les ailes aux pointes recourbées d'un *Taube*.

— Les Allemands ont mis leurs Fokker et leurs Albatros en place, remarque Duguet. Mais leurs informateurs les ont mal renseignés, les bombes sont tombées hors du camp.

Des cavaliers arrivés au galop cherchent la tente du général Brulart. Duguet fait signe à Raynal de le suivre. Il croit avoir reconnu le colonel Valentin, officier de renseignements aux Dardanelles, qui les a jadis chargés de missions spéciales.

Brulart a détaché, à la demande de Sarrail, un peloton de chasseurs d'Afrique, ainsi que tous les prévôts disponibles pour une opération de police. Valentin, à leur tête, aperçoit l'Alpin Duguet.

— À cheval, lui dit-il, et suivez-moi.

Duguet et Raynal sautent sur deux chevaux d'état-major. Le colonel leur explique à demi-mot que les Allemands ont arrosé par erreur une compagnie grecque en manœuvre, alors qu'ils visaient le camp retranché. Leur seule victime est un berger macédonien. Les positions françaises dominant le camp n'ont subi aucune perte, mais Sarrail en a assez. Il sait que les espions étrangers, très nombreux à Salonique, renseignent constamment l'état-major ennemi, et veut faire un exemple.

Les cavaliers parcourent au trot les six kilomètres qui les séparent de la ville et se fraient sans ménagements un chemin dans ses rues encombrées de civils de tout poil, mais surtout de soldats grecs allant par bandes. Pas le moindre incident. Le colonel a reçu l'ordre de se présenter dans les consulats étrangers pour arrêter en bloc tout le personnel. C'est un coup de force. Les Grecs vont-ils réagir?

Vingt diplomates autrichiens protégés par leur immunité, dix-sept Turcs, douze Bulgares et cinq Allemands sont embarqués de force dans des voitures conduites par des gendarmes en armes.

— Où va-t-on les interner? demande Émile Duguet. À Zeitenlik?

Valentin ne répond pas. Le peloton prend le chemin du port. Un contre-torpilleur français attend à quai, tous feux allumés, prêt à appareiller.

— Ils vont au Pirée, annonce-t-il enfin. La marine les prend en charge pour les rapatrier, via l'Italie et la Suisse. Bon débarras!

— Êtes-vous en mesure de nous dire ce que nous faisons ici? s'exclame Duguet, interloqué.

L'arrestation de ces diplomates en pays neutre l'étonne.

— Venez avec moi, lui dit seulement Valentin.

**
*

L'Alpin suit le colonel à l'état-major de Sarrail, 2ᵉ bureau, service des renseignements. Le général est absent. Il a embarqué sur un croiseur pour rejoindre le port du Pirée, d'où il veut gagner le bord du navire amiral britannique.

Valentin prévient Duguet :

— C'est un violent. Il n'est pas venu à Salonique pour avaler des couleuvres. Attendons-nous à une rupture ouverte avec les Grecs. Sarrail n'admet pas le petit manège des informateurs qui guident — bien ou mal — les avions allemands dans leurs raids, ou renseignent l'ennemi sur les arrivées de l'armée française. En arrêtant les consuls sur une foucade, il s'est montré conforme à sa légende. Maurice Paul Emmanuel Sarrail ne cède jamais.

Entrant dans son bureau minuscule, le colonel invite Duguet à prendre une chaise et poursuit son portrait du patron.

— Il a des colères brusques, c'est un angoissé, un sentimental. J'étais avec lui en août 1914. Nous sommes partis à la guerre ensemble, au 6e corps.

— Un homme du Sud, sensible aux vents violents, avance Émile. On dit qu'il vient de Montauban.

— Il est né à Carcassonne. Promotion 1875 de Saint-Cyr, précise Valentin, comme s'il lisait une fiche. Mission en Algérie, puis dans le Sud tunisien.

— Un colonial ?

— Non, le Sud tunisien n'est pas la colonie, c'est le bagne. On y affecte ordinairement les fortes têtes, les *joyeux*, des condamnés à qui on laisse le choix : la prison ou l'enfer. Insuffisant, vous en conviendrez, pour entrer dans la cohorte des Africains de Gallieni et Foch. Il n'est pas de la tribu des coloniaux. En 1907, la gauche au pouvoir le sert à la louche en le nommant directeur de l'école de Saint-Maixent, celle des officiers d'infanterie. Notez qu'à

Chantilly, pas un seul fantassin ne gravite autour de Joffre. Tous les *monsignore* du GQG sont artilleurs, cavaliers à la rigueur, ou du génie, comme le patron. On lui a donné un poste élevé, mais peu tentant pour les vrais ambitieux, ceux de Polytechnique. Pour ces messieurs, un fantassin comme Sarrail n'est pas un interlocuteur compétent. Il n'a pas l'« esprit maison ».

— Vous avez dit : la gauche. Le général fait de la politique ? questionne le Niçois qui lit, à l'occasion, la presse parisienne.

— Non, mais il traîne derrière lui une casserole. En 1902, après la première victoire de la gauche, il servait le général André, ministre de la Guerre, discrédité pour avoir fait ficher les officiers de l'armée qui allaient à la messe. Une affaire de première importance qui a provoqué la démission d'André. Les catholiques en ont toujours voulu à Sarrail, alors qu'il n'y était pour rien. N'importe, il faisait partie de son cabinet parce qu'il était l'un des rares officiers à avoir soutenu Dreyfus dans l'affaire de 1899. Il devait en être marqué pour toute sa carrière.

— Cela n'est pas pour déplaire à Joffre. N'est-il pas un officier républicain ?

— Certes, et même franc-maçon, ce qui n'est pas le cas de Sarrail. Mais Joffre ne peut pas encaisser Sarrail. Il l'a nommé ici pour l'éloigner. Une sorte de limogeage.

Duguet, l'artilleur de Nice, garde un silence prudent. Il lui semble que le colonel s'ouvre bien librement devant un simple sous-lieutenant. Certes, Valentin lui a confié, aux Dardanelles, une mission très spéciale dont il s'est acquitté avec honneur. Expédié de nuit, en avion, sur l'arrière des lignes turques, il a su mener à bien un raid de sabotage et de renseignements, avec le sergent Raynal et le lieutenant Layné. Valentin a visiblement besoin de créer des liens et de s'entourer de fidèles. De là à s'épancher ainsi...

— Il vaut mieux que vous ayez connaissance de certains détails, pour ne pas être trop béjaune avec l'entourage du général. Les officiers de son état-major, Abrami, Frappa, Bokanowski, n'ignorent rien de ses démêlés avec le GQG de Chantilly. Ils le servent avec une rage de dogues. Vous ne devez pas être surpris par l'ambiance. Ce lycée est une cage de verre, ses murs sont en papier mâché. Tout se sait, et Sarrail veut qu'on l'aime. Je peux vous aider à l'aimer.

Duguet n'en demande pas tant. Il comprend que le colonel cherche à l'engager de nouveau dans le renseignement. Il était heureux d'avoir retrouvé sa batterie de 65 et ses chers artilleurs. Voilà qu'on l'initie, sans qu'il ait rien demandé, aux mystères et aux subtilités des combinaisons politiques du haut commandement.

— Sachez que Sarrail ne voulait pas de l'Orient. Joffre n'avait pas de cadeau à lui faire, tout au contraire. Lorsqu'il l'a nommé, sans crier gare, en août 1914, à la tête de la 3ᵉ armée, c'était parce que son vieil ami de Polytechnique, Ruffey, flanchait sur la Meuse. Sarrail est trop bavard, il s'est permis de critiquer la direction de la guerre. Il a tenu la place forte de Verdun que Joffre lui demandait d'évacuer en septembre 1914. Avec un seul corps d'armée contre trois allemands, il a réussi, et donc donné tort au généralissime. Plus tard, quand il s'est empêtré dans les forêts de l'Argonne, au bois de la Grurie, sur la butte de Vauquois, Joffre lui a rendu la monnaie de sa pièce. Limogé avec la promesse vague d'un autre commandement, au motif d'avoir sacrifié trop d'hommes sans profit.

— Quand on a sauvé Verdun, que vient-on faire à Salonique?

— Son devoir, mon cher ami. Il est vrai qu'il a d'abord refusé une division aux Dardanelles, pour remplacer Gouraud. Millerand, encore ministre, l'a persuadé d'accepter. Le général était alors accablé. Son épouse venait de mourir d'une crise cardiaque à Montauban. Une lettre anonyme lui avait annoncé que son mari avait été fusillé pour trahison.

Duguet se demande comment un militaire, même de haut rang, peut être l'objet d'une telle haine. Il ignore le bouillonnement très particulier du milieu des officiers de l'armée française avant 1914. À la déclaration de guerre, Sarrail, malgré ses relations politiques et bien que nanti du soutien constant de la gauche, n'est que commandant de corps d'armée; tout comme Foch, le général de la Jésuitière, catholique et presque dévot, freiné dans son avancement pour les mêmes raisons. Joffre veut tenir la balance égale. On dose les commandements comme les ministères.

— Sachez seulement que Sarrail, qui avait accepté le poste de commandant de l'armée d'Orient le 3 août, n'a débarqué à Salonique que le 12 octobre. Chantilly a tout fait pour retarder l'intervention. Il est enfin à pied d'œuvre, mais avec seulement trente mille hommes à commander. À peine une brigade!

* *
*

Sarrail entre en coup de vent, mince et sec, tête d'oiseau des montagnes, vif et sautillant comme un saint-cyrien.

39

Mais ses cheveux blancs rejetés en arrière, ses longues moustaches de neige et son front haut dégarni le vieillissent. On devine à son dos voûté que cet homme a livré ses plus durs combats dans les antichambres.

— Ces Grecs sont impossibles! lance-t-il à Valentin sans le saluer. Il est temps de les mater!

De ses yeux d'un bleu métallique, il dévisage Duguet sans aménité. Valentin s'empresse de présenter le sous-lieutenant comme un collaborateur chargé, à l'occasion, de missions spéciales. Le regard de Sarrail s'adoucit aussitôt. Il tend à Émile une poignée de main cordiale, comme s'il le recevait chez lui. Adopté, l'Alpin. Valentin s'en est porté garant.

— Je veux détruire le réseau de renseignements ennemi, leur dit le général. Les Grecs se conduisent en adversaires, sans aucune neutralité. À vous de savoir où frapper, et vite. Nous sommes entourés d'espions. Vous avez lu les ordres de Joffre. Il nous appartient d'éliminer tous ces agents de l'ombre. Nous n'avons pas le choix.

Il sort en coup de vent, comme il était venu. Valentin se désespère.

— Qui rechercher dans cette ville cosmopolite? Le préfet de Salonique proteste contre l'arrestation des agents consulaires. La lutte contre l'espionnage devient ici notre priorité, mais nous sommes sans moyens pour démonter les filières. Les Allemands travaillent le terrain depuis des années, avec leurs amis bulgares, sans compter les Turcs. Le général rêve, il n'y a pas grand-chose à espérer d'une traque aux espions dans Salonique.

— Je serais heureux de savoir pourquoi nous sommes là, ose Émile Duguet. Je n'ai pas encore compris l'intérêt de masser dans ce camp des divisions rachitiques contre les Bulgares, dix fois plus nombreux que nous, et sans parler des Turcs, des Autrichiens et des Allemands.

— Nous sommes venus au secours de nos amis serbes.

— Soit, mais il n'y a plus de Serbes, plus de Serbie.

— Sarrail a tout fait pour les sauver. Pris par son offensive de Champagne, dont il attendait à tort un succès décisif, Joffre n'a pas voulu libérer avant octobre deux des quatre divisions promises, en attente de départ, longtemps sectorisées sur le front de Belfort. Les Serbes sont des gens héroïques qui ont réussi, avec leurs seules forces, à raccompagner les Autrichiens au-delà du Danube en 1914. Ils se sont accrochés à leur terre, avec l'aide de nos 75. Tout a changé pour eux avec la mobilisation des Bulgares, le 22 septembre 1915. Le 29 septembre, Joffre envoyait enfin à Salonique la brigade métropolitaine destinée à Sarrail, en plus de la division Bailloud venue des Dardanelles. Brulart suivrait plus tard, avec ce qui lui restait. Il était question de sauver les Serbes à tout prix, avec ou sans l'aide des Anglais.

— J'en ai aperçu dans le camp. Ils nous ont rejoints.

— À peine l'effectif d'une division. Ils ne croient pas utile de rester à Salonique. Sarrail est seul.

— À voir refluer vers le camp de Zeitenlik tant de soldats épuisés, on peut penser qu'il a déjà perdu sa bataille. Pour trop de précipitation, peut-être.

— Il est vrai qu'il n'a pas réussi à sauver les Serbes, pas même à les joindre. Qui peut lui en tenir grief? Il a reçu de Joffre, via Graziani, l'ordre d'avancer dès le 9 octobre le long du chemin de fer de Salonique à Usküb[1] pour

---

1. L'actuelle capitale de la république de Macédoine, Skopje.

«assurer nos communications avec l'armée serbe», mais aussi «barrer aux Allemands l'accès de Salonique». Hélas! Les Bulgares sont entrés les premiers dans Usküb et s'y sont retranchés solidement. Qui pouvait sauver les Serbes[1]?

Émile Duguet ne comprend pas pourquoi cette «armée d'Orient» au titre pompeux survit dans le camp boueux de Zeitenlik. Que ne rembarque-t-elle, avant d'être chassée par les armées ennemies on ne peut mieux soutenues par les Grecs? Il insiste auprès du colonel pour obtenir une explication à cette situation, incohérente à ses yeux. Humiliés aux Dardanelles, les Alliés vont-ils abandonner tous les Balkans à leurs adversaires?

– Poser le problème, c'est y répondre. Il ne saurait être question, pour le général Sarrail, d'abandonner la position. Les responsables politiques français et britanniques, au plus haut niveau, ont rendu leur oracle. Le mois dernier, Briand, flanqué de Gallieni nommé ministre de la Guerre, a persuadé Joffre, assez mal en point depuis les échecs répétés de ses offensives, de convaincre Kitchener de la nécessité de défendre Salonique. Les Serbes, les Italiens, les Russes l'ont vivement encouragé. Nous restons.

* *
*

---

1. Leur armée réduite à 100 000 hommes par le typhus, la faim et l'artillerie ennemie, luttait contre 400 000 Bulgares sans compter les dix divisions allemandes de Mackensen appuyées par quatre unités austro-hongroises, décidées à effacer la Serbie de la carte de guerre. Sarrail dut replier sa petite armée dans le camp retranché de Salonique pendant que les Serbes, ayant franchi les montagnes d'Albanie dans le plus grand dénuement, étaient récupérés dans quelques ports de l'Adriatique par la marine franco-britannique qui les transportait vers l'île de Corfou.

Autour de la table en équerre de Sarrail sont réunis les députés Bokanowski et Abrami, attachés à son état-major. Le capitaine Mathieu, officier d'ordonnance du général, assiste à l'entretien, sans doute en tant que témoin.

— Messieurs, leur déclare le général avec un brin de solennité, sans l'aval formel de Paris, j'ai dû prendre une décision de nature politique en expulsant les consuls. Je ne suis pas sûr d'être suivi à Chantilly. J'entends être soutenu à la Chambre et dans la presse. Je sais que je peux compter sur vous pour expliquer au pays l'enjeu de notre présence ici. À l'évidence, nul ne s'en charge.

— Vous venez pourtant d'obtenir gain de cause, intervient le subtil Abrami. Je pense que vous appréciez que Joffre, si longtemps hostile, soit devenu le premier défenseur de l'intervention en Orient. Briand l'a sorti de sa manche pour anéantir les objections de Kitchener. Notre bien-aimé général en chef n'en est pas à une contorsion près.

— Cela ne nous donne pas un canon de plus, observe sèchement Sarrail en fixant l'aimable Bokanowski, dont il connaît les liens avec Gallieni. On nous rationne obus et grenades. Nous restons à Salonique, soit, mais pour quoi faire? J'ai interrogé le général Graziani, manitou du ministère, mystérieusement resté en place après le départ de Millerand. Ce bon franc-mac ne m'a pas répondu. Je suppose qu'il n'en sait rien lui-même, et Joffre moins encore, tout dépend de la politique.

— C'est vous qui le dites, mon général, et vous avez cent fois raison. Vous êtes une carte de plus dans le jeu de Briand pour obtenir l'entrée en guerre de la Grèce et de la Roumanie à nos côtés.

— Pour la Grèce, il s'y prend mal, il louvoie et atermoie, coupe Sarrail, toujours prêt à attirer l'attention par une information certes incontrôlable, mais drôle et frappante. On dit qu'il est trop sensible aux beaux yeux de la princesse Marie de Grèce, et qu'il ménage pour cette raison le roi Constantin.

— Tel que je connais Joffre, l'interrompt Abrami, il n'aurait jamais admis votre nettoyage du personnel consulaire sans en référer à Briand. Vous auriez déjà reçu un télégramme fulminant. Le président du Conseil vous couvrira, soyez-en sûr. Il lui faut sortir du guêpier d'Athènes en obligeant le roi à prendre notre parti. Après avoir imposé notre présence à Salonique à nos alliés qui n'en voulaient pas, c'est le moins qu'il puisse faire.

Cette intervention a le don d'irriter Sarrail, qui n'aime pas être contredit. S'il a réuni les parlementaires, c'est pour être soutenu dans les couloirs de la Chambre par leurs amis, et contrer la versatilité de Briand. À l'évidence, les deux députés détachés à la demande de Sarrail sur le front d'Orient n'ont aucune envie de s'opposer, même en sous-main, à la politique orientale du président du Conseil nouvellement investi, et pour l'instant sûr de sa force.

Michaud, chef d'état-major du général, pénètre dans le bureau. On le surnomme le «muet du Sarrail», à cause de sa docilité silencieuse. C'est lui qui prend l'averse, chaque fois qu'il apporte un télégramme venant de Chantilly.

Dans celui qu'il tend au patron, décrypté sur-le-champ, Joffre s'indigne que l'ennemi soit renseigné par ses agents de tous les mouvements du camp retranché. Il considère la lutte contre l'espionnage comme un objectif prioritaire. Il faut installer «non seulement un service de police et de gendarmerie dans la ville», mais contrôler les postes, les télégraphes, et surveiller les chemins de fer. Il importe de se substituer aux Grecs dans l'administration municipale, de prendre en main le ravitaillement, la justice, et la censure de la presse, presque entièrement aux mains des Allemands. «Un gouverneur militaire doit être désigné à bref délai.» Le télégramme est signé Jogal : contraction de Joffre et de Gallieni.

– Voyez vous-même, dit sèchement Sarrail à Bokanowski. Je dois nommer celui qui gouvernera Salonique à ma place.

– J'ai mes propres informations, fait valoir le député. *Jogal* est loin d'être unanime. Gallieni a spécifié qu'il ne diminuerait en rien vos pouvoirs. Il m'a averti par message codé qu'il refusait, selon ses propres termes, «de vous brider». Il a seulement accepté la présence à vos côtés d'un officier spécialisé capable de faire respecter l'état de siège.

– Je l'ai déjà, dit Sarrail. Faites entrer le colonel Valentin.

Ainsi l'affaire est-elle réglée d'avance et Sarrail, le roué gascon, est loin de se laisser prendre au dépourvu. Le capitaine Mathieu, frotté aux milieux éditoriaux parisiens, est envoyé en France par le premier bateau, avec la bénédiction et les recommandations des deux parlementaires, afin d'orchestrer une campagne de presse en faveur de l'armée de Salonique. Sarrail veut faire savoir au public français qu'il s'attend à recevoir incessamment le secours de cent mille Serbes, outre l'arrivée d'un corps d'armée italien. Il peut également espérer le renfort d'une brigade russe, le tsar étant le premier intéressé par le maintien des alliés en Grèce et par le châtiment des Bulgares qui l'ont trahi. Sarrail estime ainsi, avec superbe, et pour peu qu'on lui en laisse le temps, être en mesure de gagner à Salonique, à la tête d'une expédition internationale. Telle est, à gros traits, la campagne d'information du capitaine Mathieu.

Quant au colonel Valentin, aussitôt introduit dans le bureau du général, il a carte blanche pour constituer une équipe de fer chargée de démanteler le réseau d'espionnage allemand dans la ville, sans omettre la capture du chef d'orchestre clandestin tenant en main les partitions, même s'il réside à Sofia ou à Constantinople. Des objectifs qui lui vont comme un gant.

* *
*

À peine recruté par Valentin, le sous-lieutenant Émile Duguet, sceptique et sans enthousiasme, part en quête des sapeurs montés du génie. Layné lui assure que Raynal n'est pas rentré au cantonnement. Il le cherche sous les grandes tentes où, transis de froid, les hommes attendent l'heure de la soupe en buvant du raki acheté aux mercantis levantins. Il finit par tomber sur Paul au fin fond d'une baraque aménagée en tripot par une section de zouaves de la division Bailloud.

Le Quercinois a retrouvé son camarade Vigouroux. Edmond a les pieds glacés et la chemise humide. Exténué par la campagne des Dardanelles, la traversée en bateau, l'accueil au camp, le conscrit de Limoux est à peine remis de ses émotions et tremble d'être malade. Il a perdu sa belle humeur. Ses boucles brunes tombent en désordre sur son front; une barbe hirsute, qu'il ne rase plus, lui mange ses yeux noirs à demi-clos.

Paul s'est assis à son côté, comme pour entendre le récit de la campagne d'hiver des anciens qui ont besoin de raconter leur odyssée. Quelques artilleurs se sont joints à eux, dont Jean Cadiou, le bras en écharpe. Une balle bulgare lui a traversé l'épaule en séton, sans gros dommages. Assez toutefois pour être affecté à l'infirmerie du camp, alors que ses camarades sont en batterie sur les collines.

Les zouaves errent dans le camp depuis plus d'une semaine sans chercher à en sortir, encore moins à se présenter au poste de garde pour participer aux patrouilles dans la ville. Trop fatigués pour tenter de forcer la porte des cafés turcs ou des maisons à femmes.

— Dès notre arrivée, raconte le caporal Daniel Floriano, un zouave d'Alger, le petit père Bailloud nous a expédiés en détachement sous les ordres de Ruef, avec le 176e régiment. Le premier à avoir débarqué aux Dardanelles, le plus ancien de l'armée d'Orient.

— À peine partis, nous avons reçu l'ordre de ne pas pénétrer en territoire bulgare, ajoute Ben Soussan, un de Mostaganem. Nous nous sommes retrouvés autour de la gare de Guievguieli, à la frontière grecque. Le 2e régiment de marche d'Afrique, ce 15 octobre, y popotait. Que dites-vous d'une guerre où l'on n'a pas le droit de passer la frontière?

— Sarrail s'est rendu compte qu'il n'était pas en force, intervient Émile Duguet.

— Alors, pourquoi nous avoir engagés?

Ben Soussan est un zouave héroïque, décoré de la médaille militaire aux Dardanelles. Il peste contre Bailloud. Si l'on n'a pas les moyens de secourir les Serbes, inutile de risquer la vie des Français.

— Le plus grand des fléaux, assure-t-il, c'était la maladie. Nous avons vu près de la gare tout un champ planté de petites croix noires. Des milliers de croix! Les morts du typhus. Nous sommes allés secourir des Serbes porteurs de virus!

– J'ai ouï dire, l'interrompt l'Alpin, que des missions sanitaires internationales ont été dépêchées en Serbie.

– Pour badigeonner les murs des maisons de chaux vive, ou pour vacciner contre le choléra. Les médecins ne connaissent pas le virus du typhus. Certains prétendent qu'il est véhiculé par les poux. Quelle blague ! J'en ai tué des centaines, et le typhus ne m'est pas tombé dessus.

– Les Serbes considèrent comme des lâches ceux qui ont peur de la maladie, affirme Floriano, qui s'est entretenu avec un médecin américain de retour de mission. C'est à peine s'ils acceptent de déployer le drapeau noir à l'entrée des maisons où des gens sont morts. Les Macédoniens sont plus raisonnables, aussi sont-ils moins touchés. Quant aux Bulgares, ils suivent aveuglément les consignes. Leurs amis allemands ont une peur bleue du typhus. Ils ont menacé de se retirer si le pays n'était pas désinfecté en permanence par leurs propres services.

Jean Cadiou, l'artilleur breton, n'a connu ni la peste ni le choléra, et sa batterie a franchi la frontière bulgare sans hésiter. Il est vrai qu'il n'est parti de Salonique que le 30 octobre. Après cinq heures de trajet, les caissons et les pièces étaient débarquées en gare de Stroumitza-Station, en Bulgarie, dans la vallée du Vardar. Son unité a été engagée à partir du 3 novembre contre des forces bulgares supérieures, sur une ligne de front improvisée dans la montagne.

– On avait attribué aux sommets les noms de nos chefs, pour s'y reconnaître dans les réglages : la crête Simonet – le chef de bataillon –, la crête Rivet... Les pertes ont été lourdes parmi les fantassins.

– Chez nous, surtout, dit Floriano. On ne nous a fait grâce d'aucun de ces villages aux tuiles rouges effondrées.

Des bourgades turques. Il fallait les prendre à la baïonnette et les Bulgares livraient une bataille sans merci. À la crête R., beaucoup des nôtres ont trouvé la mort. Nous devions gravir deux cents mètres presque à pic sous le feu des mitrailleuses. Sale affaire.

– La biffe ne progressait que de deux à trois cents mètres par jour, et cela pendant trois jours précise Cadiou. Pire qu'en Champagne! Enfin, les zouaves ont pris les crêtes.

– Avec les marsouins, souligne le caporal Galois, n'oubliez pas les marsouins. Le 12 novembre, nous avions gagné.

– Nous bombardions la vallée de Kosterino du haut des crêtes, poursuit Cadiou, échauffé par son récit. À partir du 26 novembre, nous avons dû cesser le feu : la neige avait recouvert le champ de bataille. Le capitaine s'était installé sans vergogne au village, au chaud dans sa chambre, pendant que les biffins avaient les pieds gelés.

– J'ai pris quatre jours de prison «pour paroles déplacées à un supérieur», bougonne le marsouin Galois. J'ai engueulé un commandant en lui disant que je le trouvais plus présomptueux au bivouac que lors des moments difficiles, et je le maintiens. Nous avons perdu les meilleurs d'entre nous à tenir un front sans aucune utilité et, le 1er décembre, le bruit courait que Bailloud voulait battre en retraite vers Salonique et embarquer sa division pour l'Égypte. Quelle pantoufle! C'était bien la peine d'avoir fait tuer cinq mille hommes!

* *
*

Rentré dans ses quartiers d'artilleur en compagnie de Paul Raynal, Émile Duguet s'inquiète. Est-ce là le moral de l'armée d'Orient qualifié d'excellent dans les bureaux du colonel Valentin? Les soldats de la division Bailloud ne semblent pas avoir compris qu'on les oblige à abandonner les positions qu'ils ont eu tant de mal à prendre.

«Pauvre corps expéditionnaire, s'était lamenté Jean Cadiou au cantonnement. Corps voyageur et toujours en retard, toujours sur la brèche sans jamais de repos et toujours sans profit. Si seulement nous pouvions rentrer en France, quelle joie!»

Rentrer en France! Paul Raynal se prend à rêver des berges tranquilles de la Leyre, de la dinde de Noël cuite à la broche. En ligne, le caporal Galois ne disposait que d'une boîte de singe pour sept, en guise de réveillon. La retraite avait été effroyable, sous une pluie d'obus.

Cadiou l'a évoquée dans les termes les plus crus. Les canons de l'ennemi, qui avaient ouvert le feu à mille mètres, obligeaient les servants à abandonner leurs pièces, récupérées ensuite au prix de lourdes pertes. Même lui, le brave de Bretagne, se sentait flancher devant les hurlements des Bulgares à l'assaut, sacrifiant les hommes par milliers pour s'emparer des crêtes. Les mitrailleuses des zouaves les avaient harcelés sans merci avant de se résoudre à plier bagage, sur ordre des officiers.

Pourtant, la retraite a été une réussite. Les artilleurs ont fait sauter derrière eux les routes et les ponts, incendié les villages. La batterie de Cadiou, cernée par l'ennemi, a dû se faufiler le long d'un chemin de muletiers.

Panique surmontée. Un officier a donné l'ordre d'abandonner les pièces dételées et déclavetées, faute de pouvoir les transporter. Cinq cents chevaux libérés d'un coup ont dévalé les pentes au galop pour s'éparpiller dans la plaine. Sauvés par une charge des zouaves, les artilleurs ont pu reprendre leurs pièces et gagner la frontière grecque en cheminant sur des sentiers à peine praticables. Un commandant, qui estimait la marche trop lente, a été hué et insulté par les canonniers. «Il n'a pas insisté et s'est éloigné», a dit Cadiou en évoquant la scène.

À l'entendre, Duguet se demandait si la troupe n'avait pas perdu confiance en ses chefs. Pourquoi diable avaient-ils fait avancer de cent cinquante kilomètres, à pied dans la neige et la boue, au péril de leur vie, des hommes que l'on avait ensuite obligés à la retraite, poussés par des forces trois fois plus nombreuses?

Ceux de la division Bailloud n'étaient pas seuls. Ils avaient été rejoints, à la fin d'octobre, par les trois régiments venus de Belfort. Les biffins avaient quitté le front de l'est, après quinze mois de campagne, pour embarquer à Marseille vers l'Orient. La 57ᵉ division du général Leblois, engagée précipitamment dans le massif du Tikvech, pansait aussi ses plaies à Zeitenlik. Et la 122ᵉ de Lardemelle était bloquée devant les hautes montagnes dominant la rivière Cerna.

Des hommes venus du front français s'étaient fait égorger, la nuit, dans les tranchées, par les corps francs bulgares. Les *comitadji*[1], «ces sauvages», fulminait Cadiou, avaient l'habitude de mutiler les cadavres.

Les représailles des légionnaires étaient terribles. Bailloud avait dû pondre une note pour que les Bulgares fussent traités «conformément aux lois de la guerre». Il avait aussi

---

1. Organisation révolutionnaire intérieure macédonienne, créée en 1893. VMRO (Vatrechna Makédonska Revolutsiona Organisatsia).

fait passer en cour martiale les anciens disciplinaires d'Afrique versés dans la Légion, coupables de défaillances.

Duguet avait pris la température de la troupe, recueilli les confidences. Les Bulgares avaient réservé aux poilus venus de France la même surprise que les Turcs aux soldats des Dardanelles : ils étaient parfaitement organisés et armés pour la guerre moderne. Si l'on n'en venait pas à bout facilement, à quoi bon ouvrir un nouveau front en Orient, qui serait tout aussi dur que celui de l'Artois ?

Du moins les biffins avaient-ils reçu, fin novembre, le casque d'acier Adrian qui limitait les blessures à la tête, le plus souvent mortelles. Ils pouvaient jeter dans la boue les vieux képis des pantalons rouges, responsables du décervelage de tant de braves. Mais les casques n'empêchaient pas les pertes.

En plus de la guerre moderne, avec double ligne de tranchées, flanquements de mitrailleuses, reconnaissances de *Tauben* et batteries lourdes traînées par des bœufs, les Bulgares pratiquaient une lutte impitoyable, en s'appuyant sur la population musulmane des Macédoniens hostiles aux Français et à leurs alliés serbes. Les zouaves avaient appris à Duguet que les volontaires serbes de la « bande Babouski » n'étaient pas plus respectueux des conventions de La Haye. Ils martyrisaient les prisonniers et égorgeaient par surprise les guetteurs de nuit.

Cette guerre de partisans indignait la troupe et la poussait à tous les excès, même contre les civils. Les paysans turcs abattaient leurs animaux plutôt que de les livrer à l'armée, les Bulgares étaient au courant, jour après jour, de la marche des unités françaises. Sarrail croyait intervenir en libérateur de la Macédoine bulgarisée, mais le gouvernement de Sofia avait gardé beaucoup de partisans dans la région. Il lui était facile d'infiltrer des espions dans les villages, jadis en sa possession. Toutes les maisons étaient susceptibles d'abriter des partisans ou des agents de renseignements.

«Si l'on veut rester à Salonique, il est clair que tout est à reprendre à zéro, pense le sous-lieutenant. D'abord rendre son moral à la troupe, enfermée dans un camp insalubre, mais surtout assurer sa sécurité en détruisant tous les réseaux de renseignements ennemis.»

Enfin convaincu de l'urgence à se mettre au service du colonel Valentin, Émile Duguet veut persuader Paul Raynal de se joindre à eux. Certes, l'arracher à Maublanc et Mazière ne sera pas facile. Mais Raynal est indispensable, essentiel à la réussite de sa mission, et Duguet se fait fort de le lui démontrer.

Hélas, il découvre son ami en larmes, abîmé dans la lecture d'une lettre de sa mère qu'il vient de recevoir.

«Je t'écris pour te donner des nouvelles de notre santé, qui est assez bonne, grâce à Dieu. Ton père se sent vieillir. Il dit que rien ne va plus depuis que tu es parti. Il ne tourne plus ses chapeaux de paille, sauf pour les veuves. Il voit tout en noir et la prospérité nous a quittés avec toi.

«Nous nous sommes réfugiés chez la tante Isabelle, à Monteils, où ton père a monté un petit atelier. Nous les aidons aux champs. Je suis allée hier sur les bords de la Leyre, à Cayriech, rendre visite à ton arrière-grand-mère qui porte bien ses cent printemps. As-tu gardé la médaille de la petite Thérèse de ta première communion? Ne la quitte jamais. As-tu reçu notre colis de tabac et de foie de canard pour Noël?

«Les voisins, les amis, te disent un grand bonjour. Le curé de Septfonds te fait ses amitiés. Reste en vie, mon petit, ne t'expose pas. Prends soin de ta santé dans ce pays de maladies.

«Ta vieille mère qui t'embrasse.»

Paul essuie ses larmes. Cette lettre simple aux accents si doux, expédiée depuis un mois, lui a rappelé d'un coup tout son bonheur d'enfant, son bonheur perdu et la profonde affliction des siens. Émile Duguet le serre contre lui, en chevalier du malheur. Paul se lève. Il est prêt à l'écouter.

Ahmet le Turc

Une explosion gigantesque réveille en sursaut les cent mille soldats français du camp de Zeitenlik, dans la nuit du 31 janvier 1916. Les trompettes des chasseurs parcourent les cantonnements. Émile Duguet, sorti de sa tente comme un diable d'une boîte, hurle à ses servants d'atteler les pièces. Edmond Vigouroux, en caleçon, cherche dans l'obscurité son pantalon de zouave. Jean Cadiou quitte l'infirmerie pour courir aux nouvelles. Paul Raynal se poste auprès du commandant Mazière, grimpé sur une charrette, qui scrute la nuit à la jumelle.

– Un bateau d'explosifs aura sauté dans le port, dit-il.

Le colonel Valentin tente de téléphoner à la capitainerie. En vain. La ligne n'émet qu'un grésillement continu, comme si les fils étaient coupés. De nouvelles détonations retentissent, allumant des lueurs d'incendie. Plusieurs chasseurs d'Afrique partent au galop, en éclaireurs. De retour au camp, ils annoncent une attaque de zeppelins.

– Les Boches nous gâtent, grommelle Valentin. Ils nous ont déjà envoyé leurs sous-marins et leurs *Tauben*. Et voilà les dirigeables!

Mazière a fait brancher les projecteurs du génie pour fouiller l'obscurité envahie de fumée. L'un d'eux saisit dans son faisceau une longue forme elliptique, de couleur jaunâtre, qui se découpe dans le ciel avant de disparaître dans les montagnes du nord. Le zeppelin.

Les chasseurs d'Afrique demandent des renforts. La cavalerie disponible et les poneys attelés du génie, tirant des charrettes bourrées de pelles et de pioches, les suivent au petit trot. Les deux compagnies du commandant Mazière se mettent en marche. Un cavalier posté en sentinelle pointe son bras en direction de la banque de Salonique et des bâtiments alentour qui sont aussi la proie des flammes. Les soldats français se joignent aux pompiers grecs pour combattre l'incendie.

Les brancardiers recueillent les blessés, dont la plupart sont juifs. Une jeune fille a été tuée sur le coup par l'éclat d'une bombe. Paul Raynal s'en approche. La blessure est invisible. Pourtant, sous son peignoir de soie, elle saigne. Elle était à sa fenêtre, réveillée par la première explosion, quand la bombe a sauté. Ses yeux noirs restés grands ouverts semblent scruter le ciel. Paul lui referme doucement les paupières. Des femmes en pleurs supplient les infirmiers de ne pas charger son corps sur la civière. Elles veulent l'exposer dans la maison, avant de l'enterrer selon les rites. Mais elles n'ont plus de maison.

Leurs longues lévites noires enfilées à la hâte et chapeau mou sur la tête, des religieux juifs proposent leur aide aux équipes de porteurs d'eau. Les seaux passent de main en main, des chaînes se constituent. Seuls les femmes et les plus âgés accompagnent le corps de la jeune victime au cimetière juif de Salonique. Une psalmodie plaintive s'échappe de leurs lèvres. Aux fenêtres des maisons restées intactes, des bougies s'allument sur leur parcours, afin que l'esprit de Dieu guide la jeune Sarah vers sa dernière demeure.

La banque n'est pas la seule touchée par les bombes du zeppelin. Les aéronautes allemands ont également atteint la préfecture grecque, dont les murs sont criblés d'éclats et la cour creusée d'une vaste excavation. En manteau noir passé à même sa chemise de nuit, le préfet organise les secours, s'informe de l'état des gardiens blessés. Ils ont déjà été évacués vers l'hôpital, de même que trois soldats grecs du port qui surveillaient le déchargement d'un cargo anglais.

Le colonel Valentin s'est rendu droit à un immeuble proche de la banque de Salonique, récemment réquisitionné par Sarrail pour y installer son état-major. Une bombe est tombée tout près, défonçant la chaussée. Mais les sentinelles sont restées à leurs postes, sous leurs guérites protégées par d'épaisses dalles de fonte. Aucune pièce n'a été atteinte dans les étages de la bâtisse. Celle du 2ᵉ bureau est intacte. Valentin vérifie que les dossiers sont bien en place. Pas de trace de pillage ni de vol. Les factionnaires ont ouvert l'œil.

— Pas de dégâts, précise l'un de ces braves marsouins. Seules les vitres ont souffert.

Sarrail surgit à cheval, aperçoit Valentin et pique des deux vers lui.

— Contrôler les points vitaux de Salonique n'a pas été suffisant, lui dit-il. Les agents de renseignements ennemis ont continué leur travail de taupe. Ils auront dirigé le vol des aéronautes par des signaux lumineux. Je vous prie de rédiger immédiatement des consignes pour qu'une garde de nuit soit assurée.

— Je compte désigner un officier de service chaque soir, mon général. Il donnera l'alerte.

— Faites mugir les sirènes, mais organisez d'abord un contact direct avec la base aérienne, un autre avec les projectionnistes du génie et de la marine. Dès que des zeppelins seront repérés, ils devront faire l'objet d'une observation rapprochée et d'une contre-attaque. Je vous tiens responsable de l'exécution immédiate.

— Mon général, le commandant Mazière est déjà à l'œuvre. Désormais, les projecteurs et les avions de chasse ne dormiront plus.

— Il reste à découvrir les informateurs. Je regrette que vous n'ayez pas encore abouti. L'importance de ce réseau est telle que les équipages de zeppelins se croient tout permis.

— Je vous ferai remarquer respectueusement, mon général, qu'ils n'ont atteint cette nuit que la banque et la préfecture grecques.

— Votre remarque est absurde. À cent mètres près, ils pulvérisaient notre état-major.

*
*

Le lendemain, les journaux grecs notifient à la population que les canons de la flotte alliée ont attaqué la ville la nuit précédente. Ces feuilles de chou sont toutes aux mains des Allemands, et le baron Schenk, chargé de la propagande, a fait passer ses directives aux rédacteurs. Ce personnage, bien connu des services français, jouit de la protection spéciale du roi. Il dispose d'un vaste bureau dans une annexe du palais, ainsi que de fonds illimités versés directement par Berlin à la banque nationale grecque. Il a investi successivement toutes les rédactions, combattant et refoulant l'influence anglaise. Le mark a chassé le sterling dans le financement des quotidiens.

Aussi le colonel Valentin n'est-il pas surpris de lire, dans les colonnes du journal le plus répandu de la cité, *To Phôs*[1], que «seuls les esprits malades croient au fantôme d'un dirigeable allemand survolant Salonique. Les Alliés ont évidemment bombardé une des capitales d'un pays neutre pour faire croire à une agression aérienne allemande. Quand on connaît l'amour de l'empereur Guillaume pour la Grèce, ces faux bruits font pitié. Comment des aviateurs du Kaiser auraient-ils pu prendre pour cible une ville peuplée de Grecs?»

Les rumeurs concernant le zeppelin ont assurément pour origine le journal de Vénizélos l'ostracisé, le Crétois maudit, payé par l'argent anglais. Dans cette presse achetée, il ne faut pas s'étonner de lire de telles contre-vérités déshonorantes. Le baron prussien répand cette thèse le soir, au dîner du préfet grec, et les notables germanophiles, tous militaires de haut rang ou directeurs stipendiés de journaux, l'approuvent sans la moindre réserve.

Valentin a rencontré, dans les réceptions d'ambassade, ce baron Schenk qui oublie en Grèce sa morgue de junker pour caresser l'échine du plus grand nombre possible de journalistes. Il cherche surtout à s'attirer les grâces des étran-

---

1. *To Phôs* : en français, La Lumière.

gers des pays neutres, souvent présents à Salonique ; les Américains par exemple. Il les invite à déjeuner, leur fait de beaux discours sur l'assistance humanitaire de l'Allemagne dans les Balkans, loue son influence spirituelle par le biais de ses nombreuses missions culturelles, scientifiques ou archéologiques. Il ne manque pas de leur organiser des rencontres avec les Grecs proallemands qui sont légion dans la capitale.

On oublie son crâne rasé et ses balafres au visage, souvenirs des duels d'étudiants de Heidelberg, pour apprécier son accueil à l'américaine, franc et positif. Les Allemands ne viennent pas dans les Balkans pour des raisons stratégiques, mais pour aider des pays qui méritent d'être rattachés au système de production industriel le plus puissant d'Europe, celui du Reich. Les Bulgares cesseront d'élever des chèvres et les Grecs d'envier les Turcs quand, maintenus dans la paix continentale garantie par l'Allemagne, ils bénéficieront du savoir-faire des techniciens et du financement des banques de Munich et de Vienne, comme le font déjà les Slovènes, les Croates et autres Bosniaques. Que les Grecs se détournent de l'Angleterre : l'Allemagne fera vite de leur pays le plus riche de la Méditerranée.

Le baron Schenk a toujours le dernier mot : c'est lui qui paye. Les Grecs de Salonique ne manquent pas de solliciter les crédits de ce Prussien plein aux as lorsqu'ils ont quelque renseignement à offrir. Ils savent qu'ils seront reçus avec égard.

John Reed, journaliste américain présent quelques mois plus tôt à Salonique, relate dans un de ses articles, découpé dans le *Metropolitan* par les agents du bureau de presse de Sarrail : « Les espions grouillent. Allemands au crâne rasé qui prétendent être italiens, Autrichiens portant chapeaux

tyroliens verts qui se font passer pour des Turcs, musulmans du parti vieux-turc qui complotent dans les coins, et
agents grecs de la police secrète qui changent de costume
quinze fois par jour et modifient la forme de leur
moustache. »

Tous les journalistes du monde occidental se donnent
rendez-vous à Salonique à l'hôtel de Rome. Bartlett, du
Times, y a interviewé sir Ian Hamilton, ex-chef du corps
expéditionnaire anglais de si désastreuse mémoire, à son
retour des Dardanelles.

– Enfer et damnation, lui a-t-il déclaré. Pourquoi m'a-
t-on envoyé ici ? Que fais-je dans cette fichue jungle de
Salonique ?

Bartlett, très au fait de la politique du cabinet britannique,
ne peut lui révéler qu'on cherche surtout à le rapatrier en
Angleterre, pour nommer un autre général en Macédoine.

Le Français Albert Londres est aussi descendu à l'hôtel de
Rome, où il rédige ses articles pour le *Matin*, quotidien à
grand tirage tout dévoué au président du Conseil Aristide
Briand, l'ami de Vénizélos.

– Comment pouvez-vous résister à ce Schenk ? demande
le journaliste à Valentin, au bar de l'hôtel. Il a acheté toute
la ville ! Le climat est insupportable, on ne peut faire un pas
sans être suivi, dire un mot sans qu'il soit répété. Vous
subissez les fausses informations que ce Prussien distille
parmi la presse. J'ai lu ce matin dans *To Phôs* que l'attaque
des Bulgares contre Salonique est proche. Est-ce de nature à
renforcer votre emprise sur la ville ?

– Le général Sarrail a immédiatement réagi, précise
Valentin, avec un calme apparent. Il a exigé le départ immédiat
de la division grecque entourant le camp de Zeitenlik.

— Je viens de rendre visite au colonel Massala. Les Grecs refusent.

— Nous avons les moyens de les contraindre.

— Débarquer au Pirée? Engager le fer contre cinq divisions armées et sans doute commandées par des Allemands ou par des officiers formés à l'académie militaire de Berlin? Vous rembarquerez la queue entre les jambes, comme un chat trempé dans l'eau froide, sur injonction de votre gouvernement qui ne veut à aucun prix d'une épreuve de force contre le roi des Grecs.

Valentin sait que le journaliste est bien informé. Albert Londres est l'enfant chéri du pouvoir qui dévore comme une bible ses articles sur les opérations du front. Il est vrai qu'après le raid du zeppelin, responsable de onze morts, dont un soldat français et un anglais, Sarrail a reçu la confirmation que des signaux lumineux avaient été émis depuis la ville. Il a voulu proclamer l'état de siège, mais l'autorisation du GQG de Joffre à Chantilly lui a été refusée. Les alliés britanniques y sont hostiles, et Briand n'a pu les persuader de s'engager dans une politique de force. On ne veut pas heurter le sentiment national grec.

— Vous n'obtiendrez pas l'état de siège, assure Albert Londres avec aplomb, ils ne vous laisseront pas faire. Les Anglais sont encore trop présents ici, et la Grèce est sur la route de l'Égypte. Ils sont là pour garder leur position, pas pour prendre des risques. Ils savent que les Grecs ne se rangeront jamais aux côtés des Bulgares, leurs rivaux naturels dans les Balkans; encore moins dans le camp des Turcs haïs depuis si longtemps. Inutile, pour Sarrail, de jouer les don Quichotte. Nos alliés de Londres suivent à l'égard des Grecs une ligne politique simplissime : *wait and see*.

**
*

Sarrail encaisse le coup. Puisqu'on ne lui accorde pas les moyens de réprimer, il tente de convaincre. Son chauffeur le conduit en voiture au port, où un croiseur l'embarque pour le Pirée, grand pavois hissé. Il se rend au palais royal tel un ambassadeur de la République. Il y est reçu, avec courtoisie mais froideur, par un souverain issu d'une dynastie du Danemark, et éperdu d'admiration pour les exploits guerriers de Guillaume II, dont il est parent. Le général Ioannis Metaxas, imperturbable, sanglé dans son uniforme de coupe allemande, le conduit dans le bureau de Constantin.

Le roi l'accueille avec une politesse affectée. Sarrail n'oublie pas, en le saluant, qu'il est le fils du roi des Grecs Georges Ier, assassiné en 1913 par des terroristes probablement venus de la Macédoine bulgare. Il n'a certainement pas envie de voir les bataillons du petit tsar de Sofia envahir ses terres.

Constantin est le premier souverain de Grèce né à Athènes. Il parle le démotique avec aisance. Son père avait vu le jour à Copenhague et avait dû apprendre la langue de ses sujets pour régner sur les Hellènes.

Sarrail s'étonne que le souverain le reçoive en uniforme. La Grèce n'est pas en guerre. Pas encore. Le roi veut sans doute ainsi manifester qu'il est le chef de l'armée et que le pouvoir en Grèce, en ce mois de février 1916, est exclusivement militaire. Tous les Grecs sont mobilisés et ne peuvent plus voter. La Chambre est dissoute. Vénizélos le démocrate s'est retiré sur ses terres crétoises et Sarrail le regrette. Il n'a plus comme interlocuteurs qu'un quarteron de généraux et un souverain botté.

— Nous devons beaucoup à votre collègue Eydoux, confie le roi à Sarrail. Il est venu à Athènes pour nous aider à mettre au point le système de la conscription.

Grâce au général français Eydoux, combattant sous Foch à la bataille de la Marne en septembre 1914, quatre cent vingt-cinq mille Grecs sont donc mobilisables et neuf divisions en armes occupent déjà le terrain, le long de la frontière bulgare. La politique de paix imposée par le roi des Hellènes les a convaincus de prendre les armes pour se faire respecter, et éviter la guerre. Constantin Ier tient ce discours à Sarrail, dans un français parfait. À peine s'interrompt-il pour demander en démotique des précisions à Metaxas.

— Nous respectons la neutralité grecque, dit Sarrail, ponctuant sa déclaration d'une pointe de solennité. Nous n'avons pas cherché à engager la Grèce de force dans notre conflit, ni soutenu les visées vénizélistes qui poussaient les Grecs à s'enrôler dans notre armée.

— Je vous en suis reconnaissant, coupe le roi. Nous devons beaucoup au crétois Vénizélos, en particulier l'acquisition de l'île de Crète, mais nous pensons que le moment n'est pas venu de risquer la sécurité de notre peuple dans une aventure à l'issue incertaine.

— L'armée internationale qui va se réunir à Salonique n'a envisagé aucun plan commun avec les Grecs. Nous aurons ici des Russes, des Italiens, des Serbes, tous unis avec les Franco-Britanniques pour rejeter les Centraux au-delà du Danube. Mais pas de Grecs.

Metaxas sourit sans commenter, en regardant le roi. Sarrail se rend compte qu'il est allé trop loin. Proposer aux

Grecs une alliance dans une coalition de rivaux! Les Italiens ont des vues sur les îles du Dodécanèse et même sur l'Asie Mineure, les Serbes sur la Macédoine. N'importe quel consul du Quai d'Orsay le sait fort bien.

– Les Anglais nous ont proposé de nous associer, glisse le roi, indiquant par là, non sans malice, qu'il n'exclut pas cette hypothèse.

Elle est seulement à l'étude. Comme s'il pouvait, grâce à Londres, changer de camp à tout moment. Comme s'il voulait rappeler à ce général français que l'amitié de Londres est plus importante pour un roi de Grèce que les ouvertures d'un chef de guerre embarqué à Marseille, débarqué de son commandement en France, et dont les troupes, réduites au camp de Salonique, sont singulièrement faibles. Très inférieures en nombre et en puissance, en tout cas, à celles des seuls Bulgares.

Le roi ne s'est pas avancé plus loin. Il a renvoyé Sarrail au général Moschopoulos pour les questions de sécurité et de communications. Le premier ministre Skouloudis, entièrement soumis au souverain, a protesté pendant le déjeuner contre les arrestations de suspects organisées par les Français dans la ville même de Salonique. Il souhaite à l'avenir que les services du général s'adressent au préfet grec.

Sarrail ne répond pas. Il entend rester maître d'agir à sa guise. Quand Skouloudis affirme d'une voix forte que Salonique sera bientôt bombardée, il lui cloue le bec en assurant que la portée des canons bulgares ne leur permet pas de tirer d'aussi loin. Dieu merci, les Alliés sont là pour les empêcher d'avancer et de martyriser la ville.

Pour Sarrail, être grec, c'est suivre Vénizélos. Lui seul représente la *megale idea*, la grande idée, celle du rassemblement sous un même drapeau de tous les Grecs d'Orient : ceux de Macédoine et des îles, ceux d'Asie Mineure, de Smyrne et de Constantinople. Les patriotes de ce pays n'ont que faire des généraux qui rêvent d'être allemands, d'un roi trop prudent qui les détourne des Alliés.

— J'ai vu Vénizélos, sur mon chemin de retour à Salonique, annonce Sarrail au colonel Valentin. Il espère toujours que la Grèce marchera. Il m'a expliqué combien le réarmement des unités grecques était une entreprise coûteuse et de longue haleine. Les soldats manquent de chaussures et les artilleurs de chevaux.

— Les vénizélistes vont-ils déserter pour s'engager chez nous?

— Je ne le souhaite pas. Le roi non plus, assurément. Il veut éviter les incidents. Il est pour l'Allemagne, nous le savons, mais il tient à sa neutralité et n'a nulle envie de s'allier à ses vieux ennemis bulgares. Il ne consentira jamais à admettre les engagements volontaires de Grecs vénizélistes dans nos rangs. Le seul moyen pour nous de les accueillir en renfort serait de déposer Constantin au préalable. Nous en sommes très loin. Il m'a quand même promis de retirer la division qui entoure le camp de Zeitenlik.

— Quand?

— Dès que possible. Je ne puis vous en dire plus. À nous, à vous de frapper dans Salonique sans pitié, de désarmer les Grecs de l'ombre, ceux qui renseignent les Allemands, avec la complicité de tous ces guignols de la Cour.

**
*

Le froid reste vif, le vent glacé, les chutes de neige inter-
mittentes, mais la vie s'organise au camp où l'on dresse des
hangars Bessonneau pour mieux abriter les escouades
transies de froid sous les tentes. Des bâtiments en dur sont
réservés aux services de santé. Des fours à pain sont installés
en série, pour fournir les deux cent mille rations quoti-
diennes nécessaires à la troupe.

Les régiments, depuis les zouaves venus de Sedd ul Bahr
jusqu'aux fantassins de Belfort, sans exception, s'activent
aux travaux. Vigouroux déteste son saroual de toile écrue,
certes agréable l'été, mais glacial l'hiver quand il est trempé
par la pluie. Il porte une culotte de drap de laine couleur
mastic et un pull épais sous sa capote, pour tracer, avec ses
camarades Floriano et Ben Soussan, les allées d'un gigantesque potager que le commandant Mazière a décidé d'ense-
mencer à l'intérieur du camp.

Par représailles, suite aux incursions de soldats armés
dans les rues de la ville, les autorités urbaines autochtones
ont décidé de chasser des abords du camp les mercantis
grecs et syriens. Plus d'oranges ni de melons au menu.
Impossible d'acheter des moutons ou des bovins, ni du
poisson aux pêcheurs : ils sont saisis à leur arrivée par
l'intendance grecque.

Le commandant Mazière estime que l'armée a les
moyens de se passer des Grecs. Si l'on veut éviter le scorbut,
il faut produire ses propres récoltes de salades, de choux et
autres légumes. Mais comment les faire pousser sur un sol
d'argile rouge?

D'abord drainer, creuser des rigoles, assembler les tuyaux
d'évacuation d'eau en céramique. Les cinq cents soldats des
deux compagnies du génie sont requis pour réaliser l'assai-

nissement, affermir le sol, aménager des puits et des canaux d'irrigation convenablement tracés qui permettront d'aborder l'été. La science hydraulique toute neuve de Mazière est à l'épreuve. C'est aussi sécuriser l'armée que de la mettre à l'abri des moustiques porteurs de germes.

Floriano prend à cœur ce travail de pionnier qui lui rappelle celui des premiers colons de la Mitidja. Il sait combien l'eau est précieuse, et il entraîne derrière lui les foreurs de puits, parcourant le terrain ingrat de sa baguette de sourcier. Plus de mille hectares doivent être mis en culture si l'on veut nourrir les hommes de produits du cru. Le prévoyant Mazière fait aménager mille réservoirs et plus de quatre mille abreuvoirs. Des transports de chevaux et de mulets sont attendus de France. Il faudra les abreuver.

Ben Soussan, vigneron mais aussi maraîcher de Mostaganem, sélectionne lui-même ses plants et surveille les premières pousses de salades. Les rangées de légumes sont semées au cordeau dès le mois de mars, le long des rigoles d'irrigation. Ben épie les premières fanes de radis et de carottes. Il est secondé par quelques jardiniers grecs favorables à Vénizélos, qui, en attendant de pouvoir s'engager, ont trouvé ce moyen pour s'intégrer d'avance à l'armée française. Ils procurent aux zouaves les sachets de semences.

En France, le 21 février 1916, les Allemands attaquent à Verdun. Vigouroux apprend la nouvelle le lendemain dans le potager de Ben Soussan, de la bouche de Marceau Delage, le sympathique chauffeur du train des équipages. Le conducteur des huiles est affecté plus que jamais à la personne de papa Bailloud, le populaire commandant de la 2e division.

— Le patron fait une tête d'enterrement. Il ne sort plus de son bureau. Il dit que c'est très grave, explique Marceau, volontiers disert. Selon lui, si les Allemands repartent, rien ne les arrêtera plus. Ils ont réglé leur compte aux Russes et aux Serbes. Notre tour est venu. Cette fois, ils n'ont rien négligé pour réussir. Il paraît qu'ils ont rassemblé plus de dix mille canons qui tonnent jour et nuit, et que nous sommes sans nouvelles des nôtres.

— C'est un drame, notre malheureuse armée a déjà perdu au moins un demi-million de soldats, s'alarme Ben Soussan. Je pense à mon cousin Mardochée, parti au 1er régiment de marche des zouaves d'Alger. Il a tout fait, Charleroi, la retraite, la Marne. Je ne sais plus rien de lui depuis bientôt un an. Ma femme me dit que la famille n'a reçu aucun avis. Peut-être est-il prisonnier. Cela lui évitera de repartir pour Verdun. Les Boches, jusqu'ici, se défendaient. S'ils passent à l'attaque, ils vont tout emporter. La Ruhr travaille sans relâche pour leur armée. Vous connaissez la Ruhr? Un arsenal inépuisable : tout le charbon, tout l'acier de l'Europe. Si la guerre devient industrielle, ils seront dix fois plus forts que nous!

— Les Bulgares seront armés par eux, commandés par eux. Ils auront sans doute aussi envie de se répandre dans la plaine comme un torrent. Ils vont se ruer sur nous comme des sauvages, se lamente Vigouroux.

— Alors, la guerre reprendra ici aussi, et c'est tant mieux. Si nous ne faisons rien alors qu'ils sont en grand danger, en France, ils diront que nous sommes les jardiniers de Salonique, lance le caporal Floriano en égrenant au vent un paquet de semences de chicorée.

* *
*

Pour assurer les gros travaux, les officiers ont d'abord utilisé les rares prisonniers bulgares ramenés d'opérations. Il est essentiel de construire vers le nord des réseaux de tranchées et de points d'appui, pour parer à toute attaque surprise. Le raid du zeppelin a contraint l'armée à creuser de vastes abris dans l'argile, bientôt étayés et recouverts de béton. Le commandement a engagé des travailleurs turcs, recrutés dans les villages des environs ou dans les bas quartiers de Salonique.

Très hostile aux Grecs, cette main-d'œuvre semble sûre. On l'utilise aussi pour paver la route qui va du camp au port, à l'épreuve des convois d'artillerie. Le lieutenant Layné surveille ces travaux d'accès au camp. À l'heure de la pause, il remarque un Turc très jeune, quinze ans à peine, les cheveux longs, le regard vif et fureteur. Au lieu de partager le repas de ses camarades, le gosse circule pieds nus sans éveiller la méfiance, puis file entre les baraquements du camp, soi-disant à la recherche des latrines. Layné s'étonne de ne pas le voir réapparaître à l'heure de la reprise. Quelqu'un l'a vu rôder autour du terrain d'aviation, un autre près du hangar aux obus. Le lieutenant, soupçonneux, demande son nom au chef d'équipe des travailleurs civils. Il s'appelle Ahmet et habite Salonique, dans le vieux quartier turc.

Ahmet ne revient pas. On l'a vu franchir la porte d'entrée, et la sentinelle a bien failli tirer sur ce civil en fuite. Mais il a réussi à passer.

— On ne le reverra plus, dit Layné à Raynal. Il s'est aperçu que j'observais son manège, et il a pris les devants. J'ai interrogé ses camarades. Nous pourrons retrouver son domicile, sa mère est connue dans le quartier pour vendre des oranges sur une charrette à âne.

Raynal, à tout hasard, avertit Duguet, qui informe à son tour Valentin.

— C'est une trace, un fil de laine, estime le colonel en hochant la tête. Gardez-vous de le négliger. Les grands réseaux réunissent des myriades d'informateurs, surtout s'ils opèrent en terrain favorable. Quelqu'un paie les renseignements donnés par Ahmet. Il faut le rechercher. Partez en patrouille.

Retrouver le jeune dépenaillé dans le quartier turc n'est pas une mince affaire : les maisons abandonnées après l'invasion grecque de 1912 et les mosquées tombées en ruine sont envahies par des centaines de familles de Grecs et d'Arméniens réfugiés de Smyrne ou d'autres villes d'Asie Mineure. Les mosquées désaffectées n'ont pas été transformées en églises byzantines : elles sont à qui veut les prendre, et d'abord aux réfugiés, que la dictature des Jeunes-Turcs contraint à déguerpir.

Les femmes grecques, amphores posées sur la tête, vont en procession puiser l'eau à la fontaine. Elles lavent leur linge dans de vastes bassines de cuivre puis l'étendent sur des cordes. Les plus âgées parcourent la ville, récoltant dans leurs fichus des morceaux de bois qu'elles donnent à brûler dans des poêles de fortune. Les enfants très nombreux vagissent ou crient. D'autres dorment dans des hamacs.

À l'instigation du préfet grec, cette population a été recueillie dans le quartier turc. On est sûr qu'elle se chargera de le piller jusqu'à la dernière brindille.

— Où habitent les Turcs? demande Duguet à un portefaix grec coiffé d'un serre-tête de couleurs bigarrées qui, engoncé dans son manteau de bure brune, rentre de son travail au port.

– Suivez cette femme, dit en français le Grec d'Asie, désignant une silhouette voilée de blanc.

La jeune femme portant une amphore s'engage à travers les ruelles jonchées d'immondices, au cœur du quartier turc, où elle fait claquer ses socques de bois.

C'est la fin de l'après-midi. Des hommes vêtus de redingotes noires et coiffés de fez se hâtent sur la chaussée glissante vers leurs cafés habituels. Ils ne sortent de leurs logis qu'à la tombée du jour. Ces vieux Turcs, très hostiles aux colonels qui ont pris le pouvoir à Constantinople, se retrouvent la nuit entre eux, pour fumer le narguilé et lire les journaux. De Salonique est partie jadis, avec le colonel Mustafa Kemal et les soldats de la garnison, la révolution jeune-turque qui, selon les anciens, a fait le malheur du pays en le précipitant dans les guerres. Les anciens notables turcs, lors de l'annexion grecque de 1912, ont refusé de quitter leur ville pour ne pas laisser les vainqueurs s'installer en conquérants dans leurs murs.

Ils ne parlent à personne, mais vont par groupes dans les rares mosquées qui subsistent, car leur foi est restée farouche. La domination des Hellènes orthodoxes l'a encore confortée. Ils s'accrochent à leur religion avec l'énergie du désespoir et comme en souvenir de leur splendeur passée.

Leurs maisons de la ville haute, protégées par des palissades de bois, sont fermées aux étrangers. Ils ont pourtant accordé l'hospitalité aux réfugiés turcs de Macédoine hostiles aux Bulgares brûleurs de villages. Des caravanes d'ânes et de mules conduites en ville par leurs enfants les fournissent en vivres, mais aussi en fagots de houx ou de genévrier pour se chauffer.

Duguet désigne une échoppe fermée, au pied d'une mosquée.

– Selon le plan du lieutenant Layné, c'est le logis de la mère d'Ahmet. Il est vide.

* *
*

À dix pas de là, ils entrent dans un *cafedji* où des hommes aux cheveux blancs fument le narguilé en buvant du café. La présence de militaires étrangers ne les surprend pas, ils la tolèrent assez bien. Les uniformes français sont rares en ville, et les Turcs de l'ancien régime détestent surtout les soldats ou les gendarmes grecs.

Un jeune serveur renouvelle prestement les skiros[1], le lokoum douceâtre et le café lourd servi avec de l'eau fraîche aux consommateurs assis sur des chaises de bois dur, garnies de coussins de couleur. Un joueur d'orgue de Barbarie égrène des airs nostalgiques accompagnés de bruits de clochettes.

Duguet dévisage les vieux Turcs, impassibles derrière un écran de fumée. Ils viennent de réciter le Coran à l'appel du muezzin d'une antique mosquée où, le soir venant, dans de grands froissements d'ailes, des cigognes retrouvent leurs nids. Eux aussi s'apprêtent à rentrer chez eux pour revêtir leurs chemises de soie et leur cafetan en cachemire fourré qui leur permet de supporter l'humidité froide de l'hiver.

Comment les agents de renseignements fraîchement recrutés et parfaitement ignorants des langues orientales

---

1. Le skiros est un maquereau séché et salé, découpé en tranches fines macérées dans le vinaigre et la coriandre.

vont-ils engager conversation? Même les serveurs d'allure avenante, voire délurée, utilisent soit le salonicien soit le sabir, ce mélange très populaire parlé par les dockers du port avec des mots empruntés à l'espagnol judaïsé et au libanais, mais aussi à l'italien des antiques Italiotes et même à la *lingua franca*.

Duguet essaie l'italien. Mais il ne connaît même pas le nom de famille d'Ahmet dont la mère vend des oranges.

Un Turc sort de son immobilité pour se pencher vers lui, et murmure :

— Eriknaz. C'est son nom. Elle rentre très tard le soir, avec sa voiture des quatre-saisons, comme vous dites à Paris. Elle la pousse à bras, malgré son âge. C'est une brave femme, une vraie Turque, croyante et courageuse, qui a élevé son fils unique toute seule.

— Ahmet ne l'aide pas? demande Émile Duguet, innocemment.

— Ah! Vous cherchez Ahmet! répond le vieux Turc, esquissant un sourire. Tout le monde cherche Ahmet. Deux hommes l'ont demandé vers midi.

— Des policiers grecs?

— Sans doute. Des civils coiffés de feutres verts à plumes. Des *giaour*, des infidèles comme vous, les Français. Mais Ahmet se méfie, il rentre rarement chez sa mère.

— Nous devons le joindre à l'instant, le presse Duguet. Question de sécurité.

Le Turc redevient silencieux. Il réfléchit en mâchant lentement son skiros. Les hommes qui cherchaient le gosse étaient probablement allemands, ou autrichiens. Ils n'avaient pas de bonnes intentions, cela se lisait sur leur visage. Des amis des colonels turcs au pouvoir à Istanbul,

74

des amis de ses ennemis. Pourquoi protégerait-il de tels félons, couvrirait-il leurs réseaux d'espionnage ? Jeunes Turcs ou Bulgares, c'est du pareil au même. Ils sont alliés dans cette guerre, misérables vassaux du maître allemand.

Le vieil homme déteste Enver Pacha et sa clique. S'il a dû s'exiler durant trois ans à Paris avec toute sa famille, après la révolution de 1908, c'est à cause d'eux. Il connaissait l'intransigeance des nouveaux patrons laïcs de la Turquie, jadis partis de Salonique, alors port ottoman, qui avaient entraîné avec eux toute la garnison pour prendre le pouvoir à Constantinople. Rentré d'exil en 1912 alors que la ville était prise par les Grecs et qu'il n'avait plus rien à craindre de la police politique des Turcs, il se considère un peu depuis, malgré la ruine de sa maison, comme le protecteur de la communauté ottomane maltraitée par les fonctionnaires du roi Constantin.

— Pour qui travaille le jeune Ahmet ? lui demande l'officier français.

Il n'en sait rien. Il aime ce garçon agile, entreprenant, qui aide sa vieille mère à survivre en travaillant dans le camp de Zeitenlik. Un brave gosse, souvent présent à la mosquée des cigognes malgré ses allures indépendantes et ses mauvaises fréquentations du port. Le vieux Turc lui a appris autrefois à réciter la *fâtiha* et il a gardé la foi du Prophète.

L'homme pose son narguilé et se présente : son nom est Safvet. Il est le fils d'un dignitaire de l'ancien régime. Son père trônait jadis à l'Amirauté au palais de Tersana.

Il ne voudrait pas qu'il arrive malheur à Ahmet, enfant naturel d'Eriknaz, chassée très jeune du harem de son père pour inconduite. Mais peut-il se fier à ces deux Français ?

— Qu'attendez-vous au juste d'Ahmet ? demande-t-il à voix basse.

– Qu'il nous dise pour qui il travaille. C'est tout. Nous n'avons pas de temps à perdre avec un gosse. Nous ne lui ferons subir aucun mauvais traitement, bien qu'il espionne le camp des Alliés. Il reverra sa mère, je vous le jure.

Baissant son fez jusqu'aux sourcils, comme s'il craignait d'être reconnu par un espion de la police royale, Safvet se décide enfin à donner l'information :

– Revenez au port. Traversez la ville basse, grimpez au-dessus du quartier de Top Hané. Vous trouverez la route de Monastir[1]. Vous avancerez jusqu'au cyprès qui garde des tombes musulmanes. Vous ne pouvez pas vous tromper. L'arbre domine tous les autres, à croire qu'il a été planté au temps du sultan Bajazet.

* *
*

La route de Monastir, boueuse, grise et remplie d'ornières, est noire de soldats grecs qui se succèdent par unités : tantôt des cavaliers orgueilleux juchés sur des montures irréprochables, étrillées et soignées comme des chevaux de polo anglais, tantôt des fantassins en vêtements d'hiver couleur kaki, d'assez triste allure et pataugeant derrière, lourdement chargés. Les compagnies se suivent, en rangs par trois. Pas un officier n'a le moindre égard pour les cavaliers français croisés en chemin. Feignant de ne pas les voir, ils n'ont pas à les saluer.

– Ils ont promis d'évacuer les troupes autour du camp, dit Duguet, piquant des deux pour reprendre sa route interrompue. Voilà qu'ils les renforcent. Ces régiments viennent

---

1. Aujourd'hui Bitola, en Macédoine ex-yougoslave.

de la frontière serbe et montent vers Zeitenlik comme s'ils voulaient nous attaquer.

Au loin, les derniers rayons du soleil éclairent les cimes neigeuses des Balkans et le mont Olympe. Dès la sortie de Salonique, le paysage devient steppique, presque désertique. Paul Raynal se demande comment l'enfant turc a pu y trouver refuge. Les maisons se raréfient, pas de villages aux toits rouges, pas la moindre ferme.

— Pourquoi tous ces tombeaux ? demande Paul.

— Nous sommes en terre grecque très ancienne, lui dit Duguet. Les Turcs n'étaient ici qu'occupants. Les tombes en pierre sculptée du temps d'Alexandre le Grand subsistent le long de cette voie antique. Si tu grattes un peu les lichens qui les recouvrent, tu peux découvrir des inscriptions en grec ancien, datant de cinq siècles avant le Christ.

— Un cimetière interminable !

— Parce que tous les notables voulaient être enterrés au bord de cette route : les contemporains de Périclès l'Athénien, plus tard de Cicéron, le sénateur romain, et, plus tard encore, de Philippe et d'Alexandre de Macédoine. Ils aimaient à se faire ensevelir ici, pour qu'on ne les oublie pas. Les Romains ont réemployé les matériaux des sépultures macédoniennes pour sculpter leurs propres stèles funéraires, le long de cette *via Egnatia* qui va de Durazzo, sur l'Adriatique, jusqu'au port de Salonique et même au-delà, jusqu'à la capitale de Constantin le Grand. Ce désert est un passage historique millénaire.

À perte de vue, on distingue les tombes de marbre ruinées, souvent effondrées. Des chèvres, des moutons rentrant à la bergerie guidés par des bergers albanais, broutent l'herbe maigre alentour. Le vent fouette les visages d'air salin, car la mer toute proche borde la plaine basse sur toute son étendue.

— Pas le moindre cyprès, se lamente Paul, déprimé par ce désert glacé. Seulement quelques pins rabougris. Le Turc nous aura trompés.

— Je ne suis pas de cet avis. J'ignore pourquoi, mais j'ai senti chez cet homme le ton de la sincérité.

Sous un arbre assez haut, un autre troupeau de moutons a trouvé refuge. Les cavaliers s'approchent. Hélas! C'est un platane. Déçus, ils poursuivent leur chemin. Duguet commence à douter. Est-il possible que le jeune homme se terre si loin de la ville? Il pousse son cheval à travers champs, vers le soleil couchant. Il découvre enfin, légèrement en contrebas, le cyprès géant. Dissimulés sous son branchage, des monticules de pierres.

— Entends-tu ces lamentations?

Le vent les porte, en complainte lointaine. Une voix suraiguë aux accents déchirants. Les chevaux se cabrent devant les ruines enchevêtrées de broussailles. Ils sont parmi les restes d'un village ancien.

Le cyprès est si imposant que plusieurs hommes pourraient y trouver refuge en aménageant des cachettes sous ses branches touffues. L'énorme tronc de bois rose est percé d'ouvertures béantes où nichent des corneilles. Contrariées par les visiteurs imprévus, elles s'envolent en couvrant de leur vacarme les accents plaintifs de la voix.

— Personne, constate Duguet. Faut-il croire aux fantômes?

— Par ici, une bergerie.

Tous deux descendent de cheval pour suivre à la trace les crottes de moutons. Ils empruntent un sentier frayé dans les touffes de lilas et de genévriers qui débouche vers un amas de pierres blanches, plus allongé que les autres, muni d'une ouverture qui semble conduire à un souterrain. Ils approchent sans bruit, guidés par la mélopée qui devient languissante.

– Une voix de femme, à coup sûr.

Dans la pénombre, ils distinguent une forme agenouillée et en prière, les paumes des mains levées vers le ciel.

– Eriknaz, c'est elle! souffle Duguet, qui n'ose allumer sa lampe de poche pour ne pas profaner la douleur sainte de la mère.

À leur entrée, la vieille femme au visage dissimulé par un voile noir s'est précipitée près du corps étendu sur la paille afin de le couvrir et le protéger, comme si on voulait lui voler sa chère dépouille. Émile et Paul s'approchent, scrutent les traits parfaitement intacts de celui qu'ils cherchent. C'est bien Ahmet. Il a le cou tranché d'une oreille à l'autre.

– Travail bulgare, assure Duguet. Les *comitadji* ont signé leur crime.

*
**
*

Paul Raynal ignore tout des *comitadji*. Creusant avec lui, tout près du seuil de la bergerie, la tombe de l'enfant martyr, Émile veille à l'orienter comme il convient vers La Mecque et explique brièvement ce qu'il sait :

– Les Bulgares entretiennent en pays macédonien, présentement grec, des réseaux de partisans de très ancienne tradition. Ils luttaient jadis en Macédoine contre l'occupant turc et musulman.

Ils regardent Eriknaz se défaire de son voile noir pour improviser un linceul dont elle recouvre entièrement le corps de son fils chéri. Puis elle dispose des pierres blanches autour du tombeau et se met à genoux pour réciter les versets du Coran.

Duguet demande l'aide de Paul pour poser une dalle assez large au-dessus du corps enseveli. Avec la pointe de son couteau, il y grave le nom d'Ahmet. Puis il tire de sa poche une bougie qu'il allume sur le tombeau, abandonnant là la vieille femme qui priera jusqu'au jour pour l'âme de son fils.

— Les *comitadji* tuent nos sentinelles en faction dans les collines autour de notre camp. Ils commettent des attentats à Salonique, à Athènes même, toujours contre les Alliés. Quand ils ont appris que nous recherchions Ahmet, ils ont décidé de le supprimer pour qu'il ne puisse parler. C'est la meilleure hypothèse.

— Peut-être Eriknaz pourrait-elle nous en dire plus long.

— Elle ne sait rien. Elle se laissera mourir. Seul ce fils la tenait en vie.

Ils reviennent pourtant sur leurs pas, avec l'espoir d'entraîner la vieille femme qu'ils hisseront en croupe sur un de leurs chevaux. Impossible. Elle s'accroche à la pierre tombale en poussant des cris rauques et en insultant les Français : ils n'ont pas le droit de troubler son malheur, d'empêcher Azraël, l'ange de la mort de l'islam, d'emporter son fils vers Allah.

— *Euldi, eûlmûch,* il est mort, il est mort ! Étrangers, passez votre chemin !

Le regard halluciné d'Eriknaz n'a plus rien d'humain. Elle attend pour elle-même la visite de l'ange. Elle ne souhaite rien d'autre. Il faudrait l'entraîner de force, l'attacher sur un cheval. Paul Raynal en est incapable. En bon fils d'Aquitaine, il est pris par le vertige sacré de la mort, le dernier passage, le saut dans l'au-delà. Cette mère aux cheveux blancs crispée de douleur lui inspire le plus grand respect. Elle a tenu dans ses bras son fils égorgé, et prie pour que son âme soit en repos. Il faut la laisser seule sur la tombe de pierre blanche, et qu'Allah veille sur elle, puisqu'elle a gardé dans son cœur la foi des premiers descendants du Prophète.

Duguet détache les chevaux qui attendaient près du cyprès géant. Des gouttes de pluie réveillent la campagne pierreuse. Il faut rentrer, la rage au cœur, le sel desséchant les lèvres. La mission vient d'échouer, le fil ténu s'est rompu.

— Les *comitadji* pouvaient être serbes, bulgares ou grecs, explique-t-il à Paul en chemin, mais ils étaient d'abord macédoniens. Ils ont fait la guerre aux occupants turcs de la Macédoine jusqu'en 1912.

— Les Macédoniens d'ici ont été libérés en 1912 et les Turcs sont partis.

— Sans doute, mais les soldats grecs et serbes vainqueurs des Bulgares ont pris les villages, opprimé leurs habitants, saisi les récoltes, obligé les enfants à parler la langue des occupants.

— Tu évoques la deuxième guerre balkanique, celle de 1912.

— La plus dure pour les Bulgares, vaincus par une coalition des peuples voisins, alors qu'ils avaient gagné, presque seuls, la première guerre contre les Turcs. Ils ont dû lâcher toutes les provinces annexées, les abandonner aux Grecs et aux Serbes qui se sont jetés sur la Macédoine. Du coup, les résistants embrigadés dans les *comitadji* sont devenus bulgarophiles et les services spécialisés de Sofia n'ont eu aucun mal à reconstituer les réseaux.

— Quels sont les moyens d'action de ces agents secrets ?

— La bombe et le poignard. Ils veulent attirer l'attention des journaux de New York, Paris et Londres sur la

Macédoine opprimée. Ils ne reculent devant rien. J'ai consulté la documentation du colonel Valentin. En 1903, ils ont détruit la banque ottomane. L'année suivante, ils provoquaient une insurrection à Monastir et à Andrinople, déchaînant une répression turque d'une sauvagerie inouïe.

— Les Turcs n'en sont pas venus à bout.

— C'est impossible. Ils constituent des maquis très mobiles, logent dans les bergeries et les cavernes de la montagne. Ils s'appuient sur les chrétiens orthodoxes, assez nombreux en Macédoine. Leur comité central clandestin a toujours opéré à Salonique, sans être repéré. Il diffuse des tracts, lève des impôts, égorge les récalcitrants.

— A-t-il toujours les Turcs pour cible?

— Les vieux Turcs, assurément, mais ceux-ci sont devenus inoffensifs. Les terroristes s'attaquent plutôt à l'administration grecque en territoire macédonien. Depuis notre présence à Zeitenlik, nous, les Français, sommes leur cible désignée. Ils se sont mis, contre nous, au service des Bulgares qui tirent tous les fils de leur organisation et leur ont promis l'indépendance après la victoire.

— Pourquoi ont-ils tué Ahmet?

— Il n'était pas des leurs. C'était un Turc musulman assez fanatique. Ils l'ont utilisé avant de l'égorger pour l'empêcher de parler. Je pense à Safvet Pacha.

— Pourquoi l'appelles-tu pacha? Il n'est pas noble.

— Son père l'était. Un fils de dignitaire est lui-même fils de pacha, et pacha en puissance. Sa maison en ruine doit garder le souvenir des fastes du pouvoir, du temps de la gloire du sultan. Safvet doit en savoir long sur l'activité des *comitadji*. Il faut lui parler de telle sorte qu'il ait envie de nous répondre.

**
*

Safvet est d'une courtoisie exemplaire, même s'ils ont la grossièreté insigne de se présenter à sa porte au lever du soleil. Le Turc subtil devine, à leurs visages graves, qu'il est arrivé un malheur à Ahmet. Il les invite à s'asseoir dans son salon, et leur fait servir du café par une domestique voilée. Un uléma au turban blanc est déjà installé sur un sofa, venant d'achever la *namaz* ou prière du matin.

Les murs sont ornés de yatagans à la garde de nacre, de sabres incurvés. Face à la porte, un astrolabe doré de facture arabe du XVIIIe siècle, conservé sans doute en souvenir de la présence du père à l'Amirauté. Sur fond de velours vert, un verset en lettres d'or du Coran éclaire une corniche. On y lit : « Mes péchés sont grands, mais ton pardon plus grand encore, ô Allah ! » Dans un coin du salon trône un piano Érard poussiéreux auquel le fils du pacha ruiné n'a pas voulu renoncer. Les fenêtres aux rideaux ouverts laissent voir les nids d'hirondelles de l'été précédent, construits entre les losanges des boiseries.

Dans sa chemise de soie et son long cafetan de cachemire, Safvet a gardé l'allure des dignitaires des temps anciens. Il agite un cordon aux fils d'or pâlis. Son unique serviteur se présente, géant à moustaches blanches au costume rouge défraîchi, deux pistolets passés à la ceinture. Le maître lui commande le narguilé.

Débarrassés de leurs capotes, les cavaliers français assis sur leurs sofas et fumant du tabac parfumé se croient à la cour du Grand Turc. Safvet ne peut leur offrir un siège, il n'en a plus. Vendus, les meubles modern style achetés à Paris en

1900, les commodes Louis XV acquises à prix d'or. Restent les tapis qui cachent le sol en ruine, et les tentures de velours à la trame usée.

Émile Duguet est étonné par la présence du piano, mais aussi par les rayons fournis d'une bibliothèque où figurent en bon ordre nombre de volumes français, dont des œuvres de Loti, *le Roman d'un spahi* et *Aziyadé.*

— Pierre Loti est très connu ici, lui dit Safvet. Il était toujours l'invité personnel de mon père. Savez-vous qu'une rue du vieux Stamboul porte son nom?

Le plus surpris est Paul Raynal, qui se rappelle avoir lu, à la bibliothèque de son école primaire, *Pêcheur d'Islande.* Il ne comprend pas ce qu'un des écrivains français les plus illustres pouvait rechercher en Turquie. Il faut lui expliquer que Loti était un officier de marine à l'affût de sujets de romans dans tous les ports du monde, et qu'il avait, entre autres, eu le coup de foudre pour Constantinople et pour ses belles enfermées dans les harems des pachas.

— Cette époque ne reviendra jamais, regrette Safvet. Aujourd'hui, nos filles sont libres de se prostituer aux étrangers, et nos garçons se font tuer à la guerre au cri d'*Allah est grand*! Pourquoi mêler Dieu à nos histoires sordides? A-t-il jamais voulu que l'armée turque fût commandée par un Teuton impie, le très *infidèle* Liman von Sanders, un *giaour* prussien d'un inflexible orgueil? C'est lui qui donne des ordres au héros des Dardanelles, Mustafa Kemal. Et nos marins obéissent à l'amiral allemand Souchon. Safvet Pacha, mon père, ancien chef de la marine ottomane, doit se retourner dans sa tombe.

Duguet se réjouit de voir son hôte se détendre peu à peu. Il se laisse aller, c'est bon signe. Cet homme ruiné attend tout des Alliés. Son père et ses collègues ministres du sultan ont-ils assez commandé de navires de guerre et d'armements lourds aux industriels français et britanniques! Safvet parle un excellent français. Il a eu tout loisir, pendant son exil à Paris, d'en affiner la pratique dans les meilleures maisons, à commencer par celle des Schneider, premiers fournisseurs d'artillerie et de marine dans les Balkans, et même en Turquie, au temps de l'ancien règne.

– Je n'ai aucun mérite à m'exprimer devant vous dans votre belle langue, leur dit-il. Mon précepteur sortait de l'École normale supérieure. Logé à notre palais, ce spécialiste des fouilles grecques en Turquie d'Asie ne me quittait que pour s'embarquer pour Milet, Pergame ou Halicarnasse. Il aimait les pots cassés et les statues sans têtes. Il nous idolâtrait, nous les Turcs, pour notre liberté de pensée et notre tolérance religieuse. Il ne cessait de chanter les louanges de notre pauvre empire vermoulu et endetté. Il trouvait seulement étrange que ma jeune sœur fût retenue dans une chambre aux fenêtres closes, et qu'elle ne pût sortir sans un voile sur le visage. Il l'aurait volontiers courtisée si la duègne circassienne ne l'avait tenu à distance. Ma sœur était promise à un jeune bey de l'entourage du sultan.

– Eriknaz, la mère d'Ahmet, était-elle au harem? demande Duguet avec un brin d'insolence.

Safvet se mure dans un profond silence. La tête entre les mains, il oublie son devoir d'hôte recevant des étrangers pour s'abandonner à sa douleur.

**
*

— Il est mort, n'est-ce pas? Vous venez m'apprendre la triste nouvelle?

— Hélas, nous venons de l'enterrer.

Le vieux Turc songe au destin de la malheureuse mère que le pacha, son père, avait enlevée à Trébizonde, au retour d'une chasse aux loups en Anatolie. Elle avait la beauté éclatante de sa jeunesse sauvage. Recrutée au harem à l'âge de seize ans, elle avait connu des jours heureux. Son maître avait pour elle toutes les bontés et l'élevait au palais comme ses filles.

— Qu'avez-vous fait d'Eriknaz?

— Elle n'a pas voulu nous suivre. Elle veut mourir près de son fils.

— Mon père n'a malheureusement pas réussi à la protéger. Éprise de liberté, elle s'est enfuie du palais, et a levé le voile pour danser, le soir, dans les cafés fréquentés par les soldats turcs de la garnison, ceux-là mêmes qui nous ont chassés du pouvoir. Ahmet est l'enfant d'un de ces colonels devenus pachas sanguinaires, ceux qui font la loi à Stamboul. Il ne l'a pas reconnu. La mère l'a élevé seule, dans le respect de la loi divine et du Prophète. Elle refusait toute l'aide que je lui proposais.

— Ahmet était croyant, intervient l'uléma jusque-là silencieux sur son sofa placé à contre-jour. Il ne manquait jamais la prière de midi. Il adorait sa mère et lui rapportait tout ce qu'il pouvait gagner sur le port. Je l'ai fait admettre dans mon école coranique. Il était toujours le premier dans la lecture des sourates et respectait scrupuleusement la *chari'a*. Ce n'est pas lui qui aurait bu du raki ou du mastic, comme ils font maintenant, au jour du *ramadan*. Qu'Allah le garde!

— Comment expliquez-vous, dit brutalement Duguet en fixant Safvet, qu'un si bon garçon ait été recruté dans un réseau d'espionnage?

— Il rôdait sur le port, fournissait en oranges et en friandises les passagers des navires attendant leur débarquement. Il guidait aussi les étrangers dans les ruelles basses du quartier des matelots. Il gagnait sa vie en les renseignant sur les plaisirs secrets de Salonique, et les accompagnait dans leurs sorties.

— Il détestait les infidèles, intervient l'uléma. Il les trouvait impurs, corrompus. Il ne pensait pas pécher en leur prenant un peu d'argent, qu'il rapportait à sa mère.

— Hélas! ajoute Safvet, les policiers grecs l'ont peut-être menacé de prison s'il refusait de travailler pour eux. Leur aurait-il servi d'indicateur? Il faudrait qu'ils l'y aient contraint, car il haïssait les Grecs, comme nous tous.

— Je ne vois pas les autorités grecques couvrir un meurtre, coupe Duguet. Dites-moi si je me trompe mais l'assassinat du jeune Ahmet ressemble plus à un crime de *comitadji* bulgare.

Il donne alors les détails de son exécution, qui font frémir d'horreur Safvet et le maître de la foi.

— Par Allah! Aurait-il été recruté par le réseau Stefanovitch? s'exclame l'uléma.

Il se tait aussitôt. Chacun sait, dans le milieu turc, que les terroristes tuent sans pitié ceux qui les dénoncent. Ces hommes de peu de foi s'acharnent particulièrement sur les musulmans, quand ils en ont l'occasion. Entre les Turcs et les Bulgares, des siècles de haine farouche.

Impossible d'en savoir plus. Au nom de Stefanovitch, le disert Safvet se change en un muet du sérail.

— Il faut comprendre, s'énerve Duguet, que si les Bulgares ont les moyens de tuer impunément dans les murs d'une ville grecque, ils y portent la guerre. Nous devons tout faire pour les exterminer, car ils sont nos ennemis. Pouvez-vous nous aider ? Le général Sarrail, que je représente, ne considère pas les Turcs de Salonique comme les suppôts des colonels de Constantinople. Il sait combien ils ont souffert de leurs mauvais procédés. Il vous offre son aide, pour la régénération future de l'État des Ottomans. Pouvez-vous la refuser ?

Un sourire las éclaire à peine le visage du fils du pacha déchu. Il sait trop bien que les Alliés vainqueurs ne rétabliront pas le règne des sultans, qu'ils amputeront la chère Turquie en distribuant ses territoires à l'encan. Il faudra bien servir les Russes, et les Italiens, et les Grecs, tous ceux qui ont combattu aux côtés des Britanniques et des Français. Peut-être même les Arabes indociles de la Syrie et du Liban, et pourquoi pas les Arméniens, exterminés par Enver Pacha ? Il ne croit pas aux vaines promesses d'un général français, encore moins à celles d'un officier de renseignements en simple mission de contre-espionnage.

Mais le corps martyrisé du jeune Ahmet pèse lourd sur sa conscience. Il donnerait sans doute le reste de ses biens pour le venger.

— Vous devriez vous rendre discrètement dans un beuglant de la ville basse, chez Floca. C'est le mieux pourvu en entraîneuses pour officiers de toutes nationalités. Elles sont polyglottes et dépendent de maquereaux macédoniens, probablement bulgares. Tâchez de rencontrer une Circassienne du nom d'Husnugul, une ancienne esclave qui sert aux barbeaux de recruteuse. Je ne sais si mon nom est une recommandation. Elle était autrefois au harem, fille de servante devenue danseuse.

* *
*

Du harem au bordel, Husnugul a parcouru un chemin d'épines. Mais la solide quadragénaire a réussi là où la malheureuse Eriknaz avait échoué. Avec l'autorité, mais aussi le doigté d'une sous-maîtresse, elle fournit en filles venues de l'Empire ottoman les officiers aux bottes mal cirées, toujours maculées par la boue des chemins, qu'ils soient grecs, français ou anglais.

Paul Raynal n'est pas peu surpris d'y rencontrer le lieutenant Hervé Layné, leur ancien complice des missions secrètes au temps des Dardanelles. Vient-il ici aux renseignements ou pour son plaisir? Layné reste énigmatique. Il a refusé toute compagnie féminine et boit seul du raki en fumant de longues cigarettes blondes, russes sans doute. Il ne donne aucune information à Duguet, lui confie seulement à voix basse que l'endroit est truffé d'indicateurs de la police hellène, et qu'il convient de ne pas trop parler.

La musique du beuglant accompagne l'entrée en scène d'une danseuse libanaise très impudiquement voilée. Elle amorce une danse lascive devant le public surexcité qui l'accueille en scandant son nom : Haïcha.

Duguet est un impatient. Le spectacle l'indiffère, la musique l'exaspère. Il veut voir Husnugul et se renseigne. On lui désigne une femme portant une perruque blonde et moulée dans une robe en lamé argenté. La maquerelle s'entretient, en anglais, avec un lieutenant de l'armée à moustache rousse accoudé au bar.

— Dear Mr. Milne, Irma n'est pas libre ce soir, lui glisse-t-elle en minaudant. Mais je vous propose Haïcha la Syrienne, une recrue d'une haute valeur. J'ai eu sur elle les compliments du colonel Temple, c'est vous dire!

Un officier de marsouins, que Duguet reconnaît immédiatement, tente sa chance à son tour : c'est Jean Wiehn, de la Coloniale, natif de Saintes. Husnugul semble traiter l'ancien de l'Achi Baba en familier des lieux.

— Alexandra vous attend à la table habituelle, lui dit-elle.

Duguet intercepte le commandant en lui prenant le bras :

— Je vois que vous fréquentez les meilleurs endroits. Pouvez-vous me présenter à Madame Husnugul?

— Rien de plus facile. C'est une personne sage, mais très ouverte aux malheurs des soldats.

La dame en lamé adresse à Émile un sourire de connivence.

— Pourrions-nous parler en particulier? lui demande aussitôt Duguet, penché sur son collier d'améthyste.

— Hélas, beau militaire, répond-elle en français, j'ai fini mon temps dans l'active, et même dans la réserve.

— Le nom de Safvet vous dit-il quelque chose?

La foudre tombant sur la piste de danse n'aurait pas fait plus d'effet. Husnugul se fige, blêmit, braque son regard pierreux sur l'officier.

— Je ne connais personne de ce nom.

— Et Ahmet?

Nouveau silence glacial. Lèvres pincées, elle répond dans un souffle que ces noms ne lui disent rien.

– Que diriez-vous si je faisais fermer cet établissement pour voies de fait contre des officiers de l'armée française?

Duguet surprend trop tard son geste. Elle vient d'appuyer sur une sonnette probablement reliée à une pièce du premier étage. Deux colosses turcs descendent l'escalier avec une surprenante agilité et encadrent Duguet, le priant de sortir. Paul Raynal a suivi le manège. Il sort un sifflet de sa poche et souffle à en perdre haleine. Le commandant Wiehn, au fond de la salle, se redresse en criant : «À moi, les marsouins!»

La charge des Français ne fait pas perdre l'équilibre aux deux gardes du corps qui cherchent à s'emparer de Duguet, aidés par des officiers grecs. La bagarre se déchaîne. Un légionnaire se hisse sur une table, armé d'une bouteille qu'il lance à la tête d'un cavalier du roi Constantin. La danseuse libanaise pousse des cris de gazelle traquée. Husnugul a disparu, elle s'est sans doute réfugiée dans une chambre à l'étage.

Raynal et Layné aident Duguet à se dégager.

– Il me faut ces deux hommes, leur crie-t-il. Trouvez du renfort, des gens sûrs.

Au-dehors, la police grecque cherche à pénétrer dans l'établissement, probablement alertée au téléphone par Husnugul. Mais les matraques des gendarmes français les écartent. Ils prétendent assurer la sécurité des officiers de leur armée et n'ont que faire des autorisations du préfet grec. À l'intérieur, deux adjudants de la Légion, taillés en force, assomment les gardes du corps de la sous-maîtresse à coups de poing et les tirent par les pieds hors du beuglant. Duguet les fait hisser, estourbis et menottes aux mains, sur les sièges d'une voiture fermée.

— Au quartier général, 2ᵉ bureau ! lance-t-il au conducteur — et il ajoute, s'adressant à Layné et Raynal : Suivez-moi pour l'interrogatoire.

*
*

Les colosses, peu loquaces, marmonnent des paroles incompréhensibles. Craignent-ils de se trahir ? Duguet a convoqué un interprète, capable de traduire le bulgare et le turc. La fouille de leurs vêtements n'a rien donné, aucun papier d'identité. Duguet en est réduit à convoquer Carcopino, le spécialiste des fiches. Il est convaincu que la prudente Husnugul a réagi aux noms d'Ahmet et de Safvet. Elle les connaît, et redoute de parler. Ces hommes appelés en renfort sont sans doute des exécutants de l'organisation. Ils doivent à tout prix donner leur nom.

Leur physionomie est trompeuse : bruns et massifs, le front bas, le nez camus, les sourcils noirs broussailleux, ils peuvent être aussi bien turcs que bulgares. Duguet est bientôt fixé : ouvrant par surprise la chemise de l'un d'eux, il découvre, autour de son cou de taureau, une croix orthodoxe fixée à une chaîne d'or. La réponse est claire : cet homme est un Bulgare, ou un Macédonien venant des villages occupés par les Bulgares.

— Nous voulons savoir qui sont ces hommes, dit-il à Carcopino. Ils refusent obstinément de parler. Nous n'avons aucun moyen de les identifier, à moins de les soumettre à la torture, ce qui n'est pas le genre de la maison. Avez-vous leurs photos dans vos collections de trombines ?

Carcopino scrute les sbires avec autant d'attention que si on lui présentait une statue d'empereur romain mise au jour par des fouilles. Le jeune normalien a l'habitude des interrogatoires de prisonniers. Beaucoup sont passés entre ses mains, plus souvent macédoniens que bulgares. Il parle le grec démotique couramment, à la rigueur le turc insulaire, et connaît bien le sabir des marins du port. Mais il ignore les langues slaves. Il se peut donc que ces hommes, même s'ils sont déjà passés par le service, lui aient échappé. Leurs visages ne lui rappellent rien.

— Cherchez bien! insiste Duguet. Nous sommes à peu près sûrs qu'ils font partie d'un réseau.

Le lieutenant de réserve Carcopino consulte avec soin les fiches détaillées des soldats bulgares prisonniers. Rien n'en sort.

Valentin surgit, jauge les captifs et affirme que la seule méthode valable est de les interroger séparément dans les différentes langues possibles, en observant leurs réactions. Carcopino suggère de commencer par le turc, et de faire appel à Jean Deny, qui le parle aisément.

Pas le moindre battement de cils chez le premier homme interrogé, bien que Deny use du langage le plus populaire des quais de Stamboul. Sa tête en forme d'obus ne bouge pas d'un iota, et ses yeux noirs gardent une fixité de malade mental.

— Ton camarade a parlé, dit en bulgare le tailleur Kirilov, interprète recruté en renfort par le colonel Valentin. Nous savons que tu es un Macédonien d'Usküb.

— C'est faux, répond l'homme dans la même langue.

Il n'ajoute rien, baisse les yeux sur la pointe de ses bottines à boutons, mais sa bulgarophonie l'a trahi. Le tailleur peut alors mener un interrogatoire serré, d'abord sans aucun résultat. Mais la menace de le faire fusiller à l'aube pour appartenance à un réseau d'espionnage et assassinat terroriste d'un jeune sujet turc de Salonique fait enfin tressaillir le géant.

Pourtant, il s'obstine à ne rien révéler. Sans doute préfère-t-il encore le peloton d'exécution des Français à la mort atroce que les camarades de Stepanovitch réservent aux traîtres.

— Même s'ils voulaient parler, ces deux bougres n'auraient rien à dire, conclut Valentin.

Il fait appeler le capitaine de gendarmerie Fourat.

— Mettez-les au secret dans la cave, chacun dans son coin, au pain sec et à l'eau. Ils changeront peut-être d'attitude s'ils sont confrontés à la patronne, cette Husnugul que vous avez laissée filer.

Émile Duguet jette un coup d'œil à Raynal. Ensemble, ils acceptent le reproche du colonel. Tout à leur satisfaction d'avoir capturé les hommes de main dans le beuglant, ils ont négligé le cerveau moteur, la maquerelle blonde qui aurait pu les conduire, de gré ou de force, jusqu'à son patron, le véritable commanditaire des assassinats. Il faut réparer cette erreur et rechercher cette femme au plus vite.

— Inutile de faire appel au tailleur pour interroger Husnugul, lance Duguet, elle parle toutes les langues.

Ils sautent à cheval, accompagnés par les gendarmes, et se rendent au cabaret Floca. De jour, l'établissement ne paie pas de mine. Il est même difficile de le reconnaître, baraque de planches de bois brunâtre semblable aux autres, dans le bas quartier du port. Son toit n'est pas de tuiles, comme les maisons turques, mais en plaques de tôle ondulée récupérées dans un magasin militaire. La lanterne rouge allumée ne laisse cependant aucun doute : ils sont bien chez Floca.

La porte est ouverte, et les lumières brillent encore à l'intérieur. Des bougies mal éteintes ont déserté en longues coulées les pointes des candélabres, pour accumuler des cônes de cire froide sur le bois d'olivier des tables. Duguet et Paul grimpent au premier étage, sans s'attarder dans la salle de danse où marins, marsouins et légionnaires ont détruit les meubles, défoncé les sofas, brisé les coupes, flûtes et bouteilles. Le bar est saccagé, un violon éventré pend sinistrement à un lustre de verroterie – sac d'un beuglant par des clients plus ou moins ivres et déchaînés. Si le Floca était un nid d'espions, tout donne à croire qu'ils se sont volatilisés, sans laisser de traces.

Au premier étage, une succession de petites chambres mansardées, dénuées du moindre effort de décoration et plutôt crasseuses, contenant tout au plus un lit et une chaise. Ici finissent les soirées d'orgie, dans les bras moites des Circassiennes. Pas le moindre bureau, pas de papiers ni de coffre-fort. Les pièces sont toutes identiques, et vides. Les filles ont dû s'enfuir après la bagarre, craignant une descente de la police grecque, pour elles la plus sévère.

– Il faut pourtant bien engranger la recette, marmonne Duguet.

Il cherche en vain un lieu réservé, privé, protégé. Paul Raynal lui désigne alors une échelle de meunier, en retrait au fond du couloir. Il grimpe le premier, débouche sur une sorte de tourelle en briques. On y accède par une porte basse. L'intérieur, sans fenêtre, est plongé dans l'obscurité. Émile Duguet allume sa lampe de poche. Elle éclaire le cadavre d'Husnugul dont le sang macule le lamé argenté de sa robe. Elle est morte égorgée.

** *

Le colonel Valentin n'identifie qu'au mois de mai 1916, par hasard, les assassins du jeune Ahmet, l'enfant turc.

Salonique n'avait pas subi de raid aérien depuis la fin de janvier. Un système d'alerte avait été mis en place par Sarrail, fonctionnant jour et nuit. Des guetteurs des collines avertissaient par téléphone l'officier de garde du 2ᵉ bureau qui appuyait alors sur trois boutons. Le premier servait à couper l'électricité dans toute la ville, plongeant les observateurs ennemis dans le noir. Le second donnait le signal de décollage aux avions de chasse du capitaine Denain basés sur le camp de Zeitenlik. Enfin, le troisième allumait les projecteurs de la flotte, qui perçaient le ciel à la recherche de leur cible. Un zeppelin ne pouvait passer inaperçu.

Dans la nuit du 4 au 5 mai, alerte! Le colonel Valentin, réveillé précipitamment, se dresse sur son lit alors que les avions de Denain attaquent déjà le dirigeable ennemi, perçant de trous son enveloppe jaunâtre. Le capitaine d'artillerie Montagne déchaîne la lumière des projecteurs de marine qui prennent l'engin dans leurs faisceaux. Les mitrailleuses d'avions ne sauraient le manquer.

Rendu aveugle et menacé d'être abattu, le zeppelin perd de l'altitude et cherche un lieu d'atterrissage. Il s'échoue dans un marécage, entravé par les roseaux. Impossible pour lui de repartir. Les escadrons de chasseurs d'Afrique lancés à sa recherche découvrent l'épave enlisée, capturent son équipage et saisissent tous les documents du bord. Sarrail, rendu sur place, ordonne d'exposer la carcasse du monstre calciné sur une place de Salonique, afin que Grecs et Turcs puissent vérifier que les Français sont capables d'assurer leur protection. La foule enthousiaste défile devant l'amas de longerons d'acier, heureuse d'avoir échappé aux bombes incendiaires et autres gâteries *made in Germany.*

Valentin a fait interner l'équipage dans un collège allemand de filles destiné aux enfants d'officiers et de cadres de la colonie teutonne de Salonique. Carcopino et le capitaine Gidel, germanophone, se chargent d'interroger les prisonniers, isolés dans leurs cellules. Tous font la même déclaration : basés à Temesvar, en Hongrie, ils viennent d'accomplir le premier raid du *Luftschiff 87,* un engin de onze tonnes et cent soixante et onze mètres de long, chargé de quinze cents kilos de bombes.

Malheureusement pour eux, le lieutenant Carcopino a une autre version des faits : au vu de leur courrier qu'il a dépouillé, il a réussi à établir sans contestation possible qu'ils ont été réunis dans les hangars de Temesvar dès le début de janvier, et qu'ils sont les auteurs du raid meurtrier du 1er février sur Salonique.

— Vous ne méritez aucune indulgence, a-t-il dit à l'*Ober-leutnant* Scherzer, le responsable. Vous n'êtes qu'un criminel de guerre, justiciable de nos tribunaux militaires et passible de la peine capitale.

Devant la menace, l'officier, un Silésien de moins de trente ans, a tout avoué, y compris l'emploi de bombes incendiaires. Il a reçu, sur ordre de l'empereur, la croix de fer en récompense de la réussite de ce raid, et ne regrette rien. Il a exécuté des ordres. Seule la malchance a été responsable des victimes civiles.

Valentin prolonge lui-même l'interrogatoire de Scherzer pour lui faire avouer les objectifs de la nuit précédente. Pourquoi n'a-t-il pas, cette fois, bombardé la ville ?

— Elle était sans lumières, répond l'*Oberleutnant*, et le brouillard nous empêchait de discerner les signaux lumineux placés par nos agents secrets au sol pour nous permettre d'atteindre à coup sûr notre véritable but : les réserves de munitions du camp de Zeitenlik et le camp d'aviation où nous devions détruire les appareils de chasse.

Valentin se hâte de rejoindre dans son hangar Bessonneau le capitaine Denain, commandant l'escadrille C389-505, pour en savoir plus sur la pénétration d'espions à l'intérieur du camp.

L'aviateur raconte qu'il a pris l'air avec son équipe de pilotes de chasse, les lieutenants de Kersaint, de Hinde, Hamoire et Séverin, pour attaquer le zeppelin dans la nuit du 4 au 5 mai. Son Morane a fait merveille, il a déchiqueté l'enveloppe jaune de l'engin de ses balles traçantes.

A-t-il aperçu, à son retour, des lumières suspectes jouxtant la piste ? questionne le colonel.

— Oui, mais le brouillard les rendait peu visibles.

Il a tout de même signalé au prévôt ces signaux, probablement émis par des lampes de poche.

— Des espions étaient donc en activité dans le camp ?

— Beaucoup de civils y travaillent, répond Denain. Des Turcs, des Grecs, qui peuvent s'y laisser enfermer le soir, si la surveillance se relâche. J'ai moi-même connu un jeune Turc d'une stupéfiante beauté, vêtu de haillons, avec un visage d'ange déchu et un sourire mélancolique au bord des lèvres. Il plaquait l'équipe de travailleurs dont il faisait partie pour aller rôder autour du camp, assistait à tous les envols, s'approchait de nos popotes. Il était devenu si familier que je lui faisais partager nos repas. Il n'avait pas quinze ans, et il me faisait part de son rêve de voler, plus tard et de s'engager comme aviateur dans notre armée. Celui-là était de notre côté. Il détestait les généraux turcs au pouvoir. Il ne voulait pas retourner dans sa patrie.

— Je l'ai revu, la nuit, dans un lieu insolite, précise le pilote Hamoire. Au beuglant Floca. Il semblait protégé par la sous-maîtresse Husnugul. Elle s'occupait de lui comme d'un enfant. Je crois qu'il dormait souvent chez elle.

— Le Floca était un nid d'espions, et Husnugul est morte assassinée. Comment s'appelait votre enfant turc?

— Ahmet, dit Denain.

— Il a été tué de la même manière que sa protectrice, égorgé.

— Je ne puis croire qu'Ahmet ait été utilisé comme espion, réfute le capitaine. Il était la douceur même et haïssait la guerre. Il disait que voler lui ferait tout oublier, l'amènerait plus près d'Allah en grimpant au ciel comme la mule du prophète Mahomet. La violence lui faisait horreur. Le raid du zeppelin sur Salonique l'avait indigné. Non, Ahmet était incapable de servir un réseau terroriste!

— Husnugul pas davantage, mais elle était vulnérable. Si son beuglant appartenait bien à un propriétaire grec, j'ai pu vérifier que ses filles lui étaient fournies par des terroristes bulgares.

— Pourquoi a-t-elle été éliminée?

— Pour la même raison. Nous avons enquêté sur place, recherché ostensiblement les assassins. En demandant du secours à ses employeurs, elle s'est condamnée. Les Français se doutant qu'elle était compromise, ils n'allaient plus la lâcher. Mieux valait donc la supprimer.

— Je ne puis croire, ressasse le capitaine Denain, qu'un gosse comme Ahmet ait pu servir d'agent. Il était turc, et n'aimait ni les Grecs ni les généraux au pouvoir dans son pays.

— Les *comitadji* devaient le tenir en le menaçant de tuer sa mère. Ces gens sont sans pitié. Ils recrutent leurs hommes parmi les fanatiques et terrorisent ceux qu'ils utilisent. Ahmet a été placé par eux dans le camp, et grâce à l'entremise d'Husnugul, soyez-en sûr. Il a renseigné de son mieux ses commanditaires qui le tenaient constamment sur le gril. Un enfant polyglotte, doux et tendre de cœur, capable de s'introduire jusque chez les aviateurs, quelle aubaine pour eux! Ils ont tiré de lui tout ce qu'il pouvait récolter.

— Quand ont-ils pris la décision de le tuer?

— C'est nous qui avons précipité sa mort. Nous avions repéré ses absences. Il a fini par se méfier. Pris entre l'arbre et l'écorce, il a choisi de disparaître, de se terrer dans une bergerie éloignée pour échapper à ses maîtres. Ils l'ont retrouvé et égorgé. Nous tenons ses assassins. Devant le cadavre d'Husnugul, ils ont craqué. Ils seront fusillés à l'aube. Quant au jeune Ahmet, mon capitaine, il est monté au ciel plus vite que vous.

Alexandra de Florina

Les hirondelles sont de retour et les cigognes sont parties. Le joli mois de mai sème les myosotis dans les champs déshérités, les roses trémières jonchent les bords de pistes, les jonquilles, les marais, et les touffes de genévriers éclatantes de mille fleurs recouvrent les collines. La garnison française du camp de Zeitenlik reprend espoir.

Depuis l'attaque allemande sur Verdun du 21 février 1916, l'état-major de Sarrail organise des actions ponctuelles. Il veut faire croire à l'ennemi qu'une offensive se prépare en Orient, pour empêcher les *feldgrauen* présents sur ce front de repartir vers l'Argonne ou la Meuse. Les chasseurs d'Afrique s'en vont par pelotons dans les collines du nord, afin de surveiller la frontière bulgare. Les artilleurs s'ébranlent en colonnes sur les pistes aménagées par le génie pour établir des points de résistance aux alentours. Les fantassins eux-mêmes sortent du camp maudit de Zeitenlik pour prendre position : parmi eux, la brigade d'Avesnes[1], recomplétée de Gascons de Bergerac. Paul Raynal s'est fait au bivouac de nombreux amis de langue d'oc.

Depuis l'échec relatif du démantèlement du réseau bulgare à Salonique, le colonel Valentin a soulagé Émile Duguet et Paul Raynal de leurs tâches d'agents spéciaux. Ils sont retournés à leurs corps respectifs. Duguet le Niçois est revenu à sa batterie de canons de montagne en route vers la frontière le long du Vardar. Raynal a retrouvé ses pères bienfaiteurs, Maublanc et Mazière, à la compagnie de pontonniers du génie. Sarrail considère désormais, selon les dires du colonel Valentin, que plus il y a d'espions à Salonique et plus le plan en trompe l'œil ordonné par Joffre aura de chances de réussir.

L'une après l'autre, les grandes unités ont fait mouvement hors du camp. La 57e division vient de recevoir un nouveau général, Cordonnier, venu tout récemment de France. Les biffins des quatre régiments de Belfort y sont en majorité, avec leurs camarades de Lons-le-Saunier et de Besançon. Ces montagnards ne sont pas mécontents de quitter la plaine bourbeuse pour se rapprocher des sommets encore enneigés des Balkans. Ils s'embarquent en convoi à Salonique pour prendre le chemin de fer du Vardar jusqu'à Sarigueul et Kourkouch, à l'extrême nord de la zone de défense du camp retranché.

Sarrail, à cheval, assiste au départ des unités, saluant les drapeaux déployés, devant les Grecs médusés. Les cent cinquante mille habitants de Salonique, dont un très grand

---

1. Une des deux brigades de la 122e division du général Régnault, débarquée à Salonique à partir du 25 octobre et victime de la très dure retraite de décembre.

nombre de Bulgares, doivent savoir que les Français ont repris la guerre et attendent des renforts. Les cuivres des fanfares leur assourdissent les tympans. Cette opération de propagande a été programmée depuis le GQG de Chantilly par les têtes pensantes du général Joffre.

Pendant que les détachements de chasseurs d'Afrique multi-plient les escarmouches sur la frontière grecque, la vieille division des Dardanelles, la première à avoir embarqué sur les quais de Marseille pour l'Orient, part à son tour vers les pistes du nord : il ne sera pas dit que la 156e de papa Bailloud soit restée sous la tente dans ses babouches. Le malheureux 176e régiment, le plus ancien du corps expéditionnaire et le plus mal traité, a reçu ses renforts du dépôt du centre de recrutement de Béziers. Le 2e régiment de marche d'Afrique, zouaves et tirailleurs de la brigade coloniale, organise avec la légion un front au nord du camp, devant la montagne, jusqu'au village de Kilindir.

Sarrail a mobilisé tout son monde : même la division d'infan-terie coloniale de Brulart, rapatriée la dernière des Dardanelles et désormais commandée par Gérôme, est censée oublier les sacrifices inouïs consentis au ravin de la mort, le Kérévès Déré. Ses quatre régiments de marsouins sont engagés vers l'est du camp retranché, paisiblement tenu par les Anglais.

Ben Soussan de Mostaganem, Rasario d'Alger et Vigou-roux de Limoux ont enfilé le saroual et coiffé la chéchia pour leur voyage vers Vladova. Ils ont laissé l'autre camarade algérois Floriano, affecté, en raison de son autorité naturelle, à la formation des renforts tout juste débarqués du pays. Ils s'engagent droit vers l'ouest, en position de combat, éclairés par des chasseurs d'Afrique. Un détachement de quinze cents volontaires serbes les attend devant la gare de Florina, contrôlée par les Français. Le commandant Coustou, à la tête du bataillon de zouaves, salue le lieutenant-colonel serbe Popovitch, qui lui présente ses troupes rangées en carré.

Pour la première fois, les zouaves rencontrent des partisans serbes, tous volontaires, encadrés par des officiers de l'armée royale. Ils ont pour mission de neutraliser les Bulgares et les Albanais – officiellement, selon les ordres de Sarrail, d'«interdire la contrebande de guerre» entre la ville grecque de Florina et Monastir, cité macédonienne occupée par l'armée bulgare. En réalité, le couloir de plaines franchissant la frontière grecque est dominé de part et d'autre par de hautes montagnes où les partisans peuvent se cacher. Ils peuvent aussi s'enfuir, en cas de surprise, par les lacs Prespa et d'Okrid, vers les pistes montagneuses d'Albanie.

L'ordre de mission du commandant Coustou vise à empêcher toute tentative d'armement des terroristes *comitadji* recrutés ou cachés dans les paisibles villages autour de Florina, la ville riche aux senteurs de tabac, plantée dans une cuvette fluviale entre les montagnes, à l'extrémité nord-ouest du territoire grec. Les zouaves doivent s'attendre à une guérilla de partisans. Inutile de creuser des tranchées, il suffit d'ouvrir l'œil et le bon.

* * *

Florina est une petite ville d'une dizaine de milliers d'habitants effrayés par l'arrivée des soldats. Les chasseurs d'Afrique ne s'y arrêtent pas. Ils poursuivent leur marche sur une route empierrée qui se faufile dans les vallées fluviales vers le sud pour atteindre Kastoria, dont les maisons de bois construites sur un éperon rocheux dominent un vaste lac.

Les zouaves découvrent Florina qu'ils ont mission de défendre. Ville chrétienne assurément, riche de ses soixante-dix églises et chapelles honorant saint Athanase, saint Stéphane et saint Nicolas, mais aussi la Vierge et saint Jean le Précurseur. Pour les Africains patrouillant dans les ruelles, ce *Précurseur* est une énigme.

Qu'annonçait-il, au juste, dans cette ville de passage déjà signalée dans les *Histoires* de Tite-Live? se demande le commandant Coustou, tout à ses souvenirs de latiniste au lycée Henri-IV. L'arrivée des Macédoniens du roi Philippe, puis des Byzantins du basileus, et sans doute aussi, au VIIe siècle de notre ère, des Serbes orthodoxes convertis par des moines grecs, sans oublier, plus tard sur leurs talons, les Bulgares. Pas de traces de mosquées ici, ni de musulmans. Seuls des chrétiens qui se déchirent entre eux pour la vieille terre macédonienne, dominée par l'écrasante chaîne du Pinde dont les massifs de deux mille mètres poussent dans la plaine comme une muraille de blocs cyclopéens façonnée par les dieux.

Pour la première fois, les zouaves rencontrent des Serbes. Mal nourris et mal vêtus, les soldats du prince héritier Alexandre se plaignent du mauvais accueil des Grecs dans les villages traversés par leur bataillon. Comment en serait-il autrement? Depuis des années, la population macédonienne subit les rivalités sanglantes entre Serbes et Grecs. Les missionnaires de l'*idea megale* de Vénizélos ont ici hellénisé de force églises et écoles. Ils interdisent la langue locale et mettent la population rurale sous la coupe des acheteurs grecs, qui paient au plus bas tarif tabac, fruits et légumes produits dans la plaine. Les autorités grecques ne voient certes pas les Serbes d'un bon œil, mais la population non plus. Grecs et Serbes sont considérés les uns et les autres comme étrangers à la Macédoine, pilleurs de villages et voleurs de moutons.

Les voilà donc, ces Serbes de l'armée du vieux roi Pierre et de son fils Alexandre, récupérés dans les ports de Saint-Jean de Medua et de Valona, transportés par les Français dans l'île de Corfou contre la volonté du roi des Hellènes, retapés, réarmés, renvoyés en ligne. Comment ont-ils pu survivre au froid, à la faim, aux agressions des bandits albanais dans les montagnes, à la mauvaise volonté des marins italiens des ports de l'Adriatique, refusant de les nourrir ou de les embarquer sous prétexte qu'ils étaient atteints du typhus?

Il n'était pas question pour la France d'abandonner ces combattants, mais de les réintroduire au plus tôt dans la guerre de reconquête de leur patrie occupée par les Autrichiens, les Allemands et les Bulgares.

Joffre a donné des ordres, et les Serbes ont été accueillis à Corfou par un groupement de chasseurs alpins qui a assuré leur hébergement, leur entretien et leur réarmement. Le prince héritier Alexandre les a rejoints, ainsi que les voïvodes[1], commandant les futures divisions.

Ils ont reçu tout leur armement des convois français et ne se plaignent pas. Ils constituent six divisions à douze bataillons sous les armes et sont prêts au départ : leurs soixante canons de 75 et leurs cent quarante-quatre canons de montagne ont été livrés à Corfou. Soixante-douze mille fusils à répétition, sur leur insistance, leur ont été distribués. Ils n'ont pas protesté en vain.

---

1. Vieux mot slave qui signifie chef de guerre.

Comment accepter les vieux fusils rechargeables au coup par coup, face à un ennemi doté d'armes modernes, à seize cartouches par magasin? Ils couraient au massacre, comme leurs officiers l'avaient souligné, si on les traitait comme des soldats d'un rang inférieur. Ils ne disposaient que de leurs vieilles mitrailleuses Maxim, conservées pendant la retraite. Le commandement français a fini par satisfaire toutes leurs demandes.

Un sacré renfort que cette armée de plus de cent mille Serbes, pour les Français qui ne sont guère plus nombreux dans l'enceinte de Salonique! Ils ont doublé leurs effectifs au prix d'une simple distribution d'équipements.

Edmond Vigouroux accueille avec entrain un groupe de ces nouveaux venus au milieu de sa compagnie de zouaves, dans l'école de Florina. Il les invite à la popote autour d'une roulante installée dans la cour. Puisqu'on fait la guerre ensemble, autant fraterniser, estime le conscrit de Limoux. Il a devant lui des combattants chevronnés, l'élite de l'armée serbe.

— Nous connaissons déjà les Français, lui dit un géant du nom de Georgevitch, qui maîtrise quelques mots de sa langue. Français, très braves, vous avez repoussé les Allemands à Verdun. Magnifique!

Ben Soussan se rapproche, curieux de savoir d'où viennent ces soldats. Il réussit à comprendre que le Serbe aux bras de bûcheron arrive de Guevgueli, le plus important foyer de typhus de l'année précédente. Il a fait quatre guerres en trois ans: les deux conflits balkaniques, la révolte albanaise et la dernière, la plus sanglante. En Serbie, tous les hommes ont été mobilisés. Beaucoup d'entre eux sont morts du choléra, du typhus, mais aussi de la variole, de la rougeole, de la scarlatine et de la diphtérie.

– Je m'appelle Georgi Georgevitch, poursuit d'une voix de stentor le Serbe qui porte des galons à sa manche – sans doute de sergent. Et je combattrai les Bulgares jusqu'à la mort. Les Français bons. Envoyer du canon et des artilleurs. Aussi des marins sur le Danube. Tuer beaucoup d'Autrichiens. Hélas! Trop nombreux contre nous, les Allemands, les Bulgares. Damnés Bulgares, ennemis de toujours!

Le colonel Popovitch organise la liaison de son bataillon avec la compagnie du commandant Coustou. Serbes et Français doivent tenir Florina et surveiller les passes des montagnes. Le colonel, formé à Saint-Cyr, parle parfaitement le français :

– Les *comitadji* bulgares sont très nombreux dans la campagne et même dans les villages, assure-t-il. Ils peuvent être à la solde des Autrichiens, comme le sont aussi beaucoup d'Albanais. Nous connaissons leurs méthodes et nous savons les combattre. Il faut d'abord rassurer la population par notre présence.

Un violon tzigane accompagne le chant improvisé des Serbes, où il est question de batailles gagnées contre les *Swabos*[1].

– Nous en avons deux ou trois dans chaque régiment, explique Popovitch. Les Serbes aiment chanter. Les Tziganes ont remplacé nos anciens bardes, les *gouslari*. Ils nous sont aussi indispensables que le pain et le vin.

**
*

---

1. Les Autrichiens. Une ballade célèbre les exploits des Serbes contre l'armée de François-Joseph à Rasko Pol.

Ces soldats serbes, explique le commandant Coustou à ses zouaves, sont entièrement pris en charge par l'intendance du corps expéditionnaire. Leurs camarades atteints de maladies ont été isolés non loin de Corfou, dans l'île de Vido, et l'on a dû, faute de pouvoir les enterrer dans la rocaille, immerger les morts, au mépris des usages religieux serbes. Les survivants ont été désinfectés, soignés et nourris avec une attention particulière, et peu à peu enrégimentés. Joffre a donné les ordres nécessaires pour sauver l'armée serbe dont il avait le plus grand besoin. En plein cœur de la bataille de Verdun, il lui était impossible de fournir au corps expéditionnaire des renforts français.

Aussi le commandant Coustou s'adresse-t-il avec considération à ces premiers combattants serbes :

— Je compte sur vous pour répandre dans la population le bruit d'une offensive alliée contre les Bulgares. Les ordres du général Joffre sont de montrer ici une certaine activité. Nous attendons du canon.

— Ne trouvez-vous pas déraisonnable de nous confronter à l'ennemi ? s'étonne le colonel Popovitch, circonspect. Monastir n'est pas très éloignée. À combien estimez-vous les forces adverses dans cette région ?

La désinvolture du Français lui paraît dangereuse. Il semble sous-estimer l'efficacité des Bulgares, encadrés par les Allemands.

Coustou cherche à le rassurer :

— Nous savons de source sûre, par des interrogatoires menés auprès de quelques-uns de leurs déserteurs, qu'ils sont environ cinquante mille en réserve, et que certaines unités allemandes décrochent. Les hussards manquent de fourrage et remontent vers le nord. Mais il reste devant nous environ vingt-cinq mille Austro-Allemands, en particulier deux divisions allemandes incomplètes mais très bien équipées. Nos intentions ne sont pas de les affronter, mais d'inquiéter le général allemand Mackensen, qui commande toutes les forces de l'Entente dans cette région. Il faut le dissuader de renvoyer ses unités en France. Nos zouaves attaqueront par surprise des postes isolés. Nous jouons un rôle de leurre.

— Ils ont des avions d'observation. Croyez-vous les abuser longtemps?

— Nous pouvons en tout cas purger Florina et les villages alentour des espions et des *comitadji* qui entretiennent contre nous l'hostilité de la population.

Le colonel serbe en convient. Il est toujours partant pour la chasse aux irréguliers bulgares et albanais. Mais il doute de la capacité offensive des Français.

— Vous avez tort. Nos avions font du bon travail. Ils ont bombardé Monastir, créant une véritable panique. Civils et militaires se disputaient l'entrée des caves. Les photos prises du ciel en témoignent. Une bombe est tombée devant l'école grecque des jeunes filles, tuant bon nombre de soldats bulgares. Des voitures allemandes ont été incendiées dans le quartier Varouki. La maison d'un métropolite bulgare, dont le toit était truffé de mitrailleuses, a été détruite.

— La population va vous haïr.

— Nous lui expliquons par tracts qu'il faut se rendre aux Français qui assureront sa sécurité.

— En l'écrasant de bombes?

— Les habitants, comme nous l'ont rapporté les déserteurs, se demandent pourquoi la guerre des Bulgares a touché leur ville. Ils sont macédoniens et ne souhaitent qu'une chose : le départ des Allemands et de leurs amis bulgares qui leur causent tant de désagréments. On dit qu'ils saisissent pour leur usage les récoltes et le bétail. Ils lèvent même des soldats qui se répandent en paroles imprudentes. Trois Macédoniens, rapatriés des États-Unis où ils étaient ouvriers, et recrutés dans les rangs de l'armée bulgare, ont été fusillés pour avoir tenu des propos défaitistes : ils disaient que la guerre «non chrétienne» contre la Russie, avec les Turcs pour alliés, était absolument condamnable. Mais leurs officiers sont sévères, tous formés à l'école allemande. Seuls les anciens sont restés russophiles.

Le colonel serbe demeure sceptique quant aux sentiments de cette population macédonienne de Monastir, qui déteste tout autant les Bulgares que les Serbes ou les Grecs. Il sait parfaitement qu'il sert à sa manière l'opération leurre décidée par Joffre. Il s'agit de faire croire aux Allemands et aux Bulgares que l'armée serbe est déjà en action, prête à lancer une offensive.

– J'ignore si vous en avez connaissance, dit-il au commandant Coustou, mais nos régiments sont acheminés de Corfou, depuis le 15 mars, vers des camps aménagés en Chalcidique, du côté des Turcs. Les hommes couchent dans des baraques Adrian et transportent leur matériel sur des arabas à deux roues tirées par des mulets. Autre perte de temps. Le mois de mai arrive, et nous sommes loin d'être au complet. Il s'agit encore d'attendre, là-bas, les quinze mille chevaux et surtout les mulets nécessaires pour une guerre en montagne. Nous ne sommes pas du tout prêts. On nous encombre, en plus, de quelques milliers de Monténégrins en déroute, ennemis des Serbes et refusant de servir sous notre commandement. Les rixes sont nombreuses au cantonnement.

– Ne vous plaignez pas trop. Nous sommes loin d'avoir nous-mêmes reçu la totalité de nos renforts. Vous aurez probablement six divisions en ligne, et nous quatre seulement. Le transport *Provence,* venu de Marseille, a été coulé par un sous-marin. Le 3e régiment colonial a perdu cinq compagnies dans ce naufrage – douze cents hommes –, et la 17e division débarquée de Lemnos n'a qu'une batterie de canons de montagnes – quatre pièces! Les bataillons n'ont que huit cents soldats. Vous n'êtes pas les seuls à avoir souffert dans votre retraite. Nous avons laissé beaucoup des nôtres aux Dardanelles.

* *
*

Dans les rues de Florina, les briscards du colonel Popovitch, coiffés de casques français enfoncés jusqu'aux yeux, armés de fusils Lebel aux longues baïonnettes et de couteaux de tranchées, inspirent la terreur sur leur passage. Les portes se ferment, par crainte de viols ou de pillages. Les femmes épient le défilé des guerriers cachées derrière leurs rideaux, prêtes à s'enfuir dans la forêt proche si la ville est mise à sac. Les paysans tiennent leurs chevaux et leurs mules à l'écurie, jusqu'aux poules qui sont enfermées derrière les jardins, dans des enclos grillagés, de peur qu'on ne les réquisitionne.

Le colonel Popovitch secoue la tête.

– Les habitants devraient vous aider, tente de le convaincre Coustou. Vous chassez les bandits albanais ou bulgares comme on chasse l'ours au Canada. Pourquoi ne pas sourire à ces Macédoniens que vous libérez?

— Ils admettent difficilement que nous, les Serbes, soyons revenus pour les protéger.

— Ils savent surtout que les Bulgares sont en force dans la région toute proche de Monastir et qu'ils peuvent passer la frontière quand ils le désirent, grâce au soutien de l'artillerie lourde prussienne. Nous avons aussi appris la présence du 146e régiment d'infanterie, provenant, selon les prisonniers et les déserteurs, du *Mazurenland* en Prusse-Orientale. Il est rattaché au 4e corps de réserve, unité d'élite célèbre chez nous, en France, pour avoir résisté à une armée entière de Maunoury lors de la bataille de l'Ourcq. C'est encore aux survivants des Prussiens de Barcy et d'Étrépilly que nous avons affaire, ici, à au moins deux mille kilomètres de la Marne!

— Ton commandant rêve les yeux ouverts, dit dans son sabir le géant Georgevitch au zouave Vigouroux. Si tu crois que les Bulgares sont d'aussi bons soldats que les Allemands, tu te trompes. Leurs déserteurs se rendent à nos patrouilles. Souvent, c'est vrai, ce sont des Macédoniens enrôlés de force dans leur armée et las de l'occupation ennemie. Ils racontent qu'ils boivent du thé sans sucre, qu'ils mangent de la soupe aux haricots et qu'ils manquent de pain. Plaisanterie! Nous avons saisi dans leurs sacs des miches de quatre cent cinquante grammes. Pour un Serbe, c'est la fortune. Ces faux Bulgares-Macédoniens disent que leur roi est un lâche, qu'il s'est réfugié dans son château de Cobourg. Ils l'appellent roi, mais c'est en réalité le minuscule tsar allemand des Bulgares. Un Saxe-Cobourg-Gotha! Il paraît que la Bulgarie indépendante avait besoin d'un polichinelle *made in Germany*. N'est-il pas naturel qu'un roi teuton parachuté en Bulgarie soit impopulaire aux yeux des soldats levés de force dans la Macédoine occupée par les Bulgares?

Vigouroux s'étonne que, d'une traite, le Serbe lui dévide sa tirade en un français acceptable. Georgi finit par confesser que sa mère a fait tous les sacrifices pour le mettre dans une école française, et qu'une sorte de moine barbu, malheureusement catholique, lui a appris patiemment cette langue qui lui revient brusquement en mémoire.

– Comprends-tu cela, *tovaritch*? Notre roi est un vrai Serbe, comme le tsar Nicolas est un vrai Russe. Nous n'avons pas demandé aux Allemands de nous fournir un pantin couronné, comme ont fait les Roumains, qui nourrissent grassement un Hohenzollern dans leur palais de Bucarest construit à grands frais alors qu'ils crèvent de faim. Nous n'avons rien de commun avec ces Grecs, soi-disant inventeurs de la démocratie, qui n'ont rien trouvé de plus pressé que d'élever sur leur trône un moitié Danois, moitié Boche, nommé par Guillaume II son beau-frère, maréchal du Reich. Nous sommes le seul peuple libre des Balkans.

– D'accord, répond le zouave. Vous avez un roi serbe, et un héritier serbe, Alexandre. Mais vous n'avez pas l'air très aimés dans la région. Les habitants se barricadent à votre vue.

– Nous les avons libérés des Grecs esclavagistes, et ces *douraks*[1] ne nous en savent aucun gré. Ils préfèrent planter le tabac et le coton pour les gros marchands du Pirée qui les paient en monnaie de singe. C'est à désespérer. Ces Macédoniens sont nos frères slaves. Ils devraient nous chérir et reprendre leur belle langue, oublier ce démotique que des maîtresses grecques enseignent de force à leurs enfants dans les

---

1. George, slavophile, emploie le mot russe *dourak*, qui signifie imbécile.

écoles. Pour commencer, il faut raser tous leurs popes. Leur barbe pue. Et les baigner tout nus dans le petit lac de Prespa.

— Il est encore glacé.

— Ils retourneront chez eux, en Grèce, le cul nu.

— Mais ils sont en Grèce. Florina, que je sache, est au roi Constantin.

— Une ville macédonienne hellénisée.

— Tu le dis toi-même, elle est macédonienne, pas serbe.

— La Macédoine n'existe pas. Si nous ne prenons pas cette province, elle sera grecque, turque ou bulgare. Nous avons versé notre sang pour conquérir la part qui nous revient. Il n'est pas question de l'abandonner aux Buls. Nous savons que le tsar Ferdinand de Bulgarie a reçu de Berlin et de Vienne la promesse de s'installer définitivement en Macédoine serbe. Il l'a déjà fait. Mais les Buls ne se contentent pas d'aussi peu. Ils veulent aussi s'installer ici, en Macédoine grecque, si le roi Constantin passe du côté des alliés. En attendant, le tsar des Buls arme ses *comitadji* recrutés sur place, pour préparer la population au retour en force de ses Bulgares.

**
*

Les boutons roses des pêchers et des amandiers, les fleurs blanches des pruniers sauvages ne ramènent pas la paix dans les jardinets des petites maisons de bois de Florina. L'école est fermée, les enfants renvoyés chez leurs parents en larmes. Le colonel Popovitch a décidé d'y loger une compagnie, avant de la transformer en poste de secours à croix rouge.

Des soldats serbes chassent de la salle de classe une jeune institutrice grecque qui les insulte en démotique. Ils lui promettent dans leur langue sonore et virile les félicités de l'enfer si elle ne repart pas chez elle, en Thessalie. Quelques téméraires osent sortir de leur maison pour la défendre. Le maire hellène, nommé jadis par le premier ministre Vénizélos, prend la tête du petit cortège, menace de faire appel aux soldats de Constantin, cantonnés dans un camp proche. Florina est grecque et les Serbes doivent respecter le pope obéissant au patriarche d'Athènes, ainsi que les maîtres d'école grecs installés à prix d'or dans cette partie occidentale de la Macédoine.

— Votre ville est occupée par l'armée alliée qui doit prendre toutes mesures pour assurer sa protection ! tonne le colonel Popovitch, usant du démotique pour être sûr d'être compris. Nous sommes à quelques kilomètres des lignes bulgares de Monastir, et Florina se trouve au cœur de la zone des armées. Je ferai tirer après sommation sur tous ceux qui refusent de rentrer au foyer. La moindre provocation sera réprimée, le soutien aux *comitadji* aussitôt puni de mort.

Les Serbes arment leurs Lebel, mettent la baïonnette au canon. Les Grecs se dispersent, non sans protester ; le pope surtout, principal agent de l'hellénisation dans la ville. L'institutrice reste à ses côtés, décidée au martyre.

Le colonel serbe fait un geste. Georgi Georgevitch et son escouade se saisissent des rebelles déclarés otages et les conduisent à la prison municipale, où ils se retrouvent entre un Albanais en guenilles, surpris dans la montagne à rançonner des marchands, et deux négociants bulgares, accusés d'espionnage. L'institutrice est enfermée à part, dans

116

une cave éclairée grâce à un petit soupirail par lequel on lui jette une couverture de cheval.

Le commandant Coustou désapprouve ces mesures de rigueur. Sa compagnie de zouaves compte deux cents hommes à peine, contre mille Serbes, mais il représente le général Sarrail, nommé général en chef de toutes les forces alliées. Ces combattants aux rudes manières portent des uniformes et des armes françaises. Les ordres de l'état-major sont de surveiller la frontière et d'empêcher les raids de *comitadji*, non de braquer la population grecque contre les Alliés en créant des incidents entre Grecs et Serbes. Coustou, soucieux de préserver des rapports policés, se rend donc à la tente de commandement du redoutable Popovitch.

– Les renseignements du 2ᵉ bureau, lui dévoile-t-il sur un ton de conciliation, font apparaître que le pope Carandelis est certes un agent de la police hellène, mais aussi qu'il combat fortement les menées bulgares dans la population. Il sait parfaitement que leurs popes, ses ennemis mortels, veulent détourner ses ouailles. Il peut être demain notre allié et il convient de le ménager. Quant à l'institutrice que vous avez jetée dans une niche à rats, elle s'appelle Alexandra Metaxas, et elle est la propre fille du général en chef du roi Constantin.

– Elle va s'empresser de soutenir les réseaux bulgares. Metaxas est l'un des plus violents ennemis des Alliés[1]. Il vous entrave, vous Français, de tous les moyens que son roi

---

1. Le général Ioannis Metaxas, né dans l'île d'Ithaque en 1871, ancien élève de l'École militaire prussienne, deviendra dictateur royaliste de la Grèce en 1936 et rapprochera son pays de l'Allemagne hitlérienne, tout en résistant victorieusement à l'agression italienne de 1940. Son pays sera envahi par la Wehrmacht.

boche lui concède. Je vous trouve bien indulgent pour les Grecs. Ces fils de putes sont nos ennemis, au même titre que les Turcs et les Bulgares. Pas de pitié pour eux.

— Alexandra, poursuit Coustou sans se troubler, est une militante de la *megale idea*, tout à fait hostile à la germanophilie de son général de père. Elle ne rêve que du retour aux affaires de Vénizélos. J'ai avec moi un excellent agent crétois qui connaît son monde sur le bout du doigt. Il pourra vous le confirmer sans que je le sollicite. Je ne puis que vous conseiller de la faire libérer sur-le-champ, quitte à la surveiller de près. Nous devrions la rallier sans trop de peine. Laissons faire mes zouaves.

Popovitch finit par céder. Il n'a en tête que d'étriper les Bulgares. Les problèmes politiques posés par la Grèce désunie ne l'intéressent pas. Si on le laissait faire, il noierait tous les Grecs sans distinction dans le lac de Prespa. Il les tient pour des adversaires sournois, tenaces, irrécupérables. Mais le Français doit avoir raison. Pas d'incidents politiques, il passe la main.

Coustou sourit dans sa moustache blonde. Il désigne Vigouroux, le plus affable de ses soldats, accompagné d'une recrue polyglotte, de la plus grande efficacité dans ses rapports avec la population civile. Ce Benjamin Leleu, du recrutement de Dunkerque, n'avait rien à faire chez les zouaves. Petit, d'apparence chétive et cependant d'une bonne résistance physique, il aurait fait un bon chasseur à pied. Mais il a émigré à New York, et le recrutement l'a surpris dans le quartier grec où il vendait des bretelles. Débarqué à Bordeaux, il a repris le bateau d'Alger pour rejoindre un bataillon de renfort commandé par Coustou.

Zouave malgré lui, il fait bon ménage avec le jovial Vigouroux, issu d'une riche famille de Limoux, et dont le physique avantageux de pâtre grec aux cheveux bouclés n'est pas passé inaperçu dans les rues de Salonique. Ses fiançailles avec une jeune Nîmoise dont il était très amoureux ont avorté. Son père lui a écrit une lettre affligée où il regrettait que la famille huguenote de la jeune fille ait refusé tout projet de mariage avec un catholique pourtant cossu de Limoux. Le jeune Edmond a été inconsolable pendant au moins deux semaines. Une jolie Grecque de Salonique a adouci son malheur. À son contact, il a appris quelques phrases tendres et chantantes de grec moderne.

Les deux envoyés du commandant Coustou ont pour mission de faire oublier à Alexandra Metaxas sa brutale arrestation par les Serbes.

* *
*

Ils arrivent à temps. Georgi, le partisan des montagnes serbes, l'ancien combattant de Rasko Pol, vient d'entrer dans la cave avec trois camarades pour faire parler l'institutrice. Il a ses méthodes pour rechercher les agents secrets bulgares. Il sait qu'ils terrorisent d'abord les femmes, pour trouver au pays des caches sûres. Cette courageuse militante lui paraît suspecte. Elle doit avoir beaucoup à confesser.

Sans se troubler, Leleu lève ses yeux froids vers le colosse qui le domine d'au moins deux têtes.

— Ordre de libération d'Alexandra Metaxas, annonce-t-il en exhibant un papier signé du commandant Coustou et du colonel Popovitch.

119

Georgi prétend ne pas savoir lire, même en serbe. Haussant les épaules, il fait barrage avec ses acolytes. Benjamin Leleu insiste, lit le texte en français, le traduit en grec à l'intention de la malheureuse à demi dévêtue, roulée en boule le long du mur suintant de salpêtre. Edmond Vigouroux sort alors précipitamment à la recherche d'un officier serbe. Il finit par mettre la main sur un lieutenant qui descend à la cave et traduit à son tour le billet. Georgi doit se rendre à l'évidence. Alexandra est libre.

— Où la conduire? demande Edmond, qui a recouvert les épaules de la jeune fille de sa capote, avant de délier ses poignets et ses chevilles entravées.

— Chez elle, bien sûr, jette Leleu à voix basse, comme s'il craignait d'être compris par Georgi. Celui-là pourrait bien exercer sournoisement contre la jeune Hellène des représailles qu'il attribuerait ensuite sans vergogne aux *comitadji* bulgares.

Vigouroux saisit avec douceur le bras d'Alexandra qui se laisse guider vers sa petite maison de bois. Benjamin les quitte, estimant sans doute qu'elle ne peut être en de meilleures mains. Edmond s'occupe de tout. Il allume le poêle, fait chauffer du café et l'eau du tub pour qu'elle puisse se laver. Elle est surprise des prévenances de ce beau Français, au saroual presque immaculé, qui n'a pas un geste équivoque et veut lui faire oublier les mauvais traitements subis.

Il y réussit fort bien. Quand la jeune fille sort de la douche, un peignoir de bain blanc noué autour de sa taille, ses cheveux châtain clair lissés sur sa tête ronde de Coré de l'Acropole, il est séduit par son sourire éclatant, et surtout par ses petits pieds agiles nus dans des sandales trop grandes d'evzones, décorées de rubans de couleur. Ses lignes sont harmonieuses, son goût de l'action et du combat politique ne la rend pas moins gracieuse, souple dans sa démarche de danseuse aux pas glissés.

Elle retrouve très vite des gestes familiers, une façon de draper ses cheveux mouillés, pour les sécher plus vite, dans une serviette nouée en turban, un soin particulier à se poncer la plante des pieds d'une pierre grise, à se frictionner les chevilles d'une crème au parfum délicat. Edmond assiste à cette renaissance comme à un ballet. Elle virevolte dans sa jolie maison aux murs clairs, sur son parquet de pin du Pinde égayé de tapis aux couleurs vives.

Par la fenêtre ouverte, les enfants de l'école lui font une bruyante aubade. Un blondinet force la porte. Il a cinq ans à peine, et serre dans ses mains un bouquet de narcisses cueillis près du ruisseau, dans un champ spongieux où le printemps est précoce. Un autre lui tend des roses de chemin, les plus belles, celles qui parfument le sentier depuis le temps d'Homère. Il ne manque à ce bouquet que les anémones, les fleurs blanches à taches pourpres, marquées du sang d'Adonis. Un bel enfant offre précieusement la première anémone éclose dans les bois. Alexandra la recueille et la montre au petit groupe grec rassemblé autour de sa maison.

– La fleur symbolise le retour du printemps, confie-t-elle au soldat français. Adonis, l'enfant du miracle sauvé par Zeus, a quitté le monde souterrain pour rejoindre Aphrodite, la déesse de l'Amour. Il restera auprès d'elle tant que les platanes auront des feuilles.

Rien ne peut troubler la joie des Grecs qui dansent devant la fenêtre au son des flûtes et des bouzoukis. Alexandra leur envoie des baisers. Les enfants forment une farandole et chantent en chœur les chansons apprises sur les bancs de l'école, mais aussi les airs de fête des fermes macédoniennes, les plus anciens, les plus gais. La guerre est oubliée et, si les *comitadji* se terrent dans les fourrés ou se cachent dans les cavernes, les hommes et les femmes de Florina répètent le nom de «Sandra» avec une joie mêlée de piété. La présence parmi eux de cette jeune fille si belle et si soucieuse de bonheur et de paix leur semble un miracle.

**
*

Seuls les soldats serbes font grise mine et se retranchent à part, dans leurs campements. Georgi Georgevitch est le plus amer. Il a trop souffert de la guerre pour ne pas trouver insolent le bonheur de cette communauté de Grecs et de Macédoniens qui semblent fraterniser. À tout prendre, ils préfèrent être grecs plutôt que serbes. Chez lui, à quelques kilomètres de là, les eaux sont polluées, les maisons infestées de germes du typhus. Les villages sont les mêmes en Macédoine grecque ou serbe, mais là-bas, les tuiles des toits se sont écroulées, le crépi blanc des murs grisonne et se fendille. Plus d'hommes à la maison, sinon les vieillards. Les pâturages et leurs troupeaux sont à l'abandon, les plants de tabac pourrissent. La terre n'a pas été retournée depuis plus d'un an et le maïs non récolté a jauni sur pied.

Du côté grec, autour de Florina, chaque mètre carré du sol est soigné, cultivé à main d'homme comme un jardin arabe. Les troupeaux nombreux paissent dans les prés, et pas seulement des chèvres; des vaches aux pis gonflés, des chevaux, des mulets, des ânes, toutes richesses disparues au pays maudit des Serbes.

D'un coup de botte rageur, Georgevitch écrase des pousses de radis et de carottes dans un potager, sous le regard indigné du propriétaire qui n'ose protester. Il décapite au fouet, par pure provocation, des rames de haricots à peine naissants. Le paysan macédonien soupire de pitié, il prend le soldat pour un sauvage. Il ne peut savoir où le porte son désespoir.

— Nul n'est méchant volontairement, récite Alexandra en grec ancien, citant Socrate pour consoler le jardinier. Le Serbe, lui dit-elle, a dû beaucoup souffrir pour être aussi violent.

Elle s'approche du tortionnaire, un verre de raki à la main et le sourire aux lèvres. Il le jette à terre et la menace de son fouet. Edmond Vigouroux intervient aussitôt, menaçant. Le lieutenant serbe Voljevitch, mandé d'urgence, intime à Georgi l'ordre de rentrer aussitôt sous la hutte de branches tressées qui lui sert de campement.

— Tu ne connais rien du monde, Georgevitch, lui dit l'officier d'un ton apaisant. Tu détestes ces villageois parce qu'ils n'ont pas, comme nous, connu la guerre, et tu es injuste. Je reviens d'Amérique où j'ai fait tous les métiers. J'ai été moissonneur dans le Missouri, gardien de vaches aux Texas, cueilleur d'oranges dans les vallées de San Francisco. Les gens pour qui je travaillais étaient infiniment plus riches que nous, pauvres Serbes. Pourtant, au départ, ils étaient comme moi des émigrés sans le sou.

— Ces Grecs sont des ennemis, des voleurs de terre, lance Georgi, buté.

— Nous avons perdu notre pays, mais eux n'y sont pour rien; ils ne nous ont pas fait la guerre. Il ne faut pas les confondre avec les agresseurs bulgares, des frères slaves qui ont trahi le tsar Nicolas de Russie, leur protecteur et le nôtre. Nous aurons à reconstruire des villages, Georgi, avec du courage et beaucoup de science. En rentrant à Belgrade, j'ai épuisé tous mes dollars gagnés en Amérique pour étudier. Beaucoup sont comme moi convaincus que le progrès passe par l'étude. Seule la connaissance est un remède souverain contre la misère.

— Et l'argent, dit Georgi, où en trouver? Nous sommes ruinés. Tu peux étudier tant que tu voudras. Sans argent, tu ne pourras pas racheter des bœufs, des chevaux, et encore moins ces machines fabriquées par les Américains.

— Nous avons assez souffert de cette guerre, abandonnés de tous, sacrifiés à la cause alliée, pour demander, quand la paix reviendra, des crédits et des avances. Ils nous donneront de l'argent. Les Anglais, les Américains qui nous rejoindront un jour ou l'autre nous le doivent. Nous construirons comme eux des écoles, des universités. Alors, Georgi, notre pays deviendra la lumière des Balkans. Nous avons chez nous toutes les richesses de la terre, à condition de savoir les exploiter. Les Macédoniens de Florina ont de la chance avec cette petite institutrice grecque qui leur apprend à lire, à compter, à connaître le cycle des plantes et des eaux. Elle les considère tous comme des frères égaux. Tu dois l'aimer, Georgi, elle le mérite, car elle a la paix dans son cœur.

Dans la pénombre de la hutte, le géant fond en larmes. Il songe à son village ruiné. À sa mère tuée sur la route par un obus autrichien, au moment du grand départ, et enterrée à la va-vite. À son père parti à la guerre, sans uniforme, à plus de cinquante ans, disparu dans les montagnes albanaises, sans doute dépouillé par les brigands. Ses sœurs aussi sont mortes de faim dans l'exode, emportées par la maladie. Il n'a plus personne, plus de famille. Il a un tel désir de vengeance qu'il tuerait de ses mains même des innocents. A-t-on ménagé sa petite Catarina, une jolie blonde de dix ans? Qu'avait-elle fait au Bon Dieu pour être jetée dans la fosse commune, puis déterrée par le canon et peut-être dévorée par les loups, comme l'ont raconté des camarades? Il a vu trop d'horreurs pour que le discours amical du lieutenant Voljevitch rallume en lui l'espoir. L'officier respecte sa douleur, et lui tend sa gourde de cognac français.

**
*

Edmond Vigouroux se sent léger. La petite ville, malgré les passages de soldats grecs et ceux, plus récents, des Serbes et des Français, semble s'enivrer des derniers jours de paix comme on prend le soleil de la fin de l'été sur les rochers plats du rivage de la mer Egée.

Seul le pope bougon s'enferme en son logis. Miteux, poussiéreux, revêche, il ne voit pas d'un bon œil la popularité d'Alexandra, qu'élèves et parents d'élèves chérissent. Elle n'est pas un bon agent d'hellénisation, trop accueillante à tous, trop ouverte aux ennemis du roi des Grecs. Si gaie, si dévouée, elle ne fait pas de différence entre les petits Grecs et les Macédoniens. Elle accueille avec une égale indulgence Serbes et Albanais musulmans, et même les enfants des gitans de passage ou les rares Turcs réfugiés. Engagée dans le mouvement vénizéliste, elle considère la langue et la civilisation grecques comme libératoires dans la péninsule très attardée des Balkans, et ne s'en cache pas. Elle veut que tout le monde puisse s'entendre grâce au grec. Elle apprendrait volontiers la langue de ce soldat français pour l'en convaincre. Elle l'explique à Edmond qui rougit d'aise.

Le pope a beau prétendre que son Église est la seule héritière de Constantin le Grand, empereur de Constantinople[1], et soutenir que les Bulgares et les Serbes sont de misérables convertis, il n'empêche que, nommé par le roi, il est un instrument du pouvoir. La religion est au service du palais, au même titre que la religion des Bulgares ou des Serbes est soumise à l'autorité de leur tsar et roi. Pourquoi n'y aurait-il pas aussi des popes macédoniens? se demandent les habitants de Florina qui boudent la messe du roi. Mais ils conduisent volontiers leurs enfants chez la belle Alexandra, dont les mots en grec sortent comme du miel de sa bouche. Après tout, leur dit-elle, Philippe et Alexandre ne parlaient-ils pas la langue de Démosthène et de Périclès?

— Oui, mais ils entraient en vainqueurs dans les villes grecques, et notre Florina est une ville occupée, répondent les plus motivés des parents d'élèves, ceux qui soutiennent la cause de la Macédoine indépendante et acceptent d'en parler librement avec l'institutrice.

Ils savent qu'elle est parmi eux de son plein gré. Elle a rompu tout lien avec le général son père, un cavalier de stricte obédience, royaliste acharné, partisan d'un pouvoir militaire fort. Metaxas s'est constitué d'immenses domaines en rachetant les terres des petits paysans ruinés de Macédoine et entend régner comme en pays conquis. Il y fait cultiver le tabac et le coton, les céréales et le maïs achetés à sa demande en priorité par les négociants du Pirée.

Pour lui, la *grande idée* de Vénizélos, qui prône le rassemblement de tous ceux qui parlent le grec dans une même

---

1. L'Église grecque autocéphale est dirigée par un synode présidé par le métropolite d'Athènes.

communauté démocratique, est devenue un simple instrument d'oppression. Le général enrage du départ de sa fille. Qu'elle enseigne l'*alpha bêta gamma* à des gosses en haillons dans une ville perdue de la Macédoine le fait blêmir de rage. Même si elle sert la cause des Grecs, elle a renoncé à sa condition sociale élevée pour devenir une simple enseignante, missionnaire en quelque sorte. Elle n'a jamais paru aux réceptions de la Cour, elle a écarté tous les émissaires dépêchés par son père pour tenter de la rallier. Elle n'est jamais rentrée à Athènes, sinon pour répondre aux appels d'Eleuthérios Vénizélos premier ministre, à qui elle voue un véritable culte.

Libre, elle prétend mener sa vie à sa guise. Elle a rencontré à l'état-major politique de son héros un journaliste américain. Il suivait Vénizélos par passion démocratique, mais aussi pour établir des liaisons avec la presse grecque de New York, où les émigrés sont nombreux. À son contact, elle a appris la lutte menée aux États-Unis par les héroïnes du mouvement féministe. Il venait du Wyoming, un État d'Amérique où les femmes ont le droit de vote depuis 1849. Alexandra fulmine de ne pas pouvoir voter dans son pays. Pourtant, elle a fait une campagne ardente à Florina pour soutenir Vénizélos en juin 1915.

La fête de la paix bat son plein. Alexandra ose danser avec Edmond Vigouroux, tout heureux d'être choisi. Elle est la seule femme à pouvoir rompre un tabou sans risquer le scandale. Bien des jeunes filles en robes traditionnelles admirent le courage de l'institutrice. En Grèce, seuls les hommes dansent entre eux.

À la fin de cette soirée mémorable, Alexandra accepte de se promener à la lumière des flambeaux dans les sentiers forestiers réservés aux amoureux – aux promis, comme on dit à Limoux –, avec cet Edmond qu'elle ne reverra peut-être jamais. Le paradoxe de ce dernier bal de la paix est que son père, le général, est, avec le roi, partisan de la neutralité grecque, du non-engagement dans la campagne balkanique; alors que son héros politique, Vénizélos, pousse à l'entrée en guerre des Grecs avec les Alliés. Accepter les discrètes avances du soldat français, sans vouloir s'en cacher, c'est pour elle une autre manière d'être fidèle à son idole.

* *
*

La bonne fortune du Limouxin, considérée de façon implicite par son capitaine comme une sorte de mission de conciliation civile, ne lui épargne aucune corvée, pas la moindre ronde de surveillance nocturne, même s'il multiplie les tournées de blanquette de Limoux reçue de ses parents pour fêter la Pâques grecque. Au ton de ses lettres, la mère d'Edmond a compris que l'ancienne fiancée rebelle, la hugue-note nîmoise, a sans doute été avantageusement remplacée. Elle lui a donc expédié de quoi faire la fête. La tête de l'insti-tutrice a tourné deux fois plus vite sous l'effet du vin pétillant, et l'entourage en a profité, ainsi que les camarades.

Les patrouilles de nuit ne semblent pas dangereuses. On ne signale aucune exaction des terroristes bulgares dans les environs. Les rivières tranquilles ne sont fréquentées que par des pêcheurs ou des braconniers qui lèvent au matin leurs lacets. Ben Soussan s'ingénie à les précéder avant l'aube, dans le souci d'améliorer l'ordinaire par un civet macédonien.

Il arrive à Edmond de rejoindre sa tente blanche quelques instants seulement avant le clairon de la diane et d'autres fois un peu après. Il est alors suivi par le petit chien d'Alexandra, qui trahit ainsi ses escapades, au demeurant connues de ses proches. À une ou deux reprises, il s'est présenté à l'appel escorté, bien malgré lui, du bichon endimanché de nœuds de ruban rose. Le mouvement d'hilarité qui gagne alors la section est aussitôt réprimé par le commandant Coustou, regrettant d'avoir un peu trop lâché la bride à son zouave de charme. Que diraient les amis serbes à voir le Limouxin « fréquenter » une Grecque?

Faut-il attribuer à la séduction des Florinaises le concert d'aboiements matinaux qui accompagne les escouades en marche vers la montagne proche de la Stara Nereska Planina? D'autres zouaves de la section ont-ils suivi l'exemple d'Edmond le bienheureux? Il faut se rendre à l'évidence : tous les chiens aboyeurs ne défendent pas la vertu de leurs maîtresses, ils ont des tâches plus prosaïques. Gardiens fidèles chez les éleveurs de chèvres ou de moutons, ils protègent aussi les fermes isolées des maraîchers, qui craignent toujours le passage des bandes d'Albanais affamés et des voleurs venus des lacs Preska ou des montagnes de l'ouest. Certains arrivent avec le printemps, cherchant à louer leurs bras aux travaux agricoles. Coustou donne pour consigne aux patrouilles de fouiller ces « chemineaux ». Il n'est pas rare de découvrir sur eux de longs couteaux aux lames acérées ou des rasoirs, mais rarement des armes à feu.

La mission des patrouilles est d'atteindre la montagne, plantée dans la plaine comme un jeu de cubes géants, dont les derniers éléments sont encore blancs de neige. Tel le mont Viro culminant à mille six cents mètres et, beaucoup plus loin, mais visible par temps clair, le somptueux Kaïmatchalan. Les premières pentes escaladées par les zouaves sont couvertes d'herbe pauvre piquetée de fleurs printanières, fréquentées par des bergers dormant la nuit dans des cabanes de pierres plates. Les soldats les fouillent en vain : aucune cache d'armes.

D'où vient alors le malaise du commandant Coustou, qui se sent épié, suivi, ou peut-être précédé d'émissaires qui font disparaître les suspects à l'approche de la troupe? Des vols circulaires d'oiseaux prédateurs dans la montagne autour de points précis? Des fumées ténues visibles au-dessus des rives des torrents, qui s'éteignent dès que les escouades arrivent à proximité?

Ces blocs de rochers semblent déserts. Pourtant, Coustou est sûr que des transits s'y effectuent, que des courriers secrets les parcourent pour livrer des informations dans les lignes ennemies vers le nord. Las de poursuivre des adversaires peut-être imaginaires sur ces pentes arides, il commande à la section de rebrousser chemin vers la plaine en fin d'après-midi. Il laisse toutefois sur place Ben Soussan et Vigouroux, cachés dans une fissure de roche près de laquelle son œil exercé a remarqué un petit amas de cendres assez récentes.

Les deux guetteurs n'entendent que le hululement des chouettes et se relaient pour dormir à tour de rôle. Deux heures avant l'aube, Ben Soussan réveille son compagnon. Il a repéré sous la lune, dans l'ouverture du rocher, deux silhouettes silencieuses marchant avec précaution vers les abords de la ville.

— Il vaut mieux les suivre que les arrêter, chuchote l'Algérien.

À l'entrée de Florina, dans la première ferme à gauche de la route, un aboiement de chien retentit.

— Ils sont repérés, dit Ben Soussan. À nous d'intervenir.

Ils ont beau se hâter, en rasant les murs, vers le porche d'entrée de la bâtisse fortifiée, toute trace des deux rôdeurs s'est évanouie. Le chien du fermier n'aboie plus pour la meilleure raison du monde : il a été égorgé d'une oreille à l'autre.

* *
*

Cette fois, Coustou en est sûr : des franc-tireurs, peut-être des terroristes, s'abritent la nuit en ville où ils sont accueillis et ravitaillés. Il le signale au colonel Popovitch. Le Serbe saute sur l'occasion pour lui réitérer un discours qu'il a encore affiné :

— Combien de fois vous l'ai-je répété ? Les Macédoniens sont des Slaves, parlent une langue slave et n'ont que faire de ces Grecs qui veulent les helléniser. Les Bulgares n'ont aucun mal à recruter des *comitadji* dans ces conditions. Les Macédoniens se feront tuer pour s'affranchir de ces Metaxas et autres généraux grecs qui ne songent qu'à les asservir. Ils n'ont pas plus de tendresse pour leur Vénizélos, ce Crétois soi-disant démocrate qui veut reconquérir les terres de la Grèce antique, comme si rien ne s'était passé ici depuis Alexandre. Quand je vois vos zouaves fraterniser avec cette institutrice grecque...

— Elle est charmante, et de bonne volonté.

— Un agent grec comme un autre, plus dangereux peut-être, avec son joli minois, comme vous dites en France.

— Je me suis laissé dire qu'à Monastir, vous ne vous êtes pas gênés, vous les Serbes, pour annexer, sans leur demander leur avis, les Macédoniens de votre zone, jusqu'à les forcer à envoyer leurs gosses – plus de dix mille m'a-t-on précisé –, dans vos écoles d'Usküb et de Monastir. Outre qu'ils avaient l'obligation d'entendre la messe de vos popes, même si votre premier évêque a été accueilli à coups de pierres à Usküb. Vous reprochez aux Grecs ce que vous avez fait vous-mêmes. Vous n'avez aucune intention de libérer la Macédoine.

– Mais nous voulons gagner la guerre, et rentrer chez nous, dois-je vous le rappeler, mon commandant? Aujourd'hui, ils tuent les chiens, et demain les hommes. Je ne suis pas sûr que votre protégée, la blonde institutrice, ne soit pas en danger de mort. Mais nous sommes naturellement leur cible désignée. Vos zouaves seront tués pendant leur sommeil, égorgés au rasoir. Ils n'entendront pas venir leurs assassins.

– Que suggérez-vous?

– À la première victime militaire, boucler la ville et la quadriller, multiplier les fouilles domiciliaires, les visites de nuit, les interrogatoires.

– Même à Salonique, nous ne pouvons agir ainsi. Florina est une ville grecque, avec une administration responsable, et des soldats du roi Constantin désignés pour garder les édifices publics…

– Je suis un officier serbe, qui doit assurer la sécurité de mille hommes. Je prendrai les mesures nécessaires. Au premier attentat, je trouverai et châtierai les coupables, dussé-je mettre les Grecs de la ville au tourniquet. Je ne prendrai pas de gants avec des gens qui se préparent à pavoiser pour la victoire des Buls.

Le lendemain, le commandant Coustou est averti par la patrouille de nuit qu'une dizaine de chiens, dans les maisons proches de la route de Monastir, ont été tués durant la nuit. Il rassemble une section en armes pour l'escorter à la mairie. Aucune habitation grecque n'a été l'objet d'attaque, et pourtant ils sont inquiets. Ils savent que si l'on abat les chiens, c'est pour les empêcher d'aboyer et de réveiller les hommes au passage nocturne des *comitadji*.

Le maire s'en explique bien volontiers à l'officier français. Les *comitadji* n'ont pas pour but, dans l'immédiat, de terroriser les Hellènes, mais bien leurs compatriotes macédoniens. Ils les tiennent par la peur et projettent sûrement de lever auprès des commerçants ou des agriculteurs un impôt révolutionnaire. Ils sont cachés, lors de leurs visites nocturnes, par leurs frères.

Dans le bureau du maire où s'affiche le portrait du roi Constantin, les officiers grecs de la petite garnison le confirment : leurs coreligionnaires ne sont en rien la cible des *comitadji*. C'est une affaire de Macédoniens.

– Ils ont tout de même assassiné votre roi Georges en 1913.

– Ils se sont calmés depuis. Les Macédoniens de Florina ne demandent qu'à vivre en bonne intelligence avec les Hellènes, affirme le maire. Les *comitadji* sont des intellectuels irresponsables qui voudraient nous pousser à prendre parti dans la guerre, aux côtés des Bulgares. Nous n'en ferons rien. Neutralité d'abord.

La compréhension relative des autorités de Florina ne surprend pas beaucoup l'officier français. Il n'a pas besoin d'un plus long discours pour comprendre que les autorités hellènes redoutent surtout un encadrement de la population par des révolutionnaires macédoniens provisoirement amis des Bulgares. Mais ils veulent dissuader les Alliés de s'engager dans une répression qui mettrait le roi des Grecs, au demeurant germanophile, en situation délicate vis-à-vis de son collègue de Sofia, honteux d'avoir trahi les Russes, ses amis et bienfaiteurs. Mieux vaut accuser les Macédoniens que les Buls.

** *

Les patrouilles de zouaves dans les rues de la ville sont assez bien accueillies par les habitants, qui les invitent à l'occasion à boire le café. Mais ils se méfient des Serbes, dont les mines farouches ne sont guère rassurantes. Pour les soldats du colonel Popovitch, tout Macédonien est suspect. Il organise heureusement ses expéditions de repérage en dehors de la ville, sur la route de Monastir, inquiétant surtout les soldats grecs de garde à la frontière. À l'évidence, les Serbes sont pressés d'en découdre. Qu'ils aillent au diable! se disent entre elles les ménagères de la petite cité macédonienne.

Edmond Vigouroux, épris de l'institutrice, se porte toujours volontaire pour patrouiller dans son quartier. Il lui recommande de tenir son bichon à l'abri et de s'enfermer le soir dans sa maison fleurie. Elle est rassurée par sa présence, et supporte mal qu'il l'abandonne au milieu de la nuit pour rejoindre son campement. À ses yeux, un Français, même s'il fait la guerre, est là pour pacifier ces Balkans déchirés par les conflits de peuple depuis tant de générations. Elle souhaite de tout son cœur qu'un jour les Grecs se joignent aux démocraties, elles-mêmes confortées par l'engagement des Américains. Alors, le monde connaîtra la sérénité.

En quelques semaines, elle a acquis un nombre suffisant d'expressions françaises pour agrémenter ses nuits avec Edmond de longues conversations, mêlées de nombreux hellénismes qui font les délices du jeune Limouxin. Elle le pare de toutes les vertus, et il n'est pas loin d'être à ses yeux une sorte de croisé de la civilisation, de soldat de la paix.

Notre zouave se sent gêné, indigne d'une si lumineuse mission. Les officiers lui ont expliqué qu'ils étaient en Orient pour moucher les Turcs et les Bulgares, tous amis des Allemands, bref, pour faire la même guerre sur un autre front. Edmond regrette d'affronter la réserve hostile des Grecs, qu'il attribue, comme son capitaine, au roi boche Constantin. Alexandra partage son avis et lui assure qu'un jour la Grèce sera, après la France et le Portugal, la troisième république d'Europe.

Le zouave demanderait volontiers à sa belle de lui faire grâce de ses discours politiques. Elle s'est mis en tête, soi-disant pour améliorer son français, de lui lire des extraits de journaux parisiens qu'elle se procure à la mairie. Elle le réveille après l'amour pour lui faire préciser le sens d'une allocution du président français Briand extraite du *Matin*, journal peu connu à Limoux, où il est question de l'amitié des démocrates grecs pour la France.

Son gazouillis doux comme la rosée ne parle pas d'amour, mais commente, accompagné des plus suaves caresses, des événements fort sévères. Lisant les colonnes du journal parisien comme si elle récitait les strophes de Pindare, elle exige toute l'attention d'Edmond, qui doit suivre son récit détaillé de massacres d'Arméniens par les colonels turcs ou d'exactions autrichiennes en Serbie occupée.

Pour elle, la guerre est une collection d'images pieuses ou horribles. Son soldat doit les connaître toutes pour comprendre, davantage qu'il n'en a l'air, le sens du grand combat où il a l'honneur d'être engagé. Elle ne lui passe aucun torpillage de paquebot civil ou neutre par les sous-marins à croix noire, pas un bombardement de zeppelins. N'ont-ils pas frappé aussi à Salonique, tué des Grecs innocents ?

Le passage de la patrouille arrache Edmond à regret des bras parfumés de son inlassable militante. Il faut bien suivre Ben Soussan et Rasario dans les rues de Florina, pour traquer les *comitadji* cachés chez l'habitant. Les camarades interrompent volontiers leur ronde par une pause dans le *cafedji* du relais de poste à la sortie ouest de la ville. Avec quatre lieues dans les jambes, on peut se reposer un instant avant le lever du jour.

À l'arrière de la maisonnette de bois, dans les écuries, les chevaux hennissent, prêts à prendre la piste pour assurer le courrier royal de Vodena. Des mules en enfilade sont dételées par un gamin dont on distingue à peine le visage, tant ses cheveux sont longs. Phikioris, le maître des lieux, regarde à la dérobée les zouaves s'installer d'autorité à la meilleure table, celle qui a vue sur le Kaïmatchalan dont les neiges miroitent sous la lune. Il déplie une serviette qu'il pose sur son avant-bras et vient prendre la commande.

— Beau temps pour les *comitadji*, grogne Ben Soussan en le fixant dans les yeux, et tortillant à l'arracher le bouton doré marqué de l'aigle des Habsbourg de son gilet.

— Un gilet pris aux Autrichiens, bredouille l'hôte.

— Ils y voient clair comme en plein jour dans leur marche vers Monastir, les compagnons, poursuit Ben Soussan. Ils arriveront à l'heure du café chez le colonel bulgare pour faire leur rapport et ils seront reçus à bras ouverts. Qui sait, peut-être leur as-tu loué les mulets afin qu'ils rapportent des armes? On dit que leurs camarades sont nombreux dans la vallée.

Phikioris ne relève pas, mais se courbe en deux pour leur offrir, avec le café, un verre de résiné jaunâtre.

– Service officiel des postes du roi, clame-t-il au garde-à-vous. Les *comitadji* ne viennent jamais chez moi. Ils auraient trop peur que je les livre aux soldats de Sa majesté.

Il ajoute à voix basse, se penchant vers Vigouroux :

– Vous devriez filer, elle a besoin de vous. Vous savez de qui je parle.

L'aube éclaire la maison de bois d'Alexandra, quand la patrouille découvre, sur sa porte de pin verni, le cadavre d'une chouette. L'oiseau d'Athéna, symbole de la Grèce antique et triomphale, est cloué, toutes ailes déployées, sous un poignard sanguinolent.

**
*

, – Il faut faire un exemple, déclare le commandant Coustou, et d'abord interroger l'indicateur. La menace est claire. À leur prochain passage, ils égorgeront la jeune femme dans son lit. Tout le monde est suspect ici, les Bulgares, les Macédoniens, mais aussi les Serbes, les Albanais peut-être, et pourquoi pas les agents du père d'Alexandra? Le général Metaxas est un esprit retors, qui ne recule devant rien. Il a pu vouloir impressionner sa fille pour la faire rentrer au bercail, repentante. Les soldats grecs ont décidé de la surveiller jour et nuit et, s'il le faut, de l'évacuer à la moindre alerte. Nous n'avons pas à nous en soucier, dit-il en fixant Vigouroux.

Le lieutenant Leleu est désigné pour la mission spéciale. Rasario, Ben Soussan et Edmond l'accompagnent.

— Vous tombez bien, dit Phikioris, s'inclinant à l'entrée de Benjamin Leleu, comme s'il n'attendait que lui.

L'officier le dévisage sans aménité et sans prononcer une parole. Il attend.

— Voici venu le moment des confidences, dit en aparté Ben Soussan à Rasario.

Ajustant tous deux leurs baïonnettes, ils scrutent les recoins de la salle sombre. Rien qu'un gitan cherchant des accords de guitare, et chantonnant en roumain des Carpates.

— Quelqu'un ici souhaite vous rencontrer, déclare l'hôte grec, mais il faut d'abord que vous m'entendiez.

Leleu se laisse guider vers un bureau minuscule, dans un renfoncement de la grande salle. À son approche, une vieille femme se lève en faisant les trois signes de croix orthodoxes avant de disparaître en cuisine.

— Vous devez comprendre que vous êtes ici sur une étape de la grand-route de l'Adriatique à Salonique. Elle vous semble une piste coupée de fondrières, un désert de cailloux, mais c'est la route majeure, la *via egnatia* des Romains.

— Je sais, dit Leleu.

— Ce que vous ignorez peut-être, c'est que chaque village implanté sur cette route est d'une confession différente. L'un peut être grec de vieille souche, l'autre bulgare et ortho-doxe par sa population, le troisième albanais musulman, et tous sont en majorité Macédoniens. Les autres peuples sont

des occupants, et considérés comme tels par les révolutionnaires.

– Je m'en doute, répond l'officier impatienté. Vous
n'allez pas me dresser la composition de la salade macédonienne. J'attends d'autres explications.

– Chaque nuit, la route est parcourue par des émissaires,
des agents, des terroristes de tous les pays : Albanais vendus
aux Autrichiens, Macédoniens au service des Bulgares,
espions du roi des Grecs. Quand ils patrouillent, vos
chasseurs d'Afrique n'y voient que du feu. Obsédés par les
Bulgares, qui alignent leurs canons à la frontière toute
proche, vous ignorez ce qui se mijote en Albanie où les
Autrichiens, loin des armées organisées, se croient les maîtres.

« Nous approchons », se dit Leleu, toujours glacial et
immobile.

– Connaissez-vous la très célèbre histoire de l'agent
allemand Falkenhausen ?

– Devrais-je ?

– Elle est instructive. Koritza est l'étape la plus difficile de la
via egnatia. Nul ne sait à qui elle appartient. Elle est située au
nord-ouest du territoire grec, à l'entrée de l'Albanie. Elle
devrait, selon les traités, être albanaise, mais les Grecs y ont
dépêché un préfet, Pannas, qui leur sert de contact et d'agent
de renseignements. Contre argent comptant, il assure le
passage par Koritsa à tous ceux qui le désirent. Les Autrichiens
et les Italiens se gardent bien d'y mettre les pieds, craignant
d'être trahis et vendus par ce Grec cupide. Mais l'Allemand
Falkenhausen a réussi à le soudoyer pour qu'il le laisse se
rendre à Larissa, ville grecque de Thessalie où vous autres,
Français, contrôlez le trafic. De là, il a pu tranquillement
téléphoner à notre bien-aimée reine Sophie de Hohenzollern,

la propre sœur de son empereur Guillaume, être reçu au palais et délivrer son message confidentiel. Vous n'en avez rien su…

Leleu fouette le pied de la table d'un coup de cravache. Il veut ainsi faire entendre au bavard Phikioris que les histoires d'espions ne l'intéressent pas. Il attend d'autres informations, concernant par exemple les tueurs de chouettes.

— Soyez sûr, s'entête l'obséquieux aubergiste, que nos amis serbes risquent de vous aliéner tout le pays par leur politique de répression à Florina. Le colonel Popovitch en rêve. Quel plaisir de terroriser la population, soi-disant pour prendre la défense de la petite Alexandra ! Quelle belle occasion de dénoncer la mainmise bulgare sur les terroristes de chez nous, protégés bien sûr en sous-main par notre cher Metaxas. Je vous propose de rencontrer un terroriste très différent des autres, pour vous prouver qu'en Orient, rien n'est simple.

* *
*

— Voici Lazaros Manoy, le roi de nos montagnes.

Tapi derrière des bottes de foin, éclairé par une torche qui dévoile, à ses côtés, les silhouettes de deux serviteurs encagoulés, le roi semble surgir du dernier acte d'un mélodrame de boulevard. Ses bas blancs et ses chaussures à poulaines, façon evzone, paraissent d'un autre siècle. Sa chemise de soie noire est recouverte d'un justaucorps broché, plusieurs colliers s'entrecroisent sur son torse. À l'arrivée du lieutenant Leleu, il baise sa croix grecque en sautoir et incline la tête, dans un salut religieux.

La vue des pistolets et des poignards passés dans sa large ceinture rassure l'officier : devant lui ne se tient pas un chef

de secte, mais un combattant qui n'a pas le genre habituellement effacé des *comitadji* au service des Bulgares. Son
costume, plus albanais que monténégrin, le rattache aux
héros légendaires de la montagne. Une sorte de bandit au
grand cœur.

Phikioris le polyglotte doit tout traduire, car ce personnage de théâtre ne parle pas le français, ni l'anglais, ni le grec.

— Il vous propose un traité d'alliance, annonce-t-il à
Leleu qui se retient de rire : pour qui se prend ce grotesque ?

Phikioris poursuit :

— Il se dit l'ennemi juré des Autrichiens qui infiltrent
dans ses montagnes leurs gros canons de 90, construisent
des observatoires, des routes, et menacent de rendre impossibles vos liaisons avec l'Italie, si celle-ci se décide jamais à
entrer dans la guerre d'Orient.

L'illustre héros fait ouvrir un sac par ses adjoints. Il est
rempli d'épaulettes d'officiers autrichiens arrachées à des
cadavres, de lettres de soldats tués dans leurs abris, permettant d'identifier les unités. Lazaros Manoy s'exprime avec
volubilité, fait force gestes avec les mains.

— Son prix est de cent francs par mois et par homme. Il
dit qu'il te consent des conditions particulières. Il demanderait beaucoup plus cher aux Bulgares, mais il n'aime pas
les Bulgares.

— Est-il seul dans l'action ?

— Pas du tout. Il dispose d'une force armée permanente
de trois cents volontaires. Pour quatre cents francs de plus, il
propose d'entrer lui-même dans Valona et de te fournir le
plan complet des retranchements autrichiens.

Leleu n'ignore pas qu'une des missions de Coustou est
d'explorer, avec les chasseurs d'Afrique, toutes les routes

partant de Florina. La liaison avec l'ouest est essentielle, avec l'allié italien. Il est donc prêt à conclure sur-le-champ et à livrer un acompte au «roi des montagnes», mais il pose une condition préalable : purger Florina de ses *comitadji* macédoniens au service des Bulgares. Il exige un travail accompli de nuit, sans éclats, sans exactions, avec élimination discrète des cadavres. Du travail propre.

Lazaros Manoy, le roi des montagnes, consulte Misraki, son lieutenant. L'autre semble perplexe, même si ses yeux noirs très vifs s'éclairent à l'idée d'une prime supplémentaire. Leleu oblige Phikioris à traduire en simultané. Que dit-il, au juste, celui qui semble tenir tous les plans d'action des partisans, cet homme de confiance à la mine réfléchie, intraitable ? Pourquoi Manoy paraît-il soudain déconcerté ?

Phikioris explique qu'ils peuvent accomplir n'importe quelle mission de guerre dans les montagnes, s'offrir aux Autrichiens si les Français les trahissent, tenir leurs engagements si cet officier respecte les siens. Mais ils regrettent de ne pas savoir traquer les partisans qui jouissent de complicités dans la ville : ils ignorent les liens secrets des familles — amitiés ou inimitiés vieilles de trois ou quatre générations. Ils ne peuvent rien dans ce fatras compliqué. La montagne est leur, mais la ville est macédonienne. Que le lieutenant s'en arrange seul et qu'il se méfie des Serbes. Ils ne sont pas mieux vus ici que les Grecs ou les Buls !

Déçu, Leleu consent cependant à traiter pour obtenir la reconnaissance de la route de Valona et de l'Adriatique. Le roi tire aussitôt son poignard, s'entaille le poignet, demande au Français d'en faire autant, pour mêler le sang des alliés. D'assez mauvaise grâce, Benjamin Leleu se prête au rite, songeant peut-être au récit haut en couleur qu'il fera de l'événement à ses neveux et nièces de Dunkerque, s'il en réchappe. Il doit aussi jurer sur la croix d'or du chef des partisans. En échange, la présence permanente à ses côtés d'un des adjoints de Lazaros Manoy lui est assurée. Il aimerait obtenir Misraki. «Impossible!» hurle le chef, qui délègue un Albanais noiraud, maigre comme un coureur cycliste. Le lieutenant s'étonne.

— Sont-ils tous partisans de l'indépendance albanaise? demande-t-il au grec Phikioris.

— Nullement. Ces gens sont de Koritza, ville libre de vingt mille citoyens, où ils veulent proclamer une république indépendante. Ils n'ont que faire des rois d'Albanie ou de Grèce. Ils seront pour vous de solides alliés parce qu'ils espèrent que les Français, républicains, les aideront dans leur brûlante ambition. L'argent qu'ils vous demandent est destiné à acheter des armes, des vivres, et des consciences; vous ne pouvez mieux le placer. Ils m'ont dit, en s'en allant, qu'ils voulaient recevoir chez eux le général Sarrail.

**
*

Les ordres arrivent de Salonique au début du mois de mai : le commandant Coustou et les chasseurs d'Afrique doivent constituer dans la région de Florina un détachement confié au général Frottié. Il agira en liaison avec la 122ᵉ division venue des centres de recrutement de Laon, de Rocroi dans les Ardennes et d'Avesnes. Ces poilus du Nord ont déjà combattu les Bulgares dans leur retraite vers Salonique en décembre 1915.

Rattachés à cette grande unité promise à des engagements plus durs, sans doute à court terme, les zouaves de Coustou ne se sentent plus perdus dans Florina. On leur recommande de travailler avec le colonel Popovitch, maintenant fort de quinze cents combattants, afin de réprimer le trafic de contrebande de guerre dans les sentiers de montagne entre Monastir et Florina.

Les zouaves sont aussi chargés de garder les ponts de Vodena et de Sorovitch qu'ils ont pour mission de faire sauter, sur ordre du seul Sarrail, en cas d'attaque bulgare. Les biffins de la 122e se porteront en avant.

Pour Coustou, ces signes annoncent une offensive, à tout le moins dirigée contre les positions bulgares. Quand il voit débarquer de la gare les cent chevaux fournis par l'état-major français au détachement du colonel Popovitch, il comprend que ces troupes d'élite sont l'avant-garde de forces très importantes annonçant une action d'envergure des Serbes contre Monastir.

Il est question de multiplier les opérations de renseignements au niveau des lignes ennemies, de les infiltrer d'observateurs, pendant que la ville sera organisée comme repli éventuel de l'armée franco-serbe.

Le 2e bureau fait savoir qu'il ne faut pas s'inquiéter de la présence des Autrichiens en Albanie : la moitié de leurs six divisions ont évacué la région. Il faut pourtant se méfier des dix mille irréguliers armés par Vienne qui courent les montagnes sans porter l'uniforme. Le secteur chaud est celui de Monastir, abandonné par les Allemands, mais tenu par deux divisions bulgares dans les secteurs des lacs d'Okrid et de Prespa. Les chefs de ces unités entretiennent, autour de Florina, des réseaux d'informateurs et de terroristes qu'il convient d'empêcher de nuire.

Les Serbes du colonel Popovitch, pourvus en chevaux et en sections de mitrailleuses, s'engagent sur les routes de montagne du nord de la ville pour approcher le plus possible de la frontière bulgare. Sur leur passage, ils fouillent les villages macédoniens et fusillent toute silhouette surprise, de nuit, à courir pour tenter de se dissimuler à leur vue. Marchant vers Negotchani sur la seule route empierrée du secteur, le colonel serbe devient encore plus méfiant et impitoyable à l'approche des premiers postes bulgares.

Les habitants de Florina sont soulagés de n'avoir plus affaire qu'aux zouaves et aux chasseurs d'Afrique. Les soldats du roi des Grecs ne représentent qu'une garde symbolique. Mais les agents d'espionnage sont sans doute restés en place, et les consignes de Coustou sont de les démasquer.

L'adjudant Rasario, au cours d'une patrouille de nuit, repère deux ombres rôdant près du relais de poste de Phikioris. Il fait signe à Ben Soussan et à Vigouroux d'ouvrir l'œil. Le patron apparaît à la porte de l'auberge et, sans lumière, guide ses étranges visiteurs vers les écuries. Rasario n'est pas inquiet, le lieutenant Benjamin Leleu ayant fait part de ses accords avec le « roi de la montagne ». Sans doute l'aubergiste reçoit-il ses émissaires.

Il s'approche donc sans méfiance quand il aperçoit, par une lucarne de l'écurie, la lueur d'une lanterne éclairant le visage tragique d'une femme aux cheveux noirs dénoués. Celle-ci s'exprime d'une voix basse et rapide face au Grec déconcerté. L'homme qui l'accompagne a le bas du visage masqué sous un foulard sombre et manipule un poignard courbe de Damas incrusté de pierreries, semblant attendre un ordre pour agir.

Phikioris a des gestes de dénégation, comme s'il refusait d'être mêlé à une affaire dangereuse qui ne le concerne en rien. La femme insiste, lâche ses mots à la cadence de balles de mitrailleuse. Elle ne discute pas, elle exige. Sans doute a-t-elle besoin de la complicité ou de la participation du maître de poste. Un mauvais coup se prépare, à l'évidence, et Phikioris, pourtant familier d'entrevues secrètes et de passages de clandestins, paraît cette fois refuser son concours. Ses visiteurs doivent le menacer pour qu'il consente à les aider. Il regarde autour de lui, redoutant la présence d'un témoin, ou cherchant peut-être l'aide d'un tiers pour se dérober.

Ben Soussan, familier des langues de la Méditerranée, fait signe à ses camarades de ne pas bouger d'un pouce. De la lucarne où il a engagé sa tête hirsute, il croit avoir compris qu'il était question d'Alexandra Metaxas.

* *
*

Il n'en faut pas plus aux zouaves pour dévaler la ruelle en silence et se fondre dans la semi-obscurité de la lune descendante jusqu'à la maison de la jeune Grecque. Edmond le premier se glisse devant la porte et exécute le signal convenu. Elle lui ouvre, les yeux alanguis, et lui tend ses bras ronds. Ben Soussan et l'adjudant Rasario s'engouffrent à leur tour, se hâtent de barricader les issues, mettant la pièce en état de défense, matelas dressé devant la fenêtre. Alexandra pousse un cri en entendant le claquement des culasses. Edmond lui ferme la bouche d'un baiser mordu, sanglant.

Des pas dans le jardin. Les zouaves sont prêts à tirer. La petite sonnette tinte. De l'extérieur, Phikioris se fait reconnaître, demande qu'on lui ouvre aussitôt.

– Attention! hurle Rasario, déverrouillant la porte, il n'est peut-être pas seul!

– Alexandra, souffle le Grec, l'heure de partir est arrivée. Ils sont là, chez moi, ils t'attendent. Je pars avec toi.

L'adjudant Rasario ceinture l'arrivant sans hésiter. Phikioris n'oppose aucune résistance à Ben Soussan qui le fouille, lui enlève revolver et couteau. Il baisse les bras et dit simplement :

– Demandez à Alexandra, je suis de votre côté.

La jeune femme s'est dégagée de l'étreinte d'Edmond pour filer dans sa chambre. Elle réapparaît un sac de voyage à la main, habillée de vêtements d'homme de couleur sombre. Elle tire ses cheveux en chignon pour les cacher sous une perruque brune, noue un foulard de laine autour de son visage qui ne laisse voir que ses pupilles dilatées par l'angoisse. À la rapidité de sa transformation, tous réalisent qu'elle s'est depuis longtemps préparée à un départ précipité.

Edmond essaie en vain de la retenir. Ses gestes précis et saccadés le stupéfient. Sa grâce, sa douceur, son gazouillis d'oiseau sont des souvenirs lointains. Elle a perdu sa moue d'enfant sage, ses boucles d'angelot, ses fossettes d'amante comblée. Quand elle chausse ses bottes de montagne, il a devant lui un combattant.

De ses douces mains, encore moites de la chaleur de l'édredon en duvet d'oie sous lequel elle était blottie, elle lui ferme les yeux.

– Entends ce que j'ai à te dire, mon cher amour français. Mon père le général Metaxas considère sa propre fille comme un ennemi. Il a chargé deux agents de ses services secrets de m'enlever pour me mettre hors d'état de nuire à sa politique.

— Comment nuirais-tu à quiconque, toi si délicate, si bonne? Tout le monde t'aime, Sandra.

— Il a probablement appris la vérité. Je suis une combat-tante, Edmond. Mes amis sont les *andartès*, les partisans grecs qui tuent dans les montagnes ces Bulgares qui veulent nous envahir. Nous sommes nombreux ici à les ravitailler, à les cacher quand ils viennent charger des armes et des vivres sur leurs mulets. Je ne puis plus rester ici. Mon père ne supporte pas de voir sa propre fille engagée dans un combat contre le roi son maître, et c'est un homme sans pitié. Je dois m'enfuir et rejoindre les *andartès*. Ils m'attendent. Notre combat sera long, mais nous aurons la victoire. Je suis heureuse de t'avoir connu, mon petit zouave républicain. Il faut nous séparer. Nous nous reverrons peut-être. Quand ton général aura enfin décidé de faire la guerre.

— Veux-tu que je t'accompagne, Alexandra? dit en grec Phikioris.

— Tu sais bien que ta place est ici. Et d'abord, tu dois liquider toi-même les agents de mon père.

— C'est déjà fait, répond-il. Theodorakis s'en est chargé. Il a l'habitude. Deux sacs de chaux vive dans la fosse aux ours.

— D'autres suivront…

— *Nitchevo.* Ils se lasseront plus vite que nous.

— Voilà qu'il parle russe, dit Ben Soussan à Rasario.

— Sa mère était russe, explique Alexandra. Servante dans la suite de la grande-duchesse Olga, l'épouse de notre roi George dont il tient sa charge de maître de poste. Il ne doit rien à Constantin ni à mon père. Il est de notre côté, vous pouvez vous fier à lui et le protéger si la police grecque le serre de trop près.

148

Elle passe à sa ceinture le poignard des *andartès* et compte les six balles dans le barillet de son pistolet russe. Pétrifié, le zouave de Limoux cherche en vain une trace de féminité sur le visage de l'institutrice.

— Viens avec nous, nous lui ferons un brin de conduite, dit Ben Soussan, conscient du désarroi d'Edmond. Ses ennemis ont eu raison de clouer une chouette sur sa porte. Alexandra n'est pas une Aphrodite. C'est Athéna *Promachos,* la porteuse de lance.

Un été pourri

— Il ne faut pas confondre, dit le commandant Mazière au capitaine Maublanc. Nous dépendons directement du général Cordonnier. Il est responsable des divisions françaises du corps expéditionnaire dans l'armée d'Orient dont Sarrail reste le général en chef international, avec des contingents britanniques, serbes, et même italiens et russes. Et Cordonnier, un homme prudent, n'a aucune envie de nous jeter de nouveau dans la gueule du loup.

Maublanc ne peut qu'en convenir, les Bulgares ont disposé le long de la frontière grecque, prêtes à intervenir, une dizaine de divisions. En outre, des éléments allemands et autrichiens tiennent encore quelques secteurs du front, en ces derniers jours de mai 1916.

— Je ne suis pas sûr que nous aurons beaucoup d'occasions de lancer des ponts sur la Strouma, cette rivière située à l'est du front de Salonique. Nous serons rappelés avant, estime le capitaine, qui a très mal vécu l'odieuse retraite de l'armée en décembre 1915.

Mazière et Maublanc chevauchent côte à côte dans la vallée encaissée, suivis de Paul Raynal qui ne les quitte pas des yeux tout en surveillant, vers l'arrière, la longue caravane de mulets porteuse des éléments de ponts. Il a quitté la veille Émile Duguet, parti en tête avec sa batterie de montagne pour prendre position le long de la frontière gréco-bulgare.

Depuis le mois de décembre, le front de Salonique n'a guère bougé, hormis quelques déplacements d'unités sur le territoire grec et des escarmouches de frontière. Les Bulgares n'ont pas encore décidé d'envahir la Grèce : ils la ménagent, comme pour l'entraîner dans leur sillage un jour prochain.

Paul Raynal reçoit de sa famille des lettres de plus en plus alarmées sur la situation en France. Le chaudron de Verdun fait fondre l'armée française. Chaque jour, les gendarmes sonnent aux portes de Caussade et des villages alentour, porteurs d'un avis de décès. Pourquoi laisse-t-on ici, à Salonique, cent mille hommes attendre la fin de l'été dans l'immobilité ? Cette avancée timide des troupes françaises vers la frontière bulgare le long de la Strouma ne ressemble certes pas à une offensive.

L'ordre arrive très vite, après seulement deux jours de marche, de refluer avec les équipages sur le camp retranché. Déjà, les fantassins se replient par sections le long de la route. Seules les batteries restent en place pour protéger le mouvement vers l'arrière. Maublanc regarde sa carte : ils sont à peine à dix kilomètres de Snetzé, la gare terminus de la ligne de Salonique, entièrement construite par les Alliés, où ils ont débarqué le matériel du génie.

Leur mission était d'établir un pont volant sur la Strouma, et d'y attendre les instructions. La construction devait faciliter le passage de pièces françaises de cavalerie, en liaison avec une division britannique, afin de constituer une ligne de défense dans les montagnes et de surveiller le fort de Rupel, qui protège la frontière grecque.

Les éléments engagés étaient modestes. On avançait sur territoire hellène et rien ne laissait prévoir une brusque offensive bulgare dans ce secteur. L'état-major de Sarrail appliquait seulement les consignes données par Joffre depuis Chantilly : inquiéter suffisamment l'ennemi pour dissuader les divisions allemandes d'abandonner ce front aux Bulgares.

Les Français passaient donc l'essentiel de leur temps à améliorer le réseau des communications, routes, ponts et chemins de fer. Que Sarrail eût cru bon de pousser les compagnies du génie sans protection assez loin du camp de Zeitenlik montrait assez que l'on ne redoutait aucune attaque surprise.

Un peloton de chasseurs d'Afrique surgit à l'horizon, dans un nuage de poussière blanche. Le colonel Valentin est à sa tête. Il met pied à terre et se dirige vers Mazière.

– Les Buls attaquent sur la ligne du fort de Rupel, dit-il. Les Grecs l'ont livré sans combat. Nous n'avons pas assez de forces pour le reprendre. Ils ont ouvert la frontière, rien ne les empêche plus d'avancer dans la vallée de la Strouma. Ils peuvent tomber sur le dos des Britanniques en quarante-huit heures, si les ponts et la voie ferrée ne sont pas sabotés. Vous étiez partis pour construire. Eh bien, détruisez, maintenant !

Les chasseurs envoyés en reconnaissance confirment la nouvelle : le drapeau bulgare flotte sur la vieille forteresse. Les Grecs se sont rendus sans résistance aucune. Il semble qu'ils aient reçu l'autorisation, ou le consentement de leur roi Constantin. La Strouma était une assez bonne voie de pénétration vers Sofia ; la seule, en réalité. Elle est désormais fermée. La prise du fort ne signifie pas que les Bulgares veulent attaquer, mais qu'ils protègent leur propre frontière.

De nouveaux témoignages précisent l'ampleur du mouvement de l'armée bulgare. Valentin apprend que d'autres positions fortifiées du nord de la frontière grecque sont acquises à l'ennemi.

— Quel dommage que vous n'ayez pu faire sauter le pont de Demir-Hissar, dit-il à Mazière. Il peut parfaitement tomber intact entre leurs mains. Ils sont désormais en mesure d'interrompre le trafic ferroviaire de la ligne de Sérès. Les Anglais couvrant toute l'aile droite de l'armée alliée vont se trouver en mauvaise posture.

Maublanc incline sa tête aux cheveux blanchis par l'âge et la poussière. Il se demande ce que les Français viennent faire dans un pays infesté d'ennemis et de traîtres qui ouvrent leurs portes à ceux qu'ils sont censés combattre.

— Tant que le général Sarrail ne sera pas en mesure de donner ses ordres aux autorités grecques, il en sera ainsi, lui fait observer Valentin, qui défend les intérêts du patron. Est-ce sa faute si Paris l'empêche d'intervenir directement sur l'armée et la police hellènes ?

— Il faut probablement qu'on le laisse faire mieux encore, dit le commandant Mazière en regardant Valentin dans les yeux : qu'il ait le pouvoir de chasser le roi boche une fois pour toutes.

* *
*

Valentin demande à Mazière l'autorisation de lui emprunter Paul Raynal. Il en a de nouveau besoin pour des opérations spéciales. On l'appelle d'urgence à Salonique où la situation s'aggrave. La reddition suspecte du fort de Rupel a provoqué la panique en ville. Une foule de manifestants envahit les rues, entoure la préfecture.

Avant d'être grecs, en 1912, les habitants de Salonique étaient turcs. Vont-ils devenir bulgares ? Si tous les ressortissants habitant depuis très longtemps la ville se soulèvent, ameutés par des agents allemands, qui les empêchera de prendre le pouvoir à la préfecture et d'y appeler les avant-gardes de l'armée du tsar Ferdinand ? Les policiers prussiens en civil sont au moins deux cents à patrouiller dans les rues. Le colonel Messala, qui commande les forces grecques, est un germanophile déclaré. Les juifs, nombreux dans le quartier du port, sont anglophiles et francophiles, les Turcs immobiles et attentistes. Les émigrés de l'Empire ottoman, grecs pour la plupart, mais aussi arméniens, syriens ou libanais, sont, comme les juifs, plutôt favorables aux Alliés.

Mais la tourbe populaire et omniprésente des Bulgares, affaneurs aux docks, ouvriers aux ateliers d'armes et aux arsenaux, agents de renseignements partout, peut fort bien faire le jeu des généraux du tsar Ferdinand qui attendent à la frontière, et désormais au fort de Rupel, le signal de descendre vers la mer ; rêve de tout officier de la Cour tsariste de Sofia. Les Anglais qui pêchent à la ligne et lavent leur linge dans la Strouma auront enfin un prétexte valable pour abandonner leurs tranchées et rentrer chez eux.

Le petit peuple grec de Salonique, et non les Bulgares, manifeste dans les rues. Valentin s'en est assuré *de visu*.

155

— Sarrail est inquiet, déclare le zélé colonel. Il doit maintenir les troupes sorties du camp de Zeitenlik à leurs positions devant la Strouma et sur le Vardar, au cas où les Bulgares attaqueraient. Il n'a plus personne ici pour faire face à une révolution de l'intérieur.

— Je vois pourtant se masser des troupes autour de la préfecture, et ce sont les nôtres, note Paul Raynal en faisant des signes d'amitié au commandant Jean Wiehn.

L'ancien de la Coloniale, occupé à ranger devant le palais ses soldats baïonnette au canon qui viennent renforcer les evzones en jupons, répond à son salut.

— Des Tonkinois, des Malgaches, c'est tout ce que Sarrail a pu obtenir comme renforts, leur dit-il. Ils viennent directement de Hanoï ou de Diégo-Suarez par transports. Les Malgaches de l'Imerina sont souples et résistants. Ils peuvent s'adapter facilement, mais ils n'ont pas reçu de formation sérieuse. On les a engagés comme travailleurs sur le front. Les voilà soldats, chargés du service d'ordre. Ils ne comprennent même pas le français. Si l'affaire se gâte, Sarrail fera revenir les bataillons de Sénégalais d'Égypte, où ils se sont reposés tout l'hiver.

— Les Tonkinois ont mis une mitrailleuse en batterie, cela suffit à écarter les Grecs, estime Valentin qui s'interroge néanmoins sur la suite des événements.

Il vient d'apprendre que le préfet de Salonique a interdit la manifestation. Les policiers hellènes arrivent pour aider les Français, une fois n'est pas coutume. Mais le peloton des gendarmes à cheval, déboulés de leur caserne dans leur tenue d'opéra-comique, est hué par la foule qui encercle leurs montures et veut leur couper les jarrets.

Une grande partie des manifestants reflue vers le coin nord-ouest de la place où Paul Raynal a trouvé refuge, couvert par une ligne de tirailleurs malgaches. Les femmes autour de lui sont les plus ardentes à crier : « Vive la France ! Vive les Alliés ! Mort aux Bulgares ! »

Ces Grecs ne sont pas de Salonique, se dit le colonel Valentin. Ils viennent des îles et manifestent pour Vénizélos. Le leader démocrate veut-il provoquer ici même le début d'une révolution qui s'étendrait ensuite à tout le pays ?

Devant le palais du préfet, les meneurs hurlent son nom sur l'air des lampions. La gendarmerie grecque est bousculée, les policiers pris à partie. Les manifestants, nombreux et décidés, risquent de l'emporter.

Le préfet en personne dirige à cheval des renforts de gendarmes doublés par quelques pelotons de cavalerie. Les officiers royalistes sont décidés à en finir avec la tourbe démocrate, à charger ces marins du Pirée, ces pêcheurs de Naxos ou de Crète en service commandé. Les ordres claquent. Les culasses des carabines se referment. Les cavaliers rangent leurs sabres au fourreau, avancent calmement vers la foule, pistolet au poing. Vont-ils user de leurs armes ?

Les manifestants hissent d'immenses portraits de Vénizélos, comme si l'image du leader devait suffire à les protéger. Le colonel Valentin enrage de devoir assister, l'arme au pied, sans intervenir, à l'agression de Grecs amis de la France par d'autres Grecs amis de l'Allemagne. Il consulte du regard le commandant Wiehn toujours à la tête de ses tirailleurs. Celui-ci attend des consignes qui ne viennent pas.

Sur la place, les gendarmes n'ont pas osé tirer. Les rues venant du port sont noires de monde, comme si une armée entière voulait s'emparer du gouvernement de la préfecture. Les Français n'ont qu'à laisser faire, Vénizélos aura réussi, sans eux, à reprendre le pouvoir par l'action décidée de ses partisans. Gendarmes grecs et cavaliers du roi se retirent pour se reformer sur un tertre. Les soldats crient : «Vive l'Allemagne, vive le Kaiser!» Ils partent au signal des trompettes, sabre au clair, droit sur la foule qui veut les lyncher. Le sang coule. Injuriés, démontés, piétinés, les gendarmes hellènes sont prêts à tirer pour se dégager. Où sont les Français?

En fin d'après-midi, le commandant Wiehn voit surgir à cheval, fendant la foule, le colonel Valentin brandissant un ordre :

– Dégagez la place! Le général Sarrail vient d'être autorisé à proclamer l'état de siège.

Le commandant ordonne aussitôt aux mitrailleurs tonkinois de tirer une salve au-dessus de la mêlée. L'avertissement provoque la panique. La foule reflue en désordre, abandonnant des blessés sur le pavé. Les gendarmes grecs qui tentent de reprendre l'avantage sont repoussés par les tirailleurs malgaches et sommés de se retirer immédiatement dans leur caserne. Désormais, l'autorité française est seule habilitée à réglementer la ville. Sous les yeux de Paul Raynal perplexe, les partisans de Vénizélos, qui criaient «Vive la France!» sont refoulés vers le port, sans ménagements.

* *
*

Joffre a officiellement demandé par lettre à Aristide Briand, «d'accord avec le général Sarrail», de proclamer l'état de siège à Salonique. Il n'a transmis la réponse du président du Conseil que le 3 juin.

Ce jour-là, les sapeurs de la compagnie Maublanc sont en faction, soutenus par une section de tirailleurs malgaches, pour occuper l'hôtel des postes et des télégraphes. Une compagnie de l'armée grecque en interdit l'accès, soutenue par des gendarmes à cheval. Faut-il faire tirer? Jean Wiehn s'inquiète : ses Malgaches, travailleurs recrutés dans leurs villages, ont été transformés en soldats de la Territoriale. Va-t-on les utiliser pour des opérations de maintien de l'ordre, alors qu'ils savent à peine se servir d'un fusil? Ces hommes sont très jeunes et portés à la panique. Au moindre coup de torchon, ils dévaleront vers le port sans demander leur reste.

Par chance, un peloton de chasseurs d'Afrique se présente, précédé de Valentin venu parlementer avec le colonel grec en exhibant l'ordre de Sarrail. L'officier refuse de se retirer, prétendant ne recevoir ses instructions que du roi. Devant l'hôtel des postes, la foule se rassemble : Grecs vénizélistes, dockers turcs et levantins. Valentin demande au colonel hellène s'il veut prendre la responsabilité d'une émeute qui permettra à Vénizélos de proclamer la république. L'homme consent alors à se retirer avec ses soldats, non sans protester contre la violation de souveraineté.

— Le canon tire constamment du côté de la Strouma, dit Maublanc. Ce colonel se croit tout permis. Il voit déjà ses amis bulgares reçus à Athènes, avec fanfares et oriflammes.

À l'intérieur de l'hôtel des postes, les locaux sont vides. Les employés ont été évacués par les soldats du roi qui ont organisé le sabotage méthodique des lignes téléphoniques. Les sapeurs ont au moins deux jours de travail acharné pour rétablir les liaisons dans l'établissement, gardé jour et nuit par les tirailleurs malgaches. L'armée doit surveiller, non seulement dans la ville, mais sur les routes, les poteaux télégraphiques attaqués la nuit par des groupuscules spéciaux.

Devant le déploiement de force des unités françaises, les vénizélistes reculent et se démobilisent. Les royalistes grecs renoncent à manifester. À l'hôtel de Rome, où sont réfugiés les journalistes internationaux, les commentaires vont bon train. L'Américain Jim Morton est le plus passionné par la situation à Salonique. Au nombre des lecteurs les plus assidus de ses colonnes dans le *New York Times* figure bien sûr la communauté des Grecs de New York, premiers intéressés par l'évolution de leur pays dans la guerre.

— Par extraordinaire, s'exclame Jim devant le Français Albert Londres, de cette ville de Salonique, alors turque, est partie la révolution qui a bouleversé la Turquie. Cette fois, l'initiative vient des Grecs, et toujours à Salonique, la moins grecque des villes grecques! Décidément, la révolution est ici une tradition urbaine. Vénizélos a fait la démonstration qu'il pouvait faire naître dans cette ville, dont la population est très mélangée, un *pronunciamiento* capable de chasser le roi d'Athènes, pour peu que les Alliés le laissent faire.

— Il n'en est pas question, répond Albert Londres en affectant volontiers la mine ambiguë d'un diplomate. J'ai vu Guillemin, notre représentant à Athènes. Jamais Briand n'a été plus hostile à un traitement dur de la question grecque. Depuis le début de l'affaire de Salonique, il retient par le pan de leur redingote les ministres anglais qui veulent rembarquer avec cette seule idée : ne pas intervenir en Grèce pour ne pas précipiter le roi dans les bras des Allemands. C'est aussi l'opinion de notre gouvernement. Mon journal va publier demain la note rédigée par Philippe Berthelot.

— L'âme damnée de Briand, lâche opportunément Bartlett, du *Times*, toujours sur place dès qu'une situation nouvelle émerge en Orient et voisin de bar des deux confrères. Savez-vous qu'on appelle ce Berthelot «l'archange aux cheveux d'aluminium», dans les ambassades? Je le tiens de la bouche de Paul Morand, le jeune attaché français. Il n'y a pas plus mauvaise langue dans Londres.

— Le plus gros travailleur du quai d'Orsay, celui qui lit et rédige toutes les dépêches, tient à corriger le journaliste français, tournant presque le dos à l'Anglais dont il juge la présence irritante. Y compris le dernier communiqué. Voulez-vous le lire? demande-t-il à Jim Morton. Je vous en laisse la primeur. Autant que les Américains connaissent au plus juste notre politique! «Notre fermeté ne doit pas être brutalité. Il est nécessaire d'éviter les mesures excessives. Nous devons toujours traiter les Grecs comme des alliés possibles et même probables.»

— Et Sarrail vient de proclamer l'état de siège, sans aucun doute sur l'ordre du gouvernement. Y a-t-il deux politiques françaises?

— Il y a bien deux politiques britanniques, ricane Bartlett entre deux gorgées de whiskey. Celle de Kitchener qui veut fiche le camp, et celle d'Asquith, qui ne veut pas mécontenter Briand. Il faudra choisir un jour.

— Je crois que le choix est fait, constate Jim Morton, entraînant ses collègues dans la rue. Je ne vois devant moi que des soldats français. Les Grecs ont disparu, les manifestants sont repartis. Le roi a accepté de démobiliser la moitié de ses troupes, et demain, la totalité peut-être. Vous avez fait de Sarrail le gouverneur de fait de Salonique. Tout le reste est de la littérature diplomatique, n'est-ce pas?

— Allez à Athènes et demandez audience au roi Constantin, conseille Bartlett en plissant les yeux comme s'il avançait la plus absurde des suggestions. Il reçoit volontiers les Américains. Vous verrez qu'il n'est pas du tout prêt à quitter son trône. Si Sarrail est ici le maître, il ne l'est pas au Pirée, où les armateurs ne veulent pas la guerre, et encore moins au palais royal. Pour que Sarrail emporte la tête du roi, il faudrait que les gouvernements alliés le soutiennent à fond, mais ils n'en feront rien. Pas plus qu'ils n'aideront notre Vénizélos, redouté à la fois de nos amis russes et de nos alliés italiens, pour ses ambitions territoriales. Messieurs, je vous salue bien bas, dit le gros homme en se hissant dans un fiacre. Rendez-vous au prochain coup d'État. À Bucarest, peut-être. Qui sait? Les palais royaux sont chancelants, de nos jours.

**
*

L'été 1916 languit dans l'attente d'événements diplomatiques permettant à l'armée de Salonique de sortir de sa réserve. On souhaite éperdument, à Londres et à Paris, l'entrée en guerre de la Roumanie et, par voie de conséquence, de la Grèce. Les Alliés, réunis le 6 juin à Londres, espèrent hériter ainsi de cinq ou six cent mille combattants qui leur permettraient de faire jeu égal avec l'ennemi dans les Balkans.

L'avance bulgare, même mesurée, en territoire hellène, retient toute l'attention des gouvernements du fait que les Grecs ont montré qu'ils ne feraient rien pour s'y opposer. À l'état-major de Sarrail, l'inquiétude est vive. Un rapport des aviateurs permet d'affirmer sans nul doute que les Bulgares installent déjà, sur la mince bande de territoire conquis, des emplacements de batteries lourdes.

— Un Allemand, évacué des bains chauds de Demir-Hissar où il a été surpris à poil, assure que ses compatriotes ne sont pas présents sur ce front, précise à Sarrail le colonel Valentin, sur la foi d'un interrogatoire du 2e bureau.

— J'ai des informations différentes, objecte Sarrail en lisant un bulletin. S'il n'y a pas d'unités constituées dans la zone envahie, les officiers allemands occupent les états-majors, le 6e uhlans fournit les agents de liaison et des pionniers allemands lancent de nouveaux ponts sur la Strouma. Ils ont même des courriers motocyclistes. Or, Paris m'avertit que nous ne pouvons compter sur d'autres renforts que des mulets de bât et quelques compagnies de mitrailleuses. On nous demande d'intervenir aux frontières, sans nous en donner les moyens.

D'une seule voix, Abrami et Bokanowski, les parlementaires aux armées détachés au cabinet de Sarrail, protestent quant aux intentions du gouvernement Briand et à l'attitude de Joffre.

— Référez-vous au dernier message du général en chef, suggèrent-ils à Sarrail. Briand a bien demandé par son ambassadeur Guillemin au roi des Grecs de démobiliser son armée et de remplacer les chefs de la police. Il est question de lui imposer la dissolution de la Chambre et la formation d'un nouveau cabinet.

— Le roi s'en moquera s'il ne subit pas une pression décisive.

— Il est justement question d'une démonstration navale.

— Je n'y crois pas, tranche Sarrail. Jamais les Anglais ne nous suivront.

— Que ferez-vous si les Grecs ouvrent grandes leurs portes aux Bulgares ?

— La guerre. J'ai déjà en main toutes les lignes de chemin de fer. Nos officiers dominent le réseau. Nous avons installé partout des aérodromes. J'ai prévu une brigade en cas de trahison de Constantin, pour prendre aussitôt le port de Phalère, le Pirée et peut-être Athènes. Il manque seulement l'essentiel : les troupes nécessaires à une offensive en règle, et vous savez que les Anglais n'y sont pas décidés. Les cent mille Serbes dont nous disposons désormais ne leur paraissent pas un renfort suffisant.

— Nous ne parviendrons jamais à persuader les Roumains d'entrer en guerre avec nous, affirme Bokanowski, si nous n'attaquons pas assez fermement la frontière des Bulgares pour les obliger à masser leurs troupes de notre côté.

— Les Roumains ont plus de quatre cent mille soldats, précise Abrami. Avec leur aide, nous pouvons marcher sur Sofia.

— Je ne crois pas au soutien de Bucarest, coupe Sarrail. Les Roumains ont aussi un roi allemand, Ferdinand de Hohenzollern, qui n'a aucune raison de nous soutenir. Cet Allemand déteste les Russes auxquels il conteste l'occupation de la Bessarabie. Si les Roumains s'engageaient, ils n'auraient qu'une idée : reprendre la Transylvanie roumaine aux Hongrois. Ils assurent qu'ils n'interviendront pas si les Alliés n'alignent pas au moins cinq cent mille soldats en Grèce. Nous sommes loin du compte. Le petit roi d'Athènes peut dormir tranquille. Les Anglais nous ont refusé leur soutien pour une offensive « même limitée ». Les succès de l'attaque russe en Galicie les ont à peine fait changer d'avis. Ils exigent, pour renforcer leur corps expéditionnaire, l'entrée en guerre des Roumains à nos côtés, hautement improbable.

Même si Abrami soutient les thèses de Sarrail, il commence à douter de la volonté d'aboutir du général en chef de l'armée d'Orient, et voudrait savoir ce qu'il suggère. Après tout, Joffre lui a expressément demandé d'envisager l'hypothèse où il devrait attaquer sans l'aide des Anglais, au cas où les Roumains se décideraient à entrer en guerre.

– J'ai déjà répondu à cette question, dit Sarrail. Mes propres renseignements m'indiquent que les Roumains resteront neutres. Si d'aventure ils bougeaient, j'attaquerais, non pour prendre Sofia, je n'en ai pas les moyens, mais pour tromper l'adversaire et l'immobiliser avec les éléments dont je dispose. Je continuerai à bombarder les concentrations ennemies au canon et par des raids aériens. J'accélérerai la préparation de l'armée serbe aux combats de montagne en cachant soigneusement à ces braves gens la dérobade des Anglais, qui veulent rester l'arme au pied sur la Strouma. Et surtout, j'évacuerai mes malades pour éviter la contagion, car vous n'ignorez pas que l'été 1916 est plus meurtrier que les Bulgares pour nos poilus.

* *
*

Au mois de juillet, les cadres de l'armée française ont une préoccupation quasi exclusive : l'état sanitaire de leurs unités. Les chaleurs journalières dépassent les quarante degrés, ce qui n'empêche nullement les précipitations orageuses de transformer le camp de Zeitenlik et les rives du Vardar et de la Strouma en foyers paludéens.

L'évacuation vers la France des soldats les plus atteints se fait par bateaux dont Paul Raynal guette l'arrivée au port. Il n'est jamais question du *Charles-Roux,* à se demander s'il reprendra jamais du service en Orient. Pourtant, la dernière lettre de Carla lui laissait espérer sa présence en Grèce au début de l'été. Mais les contagieux rapatriés sur Marseille sont probablement retenus en quarantaine à bord des navires.

Seuls échappent à la contagion les Serbes et les chasseurs français expédiés dans les hautes zones montagneuses. La démobilisation partielle de l'armée grecque a en effet permis à Sarrail d'organiser ses unités sur tout le territoire, le long de la frontière bulgare, de Florina jusqu'à la rivière Strouma, mollement tenue par les Anglais.

Les plus atteints par la maladie sont ceux qui campent aux abords immédiats des rivières. On distribue la quinine avec parcimonie, les réserves étant insuffisantes pour éviter la contagion chez tous les poilus. Elles permettent de traiter, pas de prévenir le mal.

Des hôpitaux de campagne sont montés à la hâte, notamment à Zeitenlik. Paul les visite tous, quêtant des nouvelles de Sabouret et de son navire-hôpital. On lui explique que, la guerre étant presque suspendue en Orient, la présence des antennes chirurgicales flottantes n'est pour l'instant pas indispensable.

Un convoi de malades est transporté à grand renfort d'ambulances vers un centre de soins qui retient son attention : il est tenu par des infirmières blondes et rousses, solides dans leurs bottes, yeux bleu pâle vifs et très expressifs au-dessus de leurs masques de gaze blancs imprégnés d'alcool camphré. Des Écossaises affectées aux troupes anglaises du lieutenant général Milne. Leurs patients, qui avaient l'habitude de pêcher et de se baigner dans la rivière, ont été les premières victimes des anophèles, ces moustiques transportant le virus.

— Est-ce mortel? demande Paul à l'une d'elles, joli minois criblé de taches de rousseur et s'exprimant dans un français sans accent.

— Pas nécessairement, mais très éprouvant. N'entrez surtout pas, lui dit-elle en le repoussant hors de la tente, évitez la contagion. Nos highlanders n'avaient pas de moustiquaires et se baignaient dans le fleuve, ils sont tombés par centaines. Seule la quinine à haute dose viendra à bout de leur fièvre. Même soignés et guéris, ils seront épuisés, inaptes au service.

— Quels sont les symptômes?

— De très fortes fièvres, avec des pointes plus ou moins répétées, à deux ou trois jours d'intervalle. Ils maigrissent à vue d'œil et prennent un teint cireux. Si le virus gagne le foie ou la rate, ils peuvent mourir. La malaria est la forme la plus dangereuse. Elle touche les animaux et les hommes. Des frissons, de la sueur, des chaleurs insupportables à la tête. La cachexie entraîne la mort.

— Comment cela?

— La cachexie, c'est le dessèchement général du corps. Tu n'as plus rien de liquide, tu comprends? Tu as tout sué, ou pissé ou pleuré. Tu es comme une vieille momie, tu ne pèses pas plus lourd qu'une feuille morte. Nous en avons enterré beaucoup, dans une fosse commune. Le lieutenant a décidé que toutes les tentes seraient désormais munies de moustiquaires, mais il est bien tard. À l'heure où je te parle, seuls les officiers en disposent.

De retour au camp, Paul n'est pas peu surpris de croiser Émile Duguet. Il le croyait en mission vers la frontière du nord, avec sa batterie.

– Sarrail nous a donné un repos de dix jours, lui dit Émile. La fatigue des malades est telle qu'ils rechutent sans cesse et doivent se soigner activement. On évacue tous ceux dont le poids descend sous quarante kilos. J'ai perdu la moitié de mes servants. Heureusement, les Buls n'attaquent pas. Peut-être sont-ils malades eux aussi. Leurs experts allemands ont dû réserver à leur seule sauvegarde les rares moustiquaires disponibles.

– Les sanitaires m'ont dit que la maladie n'était pas mortelle.

– Et tu les crois! J'ai eu des nouvelles, par Marceau Delage, le chauffeur du général de la 156e division en position au nord du lac d'Ardjan, vers la frontière bulgare. Les camarades étaient occupés à creuser des tranchées, par quarante degrés à l'ombre. Beaucoup sont tombés d'insolation. Mais très vite, ils ont subi les assauts des moustiques qui pullulent sur les rives de ce lac. On compte quatre-vingt-dix-huit décès par paludisme foudroyant. Ils ont dû rapatrier en France deux mille des moins touchés, pour tenter de les sauver. Les hôpitaux de Salonique ont déjà enterré cinq cents morts. Le camp de Zeitenlik est un véritable bouillon de culture. Même les Malgaches, qui connaissent pourtant chez eux la maladie, n'ont pas échappé à la contagion. Si l'épidémie continue à ce rythme, et sans approvisionnement massif en quinine, nous ne pourrons bientôt plus la combattre.

⁎
⁎

Duguet n'a pas à affronter plus longtemps le risque d'épidémie. Il est envoyé avec le colonel Valentin à Bucarest.

La mission a été organisée par Michaud, le chef d'état-major de Sarrail, las de voir son patron tenu dans l'expectative par les supputations de Jogal sur les intentions roumaines, et donc sans vision claire de l'avenir. Il faut dépêcher sur place quelqu'un qui soit capable de juger des préparatifs militaires réels. Veulent-ils, oui ou non, entrer en guerre, ou l'affaire roumaine est-elle un bluff diplomatique?

Impossible de joindre Bucarest par voie ferrée. Pas question de traverser incognito la Bulgarie ou la Serbie, où les gendarmes sont sur leurs gardes. Les émissaires du *muet du Sarrail* ne peuvent pas davantage embarquer sur un contre-torpilleur qui devrait remonter les Détroits infestés de mines flottantes avant d'entrer en mer Noire.

Le seul moyen rapide d'être à pied d'œuvre est l'avion. Valentin et Duguet se rendent à l'aérodrome proche de la villa Allatini, où ils trouvent le capitaine Denain veillant au montage d'un BB Nieuport qui vient de sortir des caisses, embarqué à Marseille sur le cargo *Le Basque* il y a plus de dix jours. Denain est impatient de piloter lui-même ce bijou au-dessus des lignes bulgares. Il charge le lieutenant Séverin de conduire les passagers à Bucarest sur un Caudron, biplan lent mais sûr et spacieux.

Pas d'incident de poursuite, la nuit, pendant le transit par la Bulgarie. Séverin vole au-dessus des nuages pour ne pas prendre de risques. La mission est quasi officielle : les deux officiers débarquent à l'aérodrome de Bucarest en uniforme et sont attendus par une voiture militaire qui les conduit à leur hôtel.

À Duguet qui ne connaît pas Bucarest, la ville paraît un enchantement. Leur chauffeur, disert, parle parfaitement le français, pour avoir travaillé avant la guerre à l'atelier de Louis Renault. Il explique avec une fierté communicative qu'on appelle sa capitale le «Petit Paris des Balkans», et que les Roumains ses frères ne sont pas slaves, mais latins. Il se fraie un passage en klaxonnant dans la sinueuse *Calea Victorei*[1], encombrée par les carrioles des paysans à longues blouses brodées qui rentrent du marché. Sur l'avenue plantée de lauriers-roses, les attelages élégants se suivent, où l'on aperçoit des femmes aux ongles peints, aux coiffures extravagantes, vêtues de robes achetées à Paris par leurs galants.

Valentin s'étonne de la densité du trafic.

— C'est le retour des courses à la Chaussée, l'informe le chauffeur. L'écurie de M. Alexandre Marghiloman vient de remporter, une fois de plus, le derby. Il fera la fête toute la nuit avec ses amis, pour sûr.

Comme Valentin semble perplexe, ignorant jusqu'au nom de ce magnat, le chauffeur s'empresse de lui préciser, dans un rictus réprobateur, qu'il est ici le chef du parti conservateur, proallemand.

L'homme croit venu le moment de se présenter, et il ôte sa casquette pour faire comprendre à ses hôtes qu'il n'est pas un simple voiturier :

— Mon nom est Vaclav Cenescu. Vous pouvez me demander n'importe quel renseignement, je suis à votre service.

Il leur fait admirer le palais royal, qui ressemble à une préfecture française, où vit, dans sa petite cour, le roi

---

1. Les Champs-Élysées de Bucarest.

170

allemand des Roumains. Que le bâtiment semble misérable, au regard des somptueuses résidences des rois du pétrole, du bois ou du blé qui l'avoisinent! Là vivent de véritables monarques qui, passé la saison des courses à Bucarest, partagent leur temps entre leurs hôtels particuliers parisiens et leurs villas de Nice ou de la Riviera!

À la terrasse des pâtisseries fines, Émile Duguet remarque, non sans surprise, des officiers d'opérette vêtus d'uniformes bleu pastel à brandebourgs dorés, chaussés de bottes à pompons. Il s'amuse à les voir jeter sur leurs épaules, façon mousquetaire, des capes rose saumon pour partir en promenade avec leurs maîtresses.

— Voyez plutôt les soldats, conseille Valentin, ils sont solides, robustes et bien armés.

Une patrouille défile, sans doute pour relever la garde au ministère de la Guerre. Un pas de danse, bien réglé, glissé, coulé, au son du clairon, les baïonnettes luisantes à la pointe des fusils français. Les officiers saluent le drapeau au passage et les civils se lèvent de table, dans un hommage presque spontané. Après tout, la Roumanie n'est une nation à part entière que depuis 1880, et la gestuelle nationaliste, une acquisition récente pour ses habitants.

Duguet et Valentin saluent à leur tour les trois couleurs roumaines, bleu, jaune et rouge. Vaclav approuve d'un signe de tête. Il aime que ces officiers étrangers reconnaissent à leur manière le fait national roumain, qui lève tout un pays pour la guerre par la conscription. Quatre cent mille hommes vivant habituellement dans des huttes de terre ou de bois quittent leurs familles et leurs terres pour être traités comme des boyards dans des casernes de pierre. On ne leur demande guère en échange que de donner leur vie, ce qui est la moindre des choses.

Il dépose ses hôtes, déjà las du tohu-bohu d'une ville en liesse permanente, au High Life, hôtel chic où descendent les milords anglais amis de la reine Marie, les junkers allemands marchands de mitrailleuses et les acheteurs de pétrole américains. À la conciergerie, Émile a la surprise de reconnaître, sous sa voilette pailletée d'or, une femme en grand équipage de grooms chamarrés, malles de luxe et cartons à chapeaux bariolés : c'est la cantatrice italienne Lucia Benedetti, rencontrée l'année précédente au Caire, au terme de sa galante croisière sur le Nil en compagnie de Jean Wiehn.

**
*

Le gouvernement roumain étant sur le point de se prononcer pour la guerre ou la paix, tout ce que l'Europe compte d'agents diplomatiques, d'espions du monde et du demi-monde regorge dans la capitale. La présence de l'entremetteuse italienne n'étonne donc en rien le colonel Valentin. Il ne lui accorde qu'une attention mesurée et pousse Émile Duguet vers le bar où il a rendez-vous avec un officier roumain en civil.

La conversation est brève, comme il est d'usage entre officiers de renseignements. Après un simple échange de paroles de bienvenue en langage codé, l'officier entraîne les Français dans une suite de l'hôtel où un personnage les attend, en uniforme de général.

Valentin reconnaît immédiatement Averescu et lui présente Duguet. Le général est célèbre dans les services de contre-espionnage pour avoir brisé dans le sang une révolte rurale quelques années auparavant, et aussi pour être l'initiateur de la conscription en Roumanie qui oblige chaque paysan à revêtir l'uniforme. C'est l'homme à poigne du régime, et ses origines transylvaines lui font désirer ardemment la reconquête de cette province contre les Hongrois spoliateurs et occupants. Il compte sur les Français pour neutraliser les Russes et même pour exiger d'eux des fournitures d'artillerie à l'armée roumaine.

— Le général Sarrail, commence Valentin, a besoin de connaître les projets du gouvernement roumain avant de fixer la date de son offensive contre les Bulgares. Il considère que nous devons coordonner nos plans d'action.

— Sans doute, dit Averescu en offrant des cigares.

L'ancien étudiant de la Sorbonne, le stagiaire de notre École de guerre, parle un français parfait.

— Vous devez savoir, poursuit-il, laconique, que la décision n'est pas prise. Le conseil de gouvernement se réunit ce soir même au palais royal. Rien n'est encore fait.

Sans donner le moindre signe de nervosité, il déploie devant les officiers français un jeu de photographies glacées, pour leur montrer les protagonistes du drame qui doit se tenir dans quelques heures au petit palais du roi.

— Le premier de ces personnages, le plus important, est Ion Bratianu, issu d'une longue lignée de présidents du Conseil roumains.

L'homme porte beau ses cinquante-deux ans. Front haut, tempes argentées, mise de lord anglais.

— De lui dépend la décision, glisse Valentin à Duguet, d'une voix presque confidentielle. C'est un ancien élève de notre École polytechnique.

— Donc, un ami des Français, avance innocemment Duguet.

— Pas si vite, mon jeune ami, tempère Averescu. Le président Bratianu, chef du parti libéral, celui des magnats du pétrole de Ploiesti, doit tenir compte de la germanophilie de nos rois. Le 3 août 1914, quand la question de rejoindre l'Allemagne s'est posée, notre roi Carol, soutenu par les conservateurs, a aussitôt voulu partir en guerre. Bratianu a seulement obtenu la neutralité. En raison de son hostilité aux Russes, il est resté sourd aux propositions des Français. Je vous le dis en confidence : il existe un traité secret d'alliance défensive de la Roumanie avec l'Allemagne contre la Russie (il sort le double du document de son coffre) signé par le propre père de notre Bratianu et par Bismarck en personne, alors chancelier du IIe Reich. Nos rois Hohenzollern sont *naturellement* dans l'alliance allemande. Imposer la neutralité a été pour Bratianu II une sorte d'exploit.

— Est-il toujours dans ces dispositions ? s'inquiète Valentin.

— Notre nouveau roi Ferdinand a heureusement épousé Marie d'Édimbourg, la petite-fille de la reine Victoria et du tsar Alexandre II ; ce qui ouvre à la diplomatie anglaise un champ mesuré. Mais les Allemands ont conquis les Balkans l'année dernière, et leur général Mackensen fait très peur à Bucarest. Il est capable de briser notre petite armée en quelques jours de campagne si nous ne sommes pas puissamment soutenus. C'est pourquoi notre président exige l'entrée en campagne d'au moins cinq cent mille hommes sur votre front de Salonique, et nous sommes loin du compte.

— Oubliez-vous la percée de Loutzk des Russes ? Ils sont sur le col des Tartares et peuvent vous aider efficacement, en envahissant la Dobroudja. Les Anglais sont prêts à suivre si les Russes attaquent, et Sarrail n'attend que votre feu vert. Il compte fermement sur le renfort d'une brigade russe, obtenue du tsar Nicolas par Joffre, et intègre déjà dans ses troupes d'assaut plus de cent mille Serbes, tous en armes et mis en place pour l'offensive.

– Tout dépend de l'accord des Alliés : s'ils nous concèdent la Transylvanie, notre province volée par les Austro-Hongrois, plus la Bukovine et le Banat, je crois pouvoir vous dire que nous marcherons. Nous sommes le 16 août 1916. Demain, nous en saurons peut-être plus. Ne quittez pas votre hôtel. Un de nos appareils vous reconduira à Salonique, si, comme je l'espère, la décision est favorable.

*
*

La folle nuit de Bucarest n'épargne pas le High Life où une délégation allemande de haut rang tient le haut du pavé. Valentin est circonspect. Le général Averescu n'ignore pas que l'offensive russe dans les Carpates est stoppée et que l'opération franco-britannique engagée le 1er juillet par Joffre s'est enlisée dans la Somme, tandis que les Allemands attaquent toujours à Verdun. Les dernières nouvelles ne sont pas de nature à provoquer l'engagement confiant des Roumains aux côtés des Alliés.

Le champagne français coule à flots à la table du magnat Alexandre Marghiloman, entouré d'hommes politiques roumains acquis aux agents allemands. Tous acheteurs à prix d'or du moindre journal de la capitale, d'hôtels et de restaurants, ces joyeux convives fournissent aussi les filles du demi-monde capables de séduire les responsables. Aux toasts portés par Marghiloman aux victoires de l'Entente, naturellement repris par la clique des industriels de la Ruhr et des généraux prussiens en civil, on croit comprendre que ce parti n'a aucun doute sur l'issue de la délibération gouvernementale.

— Les Roumains ne sont pas fous, confie le magnat à un général allemand. Ils savent que votre armée est seule capable d'interdire aux Russes nos champs de pétrole de Ploiesti.

Valentin et Duguet sont trop éloignés de la table pour saisir les nuances des conversations, tenues le plus souvent en allemand. Mais l'orchestre tzigane attaque des valses langoureuses que ces importants personnages n'ont, à l'évidence, pas l'intention de danser sur la marqueterie de bois, tout juste destinée à ménager les chaussures italiennes des dames de haut vol. Un diplomate guindé, d'allure viennoise, invite la voisine de Marghiloman pour une valse. Elle refuse avec grâce. Après son tour de chant, peut-être…

Les lumières s'éteignent à minuit, pour laisser la place aux projecteurs braqués sur la scène. Ils éclairent sans concession le visage nu de la Benedetti, quand elle attaque de sa voix de prima donna le grand air de *La Fille du régiment* de Gaetano Donizetti. Elle évolue dans la salle, suivie par le halo lumineux, pour se planter devant les Français, en entonnant cette fois l'histoire de sa vie : «*Appravi alla luce, sul campo guerriere.*»

— «Elle a été trouvée, enfant, sur un champ de bataille», traduit comme il peut Valentin, étonné du choix de cet opéra étrange qui se termine par un chœur : «*E viva la Francia!*»

Même si les Teutons ignorent la langue de Dante, ces paroles guerrières ont de quoi étonner les Roumains germanophiles qui se piquent de latinité. La jeune femme a-t-elle voulu attirer l'attention des deux officiers sur la vraie signification de sa présence à Bucarest? connaître la première, grâce à son entregent, les informations décisives et les communiquer, selon les circonstances, à ceux qui peuvent la servir au mieux?

Elle virevolte aussitôt vers une table de diplomates italiens qui l'applaudissent à tout rompre, l'un d'eux rappelant à ses voisins aux uniformes chamarrés que l'opéra a été créé à Paris, joué à Milan, et repris récemment au Metropolitan de New York.

— Tu m'avais dit que tu nous chanterais du Wagner, pleurniche l'épais Marghiloman sur l'épaule de Lucia revenue s'asseoir à sa table.

— J'ai changé d'idée! lance-t-elle au magnat en se relevant pour rejoindre sur la piste l'élégant Viennois à qui elle a promis une valse lente.

Émile est subjugué. À peine l'attaché d'ambassade l'a-t-il reconduite qu'il tente sa chance, sans que Valentin puisse le retenir. Elle décline son invitation d'une voix lasse et alanguie, le regardant à peine. De sa place, Valentin la voit dissimuler son visage d'un coup d'éventail pour s'entretenir avec son voisin de droite, un député conservateur roumain connu pour ses opinions germanophiles.

— Elle n'a pas le temps de s'amuser, dit-il à Duguet non sans quelque brutalité. Elle fait son travail. Le chant n'est qu'une couverture. Elle chante vive la France, mais elle pense : victoire à l'Allemagne! Hier au Caire, aujourd'hui à Bucarest, demain peut-être à Constantinople ou à Sofia. Si tu veux la suivre, demande-lui son itinéraire. Tu connaîtras tous les Balkans.

Vexé, Émile détourne les yeux. À toutes les tables, il n'aperçoit que des Teutons aux portefeuilles bourrés de billets, réglant les additions avant d'entraîner leurs compagnes en calèche. Il serre le poing :

— Ce Marghiloman est un porc. Je le tuerais volontiers de mes mains.

— À quoi bon te compromettre ? Demain, il peut être de nouveau notre ami. Carcopino m'a sorti sa fiche, au 2ᵉ bureau : hier, il était profrançais, au point qu'on disait de lui qu'il faisait laver son linge à Paris. Les Allemands l'auront acheté. Ils tiennent toute la ville. Les Roumains ne mangent que du maïs, mais lui ne peut se passer de caviar.

À la table du magnat, la Benedetti disparaît en compagnie de l'attaché d'ambassade. Émile ne laisse rien paraître de sa déconvenue, mais garde quelque rancune au cœur.

— Regardez ces femmes, lance-t-il presque à voix haute au colonel, en désignant une table très proche. Attifées comme des *chorus girls* et empiffrées de choux à la crème de chez Capsia

— La meilleure maison des Balkans. Depuis quand les putains n'auraient-elles pas droit aux délices des repas fins ? Mais je vois que le général tarde à nous convoquer. Qu'espérais-tu donc ? Tu es contrarié, va prendre quelques heures de repos dans ta chambre. Je te ferai appeler dès qu'il me fera signe.

Furieux, le sous-lieutenant quitte la salle. Dans un fauteuil de sa suite, fumant une fine cigarette russe de couleur rose, Lucia Benedetti l'attend.

**
*

– Quelle soirée mortelle, lance-t-elle de son accent inimitable de Florentine frotté de toutes les langues de l'Orient. Dieu merci, j'ai reconnu tout de suite un de mes petits Français du Caire, si élégant dans son habit noir de gala. Enlève vite cette infâme queue-de-pie et viens me montrer comment tu peux m'aimer.

Interloqué… mais néanmoins homme, Émile, qui n'avait espéré qu'une danse, ne se fait pas prier deux fois. Le confondrait-elle avec Jean Wiehn ? Peu lui importe ! Il tient miraculeusement dans ses bras la Benedetti qui ne lui laisse même pas le temps de réaliser sa bonne fortune. Le lit, assez vaste pour coucher trois hussards côte à côte, devient un champ de bataille pendant que les oreillers vénitiens aux fines dentelles volent dans la précipitation impromptue de leur étreinte. À aucun moment, ils ne sont dérangés. Le colonel Valentin ne s'est pas manifesté. L'aurait-il fait que Duguet n'eût rien entendu.

Au petit matin, il ouvre les yeux le premier, encore ahuri de sa folle nuit, mais comblé. Tout près du sien, le visage de Lucia est si merveilleusement beau qu'il ne se prive pas de le contempler. Ses lèvres boudeuses, son teint diaphane, les longs cils naturels de ses yeux à peine cernés de bistre, ses traits parfaits sont ceux d'une Vierge de Raphaël.

Elle s'éveille avec langueur, le cherche du bras, lui reproche de s'être levé, même pour être à ses pieds. Il doit rester tout contre elle, sans rien pour les séparer.

Quand le valet avance le petit déjeuner royal, sur le coup de midi, le regard du lieutenant Duguet retrouve aussitôt la mobilité de l'homme du front. Qu'est devenu Valentin ? Pourquoi ne lui a-t-il pas donné signe de vie ? Qui a monté ce piège ?

Il se jette sur ses vêtements épars, oubliant tout des folies de la nuit. Mais Lucia le retient.

— Nous avons tout le temps. Personne ne sait que je suis avec toi. Imagine une île déserte, en pleine guerre. Ton officier aura reçu notification du Conseil des ministres roumains. La décision est ajournée d'une semaine. Je le sais depuis hier soir, par un député conservateur, le premier informé. Je n'ai pas pris le temps d'avertir les autres. Ils le sauront bien assez tôt.

Émile tique, pose un regard incrédule sur celle qui ne peut l'avoir floué.

— Je n'ai pensé qu'à te faire oublier le tintamarre de la guerre, toi, mon merle blanc français, pour que tu me chantes les notes limpides de la paix revenue, juste pour nous, juste ici, dans cette ville absurde de Bucarest tellement touchante dans son désir de ressembler au Paris d'il y a vingt ans. Nous irons au bois manger des groseilles, goûter les fraises sauvages des fourrés de Bukovine. Nous sommes libres, mon aimé. Tu peux laisser ton grand sabre au vestiaire. Il risque d'effilocher l'organdi de ma robe blanche.

— Mais Valentin…

— J'avais demandé qu'on ne nous dérange pas. On aura glissé sa lettre sous la porte. J'aperçois un coin de papier blanc qui dépasse.

— « Je retourne seul au QG, lit Émile. Décision en attente. Nouveau conseil le 28 août. Restez ici pour surveiller heure par heure l'évolution par contact permanent avec lieutenant Storian, de l'état-major du général. Me tenir au courant par la voie ordinaire. »

Libéré de ses affreux doutes, Émile réalise que Lucia ne laisse rien au hasard. Elle passe une heure à sa toilette et le laisse muet d'admiration devant sa nudité impériale, l'ensorceleuse sait qu'à point nommé, un serviteur revêtu d'un long manteau bleu-violet attendra au perron de l'hôtel devant une voiture fermée, attelée de deux chevaux noirs. Elle a même prévu de quoi habiller son amant.

Duguet a dû passer une redingote sombre, égayée d'une chemise à lavallière, un pantalon serré de gandin du siècle dernier, avec guêtres blanches sur ses souliers vernis.

— Musset à Venise, dit-il en se regardant dans la glace.

— C'est l'uniforme des fils de princes roumains, assez démodé j'en conviens, mais il t'évitera de rendre leur salut à des officiers bouffis vêtus de bleu layette, qui seraient trop heureux d'honorer un officier français en tenue, depuis qu'ils supputent un engagement possible de leur pays aux côtés des Alliés. Ainsi, nous serons libres de nous aimer sans attirer l'attention.

Lucia donne au cocher ses ordres en russe. Émile reconnaît la langue des princes habitués des hôtels niçois.

— Ne t'étonne pas. Les cochers de Bucarest sont tous des Russes affiliés à une secte étrange d'expulsés de l'Empire. Ils ont un tel désir de pureté qu'ils deviennent eunuques après leur premier enfant.

Fouette cocher! La voiture part au trot, et contourne le petit palais royal dont les allées sont sillonnées de cavaliers de la garde portant des plis au cabinet du roi. Nul ne songe à intercepter leur attelage, comme s'il était connu. D'une fenêtre du palais, Émile, très attentif, croit apercevoir un signal. Un chandelier éclairé de jour, avancé à deux reprises devant des rideaux pourpres. Lucia détourne son regard. Il ne pose aucune question.

** *

La voiture prend la direction de la montagne. Elle doit souvent emprunter des chemins défoncés d'ornières, pour libérer la route au passage de compagnies de chasseurs alpins armés de pied en cap. Les hommes sont courts de taille, mais trapus, d'apparence infatigable. Ils sont menés par des sous-officiers tout aussi alertes, qui surveillent les voiturettes de mitrailleuses tirées par des mulets.

«Cette armée est en manœuvre, ou presque en campagne», se dit Émile, soudain préoccupé. Lucia a-t-elle décidé de franchir la frontière transylvaine, prétextant une fugue d'amoureux, pour se retrouver à Budapest? Hypothèse folle qu'il rejette aussitôt. La route est trop longue, trop aléatoire.

Ils traversent un village misérable, dont les hommes semblent d'abord absents. Ni pâtres ni paysans dans les champs. Les familles vivent dans des grottes aux sols jonchés de paille.

Mais un peu plus loin, à l'orée d'une grande forêt, sous une fontaine jaillissante, s'ébrouent des jeunes gens à demi nus en pantalons de toile blanche. Les jeunes filles tournicotent par groupes autour d'eux, se tenant par le bras et exhibant leurs jupes de lin de cérémonie, leurs blouses blanches délicatement brodées de fleurs multicolores. Une fête se prépare : celle du départ aux armées des conscrits du village, rassemblés non loin de là devant des huttes de branches, par des sous-officiers en uniforme.

Vêtus de longues chemises de cérémonie qui leur descendent aux genoux, les recrues entrent dans l'église orthodoxe pour y recevoir la bénédiction du pope. À la sortie de la messe, un officier à cheval leur présente le drapeau. Les femmes s'agenouillent et se signent trois fois. Le maire jette des dragées aux enfants, comme après un baptême. Des épouses chargent les besaces de vivres et de bougies. Et les hommes partent, au pas par quatre, sans prendre la cadence des deux tambours de tête. Qui s'en soucie? À la caserne, ils apprendront à marcher, de gré ou de force.

— Pourquoi tant de bougies? demande Émile.

— Les paysans roumains sont superstitieux. Un homme qui meurt sans une chandelle allumée dans sa main ne peut aller au paradis.

Émile songe au champ de morts du Kérévès Déré, où les ossements humains, turcs, français et sénégalais confondus sont mêlés à ceux des mulets. Si ces braves savaient le sort qui les attend, ils se terreraient dans leurs huttes de bois ou leurs cavernes souterraines pour éviter de connaître un tel enfer. La brutalité du canon Krupp fera vite bon marché de leurs croyances.

Émile et Lucia passent au trot devant une ferme de belle apparence, construite en pierre de taille, non loin d'un château. Les paysans y ont déjà revêtu l'uniforme et défilent au pas derrière un officier monté sur un cheval blanc racé. Lucia fait signe au cocher de ne pas s'arrêter.

— C'est le comte Antonescu, dit-elle. Il serait heureux que j'assiste à sa parade. Un puissant boyard, un «roi du bois» comme ils disent, propriétaire de milliers d'hectares de forêts. Il a dû équiper ses gens à ses frais. Mais il vaut mieux s'éloigner : il me supplierait de chanter *Aïda* pour donner du courage à sa troupe. Fuyons.

Il semble difficile de trouver dans la montagne un lieu épargné par les levées guerrières. Lucia fait arrêter la voiture devant une cascade entourée de rochers et entraîne Émile sur un petit sentier qui conduit à un rendez-vous de chasse. Le cocher les précède, porteur de sacs de pique-nique. Il dresse prestement les couverts sur une table de chêne rustique et s'éloigne sans un mot, habitué aux agapes discrètes des femmes du monde. Ils dégustent les corbeilles de fraises et de framboises dans le pré aux narcisses et cherchent bientôt refuge dans le bois, sur un lit de mousse épaisse.

Au retour, Lucia cherche querelle à son amant français, il va bientôt partir. Le miracle, répond-il, est qu'on l'ait abandonné ici une journée entière sans raison. N'est-il pas évident que ce pays se prépare à entrer en guerre? Craint-on qu'il ne change d'allié d'un jour à l'autre, pour faire monter les enchères des provinces à conquérir, des pauvres villages à roumaniser? Oui, son devoir est de rejoindre les siens, quel que soit son chagrin de perdre sa princesse à la voix d'or. Il est si fortement épris d'elle qu'il redoute la séparation comme une blessure.

Le lieutenant Storian a laissé un message à la conciergerie de l'hôtel. Émile Duguet n'a que le temps de revêtir sa tenue militaire et de se présenter au ministère roumain de la Guerre.

— Je suis autorisé à vous dévoiler, affirme dans un français emphatique l'attaché de cabinet du général Averescu, qu'un traité secret a été conclu le 17 août entre les Alliés et notre gouvernement. Nous sommes en pleine phase de mobilisation, seulement freinés dans notre offensive par la lenteur des fournitures russes et le retard de votre général. La décision de guerre sera prise par le Conseil de la Couronne le 27 août. Elle ne fait plus aucun doute. Dans ces conditions, le général Averescu m'a demandé de mettre un avion à votre disposition pour vous reconduire à Salonique, à la demande du colonel Valentin. Je vous prie de me suivre.

* *
*

Dans ce départ qui ressemble à une expulsion, Émile n'a pu revoir Lucia Benedetti qui, de son côté, a quitté l'hôtel pour une destination inconnue. Sa présence est devenue inutile à Bucarest où le clan Bratianu a conforté son pouvoir en entrant dans le jeu de la reine Marie, anglaise, et naturellement anglophile. La délicieuse intrigante n'offre plus d'intérêt pour personne, quand elle ne peut voguer de l'un à l'autre rivage, et jouer le rôle d'intermédiaire entre des clans antagonistes.

Lucia n'est pas une espionne, se dit Émile pour se rassurer. Elle est une sorte d'hôtesse de luxe engagée par des gens qui veulent se rencontrer, même s'ils sont ennemis, lorsqu'ils croient pouvoir étudier les moyens d'arriver à des accords.

Mais quand les troupes sont mobilisées, il faut donner la parole au canon. Il est peu probable que la police secrète roumaine apprécie alors le rôle de ces agents incertains, capables de chanter «Vive la France» en portant un toast à la grandeur de l'Allemagne. Le rappel précipité d'Émile Duguet est probablement dû à la sollicitude amicale du colonel Valentin, qui veut l'arracher aux sortilèges d'une aventurière trop connue des services.

De retour au quartier général de Sarrail à Salonique, Émile annonce à son chef que les colonnes de l'armée roumaine semblent converger vers la Transylvanie, au nord-ouest du pays, et non pas vers le sud, contre la Bulgarie, comme le souhaiteraient Joffre et Sarrail. Les Roumains ont comme premier souci la reconquête de cette province, leur véritable but de guerre, et non pas une offensive concertée avec les Russes dont ils se méfient, ni avec les Français dont ils ne surestiment pas les possibilités.

— Pourtant, ils attaquent! s'exclame Valentin. Il est trop tôt, nous ne pouvons soutenir, et les Russes sont loin. Mais rien ne peut les empêcher de se précipiter vers les villages de Transylvanie dont les habitants les attendent avec des fleurs. Quand je transmets les communiqués roumains à Sarrail, il claque les doigts d'impatience.

— Joffre arrange tout de Chantilly, comme si les Alliés devaient suivre ses directives, se plaint Abrami dans la pièce voisine où se tient un conseil général restreint. Les Italiens ne bougent pas. Joffre écrit au général Alexeïev qui lui répond qu'il est trop tard. Une attaque roumaine aurait eu des chances d'aboutir au sommet de la victoire russe, début juillet. Un mois de canicule et de massacres a affaibli son armée.

— Nous sommes en passe de gagner à Verdun, renchérit le colonel-député Bokanowski, mais les trois cent mille alliés rassemblés ici ne peuvent rien tenter. Ils sont cloués au sol par des semelles de plomb. Finalement, je plains les Roumains qui ont fini par s'engager à nos côtés. Il faut espérer que leurs services de renseignements fonctionnent mal, ou qu'ils refusent d'entendre les bruits alarmistes concernant l'état de l'armée française d'Orient – informations hélas exactes, qu'ils attribuent à des sources allemandes. Leurs diplomates peuvent-ils nous croire, à Paris, s'il leur est rapporté que des vallées entières de Macédoine sont infestées par le paludisme, que le camp de Zeitenlik est touché, et que les territoriaux eux-mêmes, pourtant loin du front, tombent malades? Et Joffre, inconscient ou mal informé lui aussi, continue à exiger de Sarrail des plans d'offensive!

Pour une fois, Michaud, ordinairement discret, prend la parole pour défendre son patron harcelé par Chantilly. Cet officier d'état-major pointilleux connaît parfaitement l'état des troupes.

— Nous avons expédié un plan applicable à partir du 1er août. Nous savions, hélas, par notre aviation, que les Bulgares avaient beaucoup travaillé sous les ordres des ingénieurs allemands. Ils n'ont pas épargné la dynamite et le béton, et fait sauter des blocs à la mine pour creuser des tranchées abritées dans les montagnes. Ils ont les moyens d'avancer l'artillerie lourde depuis la remise en état de la voie de chemin de fer Vélès-Guievguieli dans la vallée du Vardar. Nous n'avons aucune chance de percer un front aussi bien organisé, avec les effectifs amoindris par la maladie dont nous disposons.

— Sans doute, commente Abrami en hochant la tête. Mais vous ne pouvez pas faire comprendre à Chantilly que vous refusez d'attaquer avec trois cent mille hommes, quand trois mille tombent chaque jour sur la Somme ou à Verdun. Il faut marcher ici coûte que coûte, et jusqu'au bout de nos forces.

Sarrail, comme à l'accoutumée, fait son entrée au conseil quand tous les points de vue se sont exprimés. Il n'a pas à discuter, mais à décider. Il le fait à sa manière brusque, qui ne tolère pas la contradiction :

— L'heure de partir est venue. Les Roumains ont attaqué les premiers. Nous devons les aider sur-le-champ, sans les Russes qui traînent la jambe, sans les Italiens qui restent muets. Avec nos seules forces. C'est une question d'honneur.

Il interroge Michaud du regard :

— Avez-vous la dépêche ?

Le chef d'état-major lit le télégramme de Chantilly qui vient d'être transcrit : « Le général von Falkenhayn, ancien commandant en chef, quitte le front de l'Ouest pour organiser la guerre en Orient sur ordre personnel du Kaiser. Il a sous sa responsabilité le front turc et celui de Bulgarie. Le général von Mackensen est tout spécialement chargé de la coordination des armées bulgare, autrichienne et allemande dans les opérations prévues contre la Roumanie. »

— Messieurs, les jours de l'armée roumaine sont comptés. À nous de sauver la face. C'est le mieux que nous puissions espérer. Donnez le signal de l'attaque générale.

*
*

À Florina, depuis le 15 août, la petite compagnie de zouaves s'est renforcée de l'ensemble du régiment. Le commandant Coustou a vu de nombreuses unités serbes traverser la ville et progresser le long du chemin de fer de Monastir jusqu'à la frontière. Pour l'instant, ces Serbes de la division Danube sont les seuls à pouvoir soutenir le choc éventuel des Buls. Coustou a reçu un télégramme annonçant l'arrivée prochaine de soldats russes et italiens, des premiers éléments d'une brigade de la 156e division coloniale[1], et surtout de l'illustre 57e aux ordres de Leblois.

Le nom du divisionnaire n'est pas inconnu de Coustou. Au moment où lui-même était un des rares officiers de l'armée française favorables à la révision du procès du commandant Dreyfus, il avait, pour la première fois,

---

1. L'ancienne division Bailloud désormais aux ordres du général Baston.

entendu parler de l'avocat Leblois. Ce frère du général avait défendu le colonel Picquart, chef du service de renseignements de l'armée qui avait osé rouvrir le dossier Dreyfus.

Le général Leblois, honnête et capable, souffrait du discrédit tenace qui entourait *l'Affaire* dans le corps des officiers à l'égard des défenseurs de Dreyfus. Mais il rendait coup pour coup dès qu'on l'attaquait, et Coustou se souvenait de la causticité de ce protestant rigoureux, qui prétendait diriger seul son secteur, en fonction des hommes et du terrain. Sarrail a désigné cet homme de fer pour soutenir l'aile gauche de son armée chancelante.

Ce choix signifie, aux yeux de Coustou l'avisé, que si les Français ont une chance d'inquiéter le front germano-bulgare, c'est en enveloppant son aile gauche, par Monastir.

Le commandant n'est pas de ceux qui idolâtrent Leblois, mais il respecte sa lucidité et son courage. Nommé à la tête de la 57e division à la suite de Cadoudal, le 23 octobre 1915[1], il a assuré la retraite de l'armée imprudemment avancée au secours des Serbes sur le Vardar, dans des conditions très difficiles. Le martyrologe de l'hiver 1915 a fait entrer les poilus d'Orient dans la longue cohorte des victimes de la guerre. Plus encore : sacrifiés d'une attaque mal préparée, ils ont dû abandonner le terrain conquis au prix des plus grands efforts, gelés jusqu'aux os. Leblois a montré dans cette occasion des vertus militaires incontestables. Il a sauvé sa division[1].

---

1. La 57e division, mobilisée en août 1914 à Belfort, a d'abord combattu dans la bataille d'Alsace en 1914. Confiée le 5 février 1915 au général Cordonnier, puis à Debeney, puis à Demange, puis à Cadoudal, elle a été remise le 23 octobre 1915 à Leblois et embarquée à Marseille pour Salonique. Elle comprend quatre régiments de réservistes de Belfort (242e, 235e, 371e et 372e) et deux régiments de Lons-le-Saunier (244e) et de Besançon (260e).

Les Belfortins, depuis cette retraite à l'antique où beaucoup de leurs camarades sont morts de froid, ont le sentiment de constituer, autour de Leblois, un corps d'élite. Cet homme trapu, sans grâce, à l'uniforme sorti des magasins de l'intendance, la voix cassée et le visage mangé par une barbe broussailleuse, a la parole rare et le coup d'œil aigu. Les officiers savent qu'ils doivent lui répondre avec précision, dans un langage dépouillé, sans ces exagérations qui ne veulent plus rien dire.

— On ne dit pas considérable, rectifie Leblois, on dit grand.

Surveiller le langage, c'est aussi veiller à l'exactitude de son propos ou, comme on dit, ne pas se payer de mots. Leblois met son purisme maniaque au service de l'action.

S'agit-il de frapper fort sur Monastir ? On ne dérange pas la division Leblois pour une simple diversion. Il est clair que Sarrail, harcelé par Chantilly, a décidé une opération où il engage ses meilleures troupes : Leblois, et les Serbes. Sans parler des zouaves et des coloniaux.

Chaque soldat de la 57e division, encore à plusieurs journées de marche de Florina, est sûr que son général n'engagera pas de combat inutile, de ceux qui sont perdus d'avance. Il a conduit la retraite sans aucune perte, échappant aux Bulgares par ses manœuvres et ses ruses. Son bonnet de police enfoncé jusqu'aux sourcils, sa capote traînant dans la neige, ses brodequins pris dans le stock des *snow-boots* achetés aux Anglais, il mangeait du singe et des biscuits comme les autres. Dans ce triste défilé Demir-Kapou, tous auraient pu mourir s'ils n'avaient suivi en file indienne la lanterne sourde de leur général. À soixante ans, marchant dans la neige une semaine entière, il les avait conduits à Guevgueli, à la frontière serbe, épuisés mais intacts, à travers les touffes de lentisques et les bosquets de houx qui déchiraient les hardes.

Coustou se hâte au-devant de Leblois dès qu'il aperçoit sa silhouette massive à l'entrée de Florina, le 15 août au soir. Venu en reconnaissance du secteur, le général est escorté de quelques chasseurs d'Afrique et d'une simple section de fantassins.

– Heureux de vous revoir, dit-il à Coustou comme s'il l'avait quitté la veille. Rassemblez vos zouaves. La route est longue jusqu'à Monastir. Où est le génie ?

* *
*

Le génie est encore loin, sur les routes tour à tour sablonneuses et pierreuses, aussi mal entretenues que possible. Les arabas, voiturettes à deux roues, peinent à traîner le lourd matériel des ponts que le commandant Mazière s'est ingénié à faire démonter, pièce par pièce, pour le rendre transportable.

Maublanc l'accompagne, bien sûr, pendant que Paul Raynal surveille les interminables convois de mulets qui transportent le matériel nécessaire pour une campagne d'envergure : réseaux de fil de fer Brun, fils de téléphone, caisses d'explosifs utiles à dégager des chemins dans les rochers.

La première batterie de montagne arrive sur place dès le 15 août au soir, suivie par les caissons et les renforts d'explosifs. Elle est conduite par Émile Duguet qui, dès son retour de Bucarest, a demandé au colonel Valentin de reprendre sa place au sein de sa batterie de 65.

Il a déjà pris position dans un parc spécial réservé aux *artiflots*. Il apprend à Paul Raynal, qui a, lui aussi, rejoint son corps, qu'Edmond Vigouroux et ses amis les zouaves sont de la bande. Ils tiennent le secteur depuis plusieurs semaines et sont assurément les seuls à bien connaître les environs de Florina.

En face du camp des artilleurs s'élève un baraquement où le général Leblois a décidé de fixer provisoirement son état-major. Impossible de l'apercevoir. Il ne met pas le nez dehors.

Pour l'heure, des chasseurs d'Afrique convoqués au rapport l'informent qu'ils ont identifié des forces importantes en face. Le capitaine Lanier, planté devant la carte, éclaire comme il peut les positions bulgares en fichant des drapeaux de couleur.

— Je puis vous assurer, précise-t-il au général, que les Allemands ne sont plus très nombreux dans ce secteur tenu par la 8e division bulgare, forte d'au moins six régiments. Une autre division, de la même importance, serait en renfort.

— Je n'admets pas « serait ». Elle est, ou elle n'est pas. Vous devez contrôler de manière rigoureuse. D'où tenez-vous vos renseignements ? De déserteurs ? De prisonniers ?

— Des deux, mon général. Mais surtout du travail d'exploration accompli par une sorte de corps franc macédonien. Ils affirment que les travaux de défense sont toujours en cours devant Monastir et sur les montagnes des alentours. Ils ont repéré des coups des batteries allemandes de 105 et de 150.

— Avec précision ?

— Nous n'avons pas pu l'attester. L'aviation ennemie est active dans le secteur. Ils ont plusieurs escadrilles de chasseurs équipés de mitrailleuses et basés à Monastir et Prilep. Les nôtres sont encore trop peu nombreux.

— L'aviation va être renforcée, tranche Leblois. Denain me l'a promis. J'attends ces hommes d'une heure à l'autre. Nous devons localiser exactement ces pièces.

— J'ai une autre information, plus facile à vérifier, qui vient de me parvenir. Les Bavarois ont réussi à installer une station de TSF à deux mille mètres, sur un pic. Ils sont ainsi en mesure de renseigner à distance des pièces déjà en place, dont la portée est de dix kilomètres.

— Vous avez dit que vous étiez en mesure de vous en assurer ?

— Permettez-moi de faire entrer mes informateurs, mon général. Vous serez à même d'en juger.

Un groupe de trois partisans, chaussés de bottes épaisses, coiffés de cagoules et vêtus de peaux de mouton sous leurs longues capotes autrichiennes, est présenté à Leblois. Il demande qu'on leur serve du café et qu'ils se réchauffent devant le cubilot.

— Ne peuvent-ils se découvrir ? montrer leur visage ? interroge Leblois.

— Ce sont des clandestins, mon général. Ils refusent de répondre aux interprètes serbes. Ils disent qu'ils sont macédoniens, et non serbes. J'ai dû les faire interroger par un zouave parlant leur langue.

— Montrez-moi ce phénomène.

On introduit Edmond Vigouroux. Le général reconnaît immédiatement, sous ses galons de sergent, la recrue qu'il avait jadis rencontrée au quartier de Nîmes, une des places fortes des protestants de France.

— Tu es un ami de Joseph Delteil et tu es de Limoux. Delteil est parti dans les Sénégalais, et toi dans les zouaves. Je m'en souviens parfaitement. Je connais et j'estime Delteil.

Leblois, toujours satisfait de sa prodigieuse mémoire qui lui permet de reconnaître les hommes et de se faire aimer d'eux, demande à Edmond d'interroger ces cagoulards en macédonien. Interdit, celui-ci finit par avouer qu'il ne connaît pas leur langue slave, mais seulement quelques mots de grec démotique.

— Va toujours ! s'impatiente le général.

À sa surprise ! Edmond parvient à s'entretenir avec le chef du détachement, qui entend le grec. Son groupe de résistants, partisan de l'indépendance macédonienne, compte en son sein des hellénophones acquis à leur cause. Il lutte aujourd'hui contre les *comitadji* d'en face, recrutés depuis Salonique. Ses éléments sont éparpillés dans la montagne, à la recherche de toutes les positions de l'armée bulgare. Ils se mettent à la disposition du général français pour conduire un groupe de quelques spécialistes au poste de TSF niché sur un piton. Ils demandent des explosifs pour le faire sauter.

L'affaire paraît suffisamment importante aux yeux de Leblois pour l'inciter à accepter l'offre de ces étranges alliés et à respecter leur anonymat. Il demande à Vigouroux d'organiser une cordée dont il sera l'interprète, et exige en outre un artilleur et un artificier du génie dans le groupe. Plus une demi-escouade de zouaves en renfort, pour éviter les surprises.

Le général, sur la suggestion de Vigouroux, admet que le détachement soit commandé par le sous-lieutenant Duguet. Il en profitera pour repérer en montagne des positions de batterie.

**
*

Le départ est fixé à minuit. Les clandestins sont cachés au relais de poste par Phikioris, l'aubergiste énigmatique qui semblait protéger la jeune institutrice grecque Alexandra. Vigouroux est en confiance à la vue de Theodorakis, l'homme de main du cafetier vénizéliste. Il sait désormais qu'il marche avec un groupe d'*andartès,* ces résistants grecs hostiles au roi Constantin et à ses amis bulgares.

Les partisans au visage dissimulé passent en tête de colonne pour ouvrir la route, suivis de près par Duguet à qui les escalades en montagne ne font pas peur. Moins enthousiastes sont les zouaves d'Alger, Rasario et Ben Soussan, méfiants envers ces Grecs, ou ces Macédoniens parlant grec, si semblables à leurs yeux aux *comitadji* qui étranglent la nuit les soldats français. Ben Soussan reste sur sa réserve. Rasario tient son poignard à portée de main, prêt à protéger Vigouroux qui a rejoint le groupe de tête à l'approche de la montagne.

Duguet n'a pas voulu s'encombrer d'un mulet. Il a réparti dans des sacs individuels les pains d'explosifs, et conseillé à ses équipiers de n'emporter que des armes personnelles. Edmond a réussi à connaître la direction d'attaque des *andartès* et l'a expliqué à Duguet sur un fragment de la carte d'état-major. Le chef *andartès* Michael a consenti à indiquer, sans donner trop de précisions, qu'ils longeront la rivière de Florina vers l'ouest, jusqu'à Pisoderi, un gros bourg qu'ils devront contourner.

— Je croyais qu'il était tenu par nos chasseurs d'Afrique, coupe Duguet.

— Ils y passent de jour, mais les *comitadji* y sont la nuit. Ils ont tué tous les chiens pour ne pas donner l'alerte, égorgé pas mal de dénonciateurs. Il vaut mieux éviter cette zone : ils nous créeraient des ennuis.

La nuit est sombre quand ils arrivent sans bruit, après deux heures de marche, aux abords de la petite ville endormie où nulle ombre ne bouge. Ils avancent à quelque distance les uns des autres pour étouffer le son des godillots.

Duguet regarde la carte, branche sa lampe-tempête sur le sentier de montagne où ils sont engagés en file indienne.

– Allons-nous au mont Bigla ?

– Non pas, dit Vigouroux, nous marchons vers le nord, sur les pentes du Tchetchevo. Un long parcours. Le sommet est à plus de deux mille mètres.

– Les Buls ont réussi à grimper là-haut ?

– Il faut croire.

Émile, inquiet, fait accélérer la cadence. L'idéal serait d'attaquer le poste avant l'aube.

– Impossible, disent les Grecs. Mais c'est sans importance. Nous l'aborderons par une arête aveugle. Ils ne nous verront pas venir.

Une vraie cordée s'organise car le sentier est jalonné de blocs de pierre qu'il faut gravir l'un après l'autre. Souples, voyant de nuit comme en plein jour, les *andartès* prennent de l'avance. Duguet doit les arrêter pour permettre aux autres de suivre. Paul Raynal, qui porte le sac d'explosifs, peine à se hisser. Les zouaves protestent : ils ne sont pas des chasseurs alpins.

Duguet rassure et stimule ses hommes. Il les décharge de leurs sacs pour les répartir parmi les plus résistants à la montée. La levée du jour sur la chaîne les console : une féerie de lumière rosée nimbe le gris blanc des cimes.

— Ils dorment encore, traduit Vigouroux en désignant le toit de rochers plats de l'abri. Sortez vos poignards, nous attaquons dans trois minutes.

Duguet intervient aussitôt :

— Je rappelle que les ordres de Leblois ne sont pas de tuer, mais de ramener des prisonniers. Il veut savoir quels autres postes ont pu être établis ainsi en territoire grec.

Les *andartès* semblent se résigner. Mais le poste de radio qu'ils s'apprêtent à cerner, manipulé par un Allemand, est protégé par des *comitadji*, leurs pires ennemis. Les zouaves, épuisés par la grimpée, n'ont pas le temps d'intervenir. Michael et ses hommes ont déjà égorgé les Buls endormis. Ceux qui ont réussi à s'enfuir sont poursuivis et précipités dans le ravin. Pas de survivants, sauf l'électricien bavarois et son adjoint. Ceux-là sont abandonnés par Michael au général Leblois.

Émile trouve que le pic est un observatoire idéal pour une attaque par l'ouest sur Monastir. Il veut garder le poste et en disposer à sa convenance, changeant la fréquence afin que ses messages puissent être reçus de Florina par les Français. Il demande aussitôt par ce moyen des renforts du génie et des convois de mulets pour les pièces. Sur les flancs de la montagne, plusieurs départs de batterie peuvent être installés dès que possible. Il obtient par radio l'accord de Leblois. Paul Raynal est chargé de convoyer avec Ben Soussan les deux prisonniers allemands jusqu'au QG du général.

Edmond Vigouroux ne propose pas de les suivre. L'un des *andartès* est blessé. Ses amis soignent sa cheville contusionnée. Il faudra le redescendre à un poste de secours, et peut-être en civière à Florina, où le médecin macédonien est

197

dévoué et discret. Déjà, les zouaves installent un brancard. L'*andartès* semble incapable de se tenir debout.

Pour lui faire boire un cordial, ses camarades lui ôtent son passe-montagne : Edmond bondit, reconnaissant le beau visage d'Alexandra, son institutrice chérie, les traits tirés par la fatigue et la douleur. Il se charge, bien sûr, de la reconduire lui-même à l'antenne de santé. Les *andartès* ont réussi leur exploit, mais perdu provisoirement un combattant.

Les Serbes

— Les jours de Sarrail sont comptés, confie au colonel Valentin l'élu du peuple Abrami dans un salon discret de l'hôtel de Rome où il attend la voiture qui doit le conduire au port. Le député représentant aux armées d'Orient rentre à Paris pour faire son rapport au président du Conseil Aristide Briand. Abrami prétend avoir reçu des nouvelles de Chantilly où, lors du dernier Conseil des ministres, Joffre aurait fait cette violente sortie :

« Sarrail est un incapable ! Je n'en veux plus ! Nommez-le gouverneur d'Indochine ! »

Le colonel Valentin ne peut se réjouir de cette saillie dont il met en doute l'authenticité. Il est sincèrement convaincu par la stratégie du général Sarrail depuis son arrivée à Salonique. Pour le consoler, Abrami, qui connaît les raisons de l'inaction forcée de l'armée d'Orient, ajoute que Paul Painlevé, au même Conseil, a regretté qu'on se focalisât davantage sur le cas de Sarrail que sur l'offensive contre les Boches. Le général ne manque pas de défenseurs à Paris, même si Briand l'a pris en grippe, lui aussi. Painlevé et Léon Bourgeois le défendent, et le président de la République Poincaré ne lui est pas encore hostile.

— Enfin, conclut Abrami en enfilant son manteau de fourrure, vous avez touché le général Cordonnier. Du solide. De la trempe de Pétain. Joffre l'a nommé pour contrôler Sarrail et l'obliger à marcher. Vous verrez, jeune homme, Cordonnier fera son devoir. Quant à réussir, c'est une autre affaire!

Prédécesseur de Leblois à la tête de la 57e division, le général Cordonnier passe pour un énergique. À la mobilisation, il commandait le 365e régiment de réserve dans la division de Verdun. La promotion au feu de l'ancien professeur de tactique à l'École de guerre avait été aussi rapide que celle d'un Pétain, d'un Fayolle ou d'un Nivelle. À la bataille de la Marne, commandant la 3e division du recrutement d'Amiens, il avait fait preuve de caractère en refusant un ordre de recul de son chef de corps.

Sarrail l'a accueilli sans réticence, ayant lui-même sauvé Verdun contre les ordres reçus en septembre 1914. Cordonnier serait chargé exclusivement du commandement des troupes françaises, Sarrail se réservant l'ensemble de l'armée internationale du corps expéditionnaire. La répartition des tâches semble claire. Sarrail trouve cependant désagréable que Joffre ait nourri l'idée de morceler le commandement d'une armée déjà singulièrement étique.

Il a réagi en éparpillant tout le long du front, par petits groupes, les unités du corps expéditionnaire français, les encadrant de troupes étrangères, serbes, et bientôt russes et italiennes. Ainsi, Cordonnier ne pourra lancer aucune opération d'envergure sans en référer à son état-major général interallié. La guéguerre des généraux n'a ni bornes raisonnables ni fin prévisible, excepté l'élimination de l'un d'entre eux.

Valentin, fidèle à Sarrail comme le lierre au tronc, retourne au plus tôt au 2e bureau afin de lire les derniers rapports. Au 20 août 1916, date de l'offensive programmée par Sarrail, il constate que Cordonnier a déjà pris son commandement depuis huit jours et que les ordres destinés aux unités françaises émanent désormais de ses services. Il découvre que les Bulgares ont précédé l'offensive et que leurs troupes ont attaqué violemment aux deux ailes, sur la Strouma et sur Florina, dès le 16 ou 17 août.

À l'état-major, Sarrail est indisponible. Il téléphone tous les quarts d'heure sans succès au général Cordonnier qui ne peut lui donner de renseignements précis, faute de reconnaissances aériennes. Ce dernier a finalement décidé d'installer son propre état-major à bord d'un Caudron, et de donner ses ordres par radio après avoir repéré les villages occupés par les Bulgares. Sarrail n'a pas davantage de succès avec Leblois, en pleine retraite vers le sud. Quant aux communications avec les divisions serbes de première ligne, elles sont aléatoires.

Michaud, le muet, ne répond pas aux questions pressantes de Valentin, trop occupé à fixer les étoiles rouges figurant les grandes unités sur sa carte. Une information trouvée au 2e bureau précise au colonel que les Bulgares ont attaqué dès le 17 août, le long de la voie ferrée Monastir-Florina, avec trois régiments de leur sixième division, quatre de leur huitième, et deux régiments de cavalerie renforcés d'escadrons allemands du 5e hussards qui assuraient les liaisons.

Dans la vallée de la Strouma, à l'est du front, les unités serbes d'avant-garde sont en pleine retraite devant trente-huit bataillons bulgares soutenus par le feu de dix-huit batteries. Les Français se hâtent de franchir le fleuve pour se retrancher sur sa rive droite protégée par les marais, hélas infestés de moustiques.

Valentin parcourt les rapports de déserteurs relatifs à l'invasion des riches provinces macédoniennes de Kavala et de Xanthi : les chefs bulgares ordonnent d'engranger les récoltes que les Français en retraite ont négligé d'incendier, stipulent nombre d'entre eux.

Il s'inquiète surtout pour Florina, étant sans nouvelles des unités aventurées dans cette ville grecque de l'ouest. La division serbe Danube a dû abandonner la ville dont les abords ont été sérieusement bombardés. Le chemin de fer n'a pas été détruit. Les Bulgares ont pu ainsi acheminer des troupes et de l'artillerie pour descendre vers le sud et s'emparer du village de Banica le 19 août. Si Sarrail comptait progresser sur son aile droite, il va constater que l'ennemi l'a devancé.

Les Serbes luttent à un soldat contre quatre. Le 20 août, jour prévu de l'offensive française, ils doivent reculer, toujours en suivant la ligne de chemin de fer de Monastir à Vodena, jusqu'à la station de Gornichevo. Ils se sont reconstitués sur la colline entre le lac d'Ostrovo et le petit lac de Pétersko. L'artillerie française débarquée du chemin de fer de Vodena a enfin permis de contenir la ruée bulgare.

*\
*\
*

Il est question de demander aux Serbes de contre-attaquer. Et les Français? Leblois a rejoint sur l'arrière le gros de sa division, mais que sont devenus les soldats perdus, abandonnés dans Florina? Pour leur part, les chasseurs d'Afrique ont fait mouvement vers l'ouest, pendant que les zouaves ont rallié les batteries de montagne hissées au prix de grands efforts sur les rochers.

Le poste de TSF est en état de marche. Les communications avec Leblois ne sont pas rompues. Le général incite les isolés à la résistance. Inutile de démasquer les pièces jusque-là. Les zouaves devront se borner à s'embusquer avec leurs mitrailleuses afin de décourager les Bulgares. Le chef des *andartès*, Mikaël, s'est engagé à organiser des cordées régulières de ravitaillement de nuit.

Paul Raynal, en retraite avec les éléments du génie, est sans nouvelles de son camarade Edmond Vigouroux. Il le croit bloqué sur le piton du Tchetchevo avec les autres membres du détachement qu'il a vus partir vers la haute montagne.

Pour l'heure, Edmond, aidé de Ben Soussan, poursuit la descente sur brancard de sa belle Alexandra vers la vallée. Ils ont dû se cacher, pour échapper aux patrouilles des cavaliers ennemis dans les bois des collines dominant la vallée de Florina. La ville, bombardée sans répit, disparaissait sous un nuage épais de poussière. Des maisons en flammes témoignaient de la violence de l'assaut bulgare.

— Le relais de poste est pris ou détruit, dit Alexandra. Ils auront massacré Phikioris. Les *comitadji* arrêtent et exécutent tous ceux qui ont été dénoncés par leurs amis. Il est inutile de poursuivre. Cachons-nous plutôt à Armensko, dans la vallée. Mikaël y connaît des amis sûrs. Ils nous prendront en charge, assure-t-elle, en attendant de retrouver les vôtres.

Le bruit de la bataille semble s'éloigner vers Banica. Le village d'Armensko, à l'écart de l'itinéraire d'offensive, est tranquille. Seuls des piquets de cavaliers bulgares campent sous des tentes au champ municipal, se croyant à l'abri pour la nuit dans ce bled désert. Minuit sonne au clocher de la petite église, épargnée par les obus.

— C'est là qu'il faut aller, dit Alexandra.

Elle indique un code et un mot de passe à Ben Soussan, qui frappe à la porte d'une maison de pierre solide d'aspect. Aux six coups espacés deux par deux, un homme entrouvre la porte cochère, éclairant les arrivants de sa lanterne. Edmond entre aussitôt, portant la jeune femme dans ses bras. Elle a un court échange en grec avec leur hôte :

— C'est le directeur de l'école, dit-elle à Edmond, un compatriote. On peut se fier à lui. Il a l'habitude de cacher les partisans.

Une trappe donne accès à des escaliers de pierre. Une cave sans soupiraux, froide et humide, les accueille. Le visage d'Alexandra s'illumine. Trois *andartès* allongés sur des paillasses se lèvent. L'un d'eux est Theodorakis, le compagnon de Phikioris.

— Dieux du ciel, tu as pu t'échapper!

— Phikioris est mort.

— Les Bulgares?

— Non, les *comitadji*. Ils sont venus chez lui dès le premier raid des cavaliers allemands. Mais les nôtres poursuivent le combat, même dans Florina. Nous les tuerons tous.

Il s'aperçoit qu'Alexandra est blessée et fait signe à Milos, son compagnon, un ancien étudiant en médecine qui soigne à l'occasion les camarades en difficulté. La cheville de la jeune femme est massée, enduite d'un baume gras et bandée.

— C'est une belle entorse. Trois jours au moins d'immobilisation. Mais je te promets que tu pourras bientôt trotter comme une chèvre.

Theodorakis propose des vêtements de bergers à Ben Soussan et à Edmond qui les déclinent. S'ils sont pris, ils seront fusillés comme espions.

— Ils vous tueront aussi bien en uniforme. Pour eux, un ennemi qui ne se rend pas dans une ville occupée est un franc-tireur et doit être traité comme tel, ainsi que ceux qui l'ont caché.

Ils se laissent faire, un peu à contrecœur. Alexandra sait convaincre Edmond d'un sourire.

— Tu feras un très joli pâtre grec. Quant à ton camarade, il ressemble tellement aux Macédoniens qu'il ne sera pas remarqué.

— Avec sa barbe, dit Théodorakis, on pourrait l'habiller en pope.

Ben Soussan a un mouvement de recul. On ne plaisante pas avec la dignité du zouave. Il saura mourir sous l'uniforme, s'il le faut.

Le sergent-chef Vigouroux se fâche. Ces camarades grecs veulent leur sauver la vie. Il n'y a pas de déshonneur à s'habiller comme eux. « Nous garderons nos uniformes dans un sac, dit-il à Ben Soussan. Dès que les nôtres arriveront, nous serons là pour leur montrer la route. »

*
**

Ils doivent patienter très longtemps. Sur leur insistance, les *andartès* suggèrent de rejoindre les leurs en cordée, par le pic du Tchetchevo, dès que le gros de l'armée bulgare aura franchi la route de la vallée. Le lieutenant Duguet ne sera pas mécontent de recevoir un renfort. Les Grecs en profiteront pour organiser un convoi de ravitaillement en conduisant dans la montagne un petit troupeau de chèvres par des chemins connus d'eux seuls.

Les Français pourront ainsi soutenir un siège, s'il est nécessaire, mais le mieux, pour eux, est de ne pas bouger. Les Bulgares n'ont aucune raison d'installer un observatoire d'artillerie dans cette montagne alors qu'ils ont avancé d'au moins trente kilomètres vers le sud et que leurs lignes de renfort empruntent le chemin de fer et la route de Sorovitch et de Vodena.

— Seuls les *comitadji* pourraient les déloger, dit Milos, mais nous sommes plus nombreux dans ce secteur, nous les connaissons tous et nous pouvons les traquer dans leurs repaires. Nous foulons le sol de la Macédoine grecque, ne l'oubliez pas! Les Bulgares sont des étrangers. Ils ignorent tout des ravins et des cavernes du massif du Tchetchevo.

— Vous êtes aussi un étranger grec en Macédoine, ne peut s'empêcher d'avancer Edmond Vigouroux, qui voudrait bien comprendre cette salade macédonienne.

— Milos est macédonien, dit Alexandra d'une voix douce, Theodorakis est un Athénien d'ancienne souche et Enver, que tu vois dormir sur la paillasse, un Albanais de Tirana. Sa famille est très riche. Il a fait des études de droit à Lyon et parle parfaitement ta langue. Nous avons aussi des amis en Serbie, au Monténégro et même en Bulgarie. Tu te demandes pourquoi nous combattons ensemble?

— Je vois surtout que les Serbes détestent les Albanais et les Bulgares les Turcs; quant aux Grecs, ils méprisent les Balkaniques, les Slaves, et se croient supérieurs à tous les autres.

— Nous avons un point de départ commun, explique Milos. Nous avons combattu l'Empire ottoman, vidé les mosquées, rejeté les Turcs en Asie, et nous combattons de la même manière les impérialistes autrichiens et leurs alliés bulgares. Mais nous comptons aussi de nombreux camarades à Sofia. Pourquoi crois-tu qu'Alexandra a rompu avec son père, le général Metaxas, et que notre ami Enver ne veut plus voir le sien, bon musulman et pacha, comme disent les Turcs?

Vigouroux se demande s'il est tombé dans un nid de révolutionnaires balkaniques, merle blanc égaré chez les rouges.

— Tu n'es pas loin de la vérité, lui dit Alexandra en caressant ses boucles brunes. Nous sommes des internationaux. La guerre qui décime les peuples d'Europe est celle des nations. Nous voulons construire une fédération des peuples balkaniques qui ne doive rien à personne. Nous n'acceptons pas que les Bulgares fassent la guerre pour s'emparer de terres macédoniennes, que les Serbes convoitent toute la Bosnie et qu'Essad, le pacha d'Albanie, veuille lui aussi mettre la main sur des villages macédoniens. Arrière, les prédateurs! Nous sommes des frères qui voulons détruire les frontières. Rien n'est plus ridicule qu'un pope grec qui refuse de rencontrer un pope serbe ou bulgare. Si j'enseigne ici le grec, je veux aussi que les enfants grecs apprennent à parler les langues slaves. Nous sommes les défenseurs de toutes les cultures, et les ennemis des dominations.

— Pourtant, ton Vénizélos est un furieux impérialiste. Il veut rattacher tous ses voisins à la Grèce.

— Nous ne renonçons pas à le convaincre. C'est un Crétois au cœur pur.

— L'avancée de nos idées passe par l'étape démocratique et par la libération des territoires balkaniques de toutes les forces d'oppression, assure Milos avec véhémence. Seules l'éducation politique et l'instruction des masses auront raison de la violence et de l'injustice. Nos amis bulgares nous racontent que les paysans embrigadés sont honteux de combattre les Russes, leurs libérateurs. Savez-vous combien l'état-major bulgare a pu recruter d'ingénieurs dans ses armes savantes? Quatre! La Bulgarie n'a formé que quatre ingénieurs, voilà qui donne une idée du niveau d'ignorance dans ce malheureux pays! Savez-vous ce qu'est l'armée roumaine? Un ramassis d'esclaves de villages armés de force par les seigneurs de la terre. Les Autrichiens nos ennemis tiennent sous haute surveillance les soldats levés chez nos frères croates, slovènes, polonais, galiciens ou tchèques. Seuls les officiers et quelques corps d'élite sont allemands. Les Hongrois sont les pires des esclavagistes. Vous devez nous aider, vous, les Français, à imposer la paix et la justice pour tous ces peuples en les débarrassant de leurs maîtres indignes, et d'abord de leurs rois allemands. Au Maroc, en Tunisie, je sais trop bien que vous tenez les rois locaux en tutelle coloniale. Ici, on nous impose des junkers étrangers. On ne nous fait même pas l'honneur de nommer un Grec en Grèce, un Roumain en Roumanie, un Bulgare en Bulgarie. Nous sommes moins bien traités que les peuples colonisés.

— Petit Français républicain, tu as beaucoup à apprendre, chuchote Alexandra dans l'oreille d'Edmond. Fais-moi confiance. Je sais enseigner. Je te donnerai des leçons très particulières. Mais tu peux être sûr que nous sommes tes alliés. Nous comptons très fort sur les tiens pour nous libérer. Je suis certaine qu'après tous ces événements, quand la paix sera de retour, tu seras des nôtres. Nous referons le monde tous ensemble. Il en a besoin.

* *
*

Au beau milieu de la journée, un troupeau de chèvres surgit entre les rochers où est camouflée la batterie d'Émile Duguet. Surpris, les artilleurs croient reconnaître le berger barbu, couvert de peaux de bêtes. Bien sûr, c'est Ben Soussan. Rasario, hilare, se hâte d'appuyer sur son Kodak afin de coucher cette scène bucolique sur le papier.

Coustou donne des ordres pour que les chèvres, réserve de guerre, soient aussitôt attachées à des piquets. Les *andartès* empilent dans une grotte les chargements de conserves. Vigouroux reprend sa place à l'escouade. Alexandra, encore invalide, n'a pu quitter la planque d'Armensko.

— Pas d'ennuis dans la grimpette? s'inquiète Duguet.

— Aucun. Notre ami Theodorakis parle toutes les langues des Balkans. Il a répondu en bulgare aux questions d'une patrouille de cavaliers teutons qui l'ont pris pour un de leurs agents, un *comitadji* en mission spéciale. Ils ont laissé passer le troupeau sans méfiance.

Le commandant s'enquiert des opérations menées dans la vallée. De son observatoire, il a vu défiler l'armée bulgare vers Florina sans pouvoir intervenir, devant la retraite précipitée des siens. Il compte sur une contre-attaque imminente pour harmoniser le feu des batteries de quatre pièces de 65 disposées en arc de cercle dans la montagne. Sa radio reste muette, sans doute d'une trop faible portée pour être utile.

Coustou n'a plus aucun moyen de liaison avec son chef, le général Leblois, et ignore la localisation de son état-major. Il compte sur les *andartès* pour faire savoir aux officiers de la 57e division que les batteries sont disponibles dans la montagne, prêtes à intervenir sur un signal de fusées. Ses messages lancés par pigeons voyageurs sont-ils parvenus à destination ?

Theodorakis lui explique que l'avance bulgare est déjà stoppée par la deuxième armée serbe, montée en ligne au pas de course. La division Danube a résisté pied à pied contre des forces très supérieures et surtout dotées d'une artillerie puissante. Le chef des Serbes s'appelle Vassitch. Ses soldats ne sont pas des combattants ordinaires. Ils sont prêts à mourir pour reconquérir leur pays et se battent en guerriers, sans la moindre faiblesse, sans même faire de prisonniers. Ils traitent les Bulgares de traîtres à la famille slave et à l'allié russe, provoquant maintes désertions.

— Savez-vous où s'est replié Leblois ? demande le commandant Coustou avec une certaine anxiété.

— On m'a dit que les Français avaient retraité assez loin vers le sud, sur l'autre versant de la Malareka, au sud-ouest du lac d'Ostrovo. Vous ne risquez pas d'entendre leur canon. Ils ne tirent pas. Ils montent une contre-attaque générale sur ce front, avec l'espoir de voir enfin arriver les renforts russes et italiens.

Coustou, réfugié avec Duguet et Edmond Vigouroux dans une grotte qui lui sert de PC, se demande s'il ne devrait pas évacuer les positions, saboter les pièces, partir avec son détachement guidé de nuit par les *andartès*, pour rejoindre les lignes françaises, le PC du général.

Émile Duguet intervient en dépliant la carte.

— Les Bulgares se sont aventurés dans la vallée, mais ne tiennent nullement les montagnes. Une offensive alliée peut les obliger à reculer aussi vite qu'ils ont avancé. Notre rôle n'est-il pas d'intervenir contre leurs troupes en retraite, pour les empêcher de trouver refuge sur nos positions qui dominent Florina et la route de Monastir?

— Il me faut l'aval de Leblois, interrompt Coustou.

Theodorakis consent à confier au capitaine que les groupes *andartès* présents dans la région ont reçu l'ordre d'affronter la montagne pour y traquer les *comitadji* capables d'attaquer, de nuit, les pièces de 65. Les Français peuvent être rassurés. Ils seront protégés et ravitaillés jusqu'à la contre-attaque par une centaine de francs-tireurs rompus aux marches de nuit.

Coustou persiste dans son intention de rejoindre le PC du général avec l'aide d'un *andartès*.

— Attendez le jour, conseille le Grec. Ici, les nouvelles circulent de nuit. Vous pourriez avoir des surprises.

De fait, dès l'aube, un cri de chouette réveille en sursaut le commandant Coustou. Très vigilant, l'oiseau d'Athéna avertit les Grecs de tous les dangers. Les hommes sont en alerte, mitrailleuses prêtes à tirer. Un moteur d'avion s'approche. Vient-il repérer les positions des artilleurs? Ajustant ses jumelles, Coustou reconnaît les couleurs françaises.

D'un seul élan, les exilés du Tchetchevo bondissent sur les rochers et agitent leurs chèches, au risque d'alerter les guetteurs ennemis.

C'est le BB Nieuport du capitaine Denain, l'as des as de l'aviation française d'Orient. Coustou l'identifie parfaitement. Le général est-il à bord? Il est coutumier du fait et repère ainsi les positions. L'avion passe en rase-mottes, lâchant un sac. Les zouaves dévalent la pente pour le ramasser. Il contient un message :

— «Tenez à tout prix les positions. Pas de tirs intempestifs jusqu'à l'arrivée de nos colonnes d'infanterie. Contre-offensive en préparation. Recevrez les ordres par pigeon.»

*
**

Dans une ferme du village de Nalbankey, au sud-ouest d'Ostrovo, Leblois s'impatiente. Sa division arrive au compte-gouttes. Les premiers éléments avancés jusqu'à Florina ont pu retraiter grâce au sacrifice des Serbes, montés en première ligne. La deuxième brigade de la division française a été arrêtée à Vodena, à cause de la rupture de la ligne de chemin de fer bombardée par l'artillerie bulgare. Les biffins de Belfort, pestant et traînant les pieds, ont dû rétrograder vers le sud, prendre la piste de Niaousta à Katranitsa à peine aménagée par le génie, puis se déplacer dans des défilés montagneux jusqu'au sud du lac d'Ostrovo, où se sont, dit-on, avancés les Bulgares. Pour éviter les lenteurs de ce trajet incertain, le gros des troupes, artillerie, génie, cavalerie, a débarqué en gare de Verria, où la route vers l'ouest, partiellement empierrée, a l'avantage d'être plus aisée.

De Nalbankey, Leblois surveille la progression des bataillons, jusqu'au lac de Kastoria. Ils attaqueront en suivant la Zélova, par l'ouest de Florina.

Leblois a obtenu de Cordonnier des renforts importants : outre sa 57ᵉ division, il lui a promis le secours de la 156ᵉ, l'ancienne division de papa Bailloud désormais commandée par Baston, les anciens de la Coloniale, ainsi que le 176ᵉ régiment de Béziers, ancêtre de l'armée d'Orient plusieurs fois recomplété et toujours prêt pour les longues marches. La brigade russe doit également rejoindre, avec des escadrons de cavalerie et surtout des renforts puissants de batteries de 75. Le général Cordonnier, qui prend, sans moyens suffisants, la responsabilité d'une situation très compromise, a décidé d'être prudent. Il a trop peu de fantassins pour les exposer sans un important soutien d'artillerie.

Les Serbes seront donc soutenus, mais sans précipitation, dans les règles de l'art nouveau de la guerre mis au point sur le front français. Pas d'attaque avant l'arrivée des canons et leur mise en place. À la 2ᵉ armée serbe, le voïvode Vassitch se plaint ; les Français l'ont laissé s'enfoncer. Leblois, suivant les ordres, a reculé ses éléments de pointe pour regrouper cinquante kilomètres à l'arrière l'ensemble de sa division. Les Français n'ont envoyé leur renfort d'artillerie qu'au dernier moment pour lui permettre de tenir sur la rive ouest du lac. Ils ont laissé les Bulgares prendre Florina, pratiquement sans intervenir. Leurs éléments légers ont retraité sans engager le combat.

Les Serbes ont reculé de quarante-cinq kilomètres en cinq jours vers le lac d'Ostrovo. Les fantassins de Vassitch, écrasés par les bombes allemandes larguées par avions, souvent blessés, assoiffés et non ravitaillés en munitions, sont à bout de forces. Leblois le sait bien : ils ont dû essuyer l'attaque sans les renforts français qui n'arrivaient pas.

Le général a détaché les batteries d'artillerie en son pouvoir pour soutenir l'avance de la division serbe de secours, la Vardar. Ses fantassins ont marché pendant trente kilomètres, hissé les 75 sur des crêtes, guidé le tir des canons lourds de la division coloniale expédiés à grand renfort d'attelages de douze chevaux par pièce. Les tirs ultra-rapides des 75 ont surpris les Bulgares et rompu leur attaque.

Faut-il poursuivre? «Impossible», grince Cordonnier. Venu du front français, il ne peut négliger les consignes données par Chantilly : établir à toute force une ligne continue de résistance sur l'intégralité du front, comme à Verdun. Et même dans les montagnes élevées de Macédoine, réputées impénétrables et inaccessibles. Il répète ainsi l'erreur commise aux Dardanelles par le général britannique Ian Hamilton.

– Pourquoi s'arrêter sur notre lancée! protestent les généraux serbes, excédés de ces lenteurs et de ces partis pris. Il faut repousser les Bulgares jusqu'à Monastir, d'une seule traite. Ils s'enfuiront si nous poursuivons la charge, en unissant nos forces.

Le général Leblois ne peut que se ranger à l'avis de Cordonnier le temporisateur. Les équipements, les munitions, les pièces lourdes sont encore sur les pistes. Le génie fait de son mieux pour étayer les ponts, combler les fondrières, installer des liaisons téléphoniques en tirant les câbles le long des routes, sans même prendre le temps de planter des poteaux.

Le commandant Mazière agit pour le mieux, mais s'impatiente : ses travailleurs malgaches ne peuvent accomplir de miracles. Il faut en évacuer tous les jours, épuisés par le paludisme. Les douze mille poilus sur lesquels peut réellement compter le général Cordonnier traînent leurs godillots dans la poussière d'août, accablés de chaleur, même si les mulets portent leurs sacs. On couche le soir sous la tente, après s'être nourri de conserves. Pas le moindre légume vert dans la région à cette période de l'année. Un désert où les points d'eau sont rares. Des ambulances tirées par des chevaux étiques embarquent les malades vers l'arrière. La colonne s'amenuise en avançant vers l'ouest. Les ânes eux-mêmes s'affaissent, morts de soif.

Les Russes de renfort annoncés à son de trompe ne sont pas au rendez-vous, pas plus que la division italienne débarquée plein ouest. Seuls avec les Serbes, les Français s'efforcent de contenir comme ils peuvent la ruée bulgare.

Les anciens des Dardanelles grognent. Une fois de plus, on les entraîne dans un cul-de-sac, sans leur fournir les moyens de résister. Les convois de blessés serbes acheminés vers le chemin de fer leur donnent à supposer que les canons Krupp sont de nouveau au rendez-vous. Les Boches équipent les Bulgares, comme ils l'ont fait avec les Turcs. On retrouve, à tous les carrefours de l'aventure d'Orient, leurs experts monoclés, portant autour du cou leurs jumelles *made in Iena*. La prise de Monastir ressemble en tous points à celle de Gallipoli, quelques mois plus tôt : des rêveries d'état-major, dont les poilus font les frais.

**
*

Si les Français râlent, les Serbes s'indignent. Au camp de Sorovitch, le soldat Georgi Georgevitch nettoie sa baïonnette et remplit ses cartouchières comme si l'on devait repartir à l'aube. Il a déjà perdu nombre de ses camarades

215

dans la retraite. Puisque les Buls reculent, il veut les poursuivre sa pointe dans les reins, sans faire de quartier. À la division sacrifiée du Danube, les survivants crient vengeance. Ceux de la Vardar les soutiennent. Des comités de soldats parcourent les rangs, excitant les camarades. Les généraux français n'ont pas d'ordres à leur donner. Ils ne les ont soutenus qu'au dernier moment, quand les meilleurs étaient déjà morts. Qu'on se passe d'eux pour attaquer!

Sous sa tente, le lieutenant Voljevitch, de la Vardar, n'est plus entouré que de quelques camarades de la grande retraite, celle de 1915 en Albanie, derrière le roi Pierre. Les plaintes continuelles des officiers d'état-major contre Cordonnier l'indisposent.

— Sans les Français, dit-il, je n'aurais pas de balles dans mon revolver russe. Nous ne pouvons rien s'ils ne sont pas prêts.

On cesse peu à peu de chanter, le soir, autour des feux. Les hommes se sont laissé pousser la barbe comme en signe de deuil. Le moment n'est pas venu de la couper, ni de danser le *kolo* de la victoire.

— Nous n'avons fait que repousser les Buls, au prix des plus grandes pertes, poursuit le lieutenant. Les Français ont encore des conscrits à lever par milliers dans leur pays en renforts, contrairement à nous, qui ne pouvons attendre personne puisque nous n'avons plus de patrie. Nos malheureux cent mille hommes mourront sans être jamais remplacés.

Nicolas Voljevitch aime la France et les Français. Il n'est pas de ceux qui leur reprochent leur lenteur. Ils se sont sacrifiés pour les aider en octobre, au point de mettre leur armée en péril. Échaudés, leurs généraux veulent mettre la chance de leur côté. Il a souvent discuté le soir, à Florina, avec les

216

officiers de zouaves, engagés dès les Dardanelles et toujours prêts à donner le meilleur d'eux-mêmes, malgré leur fatigue et l'éloignement de leurs foyers.

De foyer, pour lui, il n'est plus question. Comme pour Georgi Georgevitch, qui a perdu les siens lors des bombardements de la retraite. À Corfou, il a repris confiance à la vue du drapeau serbe flottant sur l'hôtel d'Angleterre au côté du drapeau français. Le vieux Pachitch était là, les saluant près du prince Alexandre sanglé dans son bel uniforme. Un ministre technicien, ancien du Polytechnicum de Zurich : un organisateur, un négociateur capable de reconstituer une armée cohérente et de la doter de moyens convenables.

Nicolas avait débarqué seul à Salonique, à bord de l'*Argostoli,* un navire grec rempli de volontaires vénizélistes désireux de s'engager dans l'armée française. Cinq cents déserteurs de l'armée du roi Constantin que Sarrail a fait interner, en attendant mieux, sur un bateau autrichien saisi à Patras, le *Marienbad.* Des Serbes ont embarqué à leur place pour la Chalcidique, à bord de l'*Argostoli.* À Chalcis, Nicolas se souvient d'avoir acclamé le vieux roi Pierre Karageorgevitch, qui répondait aux saluts en agitant un mouchoir depuis sa fenêtre.

Il a trouvé sa compagnie dans un régiment de la Vardar, aux ordres du voïvode Mitchich ; pas mécontent d'avoir réussi à dégager l'armée serbe en difficulté, grâce à une contre-attaque menée par Givko Pavlovitch, un ancien sous-chef d'état-major de l'armée serbe rétrogradé depuis au rang de colonel.

Nicolas Voljevitch, pour avoir servi sous ses ordres, connaît bien le bouillant Givko. Il l'a rencontré à la popote du général Mitchich, qu'il incitait à reprendre les projets offensifs sans plus attendre. Pavlovitch est bien connu dans l'armée pour avoir rossé les Autrichiens à la bataille du Tzer, au tout début de la guerre. Il ne peut sortir de sa tente sans être longuement acclamé par les vieux soldats qui le considèrent comme une gloire de l'armée reconstituée. Il vient de donner sa mesure en arrêtant net l'avalanche de la 3e division bulgare.

— Pourquoi ceux qui ont rossé les *Swabos* auraient-ils peur des *Buls*? a-t-il dit pour tout commentaire, face aux soldats qui lui baisaient les mains.

— Même Pavlovitch ne peut rien contre les canons Krupp embusqués dans la montagne, se lamente Voljevitch, triste à en mourir. Il a eu la chance de tomber par surprise sur une troupe aventurée dans la plaine. Je bénis Dieu qui lui a donné la victoire, car il la mérite; mais je ne voudrais pas qu'il se fracasse la tête contre un mur de béton. Nous devons attendre et espérer.

Et il entonne devant ses camarades le long poème patriotique des Serbes :

— «Où vas-tu, Serbie, ô ma mère chérie!»

Les autres enchaînent aussitôt, les larmes aux yeux, l'hymne aux héros serbes morts au combat :

— «*Ja sam Srbin*, je suis un Serbe né pour être soldat, fils d'Ilja, de Michel, de Vasa, de Marko. Vite que je grandisse, que j'apprenne à chanter et à me battre, afin de courir aider ceux qui m'attendent.»

* *
*

Le colonel Givko Pavlovitch est invité à la réunion du Grand État-Major serbe, par égard pour les services rendus, mais à condition de rester muet. Le 1ᵉʳ septembre, alors que les zouaves et les artilleurs du commandant Coustou se morfondent sur leurs pitons sans rien voir venir, même les Serbes, si impatients, hésitent sur la marche à suivre. Le prince Alexandre et le général Boyovitch, chef d'état-major, ont convoqué au QG de la division Choumadia, à Soubotsko, les trois responsables de leur armée.

Doit-on adopter, pour la contre-offensive, l'axe suggéré par les Français, Banica-Florina-Monastir? Les voïvodes se prononcent pour cette solution de contournement de l'aile bulgare par l'ouest.

— Naturellement, colonel Givko, dit le prince, vous êtes d'accord?

— Non, Altesse! Absolument pas! Je vois les choses d'une tout autre façon.

Stupeur des chefs d'armée, indignés qu'un colonel en disgrâce — tenu pour un des héros de la retraite tragique d'Albanie — ose suggérer, quels que soient ses mérites antérieurs, une stratégie différente.

— Nous sommes le 1ᵉʳ septembre, argumente le colonel. Jamais le moral de nos soldats n'a été meilleur. Ils viennent de battre les Bulgares en les déconcertant pour un moment. On avait promis aux troupes une marche facile vers Monastir. Voilà qu'on enterre les morts et qu'on soigne les blessés sur place, sans les évacuer. Pas de ravitaillement, des munitions insuffisantes. Les renforts ne suivent pas. Les Allemands vont organiser les liaisons à la schlague. C'est maintenant qu'il faut agir. Dans quinze jours, il sera trop tard. Il suffit du renfort d'une division serbe et de l'appui de l'artillerie française pour obtenir la débâcle des Buls, comme il en fut des *Swabos*. Quand les officiers allemands lâchent les étriers, la débandade est assurée.

— Alors, avançons sans plus attendre dans la plaine, coupe le prince.

— Et vous donnerez à l'adversaire tout son temps pour s'embusquer dans les montagnes, d'où il pourra massacrer nos troupes à son aise. C'est au centre qu'il faut foncer et provoquer la panique, même si nous devons escalader le toit des Balkans, ces hauts massifs qui se bousculent au confluent de la Cerna et du Vardar.

La discussion, très âpre, se prolonge deux heures durant. Chacun des voïvodes tient à donner son avis. Vassitch, de la 3ᵉ armée, n'a pas à élever la voix, mal considéré par Boyovitch qui l'accuse, non sans injustice, de n'avoir en rien contrarié la retraite des siens. Il se rallie au plan proposé tout comme Mitchich, prêt à lancer sa première armée dans la fournaise.

— Il faut, clame-t-il, reprendre le terrain perdu.

Question d'honneur pour un Serbe, qui entend ainsi combattre pour sa terre. À ses yeux, tout arpent de Macédoine serbe ou de Bosnie serbe est éperdument serbe, et mérite tous les sacrifices. Les Serbes n'ont plus rien. *Swabos* et *Buls* se gobergent de leur facile victoire. Ils incendient les fermes, s'emparent des troupeaux, terrorisent les villageois, menant une véritable guerre d'expiation. On fait payer à chaque paysan de Serbie l'assassinat de l'archiduc d'Autriche François-Ferdinand à Sarajevo, si l'on est un officier *swabo*. On rachète non moins chèrement la défaite de 1913 qui a dépossédé la Bulgarie de ses conquêtes, si l'on est un officier bul.

Des deux côtés respectifs, la guerre est inexpiable : on ne peut faire grâce aux exterminateurs du peuple serbe si l'on combat dans le camp du prince Alexandre ; on ne peut tolérer la moindre faiblesse dans la troupe lorsqu'on est le chef de son Grand État-Major. Voilà pourquoi Boyovitch a fermement refusé la demande de Sarrail de détacher une division serbe dans un corps d'armée français. La libération de la terre serbe est l'affaire des Serbes.

— Que les Français donnent des armes, nous ferons le reste, déclare Boyovitch. Chaque Serbe doit mourir sous son drapeau.

Le voïvode Mitchich veut effacer du terrain toute trace du passage des Bulgares en les reconduisant à leur frontière. Il approuve le plan de contournement de l'armée ennemie par Florina et l'attaque sur Monastir. Stepanovitch, le chef de la 2ᵉ armée, ne tient pas un discours différent. Il attire seulement l'attention de ses collègues sur l'importance des effectifs de l'ennemi, ses divisions fraîches prêtes à entrer en action, et ses renforts d'artillerie.

— Raison de plus pour attaquer tout de suite, conclut le prince Alexandre. Ne pas leur laisser le temps de se renforcer, sans quoi nous serons emportés par l'avalanche. Les Français ne sont pas assez nombreux pour tenir ce front. Le général Sarrail a éparpillé ses unités. Nous risquons une catastrophe. Le seul moyen de la prévenir est d'attaquer.

Quand le lieutenant Nicolas Voljevitch voit entrer sous sa tente le colonel Givko Pavlovitch, il se dresse pour le saluer.

— Prépare tes hommes, Nicolaïevitch. Et récite avec eux le *Ja sam Srbin*. La fierté nationale est notre seul trésor de guerre. Souviens-t'en demain, à l'heure de l'assaut.

* *
*

La canicule du mois d'août rend le séjour en montagne de Coustou et de ses hommes presque enviable. Les chèvres fournissent du lait et repèrent les suintements de sources au creux des rochers escarpés. Il suffit de les suivre pour découvrir des failles de fraîcheur et de maigre verdure. Les approvisionnements des *andartès* font le reste.

Ils donnent aussi des nouvelles de la dernière attaque du 12 septembre, après trois semaines de préparation.

— Ce jour-là, à six heures du matin, raconte Theodorakis, le prince Alexandre a fait le signe de croix.

— Voilà une bonne nouvelle, coupe comme à la belote Ben Soussan l'incrédule. Pas de guerre sans messe et pas de voïvode sans pope.

— J'essayais donc d'expliquer que les Serbes sont montés en ligne les premiers, poursuit Theodorakis impatienté. Nous les aurions bien suivis s'ils ne nous avaient tiré dessus, nous prenant pour des *comitadji*.

— Pas de Français dans l'attaque ? s'inquiète Coustou, qui n'a reçu depuis longtemps aucun message par pigeon du général Leblois.

— Si, des coloniaux de la division Baston, des marsouins, des tirailleurs, pour la plupart des anciens des Dardanelles.

— Des zouaves, dis-le donc ! Nous avons ceci de commun avec les Serbes qu'on nous envoie toujours aux premières loges.

— La 57ᵉ de Leblois a été retirée de la zone d'attaque, tenue très loin à l'arrière. C'est la raison pour laquelle vous n'avez plus de nouvelles du général ; il n'est pas prévu pour

222

le premier assaut, précise Théo, à qui n'échappe aucun mouvement des unités françaises. Les agents de renseignements des *andartès* sont partout. Le moindre village a des oreilles.

On entend au loin le canon. C'est encore un bourdonnement diffus. Le combat reste éloigné.

— Avez-vous rencontré des convois d'artillerie sur les routes?

— Vos canons ne sont pas tous au front. Ils circulent encore sur la route de Verria et ont beaucoup de mal à progresser, surtout les grosses pièces. Les officiers engagent des paysans et leurs buffles en attelages de renfort. Dans les côtes, vos pièces de 120 restent en rade.

Coustou fait ses comptes, sur la carte d'état-major qui ne le quitte jamais. Sarrail a laissé vingt mille hommes à Cordonnier, mais il n'en dénombre en réalité que douze mille prêts au combat. C'est peu, pour soutenir les Serbes. Il colle son oreille au sol pour tenter de localiser la canonnade. Celle-ci vient de loin, de la Moglena peut-être, cette rivière au nord du grand centre ferroviaire de Vodena, nœud vital des troupes françaises et serbes. Mais on tire aussi dans l'autre direction, vers l'ouest, du côté du lac de Kastoria. Ceux-là pourraient bien remonter vers Florina.

Theodorakis lui enlève ses illusions :

— Les troupes qui filent à l'ouest, vers Kastoria, sont un simple détachement de couverture, assure-t-il. Nous les avons toutes identifiées. Leur chef est le colonel Boblet. Il a derrière lui trois escadrons de chasseurs à cheval, à peine deux mille fantassins et huit pièces de montagne.

— Il vient vers nous. Je connais Boblet, un cavalier qui ne va pas traîner en route. Regarde son parcours, dit-il à

223

Duguet : un arrêt à Kastoria pour regrouper ses forces, puis droit vers le nord. L'itinéraire est des plus simples, quasi rectiligne. Il monte dans notre direction par les villages de Rula et de Pisoderi. Le bon, l'excellent Boblet va nous libérer.

Theo n'ose contredire davantage le commandant ivre de joie, qui veut alerter les chefs de pièce, l'un après l'autre, afin qu'ils se tiennent prêts à tirer. Comment lui dire la vérité ? Le détachement Boblet est beaucoup trop faible pour arriver jusqu'à eux. L'axe de l'offensive franco-serbe est plus à l'est, il en est sûr, tous ses contacts de villages le lui ont confirmé.

— Il faut savoir, signale néanmoins le Grec en fixant l'horizon bleuté des montagnes, que le gros de vos zouaves et de vos tirailleurs est parti pour donner l'assaut en ce moment même au sud-est de Florina.

— À travers la montagne ?

— Oui, la Malareka.

— C'est possible, intervient Duguet, toujours réaliste, si les autres n'ont pas amené du canon.

— Ils l'ont fait, ils ont eu tout le temps de le faire, martèle le commandant. Ce que nous avons réalisé avec nos 65 de montagne, ils ont pu le réussir à leur tour avec l'aide des traîtres *comitadji* qui connaissent eux aussi les sentes et les pièges. Ils auront fortifié la Malareka. Nos zouaves y trouveront leur tombeau.

**
*

14 septembre 1916. Les Serbes de la division Vardar attaquent[1]. Le voïvode Mitchich veut profiter du bon moral de ses hommes pour lancer la Vardar et la Morava, sa sœur jumelle, à l'assaut de la boucle de la Cerna et des hauteurs qui la dominent. Les soldats franchissent en hurlant la rivière Brod et se précipitent, baïonnette pointée, sur les positions bulgares. La deuxième armée part plus au nord, suit la rivière Moglena en direction de Vetrenik, se faufilant entre les blocs montagneux.

Le lieutenant Voljevitch guide sa compagnie depuis les tranchées ouest du lac d'Ostrovo où elle s'est retranchée jusqu'au village de Gornitchevo, dont il faut à tout prix chasser les Bulgares. D'autres compagnies grimpent les pentes de la cote 1100, d'autres encore celles du Malka-Midjé, dans un enthousiasme guerrier stupéfiant pour des troupes hier encore accablées par la retraite.

Le voïvode Mitchich, depuis son observatoire, découvre toute la plaine de Monastir, dont le sol ondulé a été creusé de réseaux de tranchées, sur les directives des officiers du génie allemand au service des Bulgares.

Impossible de passer en force. Les nids de mitrailleuses pullulent. Les prisonniers macédoniens, sous la garde vigilante des Buls, ont déployé des rouleaux de barbelés fabriqués en Allemagne et reçus la veille en gare de Monastir. Inutile de tenter l'attaque. Mitchich est sûr que

---

1. Les Serbes sont répartis en trois armées. Dans la première, celle du voïvode Mitchich, les deux divisions de la Morava et du Vardar. La 2ᵉ, du voïvode Stepanovitch, rassemble les divisions Choumadia et Timok. La 3ᵉ armée du voïvode Vassitch comprend les divisions Danube et Drina. On a rassemblé les hommes par leurs régions d'origine. Chaque division, sur le modèle français, comprend deux brigades de deux régiments chacun à trois bataillons.

les 75 français n'ont pu venir à bout de ces défenses enter-
rées. Les Maxim sont intactes et, dans les lointains, les
artilleurs boches des pièces lourdes de deux cents milli-
mètres ont eu tout le temps de définir et de numéroter les
petits carrés de leurs plans de tir.

Le colonel Valentin, au service de renseignements du
général Sarrail, s'est mis à la disposition du chef de la
première armée serbe auquel il veut fournir tout le soutien
possible. Il a dirigé le tir des batteries françaises de préparation qui ont détruit les villages de Gornitchevo et de Banica.
Des avions d'observation basés près du lac ont observé les
effets des tirs.

Les défenses bulgares sont du reste repérables à la jumelle
depuis l'observatoire du voïvode. La vue s'étend jusqu'aux
minarets et aux tours de la capitale des Macédoniens. Les
Serbes viennent d'engager la bataille pour la reprise de
Monastir, d'où leur ferveur décuplée. À gauche, le voïvode
signale au colonel une colonne de fumée montante en gare
de Kenali.

– Les nôtres viennent sans doute de s'en emparer.
J'espère que le butin est bon !

Il désigne, à main droite, les hauteurs du Tchouké, dans
la boucle de la Cerna, une ligne de hautes montagnes qu'il
faut prendre aussi, coûte que coûte, afin de tomber sur
Monastir par l'est.

Déjà, les canons français de 75 tirés à huit chevaux ont
gravi les premières pentes pour se mettre en position de tir.
Leur bombardement doit précéder l'assaut des troupes, et
l'on compte sur leur efficacité grâce aux renseignements des
deux saucisses et des avions d'observation du capitaine
Denain qui sillonnent le ciel.

Un appareil pique droit sur l'observatoire. D'instinct, les officiers rentrent la tête dans les épaules, redoutant l'impact d'une bombe. C'est un français! Dans un passage en rase-mottes, il largue un sac de cuir aussitôt ramassé par un officier d'ordonnance. À l'intérieur, un message du colonel Popovitch annonce la rupture du front bulgare, précisant que le village de Gornitchevo est tombé aux mains des Serbes qui viennent ainsi de remporter, pleurant de joie, leur première victoire.

Ils progressent vers le nord et grimpent dans les montagnes pour s'emparer des batteries ennemies, s'arrêtant bientôt pour respirer, s'habituer à l'altitude. L'air vif leur coupe les jambes. Les ânes porteurs de bouthéons empilés les suivent, avec la soupe chaude. De vieux soldats se rendent utiles en enfilant des boules de pain sur de longs bâtons pour les offrir aux combattants, d'autres tirent à bras des charrettes légères garnies de petits tonneaux de vin qu'ils mettent en perce pour les vainqueurs. Depuis longtemps, les Serbes n'ont pas été à pareille fête.

Mais il faut poursuivre. Les Bulgares sont en fuite, qu'on les débande l'épée dans les reins! clament les voïvodes. Mitchich donne des ordres au télégraphiste français en opération à son PC pour que s'allonge le tir des 75, afin de prévenir toute contre-attaque.

Les hommes luttent au corps à corps dans le Malka-Midjé. La compagnie Voljevitch a la bonne fortune de tomber sur un groupe d'artillerie en plein désarroi, dont une dizaine de pièces ont volé en éclats. Les convoyeurs bulgares n'ont pas le temps d'atteler. Georgi Georgevitch s'est emparé de la première pièce. Trente-deux autres sont capturées.

À la jumelle, le voïvode a suivi l'exploit. Il aperçoit le drapeau serbe planté sur l'emplacement de la batterie. Derrière lui, de longues files de voitures attelées à six chevaux viennent provisionner les 75 qui poursuivent leur tir par rafales de trois obus. La surprise des Bulgares est complète. Ils ne s'attendaient pas à une réaction aussi rapide de l'armée serbe, qu'ils croyaient démoralisée par sa retraite.

Épuisés, les vainqueurs s'installent dans les tranchées ennemies, aussitôt aménagées pour soutenir une contre-attaque. Le lieutenant compte les morts. Il a perdu un tiers de son effectif. Des villageois cachés dans les caves surgissent pour venir en aide aux blessés qu'ils convoient vers l'arrière, enveloppés dans des couvertures. Des soldats serbes forcent les prisonniers bulgares à leur prêter main-forte, sous la menace des fusils.

– Des frères serbes de Macédoine, dit Georgi avec fierté. Ces gens-là sont les premiers libérés. Ils n'auront plus à subir la férule des Grecs, ni celle des Buls. Nous sommes revenus chez nous.

D'enthousiasme, le géant s'accroupit pour baiser la terre, comme s'il était déjà en Serbie.

**
*

Pendant que les soldats du tsar Ferdinand de Saxe-Cobourg sont en pleine retraite à l'ouest du lac d'Ostrovo, l'assaut des falaises de la Malareka par les Français s'avère coriace. Sarrail envoie pourtant télégramme sur télégramme pour exiger de Cordonnier des résultats immédiats, coûte que coûte, afin de pouvoir utiliser les gares d'Eksisu et de Sorovitch qui achemineront rapidement des renforts.

Les zouaves et les légionnaires du régiment de marche sont en tête, bondissant d'un rocher à l'autre sous le tir des batteries ennemies. Depuis son observatoire de la Tchetcheva, Coustou entend distinctement les éclats de la bataille et aperçoit, dans le ciel dégagé de tout nuage, les flots de fumée s'élevant au-dessus des villages bombardés. Il regrette que l'affaire soit cantonnée dans les hautes montagnes de l'est, de l'autre côté de la vallée, et qu'il ne soit guère en mesure de la soutenir.

Pour l'heure, le général Baston est à l'honneur, et non pas Leblois, tenu en réserve. Il compte sur la Légion pour enlever rapidement la montagne[1]. L'éloge de ses soldats d'élite, souvent italiens ou slaves, n'est plus à faire. Baston sait qu'ils se sont illustrés aux Dardanelles, dans la 156e division qu'il a héritée de Bailloud. Durant la retraite de décembre sur le Vardar, leur bataillon a conquis les fameuses crêtes Homo et Riccio d'où il a dû redescendre après avoir enterré ses morts – un bon quart de ses effectifs.

Mais le capitaine Hamot est heureux d'avoir reçu in extremis en renfort des légionnaires du Tonkin rompus à tous les combats. Il a même touché des mitrailleuses, et les nouveaux fusils-mitrailleurs dont bien peu savent se servir. Dès qu'il reçoit l'ordre d'assaut, il entraîne ses hommes qui grimpent la montagne de leur pas calme et régulier, sans se laisser impressionner par les tirs de shrapnels, plus bruyants que meurtriers. Le commandant Geay marche en tête du

1. Le 3e bataillon de la Légion étrangère est en effet incorporé au régiment de marche d'Afrique, combattant aux côtés de deux bataillons de zouaves.

bataillon, sa canne à la main, fumant la pipe pour inspirer confiance.

Rien ne laisse présager un succès. En tête de colonne, on redoute plutôt une surprise meurtrière. Les Bulgares sont invisibles, tapis dans leurs tranchées recouvertes de blocs de rochers ou dissimulés dans les villages. Le bataillon, parti des environs du lac de Roudnik, les a difficilement délogés. La malaria a causé dans les rangs de la légion des vides tragiques : nombreux sont les cas de paludisme. L'ennemi a été repoussé sans pertes, mais les légionnaires ont hâte d'avoir escaladé la montagne, préférant les Buls aux moustiques.

Ils s'emparent par surprise d'un pont donnant accès à la petite ville d'Eksisu, sur le parcours du chemin de fer. Sans s'attarder dans la boucle de la vallée, ils prennent le pas de course pour gagner la crête de Malareka. Ils ne sont plus séparés de Florina que par la dorsale de Petorak à Armensko. Mais c'est un redoutable obstacle, presque abrupt.

La falaise, vue d'en bas, semble imprenable. À force d'y avoir hissé leurs pièces avec des treuils ou à bout de bras, les Bulgares s'y sont solidement retranchés. La Légion va-t-elle flancher ? Déjà, un bataillon du 175e, le premier régiment de l'armée d'Orient, a renoncé.

Informé par radio, Sarrail harcèle Cordonnier, demande des justifications. Il se plaint de n'être pas informé des mouvements de l'armée, et de ne pouvoir répondre aux voïvodes qui l'interrogent.

— Il faut savoir, énonce Cordonnier «Tête-de-Mule» — sobriquet dont l'affuble souvent Sarrail –, que le lac et les marais de Rudnik forment au pied de la Malareka un obstacle infranchissable sur au moins douze kilomètres.

À supposer que la falaise puisse être contournée et prise par son versant arrière, il faudra des canons et des munitions pour organiser la poursuite des Bulgares de Florina à Monastir. Et donc disposer de la voie ferrée. Sarrail s'en inquiète.

— A-t-on pris le viaduc d'Eksisu ?

— Oui, répond Cordonnier. Mais il a sauté.

La brigade russe arrive enfin en renfort du 175e et la marche en montagne reprend, légionnaires et zouaves toujours en tête. Non sans difficultés. La Légion elle-même ne peut s'emparer de Petorak. Elle est reçue, écrit le soir un de ses soldats sur son journal de marche, «par un ouragan de fer».

La pluie tombe et les poux pullulent dans les hameaux pris d'assaut où il faut se retrancher. Un légionnaire et un zouave meurent subitement, sans raison apparente, au poste de premiers secours. Le commandant Geay convoque le major Luciani, un ancien des Dardanelles.

— Malaria ?

— Non, mon commandant. Plus grave. Il s'agit du typhus.

Les hommes de Geay recouvrent d'une couverture le visage noirci des cadavres que Luciani fait enterrer aussitôt dans la chaux vive. Rien ne doit filtrer de ces cas isolés. Les autres blessés ou malades seront évacués et mis en quarantaine. Il est interdit d'ébruiter la chose.

Mais le bouche-à-oreille fait circuler les nouvelles. Les légionnaires veulent partir, marcher à l'ennemi tout de suite, se faire tuer plutôt que d'être terrassés par les miasmes. Un renfort opportun d'une cinquantaine d'hommes permet de reprendre la progression. Il est question d'attaquer plus loin sur Kenali, de contourner Petorak la maudite et de lancer les

231

Russes en ligne aux côtés des zouaves de la 156e division dans l'opération de nettoyage de la Malareka. Vers l'est, Serbes et Français ont fait reculer les Bulgares. Ils ont pris Brod et Polog, et avancent dans la montagne Tchouké. La victoire est en vue, la vraie, celle qui permettra de marcher sur Monastir.

* *
*

Armensko est libéré! Un bataillon du 176e, baïonnette au canon, poursuit dans les ruelles l'arrière-garde des Bulgares. La ville, enjeu de combats et de duels d'artillerie acharnés, est en flammes.

Les Serbes arrivent par l'est. Ordre est de ne pas s'attarder, de poursuivre l'ennemi sur les hauteurs du nord. Mais les soldats ont faim et soif. Ils forcent la porte des maisons abandonnées. En patrouille avec Georgi Georgevitch, le lieutenant Voljevitch perçoit des cris provenant d'une maison de pierre dont le portail a été forcé. C'est celle de l'instituteur. Son cadavre gît sur le perron, éventré.

— Les Français sont fous, dit le lieutenant, ils prennent tous les Grecs pour leurs ennemis. Ils ont souffert de leurs mauvais traitements à Salonique. Ils ont été méprisés, humiliés, chose insupportable pour eux. Voilà qu'ils se vengent contre des gens sans défense.

Les cris montent de la cave où, sous l'œil embué d'alcool d'un caporal, deux soldats tentent de violer Alexandra. L'Albanais n'a pas réussi à la protéger. Il expire sur la paille, son pistolet vide à la main.

Voljevitch intervient, rappelle brutalement le caporal au devoir.

— Je n'ai pas d'ordres à recevoir d'un Serbe, maugrée l'autre en cherchant son fusil.

Georgi Georgevitch étend le soldat aviné d'un coup de poing. Les Français, furieux, se relèvent. Deux costauds du recrutement de Béziers, le visage rouge d'excitation.

— Depuis quand l'armée française a-t-elle le droit de viol ? les rabroue Voljevitch. Conduisez-moi à votre officier, enjoint-il au caporal.

D'autres Français surgissent, et aussi des Serbes. Dans l'énervement de la rixe, l'affaire peut mal tourner. La bagarre commence et les sous-officiers, loin d'apaiser leurs hommes, déposent le fusil et se jettent dans la mêlée.

— Il ne sera pas dit que les Serbes font la loi. Ces gens-là nous doivent tout ! crie le caporal soudain dégrisé. Comment osent-ils accuser des soldats français ?

Un homme vêtu de noir s'est glissé dans la cave, le torse entouré de cartouchières et une carabine à la main. C'est Mikaël, le chef des *andartès*, que nul ne voit soulever doucement Alexandra pour la hisser hors de la cave. Il porte la jeune femme jusqu'au domicile d'un ami médecin chez qui le capitaine Pougès, chef du bataillon d'assaut du 176ᵉ, a dressé son PC provisoire.

Mikaël est connu de l'officier qu'il a aidé à tracer des itinéraires d'attaque dans la montagne. Il a offert aux Français la collaboration de son réseau. Ensemble, ils ont pu démasquer deux chefs *comitadji*, Guiovan et Zisko, qui soutenaient les Bulgares dans la région de Kastoria. Pougès sait qu'il peut faire confiance à la loyauté de l'*andartès*. Les ordres du général Baston, du reste, sont de s'appuyer sur les partisans grecs.

Quand Mikaël lui relate le drame de la maison de l'instituteur, Pougès demande à entendre l'officier serbe comme témoin. La sincérité, la bonne volonté du lieutenant Volje-vitch le touchent. Son parti est aussitôt pris. Il fait battre le rappel des soldats dans la rue, auxquels il ordonne formelle-ment de cesser tous pillages ou violences. Avertissement leur est donné que la population d'Armensko est sous sa protec-tion. Le caporal et ses deux acolytes sont arrêtés et déférés sous escorte pour être jugés devant un conseil de guerre.

L'affaire est close, sauf pour Alexandra qui sanglote de désespoir sur son lit. Prévenues, les femmes du voisinage viennent la soigner, la veillent toute la nuit en lui offrant le réconfort dont elle a besoin. Ces Macédoniennes aiment la petite institutrice grecque de Florina, dont la réputation de dévouement aux enfants et à leurs familles a fait le tour des villages. Quelques-unes d'entre elles ont aussi subi les violences des soldats ; bulgares d'abord, puis français ou serbes. Le PC du capitaine est bientôt envahi de femmes qui viennent consoler Alexandra, mais aussi chercher pour elles-mêmes et pour leurs filles la protection de l'officier français que l'on dit juste et bon.

Pougès n'a pas le temps de s'attarder. Il faut poursuivre la progression dans la montagne, où les *andartès* sont du plus grand secours. Le capitaine demande au prévôt d'assurer la garde de la maison, et le jugement des soldats coupables. Les ordres sont strictement réitérés : ne s'attaquer à la population locale à aucun prix, empêcher, autant que possible, les Serbes d'agresser les civils grecs, maintenir l'ordre avec fermeté et s'appuyer, le cas échéant, sur le commandement serbe qui n'a aucun intérêt à se faire mal voir des Macédoniens. Les Grecs, que les Serbes le veuillent ou non, peuvent être demain nos alliés, ils le sont déjà. Le jugement des violeurs d'Alexandra, d'une sévérité exemplaire, est donc considéré comme une affaire politique de première importance.

L'institutrice demande comme une grâce à Mikaël de la laisser repartir dans la montagne. Elle peut le guider jusqu'au poste où les Français isolés doivent être cernés de groupes bulgares en retraite et sans aucun secours.

Mikaël ne peut s'empêcher de sourire. Si les Français tiennent depuis un mois, ils le doivent aux efforts et aux sacrifices quotidiens des partisans qui les nourrissent, les ravitaillent et les soutiennent contre les raids des *comitadji*.

Mais Alexandra a raison de s'inquiéter. Pour eux, le dernier moment, celui de la libération, sera le plus dur. Mikaël ne regrette pas d'embarquer la jeune femme avec lui dans l'aventure. L'action l'aidera à surmonter l'effroyable épreuve qu'elle vient de subir.

* *
*

Mikaël s'est renseigné : le détachement du colonel Boblet a largement réussi son mouvement débordant par l'ouest vers Kastoria-Rula-Pisoderi. Ses cavaliers de pointe n'ont guère été contrariés que par des partis de *comitadji* dressant des embuscades. Le colonel estime leurs effectifs à cinq cents tout au plus.

L'infanterie prélevée sur la division Leblois, une demi-brigade, suffit à tenir en respect les irréguliers. Les soldats du 242ᵉ de Belfort marchent allègrement, leurs sacs chargés sur les arabas.

Les chasseurs d'Afrique poussent vers l'avant, pourchassant les traînards bulgares dont les régiments n'ont eu que le temps de se replier. La résistance est faible, mais la marche reste lente sur la piste. Les voitures de l'artillerie et du train, si allégées soient-elles, peinent à avancer.

À l'arrivée de la colonne en vue de Pisoderi, le général Leblois est alerté par le colonel Boblet. Celui-ci demande des instructions après la prise de Florina. Leblois interroge à son tour le général Cordonnier, que Sarrail a obligé à fixer son état-major le long de la voie de chemin de fer à Eksisu, pour être certain d'avoir régulièrement de ses nouvelles.

Boblet finit par obtenir ces instructions précises : « Votre manœuvre dans Florina ne doit pas seulement tendre à vous rendre maîtres de la ville, mais surtout à empêcher les défenseurs de se replier sur les lignes fortifiées de la frontière et sur Monastir. »

Le premier régiment de chasseurs d'Afrique a déjà dépassé Pisoderi et suit la retraite des Bulgares vers le nord. Il ne marche donc pas sur Florina, mais contourne la ville par l'ouest pour accélérer la poursuite dans la direction de Monastir.

Alors, seulement, le peloton de tête a le sentiment que le terrain est préparé. Des canons français embusqués dans la montagne tirent sur les colonnes ennemies en retraite. Les Bulgares, qui ne répondent pas au feu d'enfer des pièces de 65, ont sans doute démonté leurs batteries pour les installer plus au nord.

Ces artilleurs français isolés font du bon travail. Il suffit de gravir encore un bout de pente pour venir en aide à ces camarades qui doivent manquer de tout. Le peloton s'engage sur le chemin du monastère de San Marko qui domine la ville, mais ne peut monter beaucoup plus haut, les chevaux renâclant. Aux fantassins d'escalader les derniers rochers pour prendre contact avec la batterie.

Les soldats de Belfort poursuivent leur route vers Florina où ils doivent rejoindre les unités avancées de la 156e division et les Serbes. Leblois, à qui l'on a rapporté les mauvais traitements infligés à la population par les soldats du 176e, décide de mettre ce régiment en réserve. Il demande un groupe de montagne pour aider ceux de Belfort dans leurs attaques en direction de Monastir.

Le capitaine des chasseurs d'Afrique lui apprend alors qu'un groupe de 65 vient d'être repéré, d'abord pris pour un Bulgare. Or, il est des nôtres et tire sans relâche du haut des rochers. L'ennemi n'est pas en mesure de répondre, mais s'il reçoit des renforts, ces tireurs seront en danger ; ils doivent donc être évacués.

— Vous n'y songez pas, dit Leblois. Il faut au contraire les renforcer.

Réfléchissant, il se souvient de ces artilleurs gardés par des zouaves qu'il a expédiés au début de la campagne sur un pic du Tchetchevo au nord de Pisoderi, sous le commandement d'un officier connu de lui, le commandant Coustou. Submergés dans les lignes d'invasion bulgares dès le début de la campagne, il les a crus repliés, prisonniers, disparus. Il pense pourtant leur avoir donné au moins un ordre, et retrouve en effet copie d'un message expédié par avion dans lequel il leur demandait de faire les taupes et d'attendre.

— J'ai perdu le contact avec eux, dit-il au colonel Valentin, depuis les changements de lieux successifs des PC de Cordonnier et des miens propres. De quoi faire tourner la tête des pigeons voyageurs !

Il explique ainsi les défaillances, sachant bien que Valentin est l'âme damnée de Sarrail.

Le colonel demande un détachement pour secourir les Français perchés sur leur rocher. Rien à craindre de l'artillerie teutonne. Il n'existe pas, dans la région de Monastir, d'unités constituées de *feldgrauen*. Mackensen, qui ne s'intéresse pas à ce front, n'a laissé sur place qu'un escadron de hussards et quelques canons. Rien ne s'oppose à une attaque sérieuse de Monastir. C'est l'avis du général Sarrail.

— Il oublie que le viaduc d'Eksisu vient de sauter, dit Leblois. Cette voie ferrée était essentielle pour l'acheminement des renforts. J'ai fait venir aussitôt le commandant Mazière qui a besoin de deux mois de délai, avec mille travailleurs, pour rétablir la circulation. Le viaduc a cent mètres de long. Je l'ai chargé, avec Maublanc, de construire un ouvrage provisoire et un chemin de fer à voie étroite, pour le transport des obus et des caisses de munitions, sans quoi nous n'arriverons pas à Monastir.

**
*

Valentin a été le témoin de l'exaspération de Sarrail à l'égard du général Cordonnier. Il reproche à la « tête de mule » d'avancer trop lentement, et surtout de ne pas utiliser ses moyens d'artillerie, très supérieurs à ceux de l'ennemi sur le front de Florina. Il est vrai que des batteries de 65 ont été tenues immobiles et silencieuses dans la montagne pendant plus d'un mois. Il est vrai aussi que Coustou n'a pas attendu les ordres pour reprendre ses tirs.

La colonne de secours envoyée à partir d'Armensko vers la montagne est guidée jusqu'à Pisoderi par les chasseurs d'Afrique. Valentin, qui veut participer à l'opération et revoir son ex-adjoint Émile Duguet, demande des zouaves en renfort.

— Ou voulez-vous que j'en trouve ? répond le général Leblois. Baston les a tous pris. Ils combattent vers l'est, avec les Serbes. Le 2e bis est en marche vers nous, mais il n'arrivera pas avant deux jours. Je peux vous prêter quelques chasseurs à pied et une compagnie de mitrailleuses. Prenez avec vous des *andartès*. Mikaël, leur chef, ne doit pas être loin. Et surtout, bâtez tous les mulets que vous trouverez pour constituer une caravane de vivres et d'obus. Les hommes de Coustou doivent être à sec. Et n'oubliez pas la gnôle.

La colonne croise des files d'unités d'infanterie de la 57e division envoyées à l'extrême ouest, conformément aux ordres de Cordonnier, pour remonter vers le nord en suivant la rive orientale du lac de Prespa et déborder ainsi Monastir par la montagne. Valentin observe avec curiosité une batterie de 75 tirée par des chevaux. Il demande au capitaine monté sur un superbe alezan comment il compte aborder la montagne dans cet équipage.

— Les ordres, lui répond l'officier, sont de hisser les pièces une par une. L'infanterie sera sollicitée pour les manœuvres de force. Le général a promis que le fantassin acceptant cette lourde tâche sera largement payé de sa peine.

Des soldats vêtus de kaki, bottes noires aux pieds, couverture en sautoir et arborant sur leur casque Adrian le blason impérial des Romanov, marchent aussi vers l'ouest : un régiment de la brigade russe du général Diterichs. Les fantassins du tsar ont l'air épuisé par les longues marches qu'ils ont dû effectuer pour arriver à pied d'œuvre.

– Les Italiens aussi ont fini par rejoindre. Une division entière d'*alpini* s'apprête à entrer en ligne, assure Mikaël.

Il fait signe aux têtes de colonne de quitter la route pour suivre un sentier de montagne serpentant entre les rochers. Les *andartès* partent en éclaireurs, stoppent les grimpeurs au moindre indice suspect, tels des feux mal éteints indiquant un passage de partisans bulgares. Ils avancent dispersés dans les rochers, redoutant les embuscades où les *comitadji* du macédonien Zisko excellent. À plusieurs reprises, ils engagent le combat avec des groupes épars, qui s'enfuient sans crier gare.

Mikaël estime prudent de changer d'itinéraire. Selon lui, les *comitadji* sont capables de joindre les batteries bulgares encore en activité pour leur signaler la cible exemplaire de la colonne de secours. Le mieux serait de circuler de nuit. Une escadrille ennemie en route pour Florina est en effet passée au-dessus d'eux. Ils ont pu être aperçus et risquent un mitraillage à son retour. Hommes et mulets s'embusquent dans des cavernes ou sous des rochers pentus pour attendre le crépuscule et reprendre leur marche.

Valentin remarque à ses côtés un singulier partisan grec au visage enfantin qui grimpe tel un cabri. Il a retiré son bonnet de laine et ses cheveux blonds flottent au vent. Une femme, à n'en pas douter! Quelques-unes, à sa connaissance, sont volontaires dans les groupes de partisans, mais rarement combattantes. Celle-ci est armée jusqu'aux dents, des cartouchières lui barrant la poitrine en croix. Il croit reconnaître la victime de la tentative de viol d'Armensko.

– C'est bien elle, confirme le capitaine Besson, qui commande la section de chasseurs. Elle s'appelle Alexandra et son père est ministre de la Guerre du roi des Grecs. Elle est partie pour se battre, ce qu'elle a toujours fait, mais aussi pour rejoindre là-haut, dit-on, un Français cher à son cœur.

Valentin sourit. Duguet aurait-il eu le temps de faire une nouvelle conquête depuis son retour de Bucarest? Il le retrouve, hirsute, barbu, amaigri mais plus actif que jamais, encadré par des zouaves de vieille cuvée, des *dardas* de la première heure. Ce n'est pas vers Duguet que se précipite la jeune héroïne, mais vers le zouave Vigouroux.

– Nous ne sommes pas venus pour rien! se dit avec philosophie le colonel Valentin. Il sait que l'amour est toujours plus fort que la guerre.

* *
*

Les Serbes attaquent avec une folle vigueur la chaîne redoutable du Kaïmatchalan dont on aperçoit, depuis l'observatoire, les cimes enneigées. Edmond et Alexandra, les amoureux du Tchetchevo, auront tout le temps de s'aimer le long des pentes aux nombreuses anfractuosités : le gros de la bataille s'est déplacé vers l'est. Sarrail ne peut espérer entrer dans Monastir si ce rempart de pierre n'est pas d'abord pris d'assaut par des patriotes impatients d'en découdre.

La 3ᵉ armée serbe, jusque-là tenue en réserve, est chargée de l'exploit : hisser le drapeau au sommet à deux mille cinq cent vingt-cinq mètres d'altitude. Le 30 septembre 1916, malgré la résistance acharnée des Bulgares, le massif entier est libéré. Les Serbes poursuivent leur avance, prennent pied sur les hauteurs au nord de la rivière Brod. Ils se sont rendus maîtres des villages de Polog et de Batch, et menacent de couper la voie de communication bulgare avec Monastir à Sakulevo, où serpentent les rails du chemin de fer.

De l'autre côté du ballast, les Français sont impuissants à prendre Petorak et les autres villages à flanc de coteau. Dans la vallée, les Bulgares se sont retranchés derrière plusieurs lignes fortifiées, protégées par des champs de réseaux de fils de fer et bardées de nids de mitrailleuses. Les batteries lourdes ont, de loin, repéré tous les passages possibles et les accablent à la moindre tentative d'avancée. La seule erreur des experts allemands dirigeant l'armée bulgare est d'avoir jugé impensable l'attaque forcenée des Serbes par la haute montagne. Pourtant, ils sont passés, et Monastir est en danger.

À son état-major très éloigné de la bataille de Salonique, Sarrail, anxieux, interroge le colonel Valentin de retour du front. Pourquoi Cordonnier n'avance-t-il pas? Veut-il laisser les Serbes, et maintenant les Russes, entrer les premiers dans Monastir?

— Il faut voir les Serbes au combat, mon général. Ils attaquent comme des diables, cavalent sous les tirs de barrage qui les couchent par centaines à terre. Ils se ruent avec un entrain décuplé, poussés par les officiers toujours en tête. Leur haine des Bulgares les galvanise.

— Ils sont bourrés de gnôle, grogne Sarrail incrédule.

— Jamais pendant l'assaut. Ils savent que tout dépend de sa vitesse. Ils boivent beaucoup après, rarement avant. Comme les coureurs de marathon. Notre artillerie, c'est vrai, leur offre un bon coup de main en dispersant les batteries ennemies. Le voïvode donne directement ses ordres à nos artilleurs qui vouent aux Serbes une véritable admiration. À sa demande, ils ont détruit sans crier gare le village de Polog, église comprise, privant ainsi l'ennemi d'un observatoire précieux. Les artilleurs ont pu suivre à la jumelle l'assaut des Serbes à la baïonnette, le corps à corps infernal. À peine le village pris, ils poursuivent à la course. J'en ai vu tomber, non sous les balles bulgares, mais exténués par l'effort. Les batteries allemandes à longue portée font plus de bruit que de mal. Ils se jouent du tir de leurs obus comme de leur roulement de tonnerre qui vrille les oreilles.

— Les Serbes ont-ils des oreilles?

— Ils ont des jambes pour courir et des bras d'hercule pour assommer, étriper, enfoncer les lignes bulgares en jetant les défenseurs par-dessus la tranchée. Ils font mille prisonniers par jour, saisissent les canons et même les obusiers.

— Et leur chef d'état-major, Boyovitch, me demande chaque matin où en sont les Français d'un air indigné. Que lui répondre? Cordonnier a des semelles de plomb. Je multiplie les ordres d'attaque. À croire qu'ils ne lui arrivent pas. La colonne Leblois avance le long du lac de Prespa, elle aussi avec une lenteur infinie.

— On évacue tous les jours plusieurs dizaines de paludéens.

— Les moustiques épargneraient-ils les Bulgares?

— Sans doute pas. C'est pourquoi ils abandonnent les bords des lacs.

— Cordonnier a échoué partout. Il n'a pas réussi à empêcher les Bulgares de faire sauter le viaduc d'Eksisu; il nous faut deux mois pour le réparer. Il n'a pas pu poursuivre l'attaque vers le nord après la prise de Florina. Nos troupes pataugent dans la vallée, les Bulgares se cramponnent à la montagne. Depuis deux semaines, on cherche en vain à forcer leurs défenses. Les Russes se plaignent d'être sacrifiés pour rien. Les Serbes nous reprochent notre inaction. Quand j'envoie des ordres à Cordonnier, il me répond qu'ils sont inexécutables. La bataille d'octobre a permis aux Serbes de déboucher dans la boucle de la Cerna, les Russes étonnent les correspondants de guerre par leur bravoure sur Medzili-Lazec, et nous échouons devant Kenali. Vous pouvez dès maintenant considérer, colonel, que le général Cordonnier est limogé. J'ai demandé son rappel, je viens de l'obtenir.

— Qui le remplace?

— Leblois, parbleu.

* *
*

Il faut assurément que Leblois entre le premier dans Monastir. À peine les rapports d'aviation ont-ils signalé l'abandon de la ville par les Germano-Bulgares que les torrents de soldats embusqués dans la montagne se sont précipités sur l'embouchure. Chacun veut être le premier.

Sarrail, général politique, en est conscient lorsqu'il fait charger sur un wagon du chemin de fer son cheval blanc d'apparat.

— Comprenez bien, dit-il à Leblois, que si le prince Alexandre a sacrifié la vie de tant des siens, ce n'est pas pour des prunes. Monastir est la capitale de la Macédoine. Il la prétend serbe et veut la revendiquer comme telle. Ses soldats doivent donc être les premiers à y pénétrer.

— Les nôtres ne le cèdent à personne, répond Leblois, laconique.

— Même les Russes prétendront avoir pris Monastir. Le général Diterichs a choisi pour sa brigade ses meilleures recrues, les plus braves. Il en a perdu six cents, rien que devant Kenali. Dans une interview à un journaliste américain, il a expliqué que son armée luttait pour l'indépendance des Balkans. En réalité, la présence des Russes sur ce front manifeste seulement, avec force, l'intention du tsar de s'établir à Constantinople. Soyez sûr qu'il aidera aussi les Roumains, dans la mesure de ses moyens, non pour leur rendre la Bessarabie, mais pour la garder. Cette guerre, Leblois, est celle des nationalités. Il nous appartient d'être toujours en tête, pour assurer une paix juste, à la française, de sorte que notre influence dans les Balkans ne soit contestée par personne. C'est pourquoi nous entrerons les premiers dans Monastir.

La déception des vainqueurs est grande. La ville est en flammes. Les Bulgares, avant de l'abandonner, ont incendié les magasins, les dépôts de vivres et de fourrage, les bâtiments militaires. Au matin du 19 novembre, quand les cavaliers éclaireurs français s'approchent, conduits par le lieutenant Murat, descendant du vainqueur d'Austerlitz, ils ne trouvent que débris et cendres. L'ennemi n'est pas embusqué bien loin mais impossible de le poursuivre : il s'est retranché à douze cents mètres dans la montagne, avec du canon à profusion.

Les correspondants de presse ont été alertés. Ils sont là, Jim Morton le premier arrivé, et le Serbe Reiss, venu de Lausanne, bientôt rejoints par des photographes français de l'armée, des correspondants de la presse anglaise et russe.

Seul le poussif Bartlett est resté à Salonique, jugeant trop inconfortable le long voyage vers l'ouest où ne combat d'ailleurs pas le moindre soldat britannique. L'état-major de Sarrail a convoqué le ban et l'arrière-ban. L'entrée du général dans la ville ne doit pas passer inaperçue aux yeux du monde.

– C'est comme à Verdun, sourit Morton. Ils veulent une victoire symbolique, couchée sur papier glacé, une victoire pour photographes de presse. Douaumont n'a pas été pris, il a été abandonné par les Français. Il en est de même de Monastir, évacué par les Allemands. Le général Sarrail a besoin d'un simulacre de victoire pour justifier cette guerre, et sa place à la tête de l'armée.

– Tu ne dirais pas cela, s'indigne le Serbe Reiss, à ceux des nôtres qui sont morts par milliers dans la montagne pour que Monastir soit prise.

Le capitaine Maublanc a reçu l'ordre d'éteindre les incendies. Voilà les sapeurs transformés en pompiers. Mais les conduites d'eau ont sauté, l'usine est dynamitée. Paul Raynal trouve la solution : pomper l'eau des puits et des sources. Arrêter la propagation des flammes excitées par le vent violent. Heureusement, les nuages noirs crèvent l'un après l'autre, comme percés par les obus. Un torrent de pluie transforme les cendres en une bouillie noire qui déferle sur le pavé des rues.

Le général Sarrail peut-il faire son entrée dans ce déluge ? Impossible ! Il doit laisser Leblois s'installer dans le bunker aménagé du général Mackensen. À peine arrivé, il songe déjà à repartir. Les canons allemands, qui ne sont pas loin, commencent à tirer dru sur la ville.

Des coups de feu partent çà et là depuis les fenêtres des habitations restées intactes. Mikaël et ses *andartès* grimpent avec la souplesse des chats pour débusquer les tireurs, des civils bulgares chargés d'entretenir l'insécurité. Le zouave Vigouroux, son saroual délavé et noirci, veut empêcher Alexandra de se joindre à la chasse aux *comitadji*. Des cris de joie accompagnent la chute des corps jetés du haut des toits sur le pavé de la rue.

Et voici les Serbes, venus par la route de l'est, heureux de participer à la curée. Et les Russes aux yeux bleus du régiment de la Volga. Le déferlement boueux de soldats de toutes origines rend impossible une entrée à la française, général à feuilles de chêne planté droit sur son cheval blanc, en soldat de plomb. Un officier italien, Petitti di Roreto, veut y faire défiler ses *alpini* au son de la *Marcia reale*. Mal lui en prend, une pluie d'obus s'abat sur le contingent, mais les *alpini,* bravement, poursuivent leur marche triomphale.

«Elle est là, la victoire de Monastir! écrit Jim Morton avec emphase pour le *New York Times*. Une armée internationale désordonnée, poussée par une fougue extraordinaire, participant en commun, sans trop de discipline, avec courage et panache, à l'impossible entreprise de franchir les montagnes des dieux antiques pour en chasser les hommes du Nord et les rejeter dans le goulot d'enfer du défilé de Monastir.»

Rien ne va plus à Athènes

Léon Pierre Abrami franchit le portail du grand quartier général de Chantilly gardé par des sentinelles en armes. À l'entrée de l'hôtel du Grand Condé, vaste bâtisse de briques roses, deux gendarmes casqués, sanglés du baudrier réglementaire, saluent le parlementaire en tenue d'officier.

Abrami a demandé à voir le général Joffre. Si occupé soit-il, le commandant en chef de tous les fronts ne peut manquer d'accueillir sans délai le député du Pas-de-Calais, dont on murmure dans les allées du pouvoir qu'en dépit de son jeune âge (il vient d'avoir trente-six ans), il ferait un bon secrétaire d'État à la Guerre. Et Joffre, sans avoir l'air d'y toucher, veut soigner ses relations avec le milieu politique, en ne négligeant personne.

La qualité d'Abrami – représentant du Parlement à l'armée d'Orient –, n'est pas le fait du hasard. Né à Constantinople d'un père italien, diplômé en droit, en sciences politiques et en langues orientales, il parle couramment l'arabe, le turc, le persan et le grec. Il connaît l'Orient comme sa poche alors que Joffre en ignore tout. La direction du front de Salonique lui donne quotidiennement de la tablature. Il a besoin d'être renseigné, autrement que par Castelnau dont il se méfie et qu'il a déjà envoyé en mission à Salonique «uniquement pour l'éloigner», disent les mauvaises langues.

Il sait que les états militaires d'Abrami sont indiscutables. Combattant en Lorraine et en Argonne, l'homme a gagné au feu ses galons de sous-lieutenant, et son affectation à l'état-major de Sarrail doit tenir avant tout à son excellente pratique des langues orientales. Pourtant, ce gendre de l'archéologue Théodore Reinach est assez proche de Clemenceau qui ne cesse d'exiger dans son journal, *L'Homme enchaîné,* le rapatriement immédiat du corps expéditionnaire d'Orient. Une position qui ne déplaisait pas à Joffre au moment où il désapprouvait lui-même l'expédition à laquelle l'avait contraint le pouvoir politique. Cet Abrami, sans doute lié pour de tout autres raisons à l'entourage de Sarrail, se trouve être beaucoup moins favorable que son collègue Bokanowski à la politique de Briand, et sait conserver son indépendance d'esprit.

Bokanowski le radical, vainqueur d'un socialiste dans la Seine aux élections du printemps 1914 est totalement dans la main de Briand. Ce fils d'un petit commerçant de Toulon, ancien élève de l'école de commerce de Marseille, a été recruté à l'état-major de Sarrail non pour sa belle campagne de la Marne à la 42e division de Grossetti, mais en raison de ses amitiés dans la presse parisienne et les couloirs de la Chambre. Tout le monde adore Boka, célèbre à Salonique pour avoir, alors qu'il rejoignait son poste, échappé au naufrage du *Provence* torpillé par un sous-marin. Plutôt que ce «jusqu'au-boutiste» de l'expédition d'Orient, Joffre préfère recevoir Abrami. Le député, atteint de paludisme, ne rejoindra d'ailleurs pas son poste à Salonique. Il parlera donc plus librement.

Son visiteur est tout de suite dirigé par un officier vers le perron du premier étage, où l'attend un général vêtu de l'uniforme kaki de l'arme coloniale, affable et souriant. C'est Pellé, major général des armées françaises, qui se dit heureux de recevoir un parlementaire venu de loin.

Abrami esquisse un sourire, l'habituelle méfiance des gens de Chantilly à l'égard des députés ne lui étant pas inconnue. Pellé tient à l'accompagner jusqu'au bureau du général en chef, qui a déserté l'hôtel du Grand Condé pour trouver ses aises dans la villa Poiret, boulevard d'Aumale, en face du GQG. Cent mètres de pelouse à peine l'en séparent, mais il peut ainsi garder son quant-à-soi, faire le sourd aux intrigues et aux rivalités de palais. Abrami décline un peu sèchement l'automobile que lui propose Pellé et lui assure qu'il ne veut pas abuser de son temps : un simple officier d'ordonnance conviendra. Il peut parcourir cette courte distance à pied.

— On ne revoit plus jamais le général à l'hôtel, répète Pellé, comme pour ne pas laisser croire au député qu'on tient à le recevoir à l'écart, ou à lui dissimuler l'activité des bureaux.

À peine Abrami pénètre-t-il dans la villa qu'il est assailli par une délégation d'officiers étrangers portant plumets à leurs casquettes et vêtus de costumes étincelants.

— La délégation roumaine, précise l'officier de service. Le général les reçoit tous les jours.

Le commandant Thouzelier l'introduit enfin dans le bureau du général en chef qui se lève pour l'accueillir.

Joffre a gardé son regard clair et son allure massive. Accablé par l'échec de l'offensive de la Somme, il n'en laisse rien paraître. La reprise du fort de Douaumont à Verdun, célébrée avec emphase par les communiqués officiels d'octobre 1916, semble avoir effacé le souvenir des centaines de milliers de morts franco-britanniques tombés dans la boue humide de Picardie, en pure perte.

Joffre accueille Abrami comme une sorte d'ambassadeur venu d'un pays lointain, dont il attend beaucoup.

— Je ne suis pas loin de penser, lui déclare-t-il, que le sort de la guerre dépend aujourd'hui de la solidité de nos alliances, en particulier dans les Balkans.

**
*

À sa surprise, Abrami est entraîné par Joffre pour une promenade sur la pelouse. Privilège rare, presque uniquement concédé au chef d'état-major de Curières de Castelnau. Joffre se prête parfois aux photographies en compagnie de ce général alerte et bonhomme, pour bien montrer au pays que les dirigeants de l'armée, si différents soient-ils[1], entretiennent entre eux les plus souriantes relations.

— Castelnau restera avec nous à Chantilly, confie-t-il au député, pendant qu'un photographe officiel leur tire un cliché sur fond de GQG.

---

1. Joffre est franc-maçon, Castelnau ultra-catholique.

Abrami se hausse du col. Il sera demain à la première page du *Matin*, le journal de Briand, en compagnie du général en chef.

— Il avait été question de le renvoyer en Orient, poursuit Joffre, afin de démêler l'affaire Sarrail-Cordonnier, mais Aristide Briand s'y est opposé. Ils dénigrent tous Sarrail, mais pas un n'a le courage de le rappeler.

Abrami est surpris par le grand nombre d'officiers supérieurs russes, italiens, serbes, roumains et britanniques qui défilent dans l'allée du parc. Tous saluent le général en chef avec respect.

— Les Roumains sont dans le malheur, reprend Joffre. J'ai pourtant tout fait pour changer la carte de la guerre en Orient à l'annonce de leur entrée en scène, quand il était encore temps, après que l'offensive du général Broussilov eût porté les Russes aux défilés des Carpates. Hélas, les Roumains sont partis trop tard. Deux mois de retard au moins, à cause des négociations interminables avec les Alliés! Les Russes les ont soutenus du bout des lèvres. J'ai envoyé Janin[1] sur place afin qu'il tente de recoller les pots cassés. Impossible! Difficile de faire marcher ensemble des ennemis de toujours.

— Voulez-vous dire, mon général, que la Roumanie est déjà perdue?

— Une armée de généraux d'opérette, avec de bons soldats mal instruits, toujours à court de canons et de munitions. Les Allemands les ont pris dans la tenaille de Mackensen et de Falkenhayn. C'est beaucoup pour un petit pays. S'ils étaient partis plus tôt, ils auraient pu bénéficier

---

1. Le général Janin est en permanence chargé par Joffre des relations avec le Grand État-Major russe.

253

des succès russes en Galicie et de la retraite précipitée des Autrichiens. Mais tout ce temps perdu a largement permis aux Allemands d'organiser leur riposte.

— Les Roumains n'ont déclaré la guerre que le 27 août 1916, et à l'Autriche-Hongrie seulement. Ils n'avaient alors qu'une ambition, libérer la Transylvanie.

— Dès septembre, répond Joffre, les obusiers de campagne de Mackensen, bien renseignés par l'aviation, les ont attaqués en Dobroudja. Ils ont réussi à tenir au sud du Danube avec l'aide des Russes. Au nord, ils ont abandonné la Transylvanie en octobre.

— Ils ne tiendront pas, d'autant que Sarrail, aux prises avec les Bulgares, ne peut les soutenir par le sud. Les nouvelles de Salonique, d'où je reviens, ne sont pas bonnes, déplore Abrami. Pourquoi avoir exigé de Sarrail qu'il attaque à tout prix, malgré ses maigres moyens?

— Parbleu, pour fixer les Allemands sur ce front! Pour dissuader Mackensen de retirer ses divisions!

Joffre soupire, devient brusquement silencieux. Il médite sur le temps où il régnait en souverain sur ses états-majors de bataille, entouré de ses collaborateurs, sans qu'un politique ose forcer sa porte. Millerand le protégeait alors, tout comme Poincaré, et même Viviani. Voilà qu'il reçoit les députés! Mieux, qu'il les cajole, tant l'attitude des pouvoirs publics à son égard lui paraît équivoque et inquiétante. Il revoit le jour où il a dû retirer tout commandement à Foch, après le désastre de la Somme : s'estimant traité comme un bouc émissaire, Foch était venu protester, éclater d'indignation dans son bureau ouaté.

«Vous êtes limogé, je serai limogé, nous serons tous limogés», s'entend encore Joffre lui déclarer d'une voix neutre.

Quoi de plus normal? Le pouvoir politique reprend les rênes en main. Désormais, un Briand peut demander la tête du vainqueur de la Marne, sans que le pays s'en émeuve. Joffre le sent, le sait. Ainsi s'explique la présence de cet Abrami face à lui; de ce petit avocat, député d'un arrondissement envahi, à qui il se doit de justifier sa politique de guerre et qui sera peut-être, demain, l'un des plus acharnés à réclamer sa destitution.

Il rajuste son képi que le vent fait vaciller, et se drape dans sa grande capote sombre à houppelande, celle de la Marne. «Lui ou un autre, qu'importe!» se résigne-t-il.

— Je ne suis pas de ceux, affirme Abrami, qui défendent *urbi et orbi* le général Sarrail, mais je dois avouer que vous l'avez placé en situation de conflit avec le général Cordonnier. Monastir une fois prise, les canons allemands ont accablé la ville, empêché toute attaque vers le nord. Chaque jour, Sarrail s'est vu contraint de donner de nouveaux ordres de départ à son armée démoralisée, l'envoyant au casse-pipe sans soutien suffisant d'artillerie. Cordonnier, pour sa part, refusait d'exécuter les ordres. Peut-on le lui reprocher?

Joffre s'accorde un temps de réflexion. L'amitié de son interlocuteur, qui doit prendre la parole au nouveau comité secret de la Chambre à propos de la question d'Orient, lui est peut-être moins acquise qu'il ne croit. Il doit tenir sur une position inattaquable s'il veut éviter d'être mis en difficulté, n'étant pas plus convaincu du soutien de Briand.

— Sachez que la nomination de Sarrail et de Cordonnier ne m'incombe en rien, déclare-t-il avec la plus grande mauvaise foi. Le ministre de l'époque ne m'a pas consulté sur le choix de Sarrail, trop heureux, alors, de se débarrasser de ce général gênant en l'expédiant au fond de l'Orient, dans une entreprise qu'il jugeait inutile et folle.

« Quant à Cordonnier, poursuit-il, il lui a été demandé par Sarrail. Ils se sont engueulés comme des chiffonniers devant des officiers serbes et russes sur l'opportunité d'une attaque. J'ai approuvé le rappel de Cordonnier, et demandé celui de Sarrail. Le ministre de l'époque, mon collègue et ami le général Roques – quatrième à cette fonction depuis que je suis en poste –, a fait lui-même le voyage de Salonique pour m'affirmer le plus sérieusement du monde, à son retour, que Sarrail était irremplaçable. Roques a été limogé et remplacé par Lyautey comme vous le savez, mais Sarrail reste en place. Concluez ce que vous voudrez, mais ne m'attribuez pas un droit de nomination ou de mutation en Orient que le pouvoir m'a toujours refusé. »

– Mon général, un appel urgent !

C'est Pellé, qui accourt depuis son bureau sans même avoir revêtu sa capote, malgré le froid très vif.

– Les Allemands sont aux portes de Bucarest, vous êtes convoqué à l'instant au Conseil des ministres.

* *
*

À l'Élysée, le 2 décembre 1916, Joffre, à son grand étonnement, n'est pas consulté sur les affaires roumaines. Les politiciens peuvent-ils être oublieux et légers à ce point ? Il n'en croit pas ses oreilles. Pourtant, il sait que le colonel Pénelon, représentant du président Poincaré, a traité devant les officiers du GQG la prise de Bucarest de « pet de lapin ». Les ministres, si fiers hier encore de l'entrée en guerre de la

Roumanie, semblent désormais considérer que sa défaite n'a plus d'importance. En bon lecteur d'Anatole France, le très sceptique et courtois Pénelon a trouvé le mot de la situation : un pet de lapin !

L'information qui alarme le conseil de cabinet ce jour-là n'est pas l'écrasement spectaculaire de l'armée roumaine mais l'agression commise par les Grecs contre un détachement français débarqué à Athènes.

La longue liste des avanies subies par les Français du corps expéditionnaire, due à l'hostilité constante du roi Constantin, n'est pas inconnue de Joffre. Le souverain, qui avait d'abord applaudi les succès allemands à Verdun, s'était également réjoui de l'échec franco-britannique sur la Somme. Joffre se souvient ainsi que Sarrail n'a reçu l'autorisation de proclamer l'état de siège pour assurer la sécurité des troupes qu'après l'occupation scandaleuse et sans résistance du fort grec de Rupel par les Bulgares, le 20 mai 1916. Il avait pourtant signalé plusieurs fois au gouvernement l'urgence de délivrer cette autorisation, mais s'était toujours entendu objecter l'opposition des Anglais, soucieux de ménager les Grecs.

Le 3 juin, à la suite d'une tentative de putsch de Vénizélos, les manifestations nationalistes organisées à l'occasion de la fête du roi par ses partisans et couvertes militairement par le général Metaxas avaient rendue nécessaire la concertation des Alliés. Constantin encourageait le mouvement de ses ultra-royalistes, le plus souvent officiers de l'armée ou grands propriétaires terriens, et laissait prononcer à la Chambre par son ministre Rhallis un violent discours contre les Alliés, soutiens de Vénizélos.

Les ministres français redoutaient que la Grèce n'ouvrît l'ensemble de son territoire aux ennemis. Anglais, Français et

Russes s'étaient mis d'accord pour adresser au roi Constantin un ultimatum : le blocus de la Grèce si le gouvernement n'était pas renvoyé, Chambre dissoute, fonctionnaires germanophiles destitués, armes saisies et armée neutralisée. Une flotte avait été réunie pour jeter l'ancre devant Phalère, pendant qu'une brigade de la 17ᵉ division coloniale devait débarquer au Pirée. Le roi avait alors cédé, mais aussi retardé la dissolution de son armée. Les Alliés, satisfaits de ses promesses, avaient démobilisé leur force d'intervention, hormis un détachement de marins français maintenu à quai au Pirée et autour de l'ambassade de France à Athènes.

Or, les victoires allemandes sur les Roumains ayant donné des ailes aux royalistes grecs, voilà que les pompons rouges tombent dans un guet-apens. Atterrés, les ministres français convoquent Joffre pour exiger le recours immédiat à des mesures de représailles : soixante-neuf marins français, assurent-ils, ont été tués par surprise dans les rues d'Athènes. L'amiral Dartige du Fournet est vivement attaqué : il n'a pas su protéger le prestige de la France.

— Nous payons la rançon de notre faiblesse, laisse tomber discrètement Poincaré dans l'oreille de son voisin, le ministre de la Marine.

La politique de Briand en Grèce semble indigner le Président au plus haut point. L'amiral Lacaze naturellement le soutient. Il est décidé à arrêter et à séquestrer tous les bateaux grecs dans les ports. À interdire tout débarquement, fût-ce d'un seul cargo, en Grèce.

Nulle voix ne s'élève contre cette proposition, pas même celle du président du Conseil, Aristide Briand.

— Nous n'aurions eu aucune de ces mesures à prendre, ajoute l'amiral, et nous serions maîtres de la situation, si par

complaisance envers Constantin nous n'avions aussi longtemps retardé notre débarquement, et si, au lieu d'une poignée
d'hommes, nous avions fait entrer dans Athènes une troupe
plus importante.

Joffre intervient à son tour pour signaler qu'il vient de
recevoir un télégramme de l'état-major de Sarrail, proposant
d'attaquer immédiatement l'armée royale grecque dans la
direction de Larissa et d'Athènes.

— Ne trouvez-vous pas cette attaque prématurée? intervient Briand d'une voix suave. Êtes-vous sûr d'avoir
concentré assez de troupes pour sauver nos nationaux en tout
état de cause? Pouvez-vous nous en donner l'assurance?

Poincaré, impassible, contient sa colère. Une fois de plus,
Briand atermoie, avec les meilleures raisons du monde. Le
Président a appris, par l'ambassadeur de Grèce à Paris, que le
cher Aristide vient d'accueillir le prince André, de la famille
royale, avec autant d'égards que si des marins français n'avaient
pas été massacrés dans Athènes. Il sait qu'en Grèce certains
généraux, hauts fonctionnaires ou ambassadeurs s'étonnent
que la France ne reconnaisse pas le gouvernement «révolutionnaire» constitué par Vénizélos en Crète au mois de septembre,
établi sous la protection de Sarrail à Salonique et finalement
accepté par les Alliés. Pourquoi désavouer Sarrail, et continuer
à considérer nos ennemis déclarés comme des interlocuteurs?
Joffre est le dernier à s'en étonner; il connaît Briand.

** *

Le 3 décembre, le général Pellé vient annoncer à Joffre
que le président du Conseil l'invite à déjeuner. Celui-ci

aurait-il enfin pris un parti dans l'affaire de Grèce ? Le général en chef en doute, et craint même le pire à l'heure où sa limousine grise pénètre dans la cour du Quai d'Orsay.

Les deux hommes déjeunent seuls, servis par des maîtres d'hôtel à la française, muets comme des carpes. Joffre, fine gueule, est surpris par son hôte : Aristide Briand mange peu, vite et mal, sans accorder la moindre importance au contenu de son assiette.

Le général en chef a bourré sa sacoche de documents précis sur l'organisation de la riposte militaire française, avec les informations envoyées à sa demande expresse par l'état-major de l'armée d'Orient. Il n'a pas le temps d'ouvrir la bouche que Briand prend la parole et ne la lâche plus.

— Dois-je vous rappeler, mon général, qu'à la dernière rencontre de Londres, j'ai obtenu que nous restions à Salonique, grâce à votre aide décisive et au coup de poing que vous avez donné sur la table. Je me souviens parfaitement que vous avez dit aux Anglais : «Renoncer à Salonique, ce serait jeter son fusil devant l'ennemi!» Vous m'avez aidé à emporter la décision, et sachez bien que je n'ai pas changé d'avis.

Joffre reconnaît la manière du président du Conseil : flatter, valoriser ses interlocuteurs et même ses adversaires, pour mieux les étrangler. Il attend la suite avec méfiance.

— J'ai par la suite évité tout ce qui pourrait jeter les Grecs dans le camp des Allemands, sans confondre fermeté et brutalité. Je n'ai fait que mon devoir en défendant la Couronne à Athènes. Ni les Russes, ni les Italiens, ni les Anglais ne font confiance à Vénizélos le soi-disant démocrate, en réalité plus impérialiste que le roi puisqu'il veut s'installer en Macédoine serbe, à Constantinople et à Smyrne.

Joffre se garde d'intervenir dans le domaine réservé du ministre. Il sait qu'il a défendu jusqu'au bout la monarchie, et peut-être pas renoncé à la défendre encore. En octobre, il a couvert la négociation d'un député obscur, Bénezet, expédié de Paris au palais royal d'Athènes, auquel le roi a fait deux promesses : l'évacuation de la Thessalie, et la livraison aux Alliés de son matériel lourd, compensant la prise des canons de Rupel par les Bulgares, ainsi que de la flotte de guerre du port de Kavala, occupé lui aussi sans combat.

Mais Joffre a appris par ailleurs que les Anglais ont retourné leur veste et soutiennent désormais Vénizélos. Ils sont d'accord pour une sommation très ferme à Constantin. De nouveau, le roi, qui se plaint de n'avoir obtenu des Alliés aucune garantie sur son propre avenir, se dérobe. Les épistrates demandent aux soldats d'élite de l'armée grecque de tirer sur les fusiliers marins installés sur la Pnyx, la colline des Muses et le parc de Zappéion.

Les coups de canon de l'amirauté française contre le palais royal ont provoqué un nouveau compromis. Il reste que soixante-neuf soldats de la République sont enterrés à la va-vite, presque à la lanterne, dans le cimetière catholique d'Athènes.

Face à Joffre, Briand laisse éclater sa colère. Le roi des Grecs est un traître, l'amiral français une buse, Sarrail un irresponsable. Les marins sont morts en pure perte. Le roi n'a rien cédé d'essentiel, il reste en place. La guerre civile menace en Grèce. Si Constantin est seul devant l'opinion mondiale, Briand l'est aussi devant l'opinion française. Il a désormais le Parlement contre lui, et la menace d'un comité secret où il risque sa tête.

Joffre, plus que jamais, observe le silence. Il n'ose sortir de sa serviette son plan d'intervention, que Briand jugera probablement tardif et donc inutile.

— Vous allez rédiger un télégramme à Sarrail. Il faut mater cette tête brûlée. Vous savez comment l'appelle Berthelot? Le Bazaine de Salonique. Après six mois sans sortir, voilà qu'il se pique de prendre une initiative, sans doute fort de son succès relatif à Monastir qu'il est plus juste d'attribuer au courage des Serbes et de nos troupes d'assaut. Et tout cela pour se faire étriller. Il nous donne des leçons de politique, mais reçoit Vénizélos et jette de l'huile sur le feu, comme s'il était en mesure de conduire à la fois une répression en Grèce et la guerre contre les Bulgares. Cet homme est dangereux, il faut l'enfermer.

— Je l'ai demandé moi-même sans succès, risque Joffre. Il a beaucoup de défenseurs.

— Expédiez-lui donc ce télégramme : aucune opération militaire contre l'armée grecque à Larissa ne doit être entreprise sans nouvelles instructions du gouvernement.

Joffre n'en croit pas ses oreilles. Les marins français ont été tirés comme des lapins et la moindre riposte est interdite!

Briand invoque différentes dépêches à l'instant reçues par Philippe Berthelot, premier collaborateur et âme damnée, dit-on, du ministre au Quai d'Orsay : lord Grey vient de faire savoir que la Grande-Bretagne désapprouvait «toute action militaire hostile non précédée d'une rupture diplomatique».

— Le bouillant Sarrail, qui parle de «jeter son épée dans la balance», veut-il aussi se mettre toute la Grèce à dos? J'ai déjà fait télégraphier à l'ambassadeur Guillemin qu'il rappelle à l'ordre ce foudre de guerre. Je vous serais reconnaissant de bien vouloir confirmer. Je vous promets qu'à la première occasion, le général Sarrail ira rejoindre à Limoges nombre de ses collègues, quelles qu'en soient les conséquences politiques. Lyautey, notre nouveau ministre de la Guerre, me soutiendra, j'en suis sûr.

En raccompagnant le général en chef, Briand lui glisse à l'oreille, comme une bonne nouvelle :

— Vous comprenez, je pense, qu'une refonte de notre haut commandement devient urgente ? Aucun de nos alliés ne verra le moindre inconvénient à ce que vous soyez nommé à la direction de la guerre, avec un état-major français compétent pour tous les fronts, cela va de soi, mais aussi avec les représentants permanents de tous les belligérants. Pour occuper un tel poste, il me semble convenable de ressusciter l'antique dignité de maréchal. Réfléchissez-y bien.

* *
*

Le nouveau rendez-vous obligé des journalistes internationaux en Grèce n'est plus l'hôtel de Rome à Salonique, mais le bar de l'hôtel d'Angleterre à Athènes. Les Jim Morton, Richard Bartlett, et même les correspondants français venus de Paris par escouades attendent avec fébrilité la déposition de Constantin XII (ainsi le désigne ironiquement Sarrail), et les commentaires vont bon train.

Tous savent déjà, sans en être encore absolument sûrs, que, pour sauver son ministère, Briand va offrir aux députés la tête de Joffre, et le remplacer au pied levé par Nivelle pour le haut commandement des armées du Nord et de l'Est.

— Ainsi, ironise Bartlett, tout est bien qui finit bien, Sarrail reste en place à Salonique et c'est Joffre qui est limogé.

263

Pas d'autre interrogation sur la situation française, comme si elle était secondaire. L'escamotage du vainqueur de la Marne est pourtant un événement de première grandeur. Mais à force de perdre des batailles, le vieux Joffre a fini par faire oublier qu'il en avait gagné une. Le champion auréolé dans les journaux de la gloire de Douaumont reconquis est désormais Robert Nivelle, le chef de la 2e armée de Verdun. Bartlett s'en réjouit, uniquement parce qu'il croit savoir que ce Nivelle a épousé une Anglaise, fille d'un officier de Sa Majesté de surcroît.

Si toute la presse a rallié Athènes, c'est peut-être aussi qu'elle y attend, ou espère, suite à l'assassinat des marins français dans ses murs, le départ du roi Constantin.

— L'hiver ne vaut rien aux rois, constate le journaliste américain. Le vieux François-Joseph d'Autriche vient de mourir, et l'on prête à Charles, son jeune héritier, la faiblesse de préférer la paix à la révolution. Le roi de Roumanie et la charmante reine Marie ont quitté Bucarest pour Iassi où ils grelottent, protégés par des canons russes.

— Heureusement, coupe Richard Bartlett, Joffre a eu le temps de leur envoyer le général Berthelot, du club des Cent Kilos comme lui, pour récupérer les restes de l'armée roumaine et travailler avec son collègue Janin, l'ami des Russes, à la constitution sur le Danube d'un front russo-roumain.

— Le roi des Serbes est en exil, poursuit Morton. Constantin, qui voit débarquer des Français en armes au Pirée, sent le vent du boulet.

Pour sa part, Richard Bartlett ne pense pas que la politique des Alliés à l'égard du roi Constantin va changer. Il déteste d'ailleurs l'idée que l'on détrône un roi, fût-il le beau-frère du Kaiser.

– Il est exact, fait-il remarquer négligemment, que si le roi grec est parent par alliance du Kaiser, il est aussi le cousin du roi d'Angleterre, Sa Majesté George V.

Il préfère un mauvais roi à une détestable république. À l'affût des bruits de couloirs, même de la Chambre française, il se doute que Briand, débarrassé de Joffre, va remanier son cabinet. Lloyd George a pris le pouvoir en Angleterre. Pour le très conservateur journaliste du *Times*, l'arrivée du mineur gallois au *ten, Downing Street,* et celle de l'avocaillon nantais au Quai d'Orsay marquent un tournant dans la guerre. Si les gentlemen se retirent, il faut s'attendre aux mesures les plus extravagantes de la part de ces intrigants sans foi ni loi.

Pour cette raison, Richard Bartlett a débarqué au Pirée, curieux de savoir comment les nouveaux patrons de la politique anglaise et française s'arrangeront des deux gouvernements grecs. Celui du roi, et celui de Vénizélos qu'ils ont tout de même reconnu *de facto*.

– Pour l'Orient, dit Georges Prade, un éditorialiste du *Journal,* cela ne change rien. Sarrail reste le satrape de Salonique. On prête à Lyautey l'intention de se charger lui-même de la responsabilité de l'armée d'Orient. Les ordres envoyés à Sarrail viendront directement de son cabinet.

– On retire donc ce front au commandement de Chantilly? s'étonne Jim.

– Vous n'y êtes pas, répond Prade avec la componction naturelle à ceux dont les articles sont lus dans les cabinets ministériels – surtout s'ils émanent d'un des quatre journaux français tirant à plus d'un million d'exemplaires. Il n'y a plus de Chantilly, sachez-le! Chantilly déménage! On prête au nouveau grand chef, Robert Nivelle, l'intention de s'installer provisoirement à Beauvais. Il paraît que nos défaites ont toutes la même cause : l'incapacité des bureaucrates de Chantilly. Dire : «J'étais à Chantilly», ironise Prade lourdement, vaut aveu devant une cour martiale, et condamnation immédiate devant l'opinion publique. Je ne parle plus jamais de Chantilly dans mes articles. Cela m'enlèverait des lecteurs, m'assure mon rédacteur en chef. Il doit avoir raison.

Les palabres sont interrompues par les cris de manifestants qui se rendent au Pirée pour protester contre la présence de navires de guerre alliés. Dans la foule, des soldats, des civils portant décorations au revers de leurs vestons, des paysans venus de l'Attique, coutelas accrochés à leurs larges ceintures, et des ouvriers des chantiers. On remarque aussi de nombreux participants aux allures de touristes, coiffés de chapeaux tyroliens ou sanglés dans des manteaux de cuir sombre. Ceux-là sont, à coup sûr, des agents du baron Schenk, des spécialistes de la mise en condition des foules qui hurlent avec un fort accent teuton : «Les Alliés, à la mer!» En grec : *Galli thalassa!* Leurs clameurs et leur piétinement font trembler les vitres.

* *
*

— Je voudrais tout de même bien savoir qui a donné l'ordre de tirer sur les marins français, dit Jim Morton. Nous avons eu le même incident aux États-Unis : des marins de l'US Navy ont été abattus dans un port du Mexique par des manifestants armés. Nous avons tous demandé qu'il soit répondu par la guerre à ce pays. Pourquoi les Français gardent-ils leur calme?

Bartlett plisse les yeux et réfléchit longuement avant de répondre. Il est, lui aussi, venu spécialement à Athènes, non pas seulement pour la question royale, mais pour enquêter sur le massacre des marins français. Il sait que les royalistes grecs ne ménagent pas la flotte alliée. Les forts grecs sont restés passifs lorsqu'un sous-marin allemand, en juin, a torpillé un transport britannique à l'entrée de Salonique. L'*U-boot* s'était-il ravitaillé dans une île grecque?

Ce genre d'incident n'est pas passé inaperçu dans les colonnes du *Times*. Pendant l'été, l'amiral français Dartige du Fournet avait pris le commandement de l'escadre alliée qui ne comptait pas moins de huit cuirassés et six croiseurs. Il avait accueilli dans sa flotte une escadre légère de bateaux grecs ralliés à Vénizélos. Les royalistes manifestaient alors chaque jour devant la légation de France à Athènes, brisant ses vitres et déversant des ordures devant sa porte. L'amiral Dartige avait détaché promptement quelques escouades de fusiliers marins pour monter la garde baïonnette au canon et soutenir la sommation envoyée au roi par les Alliés. Rien de plus normal, selon Bartlett.

— À ceci près que les Alliés n'ont pas tenu leurs engagements, objecte Jim Morton. Ils avaient promis au roi, contre la remise des armes lourdes grecques, d'abandonner Vénizélos, mais ils ne l'ont pas fait.

— Et Metaxas a refusé de livrer les armes, soutenu par tout l'état-major de l'armée grecque, précise Prade, bien informé.

— Dartige a eu tout à fait raison de faire mouiller ses cuirassés dans le port du Pirée et de débarquer deux mille fusiliers marins pour tenir les hauteurs d'Athènes, dit Bartlett. Si les Alliés n'ont pas les moyens de faire respecter un ultimatum par un roitelet grec, il n'y a plus qu'à rembarquer le corps expéditionnaire!

— Il faut croire que la ville d'Athènes est aux mains des royalistes, conclut Morton.

— Ou des Allemands, corrige Prade.

— Vous ne pouvez contester que dix mille personnes hurlant dans les rues assiégeaient les ambassades alliées et le Zappéion, où l'amiral Dartige avait installé son PC. Un amiral français prisonnier des émeutiers grecs, voilà une nouvelle que vos journaux n'ont pas diffusée, mon cher Prade.

— Il ne l'est pas resté longtemps. Vous connaissez le Zappéion? Une colline dans la partie romaine d'Athènes, près de la porte d'Hadrien, à l'est de la ville. On peut y voir, à la lunette d'approche, Phalère et le Pirée. L'amiral a pu très facilement alerter la flotte. Le *Mirabeau,* mouillé en rade de Salamine, a fait partir ses gros 305. Le palais royal a été évité de justesse. Un obus s'est fiché, sans exploser, dans une pelouse. Le roi a fait quérir aussitôt les ambassadeurs alliés sous protection militaire.

— Ils n'y sont pas allés tous, à ma connaissance. L'Italien était absent. Le roi n'a reçu que le Français Guillemin, le prince Demidov et l'Anglais Elliot. Certes, Constantin a cédé, tout en marchandant sur la quantité d'armes à livrer, mais je tiens de notre ambassadeur sir Elliot, souligne Bartlett, quelques détails piquants sur la libération de l'amiral. On a dépêché ces gendarmes à cheval grecs, si ridicules dans leurs falbalas, pour l'accompagner à bord de son cuirassé sous les quolibets et les injures de la foule.

— On compte cent dix victimes, de source grecque, affirme Jim Morton.

— Grecques ou allemandes? interroge Prade. Avez-vous lu la presse athénienne, entièrement aux mains du baron Schenk? Elle triomphe et titre : «Le peuple d'Athènes a libéré sa ville. »

— On y lit aussi que les Alliés n'ont pas à reprocher à l'Allemagne le viol de la neutralité belge. Ils ont violé la neutralité grecque et n'ont pas de leçons de morale à donner au monde. Qui les a autorisés à choisir Salonique comme base?

— Je pense que votre presse germanophile, celle de Chicago par exemple, reprend ce genre d'arguments, jette Bartlett, ulcéré. La vérité est que nous avons volé au secours de la Grèce. Si l'on avait laissé faire Constantin et consorts, il y a belle lurette qu'ils seraient entrés dans la coalition des Centraux. Croyez-vous que tous les citoyens de ce pays soient sensibles à la propagande du baron Schenk? Prétendre que Salonique est une ville grecque est une plaisanterie. C'est une ville à minorité grecque. Vénizélos a gagné les élections à deux reprises. C'est l'obstination de nos diplomaties, favorables au roi hunnique, qui l'a obligé à partir. Tâchez d'être plus exact, jeune homme, quand vous informez vos compatriotes.

— On a dû enterrer nos marins en catimini. Quelle honte! conclut simplement Georges Prade. Ils ont été sacrifiés, non pas pour une cause nationale, mais à cause d'une absence de politique.

**
*

— L'amiral Dartige du Fournet a été limogé et remplacé par Gauchet. Savez-vous ce qui lui a été reproché? fulmine

Sarrail dans son état-major de Salonique. D'avoir fait tirer les grosses pièces sans ordre, sans discernement, au lieu de lâcher quelques salves de 75. Nous ne sommes toujours pas autorisés à mettre cette poignée de Grecs à la raison. M. Briand s'y refuse, parce que les Anglais rechignent. M. Briand est à la remorque de Lloyd George. Il ne fait rien sans son accord.

Le chef d'état-major Michaud garde une fois de plus le silence mais n'en pense pas moins. Il déplore les commentaires du patron, qui lui font tant de mal quand ils sont répétés dans les salons et surtout dans les bureaux parisiens. N'a-t-on pas colporté dans Paris sa sortie, faite à un repas d'officiers, contre les amours grecques de Briand? Ne pouvait-il tenir sa langue? En quoi la prétendue liaison du président du Conseil avec la princesse Marie, née Bonaparte, épouse du prince Georges de Grèce, le regarde-t-elle? Quand le général s'énerve, il ne contrôle plus son discours, songe *in petto* le bon Michaud. Un vrai Gascon! Après tout, Briand a ordonné à Joffre, avant qu'il ne lui demande de quitter son poste, l'envoi à Salonique de deux divisions nouvelles, la 60ᵉ et la 16ᵉ coloniale.

Il fait remarquer au général que l'une de ces deux grandes unités a commencé à débarquer au port.

— Je connais la 60ᵉ, dit Sarrail. Des Bretons et des Vendéens qui ont combattu chez Foch, aux marais de Saint-Gond. Ils viennent de Guingamp, de Saint-Malo, de Saint-Brieuc avec le 271ᵉ, un bon régiment d'attaque.

— Mais aussi de Granville, de Saint-Lô, de Cherbourg. Toutes les provinces vont se retrouver à l'armée d'Orient, comme à Verdun, intervient Valentin qui compulse les fiches des régiments. Nous avons les régiments de l'Ouest, et aussi ceux de Belfort.

— Restons modestes, grince Sarrail. Nous n'aurons jamais que six divisions françaises en ligne, et sept britanniques clouées au sol.

— J'ai interrogé un de ces garçons du 271ᵉ au camp, poursuit le colonel Valentin. Une recrue précieuse, Yves Mérel, natif de Telgruc en Finistère, qui m'a montré le maniement des nouveaux postes de TSF à lampes spéciales. Il va nous assurer d'excellentes liaisons, peut-être même instruire les bleus si nous trouvons du matériel.

Sarrail pointe l'oreille. Il a souffert de l'absence de renseignements pendant la campagne, ne parvenant à joindre ni Cordonnier, ni Leblois.

— Pensez à me présenter ce Mérel, et à commander deux mille postes équipés de cette lampe d'Aladin. Les coloniaux n'ont sûrement pas des moyens de communication suffisants : toujours au casse-pipe, jamais au rapport!

— La 16ᵉ coloniale, proteste Valentin, a été tard formée, en juin 1915. Dessort la commande, avec six régiments de marsouins, trois par brigade.

— Bien sûr, elle n'a pas vu le feu, dit Sarrail, qui reproche aux coloniaux de constituer leurs nouvelles unités avec des recrues à peine formées, et peu motivées.

— Mais si, mon général! Elle a dû être recomplétée trois fois. Elle était à Perthes-les-Hurlus et à la butte de Souain, pendant la deuxième bataille de Champagne. Elle a perdu tant de monde qu'on a conduit les survivants en camions au camp de Crèvecœur, afin qu'ils encadrent les bleus venus du recrutement. Ils ont été ensuite engagés dans la bataille de la Somme, enlisés dans la boue de juillet. Nouveaux renforts venus de toutes les régions et rassemblement au camp de la Valbonne. Ils n'ont pas encore débarqué. On les attend, si les sous-marins leur prêtent vie, à partir du 9 décembre.

— Dès qu'ils seront là, envoyez-les aussitôt à Eksisu. Nous en avons besoin. J'espère que les coloniaux échapperont au paludisme.

Sarrail a retrouvé son mordant. L'éviction de Joffre ne le gêne en rien, bien au contraire, et il est d'avis que Lyautey, le ministre, ne peut être hostile à l'expédition d'Orient. Il fera tout pour qu'elle réussisse. Le conquérant du Maroc n'a pas pour habitude de se fier aux fiches de renseignements confidentiels, généralement glanés par des imbéciles, avant de porter un jugement sur les officiers généraux. Sarrail est-il une forte tête ? Lyautey en a connues d'autres au Maroc. Veut-il jouer un rôle politique ? Pourquoi pas, si le roi Constantin persévère dans son hostilité. Il a lui-même profité à Rabat, quand il commandait les forces armées de la conquête, des rivalités entre pachas, des susceptibilités du sultan.

Il sait que Sarrail n'a pas la tâche facile et n'a aucune raison de le contrer, tant que celui-ci sert les intérêts de la République. Il redoute seulement que sa brutalité gasconne ne facilite pas les rapports difficiles avec les alliés britanniques, russes, serbes, et italiens. On lui demandera d'exécuter strictement les consignes venues du ministère, puisque aussi bien le seul théâtre d'opérations où le nouveau ministre peut jouer directement un rôle est celui de Salonique.

*
*

272

La situation n'est pas bonne en cette fin de 1916 où les Français, victorieux à Verdun, ont perdu sur la Somme. Les Allemands ont aidé les Autrichiens à arrêter les Russes, anéanti l'armée roumaine, organisé le front bulgare de telle sorte que les Alliés ne peuvent franchir la passe de Monastir. Le gouvernement français est en train de changer. Le ministre Lyautey prend connaissance des dossiers sans voir clairement quel parti choisir dans une situation politiquement difficile, ni sur quels moyens il peut compter au juste sur le terrain.

Le gros souci de Sarrail est l'ouest du front, avec ses lacs glacés bordés par les montagnes enneigées d'Albanie, par où se glissent des bandes de *comitadji* redoutables offrant leurs services à tous les belligérants, Italiens, Autrichiens, Français.

Pour assurer son flanc, aux confins de la Macédoine grecque, il a d'abord dépêché un parti de cavalerie commandé par le lieutenant Frappa, chargé de repérer les lieux. Les chasseurs d'Afrique n'ont pas dépassé la ville de Koritsa. Frappa, avec l'aide d'un interprète et la complicité du préfet grec, l'obséquieux Pannas, a engagé au service de la France un chef de bande nommé Lazaros Manoy qui n'a plus donné signe de vie mais s'est signalé dans le pillage de villages peuplés, prétend-on, d'Albanais favorables aux Autrichiens, ou gagnés par eux.

L'état-major de Salonique a dû de nouveau recourir aux chasseurs d'Afrique afin de garder l'aile gauche de l'offensive méditée pour l'été 1916. Une force plus importante de trois escadrons a été envoyée vers l'ouest pour y faire régner l'ordre. Les rapports fournis par Valentin signalent en effet plus que jamais, dans cette région, la présence de plusieurs bandes agissant pour le compte du roi Constantin, pour

Essad Pacha qui s'est rendu maître de l'Albanie, ou par simple désir de rapines.

— Le colonel Descoins commande ce détachement, explique à Valentin le général Leblois, basé à Florina.

C'est Sarrail qui, au vu de la compétence dans le renseignement et les actions spéciales de cet officier, l'a placé à la disposition de Leblois.

— Allez voir sur place ce que Descoins est devenu. Nous n'avons plus de ses nouvelles. Embarquez donc ce spécialiste breton des communications que vous venez de découvrir avec son nouveau matériel, et chargez-le d'établir une liaison continue depuis la ville de Koritsa.

— Des sapeurs téléphonistes seraient plus indiqués, fait observer Valentin à Leblois. La portée de la TSF est encore réduite. Une compagnie du génie, avec l'aide de travailleurs malgaches, serait mieux à même d'établir les relations permanentes que vous souhaitez, car les soldats grecs ont dû saboter toutes les lignes.

Leblois en convient. Valentin fait rechercher Paul Raynal, mais sa compagnie est occupée aux travaux du viaduc d'Eksisu. Il tombe sur Hervé Layné, homme providentiel jadis utilisé dans une mission de sabotage. Les rouleaux de fils téléphoniques aussitôt chargés sur les arabas, des cavaliers sapeurs les accompagnent. Valentin et le lieutenant partent en tête, escortés par des chasseurs.

Ils entrent dans Koritsa et demandent le PC du colonel Descoins. Le jeune cireur de bottes auquel ils s'adressent comprend le grec, et pour cause, il vient d'Épire. Ses compatriotes hellènes sont partis à la conquête pacifique et commerciale de l'Ouest albanais, en exerçant d'abord des petits métiers, cireurs de chaussures, changeurs de monnaie, marchands de chocolat, distributeurs de journaux. Âpres au gain, ils guettent les lots de terre vendus par les Albanais pauvres, qu'ils emploient ensuite comme ouvriers agricoles.

Au nom du colonel Descoins, le visage du cireur de bottes s'illumine. La présence des officiers français fait prospérer son petit commerce. Il désigne du doigt un bâtiment de pierre où flotte le drapeau français : une caserne grecque occupée par les chasseurs. Des chevaux frais, sellés et gardés par une ordonnance, attendent devant la façade, prêts à partir en tournée.

— Le colonel Descoins est à la préfecture, indiquent les chasseurs qui montent en selle pour guider les arrivants.

La foule des Albanais en habits de fête se presse dans les ruelles. Les hommes arborent de petits drapeaux rouges tamponnés de l'aigle noir, inconnus de Valentin. Certains hissent des drapeaux français. La manifestation est amicale.

Impossible de voir le colonel Descoins. Il est à l'intérieur de l'édifice, surveillé par des gardes en uniforme.

— Ces gendarmes ont été recrutés par le préfet Thémistocle, précise un chasseur. Mais ils sont albanais.

— L'Albanie s'est révoltée en 1912 contre ses occupants européens, italiens et autrichiens, explique Hervé Layné, l'homme au savoir universel. Les États européens ont admis cette indépendance, à condition que les Albanais reçoivent, comme les Bulgares et les Roumains, un roi allemand, Guillaume de Wied.

— Encore un Allemand !

— En septembre 1914, ce personnage a dû quitter précipitamment le pays. Il prétendait assujettir les Albanais à l'impôt, ce qui était loin d'être raisonnable. Qu'il eût constitué dans son palais de Tirana une cour où l'on buvait du champagne, où les princesses européennes découvraient leur gorge et leurs épaules, suffit à le discréditer. Sur un million deux cent mille Albanais, il faut savoir que plus de la moitié sont de fanatiques musulmans, dont les mosquées sont sacrées, inviolables.

— Et je suppose que cet Allemand ne parlait même pas l'albanais! dit Valentin.

— Pour complaire à ses sujets, le prince-roi Guillaume de Wied avait engagé un premier ministre albanais, Essad Pacha, puissant chef de tribu qui n'eut rien de plus pressé que de le chasser et de prendre le pouvoir. Il a levé une armée et donné son appui aux Serbes pendant la grande retraite de l'hiver dernier. La République qu'il a constituée était à l'origine «protégée» par la Serbie en guerre. Il est tout prêt, depuis la défaite des Serbes, à gagner Salonique pour se rallier à Sarrail, si le général lui fait le moindre signe d'amitié. Il veut être reconnu comme le représentant de tous les Albanais.

— Sarrail n'en a nulle envie. Il veut que les Albanais restent chez eux, à l'abri de leurs montagnes.

— Pas question pour les habitants de Koritsa de faire allégeance à Essad. Albanais comme lui, ils se disent jaloux de leur indépendance et refusent tout rapport. On n'est pas albanais à Koritsa comme on l'est à Tirana.

Quand Valentin et Hervé Layné réussissent à pénétrer dans la grande salle de la préfecture, les tambours demandent le silence. Le colonel Descoins, en grand uniforme, fait face à des délégués albanais de la population de Koritsa lisant une déclaration écrite dans leur langue. Layné se la fait traduire par un gendarme :

«Nous, délégués du peuple albanais, venons déclarer au représentant de la France que Koritsa est désormais une province autonome, administrée par des fonctionnaires albanais. »

Une dissidence, en quelque sorte. Cette république nouvelle est une pure création du colonel français Descoins. Il a reçu de Sarrail les pleins pouvoirs d'un proconsul d'administrer, légiférer, punir, surveiller et maintenir la population dans la stricte obéissance ; de se substituer, en somme, à l'administration et à l'armée grecques. Avec son adjoint, le commandant de cavalerie Massiet, ils jouent le rôle d'officiers des affaires indigènes dans le Sud algérien.

Descoins a commencé par dissoudre tous les groupements grecs, mêmes ceux qui se réclamaient de Vénizélos. Il s'oppose à ce que les Albanais d'Essad Pacha mettent le nez dans ses affaires. Leblois a d'ailleurs donné l'ordre d'exécuter séance tenante tout suspect franchissant la frontière montagneuse de l'Albanie. Il soupçonne les Autrichiens d'être en mesure de retourner la situation à leur avantage dans ce pays, et d'y entretenir des réseaux de combattants.

Des drapeaux à l'aigle noir sont brandis au bout des piques. Les gendarmes saluent. Les cinq cents soldats du peuple, désormais à la solde de la préfecture « albanaise » de Koritsa, estiment de leur devoir de faire régner l'ordre, en refusant tout contrôle d'Essad Pacha mais aussi en combattant le Turc Habid, défenseur des terres du Nord et affidé des Autrichiens.

— Vous rendez-vous compte, dit à Descoins le colonel Valentin, que vous venez de créer une république ? Que dira le Quai d'Orsay ? Est-il dans vos attributions de fonder des États nouveaux ?

— C'est seulement une mesure de guerre qui ouvre à mes cavaliers, en toute sécurité, les terrains de parcours de

Koritsa. Le gouverneur grec proteste-t-il? Il encourage en fait, au nom du roi Constantin, les hommes des bandes de Thémistocle Germeli, un bandit à la solde des Buls, et du musulman Sali Boutka qui tuent les amis des *andartès* dans les villages. C'est notre devoir de protéger les partisans grecs, ces vaillants *andartès* qui nous aident de toutes leurs forces.

— Sans doute, concède Valentin, mais les *comitadji* sont nombreux et menaçants. La création d'une «république» risque de nourrir la propagande ennemie. On dira que les Français tracent les frontières à leur guise, sans consulter personne.

— Nous ne négligeons nullement la lutte contre les bandes armées. Nous avons été assez heureux, lance avantageusement Descoins, pour établir un contact avec Sali Boutka, chef de bande à la solde des Bulgares, et pour l'avoir retourné. Il nous a appris que de fortes concentrations ennemies s'opéraient en Albanie. Nous jouons ici un rôle essentiel de sentinelles avancées et ne devons pas être importunés. Quant aux Grecs, qu'ils aillent au diable : tous des traîtres et des menteurs! Croyez-vous vraiment que mon devoir de soldat soit de ménager le préfet nommé par le roi Constantin, alors que ses camarades tuent nos fusiliers marins à Athènes?

***
***

Valentin et Layné repartent à cheval, non sans inquiétude. Ils se demandent quel jeu mènent ces deux officiers français livrés à eux-mêmes, qui n'ont pas reculé devant l'idée d'une collaboration avec un chef de bande. Le colonel

Valentin se propose d'en parler au général Leblois comme il convient, et non sans ménagements car Descoins et Massiet sont des braves.

En progressant sur la piste inconfortable mais tranquille, ils s'assurent que les lignes téléphoniques sont en place. Aucune rupture jusqu'à Florina. Le général peut appeler sans problème son antenne de Koritsa.

Leblois entre dans une violente colère quand Valentin lui rapporte son entrevue avec les officiers français et télégraphie aussitôt au colonel Descoins pour lui interdire formellement, sous peine de sanctions, de renouveler le genre de coopération qu'il a établie avec un chef musulman.

Le lieutenant Carcopino, du 2ᵉ bureau de l'armée, debout près du général Leblois, explique alors posément qu'il vient d'interroger deux soldats russes de l'armée de Galicie, évadés d'un camp autrichien. Ceux-ci ont traversé à pied, dans une invraisemblable odyssée, toutes les montagnes albanaises, sans rencontrer un seul soldat ennemi ni les moindres travaux de fortification. Voilà qui infirme singulièrement les informations recueillies par le colonel Descoins. Leblois demande des détails et prie Carcopino de téléphoner sur-le-champ à Koritsa, puisque la ligne est rétablie.

Le résultat de la communication est encore plus accablant pour Descoins. Carcopino vient de parler au capitaine de gendarmerie Tubert, envoyé par lui dare-dare à Koritsa pour surveiller les bouillants cavaliers albanophiles – Valentin et Layné ont d'ailleurs croisé ce gendarme en route. Ce Tubert a pu arrêter par hasard, à son entrée dans Koritsa, un agent payé par les Bulgares qui a révélé l'existence d'un réseau étendu d'espionnage dans la région, dont le chef n'était autre que le secrétaire albanais du colonel Descoins.

279

Avec l'aide d'un ancien policier, le capitaine Benoit, il a monté un vaste coup de filet pour lui permettre de coffrer l'ensemble du réseau. Il peut déjà donner des informations précises. Le secrétaire de Descoins était payé en billets tirés sur une banque de Sarajevo ainsi qu'en pièces d'or. Il a obtenu la confiance absolue de son colonel trop naïf, et lui a donné régulièrement de faux renseignements fournis par les services ennemis, tout en divulguant les vraies informations à ses employeurs. Ludwig Curtius, le responsable allemand du 2ᵉ bureau de l'armée bulgare, un archéologue réputé que Carcopino devait rencontrer beaucoup plus tard[1], s'est fort réjoui de cette précieuse collaboration.

Ainsi instruit du détail des opérations, et face à la situation préoccupante du détachement français de Koritsa, le général Leblois remet aussitôt le colonel Descoins à la disposition du ministre.

Valentin s'est étonné de l'imprudence des deux officiers français, sans pousser plus loin ses soupçons. Il s'en veut de n'avoir pas levé le lièvre, laissant ainsi le champ libre au lieutenant Carcopino, l'homme des fiches qui, par sa sagacité, a pris de l'importance aux yeux de l'état-major.

Après tout, Leblois l'a dépêché sur place pour ouvrir l'œil et il n'a pas su le faire. L'arrestation des espions a en outre révélé que le réseau possédait des ramifications dans la région de Florina. De fait, les fils de téléphone avec Monastir étaient régulièrement coupés. Les avions bulgares bombardaient des dépôts de munitions et des convois militaires, comme s'ils étaient renseignés de façon précise.

---

1. Carcopino, archéologue lui-même et distingué romaniste, devait publier ses souvenirs en 1970 sous le titre : *Souvenirs de la guerre en Orient* (Hachette éditeur).

Le colonel Valentin décide de parcourir la ville afin de joindre individuellement les agents de renseignements dont il dispose dans la population macédonienne. Layné, qui l'accompagne à cheval, découvre des affiches apposées sur les murs, rédigées en serbe, grec, turc et bulgare, afin que nul n'en ignore.

– C'est encore le travail de Carcopino, bougonne Valentin.

Layné réussit à déchiffrer le texte : « Nous avertissons la population qu'il est absolument interdit de toucher aux lignes téléphoniques. Tout individu surpris à couper un fil sera aussitôt arrêté et passé par les armes », traduit-il du démotique, la seule langue qu'il connaisse.

– Leblois prend des mesures extrêmes, remarque Valentin. Carcopino n'a pu démanteler, uniquement d'après ses fiches, les groupes d'intervention armés ou les *comitadji* infiltrés dans nos lignes.

– Il a fait tirer ces affiches par Carcopino, qui ne le quitte plus, mais il n'en a pas le droit, assure Layné. Pour toute condamnation à mort, même d'un civil, il doit réunir un conseil de guerre. Il y a les saboteurs, qui méritent la corde, mais aussi les voleurs qui piquent les fils de laiton pour les revendre. Seront-ils punis avec la même rigueur ?

Ils découvrent avec surprise un cadavre exposé sur la grande place de Florina. Un vieil homme, aux cheveux longs et grisonnants, vêtu de hardes, devant lequel les femmes passent en se signant, ou en déposant des fleurs.

Le colonel Valentin retourne aussitôt à l'état-major demander des explications au lieutenant Carcopino, responsable des affiches.

– C'était un pauvre bougre, répond-il. À moitié inconscient, pris la main dans le sac. Ces malheureux sont des indigents qui volent tout ce qu'ils trouvent. Pas des saboteurs. Nous avons tous plaidé pour l'indulgence, mais le général a maintenu la sentence, avec une brutalité très exceptionnelle : «Je ne laisserai pas les Grecs tirer dans le dos de mes troupes, a-t-il déclaré. Après cet exemple, le téléphone marchera.»

— Je ne sais pas ce qui a pris à Leblois, s'indigne Layné. Ce sont des méthodes de Boches. Terroriser la population, fusiller sans jugement de simples chapardeurs, cela ne lui ressemble pas. Il a menacé Carcopino de sanctions s'il persistait à protester avec ses camarades du chiffre.

— Le général a pris le mors aux dents, conclut Valentin, péremptoire. Les agents ennemis pullulent à l'arrière de nos lignes. C'est un avertissement.

* *
*

Il n'est pas question pour Valentin de critiquer ouvertement la conduite de son supérieur. Hervé Layné ne peut s'empêcher de penser que le général a choisi de châtier le moins coupable pour semer une réelle frayeur dans la ville et les villages avoisinants, et empêcher les Macédoniens d'aider les *comitadji* ou d'obéir aux ordres des officiers de l'armée royale infiltrée.

— Nous sommes en Orient, commente tristement Valentin. Nous ne faisons pas la guerre comme en France, dans les règles habituelles. Sarrail pas plus que les autres. On lui signale chaque jour des cas de sentinelles égorgées la nuit par les *comitadji*, de courriers assassinés, de vols d'armes. Savez-vous ce que lui a dit le général de Curières de Castelnau, en mission d'inspection à Salonique, à propos du roi Constantin? «Nous sommes à Byzance. Faites comme les vizirs, ces assassins de sultans. Plantez-lui un poignard dans le dos. »

Pour offrir une revanche à Valentin qu'il estime, Leblois lui demande de former immédiatement une équipe dont la mission sera d'organiser l'infiltration du palais royal, des administrations grecques et des officines allemandes, y compris des journaux. Il ne veut plus être pris au dépourvu. L'enquête devra porter sur les responsabilités grecques ou allemandes dans l'affaire des marins français, sur la provenance des armes dont se sont servis les assassins et sur le fonctionnement du réseau allemand.

Layné suggère à son chef de retrouver Paul Raynal et l'artilleur Duguet, experts en missions impossibles. Raynal est le plus facile à joindre. Valentin l'arrache de nouveau au commandant Mazière, qui proteste en vain. Mais Duguet a été transféré sur un piton à l'avant de Monastir, où il a, au prix des plus grands efforts, installé sa batterie de 65.

Nouvelle colère du général Leblois quand il apprend qu'on ne peut pas joindre un artilleur perché sur un pic. Des fantassins protègent la position que le chef d'état-major, Jacquemot, estime « stratégique ».

— Vous croyez-vous à l'École de guerre ? Une position cesse d'être stratégique quand on me signale chaque matin l'évacuation de pauvres bougres aux pieds gelés. Faites rentrer tout le monde, et installez-vous plus bas. Vous n'y perdrez rien, rassurez-vous. Les Bulgares nous remplaceront ? Ils auront aussi les pieds gelés. Personne ne peut résister à une température sibérienne. Êtes-vous sûr que les canons peuvent encore tirer ?

Conséquence de cette saine engueulade, si peu courante de la part d'un général aussi maître de lui, Valentin récupère illico le sous-lieutenant Émile Duguet. Il lui confie le texte d'un télégramme que vient d'envoyer à l'état-major de Salonique l'attaché naval français à Athènes, et dont Leblois a reçu copie :

« Calme apparent, mais trompeur. Grecs très prévenants et essayant de faire la conciliation. Ministres de Russie et d'Italie paraissent se désolidariser des Français qu'ils accusent d'avoir été cause de tout. C'est pourquoi il est urgent que les légations partent, d'autant que, si elles tardent, elles seront retenues comme otages. Tout est prêt pour cela. Sommes à la merci du moindre incident. »

Dans le train menant à Athènes, les militaires français affrontent des visages hostiles, fermés. Ils ont été présentés dans tous les journaux grecs comme des occupants sans scrupules, capables d'étouffer l'indépendance du pays. Beaucoup de Grecs haïssent Vénizélos parce qu'il les pousse à entrer en guerre aux côtés des Alliés. Ils préfèrent la neutralité offerte par le roi qui leur permet de poursuivre leurs affaires en paix, et ils déplorent cette occupation alliée qui va transformer inévitablement la Grèce, qu'elle soit belligérante ou non, en champ de bataille.

Le blocus économique des ports est une catastrophe pour une population qui, pêcheurs ou armateurs, tire ses ressources de la mer. Que, de surcroît, les Français s'autorisent une sorte de coup de force pour obliger le roi à partir revient à traiter la Grèce comme une colonie.

À la sortie de la gare de Larissa, ils se rendent aussitôt à l'ambassade de France, où l'attaché militaire Bousquier les attend.

— Tout a été manigancé au palais royal, leur explique-t-il avec conviction, et par les soins de l'état-major du général Metaxas. Le jour fatal de la mort des matelots, les citoyens ont été réveillés à coups de clairon et se sont rendus dans les casernes où ils ont passé l'uniforme. Une sorte de levée en masse organisée, mais sans décret royal.

— Que dit Constantin?

— Que la décision appartient «aux officiers et au peuple».

— C'est-à-dire à ses partisans.

— J'ai dit au roi que des meneurs conduisaient le peuple aux casernes et que nous considérions l'armée comme absolument dans sa main. Il m'a répondu que ses officiers se sentaient déshonorés à l'idée de devoir livrer leurs armes aux Français. Ils exigent pour leur sécurité quarante mille fusils, cent quarante mitrailleuses et cinquante camions. Le peuple, selon le souverain, est disposé à résister s'il n'obtient pas personnellement les garanties demandées.

— Quelles garanties?

— Que nous laissions tomber les vénizélistes pour assurer son pouvoir.

— Impossible, dit Valentin. Le général Sarrail a déjà armé trois bataillons de Grecs.

— Précisément. Le roi n'entend pas se laisser désarmer dans une guerre civile dont il donne lui-même le signal en attaquant les Français, protecteurs de Vénizélos. En dehors des intrigues allemandes, il faut reconnaître que c'est une affaire grecque.

— C'est votre opinion, observe assez sèchement le colonel Valentin. Vous devez savoir que le général Sarrail a reçu du ministre, par l'intermédiaire du bureau de l'état-major des TOE[1], l'ordre de préparer un repli défensif sur Salonique, au cas où les Allemands vainqueurs en Roumanie seconde-

---

1. Théâtre des opérations extérieures, section du GQG au temps de Joffre, dépendant désormais du ministère de Lyautey.

raient les Bulgares dans un assaut sur la Strouma et le Vardar. Nos représentants à Athènes doivent comprendre que nous sommes en guerre et que Sarrail utilisera tous les moyens pour garantir la sécurité de nos troupes.

**
*

Le sentiment de Valentin est que l'attaché militaire Bousquier, suivant les ordres de l'ambassadeur Guillemin, réduit l'affaire d'Athènes à une querelle avec le roi. Dans l'esprit de Sarrail aussi, Constantin XII doit être neutralisé, sinon éliminé, sans aucune faiblesse. Et il regrette de ne pas avoir les moyens d'agir plus rapidement.

Il doit tenir compte des réserves des Alliés et du flou des instructions venues de Paris, auxquelles semblent se conformer, vaille que vaille, les représentants diplomatiques. Même si Guillemin, l'ambassadeur, passe aux yeux de Briand pour un adversaire déclaré et irréductible du roi Constantin. Valentin se souvient de ses conversations avec le député Bokanowski, ami du président du Conseil, en se demandant si ce dernier n'a pas finalement raison.

La solution idéale, celle que Briand a longtemps cherchée, serait d'inciter le roi à reprendre Vénizélos comme premier ministre. Rien de plus dommageable aux intérêts français, et d'abord à la sécurité de ses troupes, qu'une guerre civile en Grèce. Mais l'affaire s'est tellement envenimée, et le triomphe des Allemands en Roumanie[1] a

---

1. Toutes les ambassades savent depuis le 2 décembre que le général Berthelot, envoyé par Joffre a fait détruire tous les puits de pétrole de Ploiesti devant l'avance allemande.

tellement accru la menace sur la zone, que les Anglais eux-mêmes s'apprêtent à reconnaître Vénizélos. Le général Robertson, chef d'état-major britannique, s'attend à une concentration de trente-cinq divisions bulgares, turques, allemandes et autrichiennes en Bulgarie. Cela explique la provocation des nationalistes grecs, et le massacre des marins français.

– Le commandant Maublanc, qui a réparé les lignes de téléphone sabotées en Thessalie, m'a détaillé les mesures prises par Sarrail dans cette province considérée comme une zone de guerre jusqu'à Larissa, explique Layné au colonel Valentin. Toute présence de gendarmes, soldats ou fonctionnaires grecs, même vénizélistes, y est interdite. La justice? Assurée par des conseils de guerre d'officiers français. L'école? Par des instituteurs triés sur le volet. Les maires? Des notables choisis par nous sur renseignements. Les impôts? Saisis par nos soins. Les soldes des fonctionnaires gelées. Réquisition des animaux de ferme et du matériel nécessaire. Constantin n'est plus roi en Thessalie. Sarrail recommande de fusiller sur place tout officier grec, en uniforme ou en civil, pris avec une bande. Je crois que les Allemands n'ont pas fait mieux en Belgique.

– Que me contez-vous là? Nous n'avons pas, que je sache, incendié les maisons, exécuté les notables, pris des otages dans la population?

– Je suis sûr que Sarrail ne rêve que de faire défiler un bataillon de Sénégalais dans les rues d'Athènes.

– Il le fera, si la situation empire. Briand lui a refusé de marcher sur Larissa. Nous sommes malheureusement, dans un pays hostile, une force d'occupation à laquelle la diplomatie impose des règles particulières.

Valentin a réussi à se procurer l'adresse du chef de la police grecque Zymvrakaki, qu'on dit favorable aux Alliés, et démis en tant que tel de ses fonctions par le roi. Il se cache dans Athènes au domicile d'une amie sûre, la princesse russe Narychkine, liée au prince héritier de Serbie, et informatrice du général Sarrail. Cette femme du monde, qui porte le nom illustre de l'épouse de Pierre le Grand, est intouchable dans la ville. Son hôtel est un havre.

Zymvrakaki délivre à Valentin tous les détails possibles sur l'agression des marins. Les assaillants – des militaires disposant de canons, de mitrailleuses et de fusils allemands – ont fait prisonniers une soixantaine de matelots et cerné les autres. Il précise que les Grecs avaient honte de lui rapporter que les blessés français n'étaient pas soignés, que les cadavres des marins avaient été dépouillés. Il s'est rendu lui-même au Zappéion pour assurer la retraite de l'amiral, en lui conseillant de donner ordre aux canons de sa flotte de tirer. La retraite, après négociation avec le roi, s'est effectuée durant la nuit. Les annexes des légations de France et d'Angleterre ont été attaquées. Le roi a fait arrêter tous les vénizélistes de la ville. La propre maison de Vénizélos a subi un siège en règle, avec pillage. Les partisans du roi ont chassé les Français des postes de surveillance des gares et des communications. Des combats de guerre civile ont ensanglanté tous les quartiers d'Athènes, pendant la nuit tragique du 2 au 3 décembre.

– Les plus heureux de nos partisans, ajoute l'ancien chef de la police royale, ont trouvé refuge au Pirée, cachés par les marins du port, avec la complicité des armateurs favorables aux Alliés. Athènes est désormais une ville interdite.

– Mais la Thessalie est en notre pouvoir, avance Valentin.

— Détrompez-vous. À Larissa, la guerre civile fait rage. On compte des morts dans les rues, et des arrestations par l'armée royale qui n'a pas désarmé. Elle avance au contraire dans la zone déclarée neutre par votre général. Les royalistes ont repris le contrôle des postes et des gares.

Poursuivant leur enquête, Valentin et son équipe se rendent au Pirée dans une voiture prêtée par l'ambassade. L'attaché naval a dû se réfugier à bord du navire amiral, par impossibilité de communiquer d'Athènes. Il suggère l'évacuation des légations et le bombardement de la ville. La 16e division coloniale, apprend-il à Valentin, détournée de Salonique sur ordre du gouvernement, est restée à quai au Pirée. Elle ne doit intervenir que sur l'ordre du ministre donné directement à l'amiral.

— Tiens donc, voilà qu'on se méfie de Sarrail, pense Layné.

* *
*

En fait, Sarrail organise le blocus d'Athènes. Il compte sur Valentin pour en surveiller l'application. Il ne suffit pas, en effet, d'empêcher les navires grecs d'accoster ou d'appareiller du Pirée, encore faut-il aussi interdire au roi de communiquer avec Berlin, le Péloponnèse ou la Thessalie. Des équipes spéciales doivent s'infiltrer dans Athènes pour faire sauter les centraux téléphoniques, et même couper les lignes à l'extérieur de la cité. Il est urgent de faire dynamiter par les sapeurs du génie les stations de câbles, d'interdire la circulation sur le canal de Corinthe et d'exclure les civils grecs des convois de la voie ferrée Larissa-Monastir. Émile Duguet et Paul Raynal sont aussitôt chargés d'organiser et

289

de coordonner ces opérations spéciales, à l'aide de partisans désignés par l'ancien chef de la police.

Zymvrakaki offre en effet spontanément à Valentin des hommes sûrs pour effectuer des sabotages de nuit. Ces agents spécialement formés, généralement repliés au Pirée, ont les moyens d'établir des complicités dans la capitale. Il n'est que temps d'agir. Selon le fonctionnaire vénizéliste, l'armée grecque royale disposerait encore de quatre-vingt mille baïonnettes, dont sept régiments en Attique, et les officiers supérieurs seraient décidés à tout mettre en œuvre pour protéger le roi. Il informe le colonel français que la princesse Narychkine demande à lui parler immédiatement et dans le plus grand secret. Deux émissaires le conduiront à l'église byzantine Haghii Théodori, place Klafthamonos. La dame l'attendra.

Valentin entraîne Layné au Xénon, un hôtel modeste où, puisant dans son sac de voyage, il sort un loden vert et un chapeau à plume qui lui donnent l'allure d'un ressortissant germanique. Puis il hèle un fiacre qui le conduit au Pirée. La dame vêtue d'un manteau d'astrakan très sombre l'attend au lieu dit, le visage caché par une voilette. C'est bien la princesse russe. Agenouillée devant une icône de saint Théodore, elle lui fait discrètement signe de prendre place près d'elle, sur le bas-côté de l'église aux senteurs de cierges et d'encens qui semble déserte.

— Écoutez-moi, murmure-t-elle dans un français parfait sur le ton d'une prière entrecoupée de signes de croix. Je tiens mes renseignements d'une dame de l'entourage de la reine, d'origine russe. Le roi Constantin, affolé, s'est laissé persuader par Metaxas d'attaquer immédiatement les

Français. Il veut partir dans le Nord avec toutes les unités fidèles et abandonner Athènes.

Inconcevable! songe Valentin. Il fait tout, bien au contraire, pour sauver sa capitale...

– Le blocus, poursuit la dame en psalmodiant, rend impossible d'assurer la survie des deux cent mille habitants de la cité. Il veut laisser cette charge aux Alliés et rejoindre les Allemands par le nord-ouest, en Épire. Dites-le à votre général. Ma source est très sérieuse.

Valentin sort de l'église à la tombée du jour. Des patrouilles de soldats grecs parcourent la rue Athinas, dans un bruit de bottes cloutées. Les échoppes des commerçants ferment les unes après les autres, comme à l'annonce d'un événement. Le petit peuple des cireurs de chaussures s'est volatilisé.

Les émissaires l'attendent et le conduisent à la gare du Pirée. Il est pressé de joindre l'attaché naval. L'ahurissante information est aussitôt communiquée par la marine à Sarrail, sous forme de radiotélégramme. Le colonel ne peut savoir qu'au même moment, son chef a reçu de Paris un ordre lui interdisant de monter la moindre action sans concertation préalable avec tous les alliés.

Valentin est très étonné d'apprendre de la bouche du général Bousquier, attaché militaire à Athènes réfugié lui aussi au Pirée, que Joffre est en passe d'être limogé et que Lyautey arrive aux affaires. Du coup, le vent a changé. Bousquier hausse les épaules après la lecture du télégramme transmis par Valentin à Sarrail. Il estime qu'en effet l'armée royale et le roi lui-même peuvent fort bien évacuer la capitale si la révolution vénizéliste les y pousse. Mais les Français n'ont aucun moyen d'intervenir.

291

— Vénizélos, ajoute-il à voix haute, est en train de nous forcer la main. Il nous précipite dans une guerre franco-grecque, seul moyen pour lui d'obtenir la reconnaissance officielle des Alliés.

— Mais Sarrail arme ses bataillons! s'étonne Valentin.

— Au lieu de recruter les hommes qui nous manquent, nous avons fait de la politique! clame Bousquier comme pour être sûr d'être entendu, et nous nous sommes inféodés à un parti qui a eu le dessous. Vénizélos nous offre trois bataillons, et le roi a gardé quatre-vingt mille hommes sous les armes. Nous avons été joués.

«Voilà des propos qui feront plaisir à Briand s'ils lui sont rapportés», se dit Valentin, plus que jamais fidèle à Sarrail et conscient qu'on le maintient dans un cul-de-sac. Le silence de l'attaché naval, partisan de l'évacuation immédiate des Français d'Athènes, le laisse perplexe. Il n'ose contredire son interlocuteur, devenu le correspondant de Lyautey.

Ainsi, Bousquier n'est plus partisan de prendre ou de bombarder Athènes, mais d'obtenir des garanties de Constantin, grâce à la menace de blocus de la Grèce. La ligne Briand se confirme avec force. L'attaché militaire s'aligne, comme à la parade. Un accord vient d'être conclu par notre ambassadeur avec le roi pour qu'il évacue ses troupes de Thessalie et d'Épire en direction du Péloponnèse, et il semble l'avoir observé.

Le colonel Valentin, dans ces conditions, n'a plus qu'à rejoindre Salonique au plus tôt avec son équipe et attendre des ordres, rendant compte d'une mission impossible. Il ne peut rester au Pirée où l'on guette l'arrivée du nouvel amiral nommé par Paris, Gauchet, en route depuis Marseille. Qui sait ? Joffre démis de sa fonction, Sarrail n'est-il pas en passe de reprendre le bateau ?

*
*

Valentin connaît son Sarrail. Le Montalbanais ne trouve pas le sommeil et ne tient plus en place. L'attaque possible des Grecs royalistes et la menace d'une offensive germano-bulgare sur son front le placent dans une impasse. Il est sûr de ne recevoir aucun secours des Italiens et des Anglais, alors que les Serbes commencent à perdre le moral et à déserter, même dans l'armée Mitchich, qui vient de solliciter son évacuation vers l'arrière du front.

Sarrail demande au colonel de monter avec lui dans sa voiture pour rencontrer Denain à l'aérodrome. On lui a signalé des concentrations allemandes vers Vélès et Usküb, sur le haut Vardar, en Serbie macédonienne. Bucarest est occupée, c'est une certitude. Falkenhayn a tous les moyens de foncer sur Salonique.

Le général veut en avoir le cœur net. Si c'est le cas, il devra lâcher Monastir et perdra la face en Grèce. Les agents allemands de l'entourage immédiat du roi, protégés au palais royal, s'en frottent déjà les mains.

Le capitaine Denain n'est pas à l'ancien camp de la villa Allatini, de plus en plus déserté au profit du nouveau terrain de Boresnica, en Macédoine grecque, entre Florina et le lac d'Ostrovo.

— Qu'à cela ne tienne, mon général, je vais vous y conduire, dit le lieutenant Lemoine. L'escadrille C 389 est en opération au-dessus de Monastir et le capitaine Denain ne laisse à personne le plaisir de franchir sans lui les montagnes.

Lemoine est un Picard de Péronne. Sarrail croit se souvenir de cet officier d'un régiment de chasseurs d'Afrique qui a choisi l'aviation. Un regard enregistrant le moindre détail, prévoyant les opérations avec une précision d'horloger. Souvent invité à l'état-major, le dimanche, pour ses compétences aux échecs, il avait battu jusqu'au « muet du Sarrail ». Une sorte d'exploit.

Le général sent qu'il peut faire confiance à cet homme efficace. Il revêt la peau de mouton et coiffe le casque que lui tend Lemoine, et demande à Valentin de les accompagner.

En deux heures de vol, ils sont à pied d'œuvre. Denain, prévenu par radio, a ameuté la base pour accueillir le général. Elle compte une vingtaine d'avions dont les équipages sont présents, y compris ceux qui ont fait la foire toute la nuit dans les bouges qui se sont ouverts à Florina. Ils sont là, les Gauthier, les Parailloux, les Boutet de Montvel, les Préjelean et tous ceux qui, venus de la cavalerie ou plus simplement de l'aviation civile, ont réussi à passer leur brevet et jouaient, dès l'avant-guerre, les as des voltiges aériennes sur les « camps d'aviation » des villes de France. Même les Macédoniens ont accouru. Les gosses surtout, fascinés par les aviateurs.

Le général donne l'accolade à Denain, le créateur de l'aviation française d'Orient, toujours soucieux de pousser les raids le plus avant possible dans la vallée du Vardar où l'ennemi reconstitué ne cesse d'améliorer ses voies de chemin de fer.

Le sergent-chef Maméta a envoyé les auxiliaires malgaches à la corvée de pommes et de café au village où il a ses pratiques. Sur des tréteaux, dans le hangar des Spad où le chef mécanicien Hatinguais démonte et remonte inlassablement les nouveaux moteurs, un lunch est prévu pour Sarrail qui veut partir aussitôt, voler tant qu'il fera jour.

— Vous n'y pensez pas, mon général, l'arrête Denain. Bizé, notre meilleur pilote, a encore cassé du bois ce matin sur un Nieuport de cent vingt chevaux ; une bourrasque de neige glacée lui a fait manquer l'atterrissage. Sur la montagne, les trous d'air sont imprévisibles. Nous avons cru en perdre un autre dans une crevasse. Il s'en est sorti par miracle, aidé par des Bulgares auxquels il a faussé compagnie.

— Nous perdons du temps, insiste Sarrail, l'aviation est l'œil de l'armée. Montrez-moi ces concentrations de troupes allemandes d'Usküb que vous avez signalées dans votre rapport. Vous avez aussi parlé d'une division turque.

Denain prend ses dispositions. Il conduira lui-même le général sur un BB Nieuport, un chasseur au vol rapide capable de toutes les hardiesses. Lemoine suivra sur un Caudron, Valentin à son bord, muni d'un appareil photographique. Bizé couvrira l'avion de Denain, mitrailleuse en ligne.

Les trois avions décollent vers le nord, Denain en tête, naviguant à la boussole au-dessus de la couche basse des nuages, pour éviter les tirs d'artillerie et de mitrailleuse. Une éclaircie soudain : les pics enneigés du Kaïmatchalan, d'un blanc aveuglant. Denain fait un passage en rase-mottes, le temps d'apercevoir des points noirs sur la neige, silhouettes de soldats serbes maîtres du sommet, agitant des drapeaux.

— Je laisse vers l'est le pic du Dobropoljé, hurle Denain sans parvenir à se faire comprendre. Il perd de l'altitude pour suivre la vallée du Vardar à mille mètres. Le général peut parfaitement distinguer, grâce à l'éclaircie, les convois de camions traînant des pièces lourdes sur la route d'Usküb. Des avions bulgares portant la croix noire de Prusse ont décollé. Ils grimpent rapidement à cinq mille mètres.

– Des Albatros, leurs nouveaux chasseurs! gronde Denain. Ils vont nous tomber dessus comme des pierres.

Il vire de bord et pique, préférant affronter les batteries au sol plutôt maladroites que les mitrailleuses des pilotes allemands. De toute la puissance de son Nieuport, il reprend la route du sud, grimpant dès que possible au-dessus des nuages, protégé sur ses arrières par le fidèle Bizé.

Le Caudron de Lemoine, largué par les autres plus rapides, poursuit sa route au-delà d'Usküb. En bas, Valentin aperçoit les minarets de l'ancienne ville turque, la capitale de la Macédoine jadis occupée par les Serbes.

Lemoine grimpe à trois mille mètres pour observer le défilé de Katchanik, entre Usküb et le plateau du Kosovo. Par là, suivant le cours de la rivière Morava, passent les renforts bulgares venus de Sofia. Valentin multiplie les clichés de colonnes de ravitaillement en marche vers le sud-ouest. En vue de Koumanovo, dont les abords sont noirs de troupes, l'avion prend de l'altitude et vire de bord.

Le colonel Valentin est perplexe. Il est impossible de distinguer les Allemands des Bulgares. Comment repérer les régiments turcs? On ne reconnaît pas les uniformes des hommes emmitouflés de passe-montagnes, de pelisses et de bonnets de fourrure.

Les tirs de canons lourds laissent des flocons blancs dans le ciel au-dessus de la couche protectrice de nuages qui se développe à point nommé pour protéger le retour du Caudron. Un Albatros surgit, deux fois plus rapide que l'avion français. Valentin n'a que le temps d'apercevoir son fuselage jaune d'or avant de mordre la neige, sous un enchevêtrement de toile et de bois. L'appareil s'échoue, criblé de balles.

Lemoine saute le premier, indemne, du poste de pilotage. L'épaisse couche blanche a amorti la chute. Il dégage le colonel de son mieux. Valentin, contusionné, est surtout sonné par le choc violent de l'atterrissage, mais vite réveillé par le froid piquant. Ils ne restent qu'un instant immobiles, puis, vérifiant l'usage de leurs membres, s'éloignent des restes de l'avion en s'enfonçant dans la neige jusqu'aux genoux.

— Nous ne craignons plus rien de l'Albatros, hurle Lemoine dans le vent violent. Le pilote nous croit morts. Mais il faut nous sortir de là. Ils vont envoyer une patrouille. Si nous sommes pris par les Allemands, ils nous donneront aux Bulgares.

Ils ne sont pas arrêtés, mais accueillis, après une marche éprouvante, par des montagnards qui les abritent dans une baraque de planches remplie de foin, leur offrent de l'alcool et du pain sec.

— Je crois qu'ils parlent turc, chuchote Valentin à l'oreille de Lemoine, mais je ne saurais en jurer. Les Turcs se sont réfugiés, après la chute de l'Empire ottoman, dans certains villages de haute montagne, pour échapper aux Serbes.

Les hommes, chaleureux, font des signes d'amitié. Ils sont allés repérer la carcasse de l'avion déjà presque recouverte par la neige qui ne cesse de tomber. À l'évidence, ils admirent l'exploit des aviateurs. Qu'ils soient vivants tient du miracle. Allah leur a laissé la vie sauve! Par précaution,

Valentin recommande à son compagnon d'ôter les insignes et les grades de son uniforme.

— Si nous sommes pris, explique-t-il, ils nous garderont en otages comme officiers et nous serons interrogés jusqu'à épuisement. Soyons de simples sergents aviateurs en mission.

Au petit matin, la patrouille des *Alpen* cerne la grange. Valentin reconnaît la voix gutturale, les ordres en bavarois. Ils sont faits prisonniers sans coup férir, puis entraînés vers Koumanovo où des soldats bulgares, baïonnettes pointées sur le dos de nombreux Serbes et Français, les dirigent vers un camp de tentes plantées en pleine neige. Valentin s'informe :

— Nous partons demain en convoi vers la Bulgarie, lâche un sergent du 175ᵉ d'infanterie, exténué et affamé. On nous attend, nous a-t-on dit, près de Sofia.

Pour Valentin, cette capture est une aubaine :

— Lieutenant Lemoine, dit-il à son compagnon, je vous nomme au service de renseignements de l'armée d'Orient. Soignez vos yeux rougis par le froid et ouvrez grandes vos oreilles. Vous en aurez besoin.

Sofia : mission impossible

La route est interminable jusqu'à Sofia pour les prisonniers marchant sur ses bas-côtés verglacés. Étroite et glissante, fouettée par la bise des chaînes du Pirin, elle longe des rivières gelées, serpente depuis la ville de Koumanovo jusqu'à la frontière bulgare, avant de déboucher dans la vallée de l'Iskar qui draine vers le Danube, au printemps, les eaux de la fonte des neiges.

Valentin et Lemoine ont les yeux rougis par le froid malgré leurs providentielles lunettes d'aviateurs qui les reposent du décor blanc, lancinant, où ils s'enfoncent depuis plusieurs jours déjà. Les gardiens bulgares, des vétérans des guerres balkaniques engoncés dans leurs longues capotes et coiffés d'épais bonnets à poils noirs, n'ont pas cherché à les identifier. Le colonel et son pilote malchanceux se sont fondus dans le troupeau des Serbes et des fantassins français capturés dans la bataille de la boucle de la Cerna.

Les camarades partagent avec eux les maigres vivres conservés dans leur sac, et leur offrent en cachette, pour ne pas voir leurs gourdes confisquées, des gorgées d'alcool.

Dans les campements, sous les tentes de l'armée bulgare, par des froids de moins quinze degrés, le seul moyen d'éviter la congestion est de s'allonger comme les animaux, serrés les uns contre les autres, dans la paille fournie par les gardiens. Elle est prélevée dans les granges où, seuls les officiers et les soldats bulgares vont à tour de rôle se réchauffer.

Les prisonniers, plus de deux mille au départ, sont à peine cinq cents à leur arrivée dans la vallée de l'Iskar où le froid est moins vif. La plupart des soldats serbes sont morts de congestion ou de faim, abandonnés par les gardiens au bord de la route. D'autres ont été tués, souvent sans sommations, pour avoir voulu s'enfuir ou chercher refuge dans les villages.

Les Français n'ont pas la force d'épiloguer entre eux sur les circonstances de leur capture. À quoi bon ? C'est toujours la même histoire : une attaque surprise d'un poste de montagne par des *comitadji* ou des troupes spéciales rompues aux escalades. Disséminés dans les massifs au nord de Monastir, ils étaient pour la plupart quasi paralysés de froid lorsqu'on les a cueillis dans leurs refuges.

Mieux traités que les Serbes, les Français reçoivent chaque jour une sorte de brouet tiédasse, rations de *boza* faites d'orge délayée dans l'eau. Les Bulgares les considèrent avec pitié : que viennent-ils faire dans leurs montagnes au climat si rude ? Rassemblés à part, les prisonniers serbes n'ont pratiquement droit à aucune nourriture et sont malmenés avec une brutalité sauvage.

— Cela peut s'expliquer, réfléchit Valentin.

300

Il fait remarquer à Lemoine que les gardes ne parlent pas le bulgare, mais un sabir bulgaro-macédonien très comparable à la langue de certains villageois de Florina.

— Ces hommes ont sans doute été recrutés dans l'armée bulgare parce qu'ils s'étaient réfugiés à Sofia pour échapper aux Serbes. Souviens-toi de la seconde guerre balkanique : c'était hier, en 1913.

— Les Bulgares l'ont perdue ?

— Oui, et les envahisseurs serbes leur ont pris leurs terres et leurs troupeaux. Tu comprends pourquoi nos gardiens, ces paysans bulgares de Macédoine émigrés de force, se vengent ignoblement en laissant leurs prisonniers serbes crever de faim et de froid.

— Ils haïssent les Serbes à ce point ?

— La dernière guerre s'est accompagnée d'un douloureux transfert de population. Les gens ne pardonnent pas à ceux qui ont saisi leurs villages et leurs biens. On leur a enlevé le moyen de subsister. À Sofia, ils étaient parqués par dizaines de milliers dans des camps de réfugiés. Ils sortaient en masse pour manifester dans les rues, exigeant la reprise de la guerre de libération.

— Nos camarades serbes vont tous mourir, livrés à ces brutes.

— J'en ai peur. Heureusement pour nous, Français, les gardes bulgaro-macédoniens s'efforcent de nous traiter en prisonniers de guerre. Je note qu'ils ne refusent pas, à l'occasion, de nouer contact. N'as-tu pas obtenu de l'un d'entre eux deux précieux passe-montagnes contre des cigarettes, du papier journal imprimé en caractères cyrilliques pour garnir nos bottes, et même deux tablettes de chocolat allemand ?

301

Les deux Français n'ont plus rien à fumer, mais ils retrouvent un peu d'énergie et de confiance dans l'avenir. Avec son ceinturon d'officier en cuir fauve, Valentin tente d'appâter un autre garde, tout roide dans sa capote et le haut du visage à peine visible sous sa toque en peau d'ours. En échange, il obtient une gourde pleine de vodka aux herbes, d'une belle couleur vert olive, sans doute subtilisée à la cantine des chefs.

Un officier à la trogne rubiconde, sa casquette à bande rouge recouverte du *bachlik,* intervient soudain, la cravache haute. Il arrache le précieux ceinturon des mains du soldat. Tournant autour de Valentin et Lemoine, il désigne leurs bottes maculées par la boue mais identifiables. Les fantassins portent des croquenots et le détail ne lui a pas échappé.

— Ne niez pas! aboie-t-il dans un français très compréhensible. J'ai fait un stage de six mois dans votre école de guerre, et je connais parfaitement vos uniformes. Vous êtes des gradés. Vous avez arraché vos galons, mais votre équipement vous trahit.

Il demande aux Français de retirer les capotes kaki et terreuses qu'ils ont «empruntées» à des morts serbes, reconnaît la tunique noire d'artilleur de Valentin et celle, bleu aviation, que porte Lemoine. Il se radoucit d'un coup, les yeux plissés de satisfaction, comme s'il comptait tirer un avantage personnel de cette capture :

— Accompagnez-moi jusqu'à la grange. Nous y serons au chaud pour bavarder.

**
*

— *Gospodin* Robert Valentin, articule l'officier bulgare en examinant, l'œil collé sur sa lunette à manche de nacre de vieille duchesse acquise au marché aux puces de Sofia, les papiers militaires du colonel.

Assez comique, le lascar, dans ses efforts pour singer les officiers prussiens qui ne quittent pas leur monocle, se dit Lemoine qui attend son tour un peu à l'écart.

L'homme se présente en claquant les talons à l'allemande :

— Mon nom est Youri Sverdlov. Capitaine de l'armée de Sa Majesté le tsar Ferdinand. Je vois que vous êtes à la fois mon ancien et mon supérieur. Colonel ! Fichtre ! Mes compliments pour votre rapide carrière. Polytechnique, promotion 1905, versé naturellement dans l'artillerie. Voyons, j'étais à Paris un peu plus tard, en 1908. Quand vous avez été reçu au concours, trois ans plus tôt, j'apprenais encore l'anglais au Roberts College, l'école des missionnaires américains de Constantinople.

— Dont sortent diplômés beaucoup d'officiers bulgares, hasarde Valentin, pas très sûr de son fait ; mais il a entendu parler du prodigieux établissement.

— On a surnommé ce collège le « berceau de la liberté bulgare », ajoute Sverdlov. Nous y avons appris l'histoire et la géographie des *States,* mais aussi la démocratie, les idées américaines, l'organisation des partis. La leçon a été bonne. À notre Parlement, la *Sobranié*, onze partis sont représentés. Ils n'en ont pas autant en Amérique. Mais je parle, je parle, vous avez faim et soif.

Il fait signe à son ordonnance, qui fait réchauffer au feu de bois dans une gamelle la *kavarma* du capitaine : poulet à l'oignon et poivrons, des œufs flottant à la surface de ce ragoût très odorant.

— Voulez-vous partager mon repas, camarades ?

— Avec enthousiasme, *gospodin officier*, répond Lemoine en prononçant à l'allemande, montrant ainsi, au risque de manquer de tact, qu'il n'oublie pas que le «camarade» Sverdlov est bien un ennemi.

Valentin redresse sa haute taille pour porter plus diplomatiquement un toast à la paix dans les Balkans lorsque l'ordonnance lui propose un verre de vodka, blanche et pure comme de l'eau de source.

— De la vodka russe ?

— *Da*. Nous devons beaucoup aux Russes, et d'abord la vodka. Celle-ci vient de ma réserve personnelle. Elle est introuvable, hélas !

— Vous leur devez aussi votre libération, il me semble, risque Valentin en observant son hôte. Vous ne leur avez pas montré beaucoup de reconnaissance. Savez-vous qu'une brigade de soldats du tsar combat à nos côtés, au nom de la liberté des peuples ? Ils veulent cette fois vous libérer des Allemands.

— Quand je vous aurai reconduit dans mon automobile à Sofia, vous pourrez apercevoir la statue du grand Alexandre II devant la *Sobranié*. Nous n'oublions pas notre libérateur. La guerre est une chose étrange, n'est-ce pas ? Les Turcs, qui nous ont vaincus il y a deux ans, sont nos alliés obligés, alors que nos amis russes sont devenus nos ennemis. Quelle tristesse !

Valentin s'inquiète. Ils sont reçus par ce capitaine de réserve, dans cette grange à foin glaciale, tels des ambassadeurs au palais royal, mais il parle de les conduire à Sofia. A-t-il deviné la véritable activité du colonel français ? Est-il lui-même utilisé par le service de renseignements allemand installé dans sa capitale ?

Dieu merci, se dit-il, rien n'est indiqué sur mes papiers militaires, pas même mon appartenance à l'état-major du général Sarrail. Je ne suis qu'un officier d'artillerie parmi d'autres.

— Ne m'en dites pas plus, glisse Sverdlov comme s'il s'agissait de se montrer discret sur une affaire galante. Vous êtes les rescapés de l'avion abattu la semaine dernière dans la haute montagne. Votre camarade est le lieutenant Lemoine, lit-il sur le livret de l'intéressé, pilote à l'escadrille C389.

— C'est exact, confirme avec autorité Valentin, ne laissant pas à Lemoine le temps d'ouvrir la bouche.

Il retrousse les pointes de sa moustache, une lueur amusée éclairant son visage d'ascète :

— Vos batteries sont si bien cachées, ajoute-t-il en souriant, que je dois embarquer moi-même à bord d'un coucou pour tenter de les repérer. Nous avons malheureusement rencontré en chemin un Albatros.

— Fort loin de vos lignes ! lui fait observer le Bulgare, sur le même ton enjoué. Il est vrai que l'on s'égare très vite dans les nuages.

Un poste de radio grésille au fond de la grange. L'ordonnance se plante au garde-à-vous pour interrompre le repas du capitaine, s'attirant une bordée d'injures. Il s'excuse et s'éloigne. Sverdlov se lève en grommelant pour prendre l'écouteur.

Valentin saisit quelques bribes de la conversation. En allemand. Le bougre est décidément polyglotte, ce qui ne peut surprendre chez un officier chargé de surveiller les convois de prisonniers. Sans doute opère-t-il un premier tri dans le lot des captifs, repérant les gradés pour le compte de son service de renseignement.

La fin de la collation est des plus silencieuses. Sverdlov propose des noix, et un dernier verre de vodka.

— Je vous ai fait préparer des couchettes dans notre résidence, dit-il pompeusement. Demain, une voiture viendra vous chercher pour vous conduire à Sofia où vous serez traités comme il convient à des officiers de votre mérite. *Léka nocht*, camarades.

— *Léka nocht*, et *mersi*, reprend Valentin qui se flatte de parler quelques mots de bulgare.

* *
*

La nuit tombe. Le froid transperce, même dans la grange où les deux prisonniers sont couchés dos contre dos sous leurs couvertures.

— Il nous a livrés aux Boches, chuchote Valentin dans l'oreille de Lemoine. Il vient de recevoir ses ordres par radio. Demain, nous serons interrogés au PC des services secrets du major Curtius. Nous n'en sortirons pas, il faut s'évader tout de suite.

— Savez-vous où nous sommes ?

— Pas vraiment. Deux jours de marche depuis la frontière, nous devons être à vingt kilomètres de la capitale. Le seul moyen pour nous de rétablir la liaison avec les nôtres est de gagner Sofia, où j'ai un contact.

Lemoine est à peine étonné. Denain, son capitaine, a plusieurs fois organisé des raids de nuit pour déposer des agents secrets à l'arrière des lignes. Atterrir sur un champ plat ou sur une plage ennemie est une pratique courante aux aviateurs d'Orient.

Il songe, pour sa part, à s'approcher de nuit d'un aérodrome allemand pour s'emparer d'un Albatros et rentrer à la base, en pilotant son trophée. Il s'en ouvre au colonel, à voix basse.

— Trop risqué, estime Valentin. Les camps d'aviation sont bien gardés et les avions remisés dans des hangars. Il faudra passer quelques jours à Sofia, collecter le plus d'informations possible, avant de nous faire évacuer par la voie ordinaire. Ne vous inquiétez pas, nous sommes en Orient, tout peut s'arranger. Nous avons en Bulgarie beaucoup d'amis des Russes, qui sont nos amis. Le problème est surtout de sortir d'ici sans donner l'éveil. Tout de suite.

Lemoine s'est déjà levé pour explorer la grange. En quelques secondes, il s'est procuré deux capotes et des bonnets de fourrure. La porte est restée entrouverte, pour évacuer la fumée du brasero entouré de sentinelles somnolentes. Les dernières braises répandent un filet de clarté, suffisant pour se repérer. Robert Valentin étrangle proprement les deux gardes, s'empare sans bruit de leurs fusils et se glisse vers l'extérieur, suivi de Lemoine qui dérobe au passage la gourde de vodka du capitaine aux ronflements tonitruants.

Un projecteur éclaire le camp des prisonniers en contrebas, surveillé par des patrouilles relayées d'heure en heure. Lemoine, le premier, s'enfonce dans l'obscurité, glissant souplement sur la glace. Valentin se sert de son fusil comme d'une canne pour gagner le sentier qui les éloigne des feux du projecteur. En amont se trouve la grande route de Sofia où passent, dans un grondement continu, des convois militaires.

Deux soldats marchant en pleine nuit le long de la chaussée, arme sur l'épaule, sont à la merci d'un contrôle de gendarmes bulgares ou du halo des phares d'une voiture d'officiers.

— Tentons-le quand même, ordonne Valentin. C'est notre seule chance de progresser au moindre risque. Un convoi ne s'arrête pas sans raison impérieuse, et nous allons en sens inverse. Ils peuvent penser, s'ils nous distinguent dans la semi-pénombre, que nous sommes des réservistes affectés à la surveillance des poteaux téléphoniques, des ponts ou des rails du chemin de fer.

Ils atteignent en effet la voie ferrée de Sofia à Radomir, voie unique encombrée de convois de troupes et de matériel roulant à vitesse réduite, toujours en direction du sud. Les locomotives allemandes, dont les wagons plats laissent deviner la présence de lourdes pièces d'artillerie, sont doublées pour la traversée de la montagne. Les hennissements des chevaux, les mugissements des bœufs entravés dans les habitacles vétustes annoncent la montée en ligne de ces pièces lourdes. En serre-freins, des soldats allemands, nichés dans les cabines à l'arrière des wagons, lâchent des exclamations teutonnes alourdies de bière quand la rame ralentit.

— Suivons la voie sans crainte, propose Valentin. Il est normal qu'elle soit surveillée par des patrouilles de sécurité.

— Nous avons observé le mouvement vers Prilep d'une division allemande, dit Lemoine. Nous pouvons en rencontrer encore. Ils préparent sans doute une attaque importante sur Monastir.

L'interminable convoi s'arrête. Deux soldats en *feldgrau* sautent sur le ballast. Valentin fait signe à Lemoine de s'apprêter à bondir. À deux pas d'eux, des fantassins du IIᵉ Reich viennent de retirer leurs lourdes capotes pour satis-faire un besoin pressant. L'occasion est trop belle. Valentin, dans l'ombre, guette le moment propice. À l'instant où les hommes se redressent, ils sont étranglés sans même pousser un cri et tombent dans les bras des deux Français qui s'emparent aussitôt de leurs casques et de leurs bottes.

Sur la route de Sofia, deux soldats en uniforme allemand avancent désormais d'un bon pas, le fusil sur l'épaule. Pas un gendarme bulgare ne songe à demander des comptes à une patrouille de l'armée du général Mackensen. Valentin et Lemoine se sentent pousser des ailes : ils font stopper une charrette bulgare remplie de sacs de blé en route vers la capitale, prennent place sur le siège dont le cocher décampe sans demander son reste. Il sait qu'on ne résiste pas aux ordres des occupants allemands, qui se conduisent en Bulgarie comme en pays conquis.

** *

— Nous devons arriver avant l'aube pour échapper aux contrôles, les Allemands sont sans doute nombreux dans la ville et je n'aime pas les feldgendarmes. Ils ont la manie de demander tout de suite à vérifier vos papiers. Notre fuite a sans doute été signalée par radio par le capitaine Sverdlov, et peut-être ont-ils déjà installé des barrages de contrôle. Il est vrai qu'ils recherchent des hommes vêtus de capotes marron et coiffés de bonnets d'ours. Mais les Allemands demandant toujours des ordres justificatifs, il faudra nous expliquer dans leur langue.

— Je dois vous prévenir, mon colonel, que je n'en parle pas un mot, précise Lemoine.

Robert Valentin, natif de Montluçon, a appris la langue de l'ennemi au lycée de la ville. Il ne saurait aligner quelques phrases sans un fort accent français, voire berrichon, aisément repérable.

— En cas d'interrogatoire, je pourrais tout au plus passer pour un Alsacien, confesse-t-il. Et encore, si je ne me trouve pas face à un Strasbourgeois ou un Mulhousien ! Il faut éviter les Allemands — n'oubliez pas que nous portons des uniformes de *feldgrauen* –, mais affronter sans peur les Bulgares. Ceux-là nous pardonneront aisément de ne pas connaître leur langue. Pas un soldat du Reich ne la parle. Hormis quelques privilégiés qui ont fait des stages à l'académie militaire de Berlin, les officiers indigènes n'entendent que le russe, le français, ou l'anglais. Depuis deux ou trois ans, les familles militaires envoient leurs enfants faire leurs études dans les *Gymnasien,* mais ce n'est qu'un phénomène récent, qui touche peu de gens.

Les premières maisons de Sofia surgissent de l'ombre comme par enchantement. Valentin fouette son cheval. La pente est forte, vers l'entrée de la ville construite sur un plateau, à cinq cents mètres d'altitude. Ils sont fréquemment amenés à se ranger pour laisser passer des unités de cavalerie bulgare trottant vers le sud, parties avant l'aube, et des convois d'artillerie légère aux pièces de 77 allemandes tractées à six chevaux. Le jour n'est pas levé et une armée de renfort est déjà en marche.

Le colonel cherche à se repérer. Sofia n'a rien à voir avec Bucarest : une petite ville propre et nette, sans prétention ni mauvais goût. Il laisse souffler sa monture au sommet de la côte, d'où l'on commence à percevoir, dans les brumes, la masse encore sombre de la cité du tsar bulgare.

Lemoine lui presse le bras ; il vient d'entendre jurer derrière lui. Un passager discret, caché dans le chargement de la charrette ? Les deux officiers descendent, soulèvent la bâche, sur leurs gardes. Coincé entre deux sacs de blé percés qui répandent leurs grains, un homme brandit un poignard de tranchée.

— Un Français, dit Lemoine, à la vue de son casque. Ne bouge plus, camarade, lance-t-il en refermant la bâche après avoir grimpé près du fugitif. Tu es des nôtres.

Valentin prend la décision de repartir aussitôt, pendant que le clandestin s'explique avec l'aviateur :

— Je suis un artilleur de l'ancienne division Bailloud. J'ai réussi à quitter le convoi.

Lemoine lui enjoint de s'enfouir sous les sacs et de ne pas bouger, quoi qu'il arrive. Puis il retrouve sa place près de Valentin :

— Son nom est Jean Cadiou, recrutement de Concarneau, division Bailloud.

— Je l'ai connu pendant la retraite de décembre 1915, répond Valentin, dont la mémoire est infernale. Je l'ai même décoré de la médaille militaire en raison du travail héroïque de sa batterie, qui a permis aux camarades en retraite d'échapper à un encerclement.

— Le malheur est qu'il a gardé son uniforme.

— Nous lui trouverons des habits civils. Sofia est une petite cité bourrée d'étrangers et de soldats allemands. Nous ne sommes pas loin d'arriver et passerons inaperçus. Nous longeons déjà l'ancienne mosquée turque, aujourd'hui désertée. Le tsar Ferdinand n'aime pas les musulmans et déporte les Turcs dans les montagnes ou les steppes.

Lemoine est stupéfait. Le colonel semble connaître parfaitement son point de chute, et la ville elle-même. Y a-t-il résidé? Cela tient du prodige. Il sort la gourde de vodka, la tend à son supérieur, avant de boire lui-même une rasade. Dans les poches de sa capote *feldgrau*, il trouve des biscuits secs et du chocolat.

Ils ne sont plus nerveux ni affamés lorsqu'ils entrent dans Sofia, d'autant plus facilement que la voiture, cessant de cahoter sur de mauvaises pistes, glisse désormais sur une chaussée de briques. Çà et là, ses roues dévient sur les rails du tramway électrique sans doute fabriqué par la firme Siemens, et dont les timbres sonnent déjà au lever du jour.

Au pas ralenti de leur monture fatiguée, ils approchent du grand hôtel Bulgaria où des garçons nettoient les sols à grands jets de sciure et préparent les tables pour le petit déjeuner des officiers en garnison dans la ville, ou des hôtes étrangers de marque. Il est imprudent de s'attarder. Valentin évite le petit palais royal, de style baroque habsbourgeois très pacifique et gardé comme une forteresse, pour se diriger vers l'église du Saint-Synode.

— Une église russe, dit-il, un petit bijou d'architecture récente. Les Bulgares viennent de redorer sa coupole, en souvenir des deux cent mille morts russes de la guerre de libération russo-turque de 1878. Si nous avions le temps d'entrer, tu verrais le trône du tsar à côté de celui du patriarche.

Plus loin, Sainte-Sophie est la plus ancienne cathédrale du rite orthodoxe oriental. Pas un Bulgare ne peut profaner ces sanctuaires sacrés, même si les amis allemands font la guerre aux Russes. Ils prétendent que leur patriarche est le plus ancien des chefs des Églises autonomes des Balkans et pratiquent leur religion avec zèle. Elle leur a longtemps permis de résister aux occupants musulmans.

La voiture tourne dans le boulevard Vitocha, où quelques cafés de luxe commencent à ouvrir leurs portes.

— Nous sommes arrivés, annonce Valentin en stoppant près de l'entrée d'un hôtel particulier gardé par des grilles Grand Siècle, aux pointes dorées comme à Versailles.

Le lieutenant Lemoine écarquille les yeux.

— Nous nous rendons chez la vénérable princesse de sang royal Dimitrova, précise-t-il comme s'il s'agissait, au passage, d'aller présenter ses respects à une amie personnelle. Je ne dirai pas qu'elle nous attend. Nous lui ferons la surprise.

** *

Ils attachent le cheval à quelque distance, près d'un grand parc public, et sortent de leur chargement de blé l'artilleur Cadiou, vêtu de son uniforme français, qu'ils encadrent comme s'il était leur prisonnier.

Le trio carillonne à l'hôtel. Un serviteur en veste blanche leur ouvre. Valentin donne le mot de passe : *Alexandre Nevski.* Ils sont aussitôt introduits, sans que le personnel aligné à l'entrée marque le moindre étonnement.

— La princesse Dimitrova, daigne enfin expliquer à voix basse Valentin au lieutenant Lemoine, est la parente de la Narychkine, de la famille maternelle du tsar Pierre le Grand. Intouchable dans Sofia, encore présente aux réceptions de la Cour pour être intimement liée elle-même à la famille de la reine bulgare, elle est de cœur avec les Alliés, cache les Français, les Anglais, les Serbes, et organise des filières d'évasion. Sarrail avait pris soin de me donner son nom et son adresse en me confiant le mot de passe noté dans ses tablettes, au cas où nous serions abattus en avion.

– Madame la princesse va vous recevoir, dit un major-dome majestueux, vêtu d'un habit noir d'huissier. Mais veuillez d'abord me suivre.

Il les conduit aux bains, où ils trouvent des douches, un hammam à la turque et des peignoirs chauds. Ils prennent place sur des fauteuils où ils sont aussitôt rasés par un barbier russe aux cheveux blancs et en blouse de cosaque, vieux serviteur de la famille. Invités ensuite à la lingerie, une habilleuse experte prend leurs mesures avant de leur proposer des costumes civils à leur taille, de facture allemande.

Le petit déjeuner leur est servi dans une salle à manger discrète, réservée aux invités. Cadiou se jette sur les toasts au saumon, les pâtés à la viande. Lemoine avale trois tasses de café turc. Seul le colonel grignote sans grand appétit, trop impatient. Il attend avec une certaine anxiété la rencontre avec la princesse qui est leur seule chance de salut, mais aussi, espère-t-il, une source efficace de renseignements.

Elle fait son entrée vers huit heures, après la première messe, vêtue de noir des pieds à la tête, une mantille de dentelle dissimulant ses cheveux blancs de neige. Octogénaire alerte, mince, le regard noir et pénétrant, elle dévisage les trois soldats qui se lèvent, se présentent et s'inclinent spontanément – même le Breton Cadiou, tête de pioche d'artilleur. Elle sourit devant Claude Lemoine, dont elle semble reconnaître l'uniforme :

— Un aviateur ! À croire qu'ils passeront tous dans ma maison. J'ai de quoi équiper une escadrille ! Aimez-vous tant la Bulgarie que vous soyez si attiré par son sol rugueux ? Ne soyez pas triste. Vous avez cassé votre avion. Ils ne sont pas solides cette année. On vous donnera un autre joujou…

Elle prend le bras de Valentin pour l'entraîner familièrement vers son boudoir, dont le majordome referme la porte.

— Je vous attendais, lui confie-t-elle. Ne me demandez pas pourquoi ni comment. Je sais combien vous êtes proche de notre ami Sarrail, à qui le roi Constantin fait tant de misères. C'est pourtant un garçon raisonnable, très timide et doux dans son enfance. Il doit être poussé par ces brutes de généraux béotiens ou épirotes, la pire espèce. Des Prussiens en jupes d'evzones.

— Les Allemands ont les moyens d'acheter qui ils veulent dans les Balkans. Les rois ne leur résistent pas, même celui des Bulgares, ajoute Valentin. Ils se voient offrir leur poids en or. Le roi des Roumains est un mauvais exemple, il doit se mordre les doigts de s'être rangé à nos côtés pour garder son pétrole.

— Notre Ferdinand est devenu fou à lier. Mon ami Serge vous expliquera. Je l'attends pour midi. Nous déjeunerons tous les trois. Qui est Serge ? Pas de nom, s'il vous plaît. Comme vous le dites à Paris sur vos affiches de guerre, « les murs ont des oreilles », même les miens. Sachez seulement que Serge est un homme informé qui vous ouvrira de bonnes pistes. D'ici là, je vous en prie, ne vous risquez pas dans les rues ou dans les cafés, truffés de créatures de la police. Allez plutôt prendre l'air au bois. Vous aurez des passeports de journalistes américains. Ils sont très nombreux ici. Rien ne vous empêche de monter à cheval, à condition de ne parler à personne. Vous croiserez dans le parc les hommes et quelques femmes de la Cour, au trot dès le matin. Oui, mon cher, nous ne manquons pas d'amazones.

– Pour notre retour, quelle est la filière? risque Valentin qui n'a pu placer une phrase.

– Fi! l'impatient! N'êtes-vous pas bien ici? Vous y resterez le temps qu'il faudra. Votre Cadiou s'occupera aux cuisines. Il ne risque pas d'y commettre d'imprudences. Mes gens ne parlent que le géorgien ou l'arménien et n'entendent rien d'autre. Vous serez logés, avec l'aviateur, dans une chambre d'amis. Ma demeure a toujours été envahie par mes hôtes. Les mouches du ministre de l'Intérieur ont beaucoup de mal à les identifier. Vous n'avez rien à craindre, tant que vous êtes sous mon toit. Quand vous serez au moment de partir, nous aviserons, et vous retrouverez votre général, qui connaît déjà votre présence ici, par les voies les plus sûres. Sachez seulement que nous menons tous le même combat, celui de notre tsar, le vrai, le seul, dit-elle en esquissant une révérence devant un petit portrait encadré d'or trônant dans le boudoir, Sa Majesté Nicolas II, tsar de toutes les Russies.

*
*

Serge est, à l'évidence, un militaire en civil. Cheveux blonds courts, sourcils minces, taille élégante, port de cavalier. On l'imagine dans l'uniforme bien coupé des officiers du tsar bulgare. Pourtant, à sa manière de baiser la main de la princesse, l'homme se révèle un familier des grands, prince lui-même, peut-être, ou rejeton égaré par alliance bulgare de la famille impériale de Saint-Pétersbourg.

Après tout, Ferdinand Ier de Saxe-Cobourg-et-Gotha, devenu tsar de Bulgarie, est très loin d'être lui-même de naissance bulgare. Mi-allemand, mi-hongrois du côté de son père, Bourbon français par sa mère, il a dû convertir son fils Boris, catholique de naissance, à la religion orthodoxe, pour éviter une émeute dans Sofia. Son prédécesseur Alexandre de Battenberg, fils du prince de Hesse, était un brillant neveu du tsar Nicolas.

Le colonel Valentin a bien en tête le détail de ces généalogies, comme il sied à un officier de renseignements opérant dans les Balkans. Ferdinand, dit le Renard, a fort libéralement accueilli à sa cour des barons allemands, et bien sûr aussi des princes russes. Serge est peut-être un descendant de ceux-là.

Ces rois n'ont pas de patrie, se dit Valentin ; ils sont seulement placés, on ne sait par qui, à la tête des petits États.

Pourtant, les Bulgares ont un sentiment très fort de reconnaissance envers le tsar de toutes les Russies, et le petit Ferdinand n'y peut rien. Il en a, du reste, pris son parti, et cherche à exister sur l'échiquier européen du Sud par sa politique louvoyante, et fort déconcertante pour son peuple.

En mission de conseiller militaire en 1913 à Sofia, Valentin avait pu constater à quel point les experts arrivés d'Allemagne et installés à grands frais à l'hôtel Bulgaria assuraient l'équipement de la capitale. Elle devait à la Siemens ces réseaux électriques qui inondaient de lumière la moindre ruelle, tout comme la poste moderne dotée d'un central téléphonique et télégraphique capable de joindre Berlin, Vienne et Constantinople à la première alerte.

Les Allemands, loin d'être omniprésents à la Cour, tenaient les administrations pour la simple raison qu'ils étaient les seuls à pouvoir en assurer le fonctionnement. La formation des techniciens bulgares était lente. Hormis, peut-être, l'installation d'une compagnie des eaux, les Français n'avaient pas participé à cet effort de modernisation. Depuis plusieurs années, les scientifiques, techniciens et officiers faisaient leurs études à Berlin, à Leipzig ou à Munich.

Serge n'était pas de ceux-là. Était-il de ces petits groupes d'intellectuels amoureux de Paris, ancien étudiant de la Sorbonne ou, tel le capitaine Sverdlov, de l'École de guerre du Champ-de-Mars? Il parlait un français parfait avec un léger accent slave. Russe? Valentin n'osait l'affirmer.

— Notre tsar Ferdinand est un romantique, sourit la princesse pour rompre le silence gênant du début du repas, durant lequel Serge et Valentin s'observent à la dérobée, sans mot dire. Il rêve de monter sur son cheval blanc pour entrer dans Constantinople. Il se prend vraiment pour un Bulgare de l'ancien temps, quand le légendaire Siméon avait conquis un empire. Savez-vous qu'il est entré en guerre sans prévenir personne? Il en a fait la surprise même à son majordome.

— Il s'est bien gardé de consulter la Chambre, dit Serge un peu sec, sortant de sa réserve. Pourtant, la Bulgarie est démocratique, elle a des partis, une assemblée.

— Les Russes ont une douma, et elle ne sert qu'à encombrer notre cher Nicolas, souligne la princesse.

— Il a pu s'appuyer sur les réfugiés de Macédoine qui ne rêvent que d'en découdre avec les Serbes, glisse Valentin. Et sans doute l'ont-ils entraîné dans la guerre.

— Sans doute, relève Serge, toujours cassant. Nous avons eu tort d'accueillir ces hordes dépenaillées qui se disent bulgares et parlent un sabir ressemblant de loin à notre langue. Ces Macédoniens nous conduisent à l'abîme. Nous venons, en plus, d'en hériter de cinq mille autres, prisonniers des Autrichiens auxquels ils se sont rendus par haine des Serbes. Vienne nous les a généreusement attribués.

Nouveau silence. Valentin a toujours pensé que le seul moyen de régler la question de la Macédoine serait de donner à ses habitants une patrie ; au détriment des Serbes, des Grecs, et naturellement des Bulgares. Mieux vaut ne pas insister. Du reste, la princesse, sensible au malaise que ressentent ses invités, revient au tsar Ferdinand :

— Ne croyez pas que la guerre fasse l'unanimité chez les Bulgares. Notre vieux tsar l'a imposée sans aucune consultation politique. Nous n'en voulions pas. Nous aimons les Russes et vous êtes les amis des Russes. Ferdinand dit qu'il est trop vieux pour se soucier de quiconque. Il mène les affaires selon ses intérêts, à sa guise.

— Il est entièrement dépourvu de scrupules, ajoute Serge. Il veut la Macédoine, et peut-être aussi Constantinople. Il en a fait l'enjeu de son entrée en guerre. Ses amis de Saint-Pétersbourg ne pouvaient lui offrir la capitale du Bosphore, que les Russes convoitent aussi. Ses amis allemands lui ont, sans chipoter, promis la Macédoine. Un de nos ministres expliquait à la presse : « Si les Zoulous voulaient nous donner la Macédoine, nous marcherions avec les Zoulous. »

— Nous pourrions avoir un tsar zoulou, ce serait cocasse, s'amuse la princesse. Ils ont tué le fils de Napoléon III. J'ai vu, dans ma jeunesse, ce jeune homme à la cour de Compiègne. Il était d'une beauté saisissante.

— Il a suffi, reprend Serge, que le duc de Mecklembourg rende deux fois visite à Ferdinand et lui parle au nom du Kaiser pour qu'il se décide sans consulter personne. S'il avait réuni en session extraordinaire la *Sobranié*, comme l'ont fait l'empereur Guillaume et le président Poincaré, pour voter les crédits de guerre, il aurait été naturellement désavoué, mais il a ajourné l'Assemblée *sine die*. Puis il a commencé par lever l'*Opoltchenié*, la légion macédonienne, soixante mille hommes, quinze mille Albanais.

— Des Albanais? s'étonne Valentin. Que venaient-ils faire chez vous?

— Se venger des Serbes, qui occupaient leurs terres à l'ouest de la Macédoine. Dix mille Arméniens, tous réfugiés chez nous, se sont engagés.

— Réfugiés de Turquie? Mais les Turcs, leurs oppresseurs, sont vos alliés.

— Ils étaient nos ennemis en 1913. Les Arméniens en ont profité pour venir chez nous et y sont restés. Ils combattent pour une Arménie indépendante. On trouve toujours des gens pour faire des promesses qui ne leur coûtent rien. Ainsi, Ferdinand débordait de volontaires. Il devenait le libérateur des Balkans. Il a fait défiler dans Sofia ces fanatiques en armes.

— Dont les habitants étaient heureux d'être débarrassés, conclut la princesse. Hélas! Nos bons Bulgares ont dû les suivre en enfer!

**
*

Le colonel Valentin est désormais convaincu que Serge n'est pas un agent russe, mais un Bulgare de l'opposition favorable aux Russes. La princesse précède ses hôtes dans le boudoir, où ils boivent le café turc, toutes portes closes.

L'officier français, pour tenter de lire plus avant dans le jeu du convive énigmatique, aborde franchement le terrain politique.

— L'opposition ne pouvait-elle se manifester contre l'entrée en guerre? Les paysans bulgares ne pouvaient-ils refuser la mobilisation?

— Un homme politique proche du milieu rural m'a dit sans prendre de gants : «Nous savons bien que les paysans feront ce qu'on leur dira de faire et qu'un peuple a besoin de chefs qui pensent à sa place.»

— Le croyez-vous?

— Certainement pas. Je suis un démocrate. Mais c'est un fait : la mobilisation n'a posé aucun problème. Il faut dire que Ferdinand a réussi une sorte de coup d'État. Il a réuni au palais les représentants des onze partis pour leur demander leur opinion. Tous ont parlé contre la guerre, surtout le démocrate Malinov et l'agrarien Stambolijski.

— Avaient-ils le moindre pouvoir d'opposition réel?

— Après leurs discours favorables aux Alliés, le roi s'est retiré «pour délibérer», avec le prince héritier Boris et son secrétaire, le docteur Dobrovitch.

— L'âme damnée des Allemands, par qui passent les négociations financières, précise la princesse.

— Il est revenu pour déclarer qu'il avait choisi son parti «sur la base d'informations qu'il ne souhaitait pas rendre publiques».

— Pas de protestations? s'étonne Valentin.

— Dans la salle de réunion, furieux qu'on les traite ainsi en quantité négligeable, les députés en étaient presque venus aux mains. Stambolijski a osé dire à Ferdinand : «Les dynasties qui trompent le peuple ne durent jamais longtemps.»

« Ma tête est vieille, a répondu le tsar, et n'a pas beaucoup de valeur. Vous feriez mieux de vous préoccuper de la vôtre. »

— Une menace a suffi à les disperser ?

— Il en fallait plus. Les gendarmes s'en sont chargés.

— Êtes-vous convaincu, colonel Valentin, intervient la princesse, que le peuple bulgare, dans sa majorité bulgare, ne voulait en rien faire la guerre, qu'il y a été contraint par un souverain à la solde des Allemands ? Notre ami Serge peut vous confirmer que, dans l'armée, beaucoup d'officiers refusent de marcher contre les Russes.

— Cependant, ils les attaquent sur notre front, où combat une brigade envoyée par Nicolas. Une autre doit la rejoindre sous peu. Les Russes aident aussi les derniers des Roumains à contenir la poussée allemande.

— Vous avez fait beaucoup des nôtres prisonniers dans la bataille pour Monastir, et vous accueillez chaque jour de nombreux déserteurs, souligne Serge. Ils ont sans doute parlé, étalé leur amertume. Vous devez savoir que l'armée bulgare est entièrement commandée par des officiers supérieurs allemands, y compris son service de renseignements.

— Je ne l'ignore pas, dit Valentin. Il s'agit du major Ludwig Curtius.

— Ne parlez pas trop fort, plaisante la princesse. Il habite à deux pas.

— L'artillerie, les services, le génie sont entièrement entre les mains des « experts » allemands. Ils commandent aussi des divisions, des corps d'armée, et traitent les soldats bulgares avec un mépris brutal. Dans les rues de Sofia, ils exigent qu'ils leur cèdent le pas sur le trottoir. Ils réservent les meilleurs rangs du théâtre à leurs officiers et s'installent, avec leurs invités, dans le seul hôtel international de Sofia. Leur présence est une intolérable occupation.

— Pourquoi n'avons-nous pas recueilli plus de déserteurs ? Les Slaves de l'armée autrichienne se rendent en masse à Broussilov.

— Les Allemands fusillent, et donnent l'ordre d'abattre tout homme soupçonné d'abandon ou de refus de monter en ligne. N'oubliez pas que beaucoup de cadres de notre armée ont été formés à Berlin. Ceux-là partagent les valeurs et les avantages des officiers allemands. Ils tiennent l'armée en ligne par la menace. Contre les Serbes, ils n'ont pas besoin de sévir. Le moindre paysan bulgare est heureux de tirer sur eux. Sur les Russes, c'est une autre affaire.

— Je puis vous indiquer sur la carte, propose Valentin, les emplacements de la brigade du général russe Diterichs.

— À charge de revanche, je vous situerai en détail ceux des troupes allemandes ou macédoniennes qui vont être engagées contre eux. Je sais que votre général s'inquiète des effectifs rameutés de Roumanie par Mackensen pour attaquer Monastir et Salonique. Je ne vois aucun inconvénient à lui en communiquer la liste, et les bases de départ.

Serge, en se retirant, baise la main de la princesse, et, le regard soudain plus cordial au moment de saluer Valentin, claque spontanément des talons.

— Êtes-vous heureux de cet entretien avec le colonel Bordiev ? demande la princesse Dimitrova à l'officier français. Vous pouvez vous fier à lui. Il rend les plus grands services à l'état-major de l'armée. Je me demande s'il ne déteste pas les Allemands plus que vous.

**
*

Valentin regagne la chambre qu'il partage avec son camarade aviateur pour lui faire part des résultats de l'entretien, et lui signifier qu'ils devront résider à Sofia un certain temps.

Il ne trouve personne. Lemoine s'est envolé. Le major-dome consulté assure que l'officier français est sorti en ville, en civil et à pied. Le colonel tremble de colère, cette tête brûlée va tout faire échouer.

Bravant les risques, il décide de le rechercher dans Sofia. Un chapeau de feutre vert et un loden lui assurant une sorte d'anonymat germanique, il quitte discrètement l'hôtel de la princesse et s'engage dans la ville. La foule des militaires allemands et bulgares, mais aussi des civils marchant d'un pas rapide vers des rendez-vous d'affaires est si dense qu'il passe inaperçu sur le boulevard Vitocha, encore appelé les « Champs-Élysées » de Sofia. Les débits de boissons y sont nombreux, qu'il ne peut visiter tous, craignant de se faire repérer par les mouches de la police bulgare.

Il n'ose pas davantage entrer dans le grand café Bulgaria, où les journalistes fabriquent des informations sous la dictée des responsables allemands pour soutenir le moral de la nation. Son bar pullule pêle-mêle d'agents autrichiens ou hongrois, de diplomates neutres, suisses de préférence, d'espions russes affichant une mission commerciale. Son groom est sans doute le mieux informé de tout Sofia. Mais Valentin estime prudent de ne pas aborder l'homme à casquette pour savoir s'il a vu entrer un officier français. Il passe son chemin.

Moins de deux heures auparavant, Lemoine, en fait, a trouvé l'audace – ou l'inconscience – de plonger dans ces eaux troubles.

Fort de sa nouvelle identité de journaliste américain délivrée par la princesse et de son anglais parfait, il s'est accoudé délibérément au bar du Bulgaria où il a commandé un whiskey avec un fort accent yankee.

– American, sir ? l'interroge dans la même langue le barman empressé. J'ai travaillé quatre ans à New York, et d'abord à la voirie. J'ai franchi tous les obstacles de l'émigrant pour finir garçon de salle au bar du Waldorf Astoria.

Lemoine lève son verre en signe de connivence et se présente comme journaliste, passionné d'aviation. Il raconte au barman qu'il pilote lui-même, à l'occasion, des zincs bricolés de ses mains dans un atelier avant de les présenter dans les démonstrations aériennes aux *States*. Il est à Sofia pour écrire un reportage sur les as des as de l'aviation bulgare qui sera publié dans le *Chicago Tribune*.

– Justement, Sir, nous avons ici Sergi Gortchev, le plus célèbre de nos pilotes. Il a gagné plusieurs courses internationales avant la guerre.

– Puis-je l'interviewer ?

– Certainement. Il parle très bien votre langue, qu'il a étudiée à l'école américaine de Constantinople, comme nous tous. Les Américains sont les bienvenus, ici, à Sofia. J'ai de nombreux amis qui ont travaillé chez vous, et je crois savoir que Gortchev rêve de s'y rendre, après la guerre, pour montrer ses talents de pilotage.

Lemoine sait parfaitement, pour avoir descendu en combat aérien de nombreux avions allemands, qu'ils sont rarement pilotés par des Bulgares. Il est vrai que certains sont formés, et parfois très performants. Il est tombé sur l'oiseau rare.

Gortchev l'accueille avec une chaleur démonstrative, comme s'il retrouvait un camarade. Les Bulgares sont d'ordinaire calmes, plutôt réservés et méfiants avec un étranger. Lemoine est très vite rassuré : l'anglais du pilote est hésitant, saccadé, mêlé de mots slaves. Jouant le naturel et la décontraction, il fait celui qu'une rencontre avec un Américain ne surprend pas ; enchante, au contraire. Le journaliste s'intéresse-t-il à l'aviation ? Il lui assure que nul ne peut inspirer un article spécialisé avec plus de compétence que lui.

De si cordiales dispositions autorisent Lemoine à sortir sans attendre un bloc et un crayon pour noter scrupuleusement les informations que Gortchev semble prêt à lui délivrer. Le bar du Bulgaria étant le seul à offrir du whiskey à la clientèle, il fait signe au garçon de renouveler leurs verres sur une autre table plus discrète, au fond de la salle.

— L'Albatros D11D est actuellement le meilleur chasseur sur le marché, assure d'emblée l'aviateur.

— Moteur ?

— Mercedes à six cylindres en ligne. Les mécaniciens s'extasient devant. Ses cent soixante chevaux sont refroidis par liquide.

— Il doit peser une bonne tonne !

— À peine huit cents kilos, avec tout l'équipement. Il a naturellement deux mitrailleuses, alors que le BB Nieuport des Français n'en a qu'une. Mais surtout, cher camarade, il grimpe à plus de cinq mille mètres à cent soixante-quinze kilomètres-heure, le plafond de son rival français n'étant que de quatre mille six cents mètres et sa vitesse bien inférieure. Il faut que tu voies cela. L'Albatros est imbattable. Dis-le bien dans ton article. Les Américains doivent le savoir. Le meilleur matériel est allemand.

**
*

Le Bulgare, très en forme, se met à mimer un combat aérien, debout, les bras écartés.

— Tu vois le *circus* : grimpette rapide, repérage d'en haut, piqué droit sur la proie, les deux mitrailleuses en action. Il est impossible de perdre en combat aérien.

Légèrement piqué au vif, Lemoine cherche des objections pour rabattre la superbe de l'unique pilote bulgare de l'aviation allemande.

— Il y a un hic, camarade, dit-il, feignant un début d'ivresse et commandant un nouveau verre de whiskey qu'il videra, comme le premier, dans le terreau d'une plante verte. Le hic, c'est l'autonomie. Le Nieuport peut voler deux heures et trente minutes avec son moteur rotatif de quatre-vingts chevaux seulement.

Gortchev se rassied, ébranlé. Après un silence un peu brumeux, il trouve une réponse acceptable.

— Nous n'avons qu'une heure et demie pour opérer. C'est largement suffisant, car les aérodromes sont proches des lignes françaises et très nombreux au sol. Dès qu'un français se présente, trois des nôtres décollent aussitôt. Il ne peut échapper. J'en ai déjà quatre à mon actif.

Lemoine sourit. Ses propres prouesses sont plus impressionnantes, et il sait combien les jeunes aviateurs aiment à enjoliver leurs exploits.

— Un seul pilote, naturellement ?

— Pas sur le zinc d'entraînement. Nous sommes deux, à double commande. Cela ralentit la grimpette, mais le pilote d'une pareille merveille doit connaître parfaitement les manœuvres. Les Allemands ne laissent rien au hasard.

Lemoine prend fébrilement des notes, comme si l'interview était du plus haut intérêt. Il a parfaitement enregistré qu'il existait à la base de Gortchev un Albatros capable de charger deux pilotes, mais le Bulgare se vante : il est encore à l'entraînement, sans doute dans un camp proche de Sofia. Il n'a jamais été engagé au combat.

— Tu me donnes des renseignements sensationnels. Ta photo doit paraître dans la presse de Chicago, en première page. Titre : «Le premier pilote bulgare sur le meilleur chasseur allemand!» Un scoop! Bien sûr, tu voles de nuit?

— Bien sûr, nous sommes tous entraînés à la chasse de nuit, surtout par pleine lune.

«Il ment encore, se dit Lemoine, mais qu'importe!»

Le garçon évolue à plusieurs reprises autour de leur table. Fait-il chaque soir son rapport au service de renseignements? Lemoine décide qu'il faut en finir. Partir, ou tenter l'impossible. Gortchev, d'un coup, lui offre spontanément la solution.

— Pour la photo, lui dit-il, viens avec moi à la base. Elle est tout près d'ici. Les gardes me connaissent, ils me laisseront passer. Tu as tes papiers américains?

— Naturellement.

— En ce cas, prenons un fiacre, et fouette cocher. Je vais te faire une démonstration que tu n'es pas près d'oublier.

Deux hommes titubant au sortir de l'hôtel Bulgaria à une heure du matin, quoi de plus normal? L'étranger surtout. Ces gens-là ne résistent pas à la vodka, pas plus que les Bulgares au whiskey.

Gortchev ne donne pas d'adresse particulière au cocher, mais seulement des indications sur leur itinéraire. Afin de le guider sans qu'il puisse répéter à la police le lieu où il a conduit les deux soiffards, il lui signale successivement les différents virages à prendre, et se fait déposer dans un village aux volets clos.

Pour tuer les deux cents mètres les séparant du camp d'aviation, Gortchev a son arme secrète, une fiasque de whiskey qu'il tire de sa poche, l'offrant à son «camarade». Il passe ainsi le poste de garde, où les gendarmes bulgares hilares lui tapent affectueusement sur l'épaule. Ils sont fiers de leur héros aviateur et ne demandent aucun papier à son compagnon, qui semble aussi éméché que lui.

Le hangar des chasseurs est resté ouvert. Il en est toujours ainsi en cas d'attaque de nuit. Les avions doivent pouvoir décoller immédiatement. L'Albatros jaune d'or de Gortchev est en tête de file, une croix noire peinte sur ses ailes. Georgi passe avec difficulté sa combinaison de vol, prend une pose avantageuse devant l'appareil.

— Ne mets pas ton casque, dit Lemoine. Il faut qu'on reconnaisse ton visage.

Il prend un cliché au magnésium, illuminant brusquement le hangar et réveillant les mécanos. Lemoine les exhorte à figurer sur la photo destinée au journal américain. Ils se recoiffent, sourient, prennent aussi la pose.

— Où sont les pilotes allemands? demande Lemoine, péremptoire, en même temps qu'inquiet de son audace. Ne pourrait-on les photographier?

— Ils sont trop laids! lance Sergi dans un grand éclat de rire. Ils gâcheraient ta plaque. D'ailleurs, ils dorment dans une maison à part, surchauffée. Ces milords aiment leur confort.

Lemoine multiplie les gros plans, suggère à Sergi de s'asseoir dans la carlingue et de saluer, comme après un raid triomphal. Sergi, aux anges, s'exécute et ne peut s'empêcher de passer aux commandes. Le moteur de l'avion vrombit.

— Prends le casque, monte avec moi, crie-t-il. Un cliché opérationnel, en plein vol !

Il fait signe aux mécanos qui prennent Lemoine pour un Allemand, actionnent sans méfiance l'hélice de bois et poussent l'appareil. Les cent soixante chevaux grondent. Lemoine attache les courroies de son siège. Au-dehors, des projecteurs s'allument, l'alerte est donnée.

— Nitchevo ! s'écrie Sergi en russe.

Il met la gomme, décolle. Lemoine observe la manœuvre avec attention. L'appareil grimpe à toute allure à cinq mille mètres, plane sous la lune.

— À toi, lui dit Sergi, blêmissant soudain sous le vent glacé et affaibli par les vapeurs d'alcool. Prends la commande.

Lemoine ne se le fait pas dire deux fois. Pendant que son compagnon s'écroule, assoupi sur son siège, il maintient la vitesse et met délibérément le cap au sud. Une heure et demie plus tard, l'Albatros est dans les lignes françaises et amorce son atterrissage, sa réserve d'essence consommée jusqu'à la dernière goutte. Des chasseurs alpins surgissent de leur tranchée pour cerner aussitôt l'appareil. Quand Sergi Gortchev se réveille, il est ceinturé par deux soldats français.

— Bienvenue au héros de l'aviation bulgare, lui dit un officier. Ne craignez rien. Vous serez traité avec les honneurs dus à votre rang.

Réapprovisionné en essence par une théorie de porteurs de bidons malgaches, l'Albatros reprend son vol pour se poser en fanfare, cette fois, sur la base proche de Boresnica.

– C'est un exploit, dit sobrement à Lemoine le capitaine Denain.

**
*

C'est la fête à la base. Tout le personnel stationne autour du totem aux ailes étincelantes, sous le soleil de midi. Chacun veut le voir, le toucher, le prendre en photo. Les journalistes ont accouru de Salonique, pour rendre compte et visualiser l'exploit. Depuis l'attaque du grand zeppelin, on n'a rien vu de plus spectaculaire. Certains parlent d'exposer l'Albatros sur la grande place de Salonique. L'armurier Cadot essaie les mitrailleuses spéciales. Hatinguais, le chef mécanicien, lorgne le moteur Mercedes. Il a grande hâte de le démonter pièce par pièce pour en découvrir les mystères. Comment propulse-t-il l'avion si haut, si vite ?

L'empennage est intact, telle une robe de mariée. Lemoine a échappé à ses poursuivants en plongeant à trois cents mètres sous la couche épaisse des nuages, se repérant sur le cours des rivières scintillant sous les rais de lune. Pour se poser, il a épuisé même la nourrice. Il savait qu'en cas de capture il serait fusillé sans pitié pour lèse-Albatros, avec son passager bulgare.

Le capitaine Bizé tire des coups de revolver en l'air pour donner le signal des agapes. Francis le Malgache a tué un mouton égaré sur la piste d'envol et, entouré de ses camarades et de l'adjudant Scala, s'active à le rôtir entier à la broche. De son côté, le sergent-chef Laméta est allé chercher le pope au village de Boresnica, pour le convier aux réjouissances.

Les «Makédones» l'ont suivi, porteurs de divers présents pour les aviateurs. Les enfants jouent aux osselets sur la queue de l'Albatros, les filles dansent entre elles, dans leurs robes de fête. Le capitaine a ouvert pour la circonstance une caisse de champagne, dont chacun profite, portant un toast à l'escadrille.

Il est question de décoller pour une démonstration de la formation au complet. Plus de vingt appareils survoleront Athènes, l'Albatros en tête, piloté par Lemoine, pour atterrir au camp d'Allatini, près de Salonique. Consulté par télégraphe, le général Sarrail accepte le principe, à condition que les avions poursuivent leur vol spectaculaire au-dessus de la Thessalie et fassent étape à Larissa, au pied du mont Olympe. Les Grecs seront ainsi convaincus que le ciel est français.

Denain entraîne Lemoine sous le hangar Bessonneau qui lui sert de PC. Les yeux chargés de reproche, il l'accuse d'abandon de poste et de désertion. Son devoir était de rester aux ordres du colonel Valentin, de lui obéir en tout et de l'aider à réussir sa mission. Il n'a pas su résister à la tentation d'un coup d'éclat. Réflexe puéril. Il risquait non seulement sa vie, mais laissait chez l'ennemi un colonel évadé.

Lemoine évoque alors Cadiou, l'artilleur récupéré à Sofia. Valentin n'est pas seul. Tous les deux sont réfugiés au palais d'une princesse russe, et n'ont rien à craindre.

— Le colonel comptait sur toi. Il doit te chercher dans tout Sofia, exposé aux mouches de Curtius.

Lemoine lui narre leur évasion dans le détail, attentif à n'en rien omettre : ni l'attitude ambiguë du capitaine Youri Sverdlov, ni les circonstances de la découverte de Cadiou, ni l'accueil d'Alexandra Dimitrova.

— Crois-tu que ce Sverdlov n'aura pas donné l'alerte ? La police bulgare et les agents allemands traquent sans doute le colonel et l'artilleur évadé en fouillant toute la ville ; qui sait, en dressant des pièges autour du palais de la princesse dont ils n'ignorent pas qu'elle recueille des fugitifs. La nouvelle de la disparition et de la trahison de Sergi Gortchev a dû se répandre comme une traînée de poudre, et au Bulgaria, le barman a certainement témoigné pour sauver sa tête et son emploi.

— Qu'est devenu Gortchev ? s'enquiert Lemoine avec une pointe de sollicitude.

— J'ai téléphoné au lieutenant Carcopino. Il est actuellement interrogé à l'état-major. Carco m'a dit qu'on lui laisserait le choix : ou l'échange contre un prisonnier français de haut rang, ou l'engagement dans la Légion étrangère. Il a choisi ce dernier parti et n'en démord pas. Son rêve est de voler sur un avion américain. Carco lui a signalé qu'à l'escadrille La Fayette, les avions étaient français, mais les pilotes américains. Ton Gortchev ne veut pas retourner chez lui. Il implore Carco de rejoindre le camp allié.

— Sera-t-il accepté ?

— Une période probatoire à la Légion lui fera du bien. Nous y envoyons les déserteurs croates ou slovènes de l'armée bulgare, s'ils sont volontaires, bien entendu. Si l'escadrille l'accepte, il volera de nouveau. Il est dommage de se priver d'un aviateur bien formé, qui connaît sur le bout du doigt les performances des appareils ennemis. Mais il sera affecté au front français. Pas question de le garder ici.

Rassuré sur le sort de son bien involontaire complice en évasion, Lemoine reçoit avec joie le chaleureux pardon du capitaine.

— Sarrail tient à te citer à l'ordre de l'armée. Je n'y ferai pas d'opposition, à condition que tu partes toi-même, au signal de l'état-major, et sur un coucou d'observation, te poser près de Sofia pour ramener intacts le colonel Valentin et l'artilleur Cadiou.

**
*

Valentin a passé la nuit à chercher Lemoine dans Sofia. Il a même parcouru le marché aux puces, près de la cathédrale, là où les gitans, dès l'aube, alignent sur des couvertures miteuses leur pauvre trésor d'icônes défraîchies, de cimeterres turcs et de poupées russes en bois. Mais le lieutenant ne s'était pas dissimulé dans un de ces groupes de nomades.

De retour au palais dont le majordome lui a confié une clé, le colonel descend directement à l'office, où Cadiou dort sur un lit de fortune. Le Breton n'est au courant de rien.

Au petit déjeuner, son hôtesse lui tient des propos rassurants. Elle a obtenu de Serge tous les détails sur l'évasion réussie de Lemoine, et sur son départ avec un pilote bulgare rencontré au café Bulgaria.

— Ils n'oseront pas perquisitionner dans mon hôtel, lui dit-elle, mais vous ne devez plus en sortir sous aucun prétexte. Si votre ami avait été pris, ils l'auraient fait avouer sous la torture et lui auraient fait dénoncer ma filière.

Valentin se confond en excuses. Lemoine a pris un risque insensé. La princesse sourit.

— Les aviateurs ne changeront pas, ils sont tous les mêmes. Réjouissez-vous qu'il ait réussi son exploit. Les rares journaux de Salonique favorables aux Français publient sa photo en première page. Notre ami Sarrail doit pavoiser. Il nous reste, mon cher, à travailler sérieusement. Bordiev vous attend à la salle des cartes.

Valentin, stupéfait, découvre dans les greniers du palais une vaste pièce pourvue de postes émetteurs de radio, et dont les murs sont tapissés de cartes du front, ainsi que de l'ensemble du territoire bulgare avec détail des routes et lignes de chemin de fer.

Bordiev entreprend aussitôt le colonel, en lui tendant une main chaleureuse :

— Je dois vous prévenir, cher collègue, que vous ne trouverez ici aucun renseignement sur les unités bulgares. Je suis un patriote qui conteste l'engagement de son pays aux côtés des Allemands, mais je ne veux rien faire qui nuirait aux miens. Je sais combien il leur est pénible d'obéir aux officiers allemands qui mènent entièrement le jeu, sans égards ni scrupules. Je m'efforce uniquement de suivre à la trace les déplacements des unités de Mackensen, ainsi que des troupes autrichiennes en Albanie. Mes premières observations, à la suite de l'acte insensé de votre ami Lemoine, sont le changement du dispositif en cours. Sans doute Curtius se doute-t-il de votre présence à Sofia. Vous devrez patienter jusqu'à l'arrivée de nouvelles informations et vous garder de mettre le nez à la fenêtre. J'emploie moi-même des ruses de Sioux pour entrer et sortir de l'immeuble. Sans la protection spéciale du roi je serais déjà coffré.

Valentin ne relève pas. Sans doute le roi Ferdinand se livre-t-il à un jeu subtil pour rester en contact avec ses amis russes, à toutes fins utiles, surtout depuis les succès de Broussilov dans les Carpates. Mais Curtius est un adversaire redoutable.

— Ne croyez pas que les Bulgares accepteront jamais de se battre contre les Russes, poursuit Serge Bordiev. À leur mobilisation en octobre, beaucoup étaient persuadés qu'ils allaient combattre aux côtés des armées du tsar. N'oubliez pas le 22 mars 1915, jour de la victoire russe de Przemysl. Un Te Deum a été célébré dans la capitale, entièrement pavoisée aux couleurs du tsar. C'est un Bulgare, Radko Dimitiev, qui commande encore la glorieuse 3ᵉ armée russe.

— Pourtant, ils ont marché contre les Serbes.

— C'était pour reprendre « leur » Macédoine et « faire boire aux Serbes le lait de la vache française », comme ils disaient alors. Ferdinand a d'abord été très déçu que le feld-maréchal Falkenhayn évacue les six divisions qu'il avait avancées pour exterminer les Serbes. Il a réduit la présence allemande en Bulgarie à vingt bataillons.

— À Salonique, la princesse Narychkine nous a appris que la formule de votre Ferdinand était : « Mes Bulgares veulent voir des casques à pointe. » Ont-ils tous disparu ?

— Certes pas, vous allez vous en rendre compte. Mais on a déjà dû vous dire combien leur présence est difficile à supporter pour le soldat bulgare. Ils traitent nos hommes par le mépris. Un soldat allemand, en juillet, a giflé sous un prétexte anodin un officier bulgare. Cette offense a fait le tour de l'armée. En octobre, dans la boucle de la Cerna, les mitrailleurs du régiment d'Allenstein ont reçu l'ordre de « tirer dans le tas » des Bulgares qui flanchaient.

— Pourquoi ce mépris, cette violence ? Les Bulgares sont de bons soldats !

— Nos troupiers, utilisés par von Gallwitz, qui manquaient, paraît-il, de discipline de marche, étaient traités de « tziganes sentant l'ail ». Les officiers teutons ne parviennent pas à imposer aux nôtres leur ordre très strict, et ils sont prêts à fusiller les *comitadji*, selon eux semeurs de pagaille et inutiles. Sur les routes, les chauffeurs de camions allemands agressent les conducteurs de chars à buffles, l'injure permanente à la bouche : *Bulgarische Schweinerei !* Nos officiers de réserve, qui ne connaissent que les langues russe et française — notamment les anciens élèves des pères assomptionnistes de Plovdiv —, n'ont aucun échange possible avec eux. Les Teutons n'ont apparemment d'estime que pour nos artilleurs et nos mitrailleurs. Il est vrai que nous avons engagé dans les bataillons d'infanterie nombre de Macédoniens serbes, et même de Turcs et d'Albanais de fidélité douteuse. Vous avez pu le vérifier en interrogeant les déserteurs.

— C'est vrai, mais aussi des Bulgares à cent pour cent. Beaucoup de vos soldats nous disent qu'ils veulent entrer *na domovété si,* dans leurs foyers.

— Ils devront patienter longtemps, dit Bordiev. Les nouveaux casques à pointe sont arrivés.

**
*

La princesse n'hésite pas à inviter à déjeuner en son palais le représentant des États-Unis Murphy, resté en poste à Sofia, son pays n'étant pas encore entré en guerre. Elle compte sur lui pour organiser l'assistance en vivres et en missions sanitaires des provinces les plus déshéritées, mais aussi pour assurer, selon les lois internationales, avec les Suisses de la Croix-Rouge, la visite des camps de prisonniers français et serbes en Bulgarie. On lui a signalé de nombreux excès, des brutalités inadmissibles contre les Serbes.

Valentin est convié au déjeuner, et le diplomate américain s'étonne de la présence, en plein Sofia, d'un officier français de renseignements.

– Le colonel est mon hôte. Hélas! il va partir bientôt rejoindre les siens.

Nouvelle surprise de l'Américain. La princesse a-t-elle les moyens d'assurer le rapatriement d'un officier ennemi? Est-elle toute-puissante dans Sofia en guerre? Compte-t-elle sur lui, diplomate neutre, pour évacuer les képis blancs de l'état-major français?

Elle le rassure. Le front bulgare est assez poreux, du fait que nombre d'officiers sont hostiles à la guerre allemande. Il n'est pas impossible de trouver des complicités qui ne surprendraient qu'à demi le tsar Ferdinand.

– Vous savez ce qu'a dit le général ennemi von Seeckt à notre tsar, qui lui présentait le généralissime Jekov? «Vous n'avez pas dans mon armée de meilleur ami. – Est-il le seul?» a répondu l'Allemand.

Murphy se laisse aller à quelque autosatisfaction :

– On me rapporte que, dans les cafés de Sofia et même dans certains clubs d'officiers, on entend dire : «Les Américains arrangeront nos affaires.» Croyez-vous vraiment que les Bulgares se retireront de la guerre si par chance nous y entrons?

– Je ne le pense pas, répond la princesse. Ferdinand est trop engagé. Il a contre lui les partis politiques à la quasi-unanimité. Son malheureux ministre Radoslavov est haï de tous. D'ailleurs, les généraux allemands tiennent dans leur poigne solide l'armée bulgare et renforcent de jour en jour leurs propres unités. Il n'est pas question qu'ils lâchent ce front, qui ouvrirait le Danube aux Alliés.

Murphy comprend alors la présence du colonel Valentin à Sofia.

— À l'évidence, l'interroge-t-il sans en avoir l'air, les Français craignent une offensive allemande sur Salonique.

Le colonel reste muet sur ce point. Il évoque seulement l'impatience de la presse française, en ce mois de décembre 1916, à propos de l'entrée en guerre des États-Unis. La France est à bout, elle attend des renforts.

— J'ai lu ce matin dans un journal entièrement aux mains des Allemands, explique d'une voix posée la princesse, que leurs sous-marins ont de nouveau multiplié les victimes américaines. Six des vôtres ont trouvé la mort dans le naufrage du *Marina*, un paquebot anglais, un autre dans celui d'un bateau italien, le *Caledonia*. On ne compte plus les bateaux neutres torpillés. Jusqu'à quand votre président Wilson tolérera-t-il cette atteinte à la liberté des mers?

— Il ne vous a pas échappé qu'il vient de protester publiquement contre les déportations de populations civiles par les Allemands, notamment des Belges et des Français.

— Prenez garde, un sous-marin allemand de grande puissance, le *Deutschland,* est rentré triomphalement à Brême après un raid de vingt et un jours qui l'a porté jusqu'aux côtes américaines.

— Nous n'ignorons rien de tout cela, mais, croyez-moi, il n'est pas facile de convaincre le peuple américain d'envoyer des centaines de milliers de soldats faire la guerre en Europe.

D'une certaine manière, les excès de la guerre sous-marine servent la cause du Président, très attaché à la victoire des Alliés, qu'il a déjà aidés de tout son crédit.

— La cause alliée sera bientôt entendue, conclut, amer, le colonel Valentin. Nous avons perdu plus de cinq cent mille hommes à Verdun et sur la Somme.

Sur ces paroles, il prie ses hôtes de l'excuser, remercie avec effusion la princesse de son accueil. Elle sait qu'il doit préparer son départ, prévu pour la nuit, et se concerter avec l'artilleur Cadiou qui loge désormais dans sa chambre.

Le Breton est déjà prêt au retour, habillé de pied en cap en soldat de Ferdinand. Le colonel Bordiev a fait parvenir aux deux Français des bottes, des capotes d'officiers bulgares et des papiers en règle.

Valentin explique à Cadiou, impatient de prendre le large, qu'ils ne peuvent quitter le palais par les voies normales, ses abords étant truffés de mouches de la police. Selon son plan, ils se dissimuleront dans une voiture d'extra stationnée dans les sous-sols de l'hôtel, et patienteront ensuite dans une petite maison abandonnée sur la route de Petnik. De là, le colonel Bordiev les conduira lui-même de nuit, seul dans son automobile, jusqu'à un terrain équipé de torches pour faciliter l'atterrissage d'un avion français.

*
*

Valentin ne reconnaît pas tout de suite le pilote, dont le visage est masqué par le casque et les lunettes. Il s'assied à son côté dans le vieux Caudron d'observation pendant que Cadiou s'installe à l'arrière, à la place du photographe. Le décollage est immédiat. Bordiev, à terre, éteint immédiatement les lumières.

La nuit est claire. À quatre mille mètres, l'éclat de la lune qui leur fait face est presque aveuglant. Le pilote recommande au colonel de prendre la mitrailleuse en charge. Des chasseurs ennemis peuvent surgir. Pas d'alerte. L'avion cherche à prendre encore de l'altitude au-dessus des montagnes où le front s'accroche, de part et d'autre, jusqu'à des pitons élevés. Plusieurs coups de canon saluent leur arrivée sur les lignes. Les Français tirent, croyant à un raid bulgare de nuit.

Le Caudron perd de l'altitude et met le cap franchement vers l'est. Après une angoissante navigation, ses roues tressautent enfin sur les mottes d'herbe, à l'abri des nuages qui protègent le champ des avions ennemis et des mitrailleuses de guet à terre.

Valentin enrage. Personne n'a prévenu les artilleurs français. Ils ont risqué de se faire descendre par leurs 75 antiaériens. Un terrain d'aviation balisé finit par les accueillir sans autre anicroche.

Se croyant revenu à la base de Boresnica dont il est parti, le colonel est surpris d'avoir atterri à Salonique, près de la villa Allatini. Ôtant son casque et ses lunettes, le pilote se tourne vers lui. Avec un sourire radieux, Lemoine se fait enfin reconnaître, salue son colonel et embrasse Cadiou. Il a su les tirer d'affaire.

— Bon voyage, mon colonel ? demande Michaud comme à un passager débarquant de l'Orient-Express.

Le chef du cabinet de Sarrail les dirige aussitôt vers son automobile. En une heure, ils sont dans le bureau du général, impatient de revoir Valentin.

Sarrail est d'humeur massacrante : un nouveau cuirassé, le *Suffren,* vient d'être torpillé en Méditerranée, ainsi que le paquebot *Algérie III* qui rentrait sur Toulon. Les Russes et les Roumains reculent toujours, libérant l'armée de Mackensen, rendue disponible pour d'autres tâches. Le roi Constantin poursuit son obstruction : sentant proche la victoire allemande, il a massé ses troupes en Thessalie, autour de Larissa et Volo, et fait arrêter dans Athènes tous les partisans de Vénizélos. Le colonel Zymvrakaki, frère du général, est sous les verrous.

— Nous aurons à faire la guerre aux Grecs d'ici peu, lance Sarrail à Valentin. Constantin fait fortifier les hauteurs au-dessus d'Athènes, et ses troupes bivouaquent dans la ville. Je devrai me battre sur deux fronts.

— L'ultimatum allié du 14 décembre a tout de même fait reculer Constantin, note Michaud. Il a de nouveau promis d'évacuer la Thessalie.

— Promesses d'ivrogne. Il a replié ses troupes sur la Morée. Elles ne sont pas démobilisées. Il arguë de la «révolution» vénizéliste pour tenir «le peuple armé», mais lance un mandat d'arrêt contre Vénizélos et fusille ses partisans. Dans les îles, les vénizélistes font proclamer la déchéance du roi. Nous n'en finirons pas.

— Voici de quoi vous réconforter, mon général.

Valentin déploie sous ses yeux une carte tirée de sa serviette, où sont figurées les troupes russes sur le front français, et les unités allemandes en face. Le général se penche aussitôt avec le plus grand intérêt sur ce document exceptionnel. Valentin commente :

— À la fin de notre offensive de septembre, les Allemands, préparant leur affaire de Roumanie, n'avaient laissé devant

Monastir que le détachement Sommerfeld, un bataillon prussien, un escadron de hussards, et trois batteries de montagne.

— Ils se sont vite renforcés.

— Dans un premier temps, ils ont fait venir de Champagne un régiment de réserve et un bataillon de chasseurs saxons. Un autre bataillon a été retiré de l'Hartmanwillerkopf, des *Alpen* combattant dans les Vosges. Ils ont rameuté huit batteries de 150, trente-deux pièces lourdes d'une redoutable efficacité, celles-là mêmes qui bombardent aujourd'hui Monastir. Un régiment de 77 est venu tout entier de l'Argonne, avec ses caissons, ses canons attelés de six pièces chacun, son ravitaillement de munitions.

— Ont-ils eu peur de manquer de moyens ? intervient Michaud. Nous avons relevé sur ce front les pattes d'épaulettes du 42ᵉ régiment prussien en provenance du front russe. Des gens habitués au froid, instruits en Poméranie. Ils ont renforcé le secteur du Vardar d'un rideau de troupes, deux bataillons du 146ᵉ régiment d'infanterie.

— Je vois qu'ils disposent d'une deuxième arrivée de renforts sur les arrières de Monastir, découvre Sarrail.

Et Valentin de commenter, comme s'il avait passé ces unités allemandes en revue.

— Un régiment prussien revient de la Dobroudja, où la victoire est acquise.

— Je l'avais bien dit ! s'exclame le général. Nous allons tous les avoir sur le dos.

— Les renforts les plus importants viennent du front des Vosges, que Joffre a beaucoup dégarni. Les chasseurs et les fusiliers de la Garde sont arrivés en Orient, avec des *Alpen* et des grenadiers de Silésie.

— Je constate qu'ils disposent de troupes résistant au grand froid et entraînées aux combats de montagne. Les Anglais, chez nous, ont attendu six mois leur équipement spécial. Ils viennent à peine de le recevoir. Quant à nos Africains, leur présence ici tient au fait que l'on imagine à Paris le front de Salonique comme une sorte de paradis tahitien. Je vois que l'essentiel des troupes ennemies est massé sur Monastir.

— Les Allemands s'emploient surtout à tenir les lignes où vous avez placé la brigade russe. Ils savent que les Bulgares ne veulent pas combattre leurs libérateurs.

— Voilà une précieuse indication. Déplaçons nos Russes, Michaud. Jetons le désordre dans leur *Kriegspiel*. Mackensen en aura pour un mois avant de pouvoir mettre en place un autre dispositif.

— Les Russes ne demandent pas mieux, mon général.

**
*

Son képi de margis sur la tête, Paul Raynal erre seul sur les quais de Salonique, où le commandant Maublanc l'a expédié pour veiller au débarquement de nouveaux engins de levage venus de Marseille. Depuis février 1915, il n'a pas revu les siens, et surtout, il n'a plus de nouvelles de Carla. À la fin de l'offensive de Monastir, les navires-hôpitaux sont repartis avec leur contingent de blessés, et le *Charles-Roux* n'a pas reparu. La reverra-t-il un jour ?

À l'approche de Noël, il songe à la dernière lettre de Maria, sa mère, où elle lui donnait des nouvelles de son arrière-grand-mère Bordarios, la centenaire de Cayriech, toujours vaillante dans son village de pierres blanches. Tous les siens ont voulu la signer : son père Éloi, le chapelier de Septfonds, Cyprien le métayer de Monteils, la tante Isabelle et même Marcel, le chanoine de Montauban. Mme Sangnier, son ancienne institutrice le conjure de rentrer en permission ; il y a droit, il doit le demander fermement ; elle a reçu avec joie un de ses camarades de la marine, échappé pour deux semaines de Salonique, pourquoi pas lui ? Tous ici l'attendent.

Les permes ! Elles sont distribuées au compte-gouttes, on ne sait comment. Les officiers n'en sollicitent pas. Paul y songe soudain sérieusement. Pour revoir les siens, bien sûr, pour embrasser sa mère, la tante Isabelle et la centenaire, mais surtout pour retrouver Carla que les chirurgiens aux képis étoilés retiennent sans doute à Marseille. Il ne peut croire qu'elle l'ait oublié.

Les éclats d'une bagarre le tirent de sa méditation. Derrière lui, un docker bulgare échange des coups avec un Turc près d'un cargo grec arraisonné depuis le blocus et surveillé par les fusiliers marins en patrouille. Paul soudain s'inquiète. Un Bulgare, un Turc ? Les services de renseignements du roi Constantin ne manquent pas d'informateurs pour communiquer aux Allemands les entrées et les sorties de troupes du port. Pourquoi, d'ailleurs, les habitants bulgares ne se laisseraient-ils pas recruter par leur propre service d'espionnage, dirigé depuis Sofia !

Paul trouve cette guerre pour le moins étrange. Dans la Grèce hostile, l'expédition interalliée combat un adversaire disposant contre elle de toutes les complicités. Il en vient à douter de l'utilité des Français dans ce guêpier, et de la nécessité du sacrifice de cette armée d'Orient.

Le major Luciani vient interrompre le cours de ses pensées moroses. Un revenant! Paul l'avait oublié, depuis les Dardanelles. Il rentre précisément du front, en «permission de détente», comme ils disent à l'état-major. Avec lui, les zouaves du 2ᵉ bis du bataillon de Rasario, de Ben Soussan et de Vigouroux, qui, débarquant d'une péniche, se précipitent avec la fougue des recrues d'Algérie sur leur camarade de galère. Le joyeux zouave de Limoux semble avoir quelque mélancolie dans le regard. Paul ne s'y trompe pas. Sans doute a-t-il en mémoire, lui aussi, l'image d'une femme qui lentement s'estompe. Il le serre dans ses bras, content de le revoir en chair et en os, alors que tant de camarades ont disparu.

– Secoue-le, lui souffle Ben Soussan. Il est pâle comme une momie. Depuis qu'il a perdu son Alexandra, c'est un mort vivant.

En regardant manœuvrer les matelots, tous ont une pensée pour leur camarade Broennec, mort en mer. En silence, ils partagent tant de souvenirs tragiques, les *dardas*! Et voilà que, revenus de tous les coins perdus de la Macédoine, ils se retrouvent de nouveau devant les eaux glauques du port. Il ne manque à l'appel que le sous-lieutenant Duguet. Le voilà. Il a fini d'accuser réception de ses caisses de munitions, si longtemps attendues, il reconnaît Raynal entre mille. Ils viennent de bourlinguer dans Athènes en état de siège pour faire sauter les centraux et les lignes de téléphone. Mission terminée, ils ont rejoint leur corps. Et Duguet l'artilleur de Nice n'est pas le dernier à s'en réjouir.

Un verre chez Madame Joujou s'impose. À peine si les jeunes soldats prêtent attention aux femmes qui les sollicitent. Seul Ben Soussan glisse un regard plein de pitié à la danseuse chlorotique, Suzette d'Aubervilliers, convertie aux danses orientales sous le prénom d'Aïcha. Ils sont heureux d'être ensemble, dans la paix relative du port tumultueux où ils oublient le froid glacé des montagnes, les patates allemandes des *Minenwerfer* tombant dans les lignes, les missions impossibles et les sacrifices inutiles. Ils repartiront demain aux quatre coins du front d'Orient, sans autre but que de tenir les lignes, tout comme les copains de France tiennent celles de Verdun.

— J'avais oublié, dit Luciani à Paul tandis qu'ils regagnent chacun leurs quartiers à la nuit tombée. J'ai reçu pour toi à l'antenne du port un paquet de lettres que le vaguemestre ne savait où t'adresser. Elles sortent toutes de la même fabrique.

Paul Raynal embrasserait le major. Il vient de reconnaître l'écriture penchée de Carla.

Noël à Monastir

Depuis le 20 décembre 1916, les habitants de Monastir savent que l'année s'achèvera dans l'apocalypse, sans un jour de répit. Les Allemands, furieux de l'interprétation faite dans les journaux alliés de leur évacuation de la ville, transformée en victoire franco-russo-serbe, organisent méthodiquement le bombardement de chaque quartier. La liste des morts civils et militaires, depuis le 19 novembre, jour de la libération, est impressionnante. Désormais, le front ne bouge plus, mais les canons de l'ennemi sont toujours là, tapis dans les montagnes, imprenables, invisibles.

Capitale macédonienne convoitée par les Serbes, les Bulgares et les Grecs, occupée longtemps par les Allemands et leurs alliés bulgares, Monastir est une cité martyre. Construite sur le sol ondulé de la plaine, irriguée par le Dragor au cours gelé, elle est à la merci des pointeurs allemands qui repèrent leurs objectifs à la jumelle. Un champ de tir pour artilleurs : voilà ce qu'est devenue, en moins d'un mois, la riante cité.

Autour de la capitale de l'antique Macédoine, le paysage autrefois d'une beauté homérique s'est changé en montagne lunaire, dépourvue de toute couverture forestière à cause de l'incessant duel des pièces lourdes. Certains jours, la fumée envahit la ville, ses rues, ses places, ses fontaines et jusqu'à la pointe de ses minarets, stagnant à vingt mètres du sol si les vents ne soufflent pas assez fort pour la dissiper. Monastir est certes une ville conquise, mais elle ne compte plus ses ruines.

Quand cognent les tirs groupés des 120 ennemis, les colonnes de ravitaillement françaises s'abritent derrière la vaste façade en crépi rose, tout ce qui reste de leur caserne après l'incendie. Les sapeurs du commandant Mazière rétablissent périodiquement les rails endommagés de la gare à demi détruite et les trains peuvent arriver, à condition de ne pas stationner longtemps. Des compagnies spécialisées n'en finissent pas de réparer les fils électriques et ceux du téléphone, toujours rompus lors des explosions.

L'ancienne cité aux ruelles étroites a beaucoup souffert des bombes et des obus. Le quartier turc et ses mosquées sont sinistrés. Les tuiles rouges des maisons de style oriental, souvent cossues, ont volé en éclats.

Mazière a fait acheminer, par le chemin de fer de Salonique, des travailleurs malgaches et annamites en tenue de tirailleurs qui déblaient les ruines, retapent la préfecture incendiée, récupèrent les poutres des habitations écroulées pour improviser des abris de fortune. Rares sont les notables qui dorment encore dans leurs confortables demeures à l'européenne. Ils ont le plus souvent émigré vers Florina et au-delà, quand ils n'ont pas suivi les Bulgares et les Allemands dans leur retraite.

Les rues sont encore jonchées de débris, que les habitants s'emploient à dégager dans un permanent va-et-vient de brouettes ou de simples bacs lourdement chargés. Monastir est un chantier permanent. À peine a-t-on reconstruit un bout de quartier que le canon de nouveau le détruit.

Les pierres des maisons orientales sont fragiles, non cimentées. Les Monastiriotes se réfugient pourtant dans leurs souterrains non voûtés qu'ils appellent des caves. Les soldats du génie pataugent dans des flaques de sang sortant des civières sur lesquelles reposent des mères tuées avec leurs enfants, un nourrisson parfois au sein. Aucune sécurité dans ces caves : elles ne sauraient résister à l'épreuve des obus, pas plus que les églises, où les orthodoxes croient pouvoir trouver la protection divine.

Au début, les artilleurs allemands et bulgares visaient les faubourgs, les voies d'accès, sachant que l'armée française évitait de faire stationner ses unités au cœur d'une ville constamment bombardée. Depuis le 1er décembre, la tactique de l'ennemi a changé. Il a décidé de rendre la vie impossible dans l'enceinte de Monastir. Les canons abreuvent la cité de shrapnels meurtriers, dissuadant les civils de marcher dans les rues, sauf en cas d'urgence.

Ils sont pourtant bien obligés de sortir pour se ravitailler dans les magasins militaires où les soldats français, serbes et russes leur offrent des boules de pain et surtout des tonnelets d'eau, les réseaux de distribution ayant sauté. Le 20 décembre, les batteries lourdes ennemies de 210 se sont installées, s'acharnant de préférence sur le centre, la préfecture et la gare.

Les salves arrivent à la douzaine. Un seul obus peut exploser une maison à étages, et faire pleuvoir dans la rue une grêle de pierres, d'éclats, de débris de toutes sortes. Mazière tente d'empêcher un pope barbu en robe noire de franchir la place de la préfecture. Le religieux a beau brandir sa croix d'or, suivi d'un homme de peine portant un cercueil de bois blanc sur l'épaule, il n'est pas question d'attirer l'attention de l'ennemi en enterrant ses défunts en plein jour.

Les chirurgiens s'activent dans deux hôpitaux, l'un grec, l'autre français. Mais ils font bientôt transporter les blessés dans des caves, voûtées celles-là. Les bâtiments, toujours à la merci d'un 210, ont déjà toutes leurs vitres brisées par les obus.

Les habitants bravent la mort en accourant pour chercher des nouvelles de leurs proches, blessés ou disparus. On ne peut les recevoir tous. Les médecins-majors opèrent plus de civils que de militaires et sont débordés. Monastir n'est pas une cité libérée, malgré les drapeaux alliés affichés aux fenêtres des rares maisons encore debout, c'est une ville du front, comme Reims ou Verdun.

**
*

Le maréchal des logis Paul Raynal a réussi à rejoindre sa compagnie malgré un déluge de feu. Mazière et Maublanc ont installé leur PC et leur gros matériel en dehors de la ville, vers l'ouest, derrière une colline qui les dissimule aux jumelles des observateurs ennemis. Ils ont interrompu les travaux de réfection en raison de l'ampleur des bombardements. À quoi bon restaurer ce qui sera détruit demain?

Leur seule tâche est de dégager régulièrement les chaussées pour permettre la circulation des colonnes de munitions et de ravitaillement. Des grues montées sur des plates-formes soulèvent les madriers et les blocs de pierre, non sans danger, car le canon tonne toujours. Depuis longtemps, les sapeurs n'ont été soumis à si rude épreuve.

Paul Raynal est requis pour diriger les travaux de réfection de la voie ferrée. Il a obtenu du lieutenant Layné la permission de loger dans une des rares maisons modernes à la cave solide, assez proche de la gare pour s'éviter de perdre du temps en déplacements. Son équipe et lui s'activent toute la nuit, en se tenant au plus près de la ligne à une seule voie qui doit être réparée dès qu'elle est rompue. Le général Leblois considère la gare ferroviaire comme un lieu hautement stratégique, qui doit rester, quoi qu'il arrive, disponible pour les convois urgents.

Habitués aux marmites, bien obligés de se fier à la Providence, les hommes travaillent aussi de jour, pour réparer des dégâts imprévisibles ou recueillir les blessés, même civils, quand les shrapnels arrosent les rues. Au matin du 21 décembre, de sa fenêtre, Paul Raynal voit s'écrouler soudain les murs de la maison voisine dans un immense nuage de poussière. Attaque surprise des artilleurs allemands dès l'aube, une heure inhabituelle.

Des gravats de cette maison cossue, les Malgaches et les Indochinois extraient des dizaines de morts et de blessés. Les habitants n'ont pas eu le temps de descendre à la cave. Ils ont fait confiance à la belle et solide maçonnerie de leur immeuble.

Les survivants sont aussitôt transportés à l'hôpital. Un adolescent bien vêtu accourt près d'un Malgache porteur de civière pour lui demander, dans un français approximatif appris au lycée, si ses deux sœurs, enlevées les premières, ont survécu. Le soldat reste muet : hélas! elles sont mortes. L'inhumation des nombreuses victimes aura lieu de façon collective, à la tombée de la nuit, après un bref office célébré par le pope.

Un capitaine russe, dont la compagnie tient une tranchée au nord de Monastir, se dirige à grands pas vers la gare. Il s'inquiète du retard d'un convoi de munitions et de renforts de mitrailleuses destiné à ses hommes. Hervé Layné, qui s'improvise chef de gare, entre autres tâches, lève les bras au ciel en signe d'impuissance.

— La ligne est bombardée en permanence, lui dit-il, et pas seulement la gare. Plusieurs rames sont en souffrance. Revenez cette nuit!

— Cette nuit, les miens seront peut-être tous morts. Ils ont tiré leurs dernières cartouches.

Layné prend le Russe en pitié. Il lui désigne une rame de wagons bâchés dont la plate-forme de queue, chargée de lourdes caisses en bois blanc cerclées de fer, arbore le drapeau italien frappé aux armes des rois de Savoie.

— Des munitions pour la 35e division. Les fantassins de la brigade Sicilia n'aiment pas marcher à pied. On les comprend. Servez-vous en munitions. Des mulets bâtés attendent derrière le mur de la caserne.

Le capitaine russe, bientôt rejoint par des Annamites conduisant une dizaine d'animaux, fait transférer les caisses dont il a besoin sous la surveillance du lieutenant Layné qui en note avec soin le nombre. Il devra en rendre compte plus tard auprès du général Petitti, commandant la 35e division. Paul Raynal, qui assiste de loin à la manœuvre, s'en étonne.

Pourquoi Layné ne fait-il pas décharger l'ensemble du convoi?

— Ce train peut sauter dans une heure, dans une minute, sous les obus de 150 tirés par *Adam et Ève.*

— Un envoi du paradis?

— Au paradis plutôt, pour nous tous. On appelle *Adam et Ève* les pièces jumelées montées par les Allemands à contre-pente, à cinq ou six kilomètres dans les montagnes vers Magarevo, impossibles à repérer. Tu ferais bien de faire débarquer les munitions et de les mettre à l'abri dans une cave voûtée. Les Italiens peuvent avoir du retard.

— Doivent-ils tenir le front de Monastir?

— On en parle. On attend tout un corps d'armée. Mackensen n'envoie pas pour l'instant ses bataillons allemands contre Monastir, mais des Bulgares macédoniens rassemblés à Prilep. Nous l'avons appris il y a quelques jours, par des reconnaissances d'aviation, quand le ciel était encore découvert. Le général Sarrail a décidé d'aligner des Italiens contre ces troupes bulgares, car les Serbes n'en peuvent plus. Ils ont perdu vingt-cinq mille hommes, et ils doivent se reposer.

— Pourquoi ce retard des Italiens?

— Changement d'unités sur le front. Avec les contingents étrangers, Sarrail doit négocier en permanence, il n'est pas le maître, il ne peut leur imposer un secteur particulier. Les Italiens discutent, ils ont été échaudés. À la prise de Monastir, le 19 novembre, les Siciliens ont suivi les nôtres, avec un jour de retard. Pour afficher le drapeau Savoia sans honte au côté de ceux des Alliés, au fronton de la préfecture de Monastir, le général italien Petitti di Roreto a fait défiler très imprudem-ment le long de la rivière Dragor une fanfare martiale jouant la *Marcia reale. Adam et Ève* ont aussitôt tonné. Petitti, éjecté de son cheval, a reçu un éclat dans le mollet. Son brigadier et de nombreux soldats ont été tués ou blessés. Il croyait les Allemands en retraite. Depuis lors, il est devenu méfiant.

** *

Mazière, Maublanc et Layné, commandant les compagnies du génie, prennent leurs ordres directement à l'état-major. Raynal, chef d'équipe des travailleurs de la station ferroviaire, les accompagne. Sur le parcours, ils ont subi sans sourciller l'explosion de trois marmites. Ils ont à peine pris le temps d'épousseter leurs uniformes couverts de poussière. Le général n'aime pas attendre.

Paul n'a jamais eu l'occasion d'entrer dans le bunker construit par Mackensen à son usage personnel, réoccupé par Leblois. Il constate avec un étonnement admiratif que, dans la villa bourgeoise, les pendules restent à l'heure et les pots de fleurs garnis de plantes vertes. En sous-sol se tient le général, dans le silence de son abri ouaté. Les murs blindés et matelassés assurent une sorte de quiétude : une oasis de béton dans le désert de la ville détruite.

Une carte du front est étalée devant lui. En rouge, la ligne des crêtes d'où les batteries allemandes tiennent sous leur feu la vallée du Dragor. Leblois envisage de mettre au point des actions brutales de conquête des hauteurs, pour sécuriser la ville et sa vallée. Il compte sur le génie pour installer, autour de Monastir, un réseau de tranchées à contre-pente, avec emplacements masqués de batteries garantissant une riposte immédiate.

Le capitaine du génie Maublanc, honnête homme qui n'a pas besoin de faire sa cour, lui objecte la faiblesse des effectifs, et le retard des Italiens pour relayer sur leurs positions les fantassins de Belfort exténués. À la 57e division, celle de Leblois, ils ont résisté jusqu'au bout, jusqu'à la relève promise qui n'arrive pas. Faut-il ouvrir d'autres tranchées, et les laisser prendre vides par l'ennemi?

Leblois soupire. Il connaît le sacrifice des siens. Il n'a pas les moyens de recompléter les compagnies décimées, ni même de leur ménager, à tour de rôle, un peu de repos vers l'arrière. Il attend avec impatience le général italien Petitti, guéri de sa blessure légère qui l'a retenu jusqu'au 21 décembre à l'hôpital, et qui a écrit pour se plaindre au général Sarrail.

Ses hommes souffrent, selon lui, du très mauvais service des chemins de fer, de l'état des routes, du froid et de la faim. On les a laissés sans aucun ravitaillement pendant vingt-quatre heures.

— Les Italiens ont engagé leurs coloniaux en Macédoine, croit devoir expliquer Layné pour calmer l'impatient Leblois. Leurs bonnes troupes, les *alpini*, les *bersaglieri*, sont en ligne devant les Autrichiens. Les gens de Sicile ou des Pouilles, proches des Maghrébins ou des Macédoniens par leur mode de vie, ont du mal à comprendre leurs brillants officiers sortis de l'École militaire de Turin. Ils ne parlent pas la même langue.

— Croyez-vous que nos Sénégalais sortent de l'École normale? Les Siciliens sont des braves, c'est leur commandement qui est incapable de prévoir des rendez-vous d'étapes. Ils se sont reposés tout leur saoul à Negotchani.

Le lieutenant Carcopino, toujours présent à l'état-major de Leblois, interrompt la réunion pour signaler, textes de radiotélégrammes venus de Salonique à l'appui, qu'il ne faut plus compter sur les Italiens.

— Petitti a demandé des délais pour regrouper ses services. Il a fini par télégraphier à Sarrail qu'il comptait sur une réserve et un fort soutien d'artillerie si l'on tenait à ce qu'il fût seul à défendre Monastir. Je vous lis sa déclaration :

«Je ne veux pas sacrifier mes troupes et l'honneur de mon armée en m'exposant à un revers presque certain, ni qu'on puisse dire que les Italiens n'ont pas su garder ce que les autres alliés avaient su conquérir.»

— Qu'a répondu Sarrail?

— Il a laissé le choix de son secteur à Petitti. Que pouvait-il faire d'autre? Naturellement, notre Italien a refusé Monastir, pour accepter, après discussion serrée, d'aligner sa division, les deux brigades groupées, sur la rivière Cerna. Il lui a été accordé les pièces lourdes restées sur place et le renfort de deux groupes français de 75 à trois batteries chacun.

— Il est donc inutile de creuser de nouvelles tranchées, conclut Mazière. Nous n'avons aucune troupe pour les garnir. Nous n'en avons pas l'utilisation.

— Pourquoi *utilisation*? questionne Leblois. Dites donc *emploi*, c'est plus court.

Paul se retient pour ne pas pouffer, dans cette pièce où se joue l'avenir d'un secteur important du front d'Orient. Il se demande si le général n'a pas perdu tout contrôle de lui-même pour jouer le pointilleux en de telles circonstances.

Ceux qui connaissent Leblois, comme Carcopino, savent qu'il n'en est rien. Il réfléchit, reste un long moment silencieux, décryptant la carte. Carco, toujours en contact avec l'état-major de Sarrail à Salonique, sait que celui-ci vient de recevoir des ordres de Paris : l'empereur Guillaume II a envoyé à la reine Sophie de Grèce un radio chiffré que nous avons intercepté, où il l'assure du concours allemand «pour opération combinée» entre Grecs et alliés bulgares et turcs, contre armée d'Orient.

— Commandant Mazière, explose brusquement Leblois, il n'est pas question de ralentir les travaux de défense! Nous allons être attaqués sur deux fronts. Prenez des travailleurs grecs en supplément s'il le faut. Pour les renforts, donnez quinze jours de repos par roulement aux braves de la 57e division. Remplacez-les par des zouaves. Ceux-là tiendront, quoi qu'il arrive.

* *
*

— Il a raison, explique à Paul Raynal le lieutenant Layné, sur le chemin de retour vers la gare. Si nous cédons à Monastir pour revenir au camp de Salonique, nous ouvrons la route aux Allemands qui rejoindront l'armée royale grecque. Ainsi, Constantin le petit aura enfin l'occasion rêvée de partir en guerre contre nous.

— A-t-on prévu, en ce cas, le rembarquement du corps expéditionnaire? demande naïvement Paul.

— Pas plus que nous n'avons envisagé de lâcher la place de Verdun en février de cette année. Les guerres se gagnent avec des symboles. Si nous perdons ici, les Allemands triomphent, au moment précis où leur chancelier, Bethmann Hollweg, affirme dans les journaux du monde entier que son pays est prêt à négocier la paix. Quelle paix? Celle des Balkans envahis, de la France amputée de dix départements, de la Belgique effacée de la carte, de la Roumanie occupée, de la Pologne et de la Russie au bord du chaos?

— Il faut arrêter le roitelet grec, puisqu'il travaille contre nous, dans notre dos, et reçoit des radios de Berlin.

— Avec plusieurs divisions grecques massées en Attique, commandées par Metaxas l'ultra-royaliste? Crois-tu que Sarrail n'y ait pas pensé?

Ils n'ont pas le temps de réfléchir plus avant sur le mauvais sort de cette guerre. La gare est envahie de troupes qui attendent l'arrivée d'un train. Un officier, furieux, cherche un responsable. Layné subit l'avalanche.

— Je suis le capitaine Bonnefoy et je commande le 2e bataillon du 235e de Belfort. Nous sommes quasiment abandonnés depuis un mois dans la montagne, occupés à la conquête impossible des crêtes où les Bulgares sont retranchés dans des forteresses. Le ravitaillement arrive un jour sur deux. Les blessés sont évacués au compte-gouttes et, quand enfin on daigne libérer la compagnie la plus touchée, non seulement il n'y a pas de train, mais pas davantage de chef de gare. Qui organise ce bordel?

— C'est moi, mon capitaine. Avec l'aide des Malgaches, je remplace les rails constamment bombardés. Voyez l'état de la gare, il n'en reste que les murs. Les batteries lourdes ennemies interdisent le trafic ou le rendent aléatoire. Vous devez attendre la nuit. Les rames ne peuvent se risquer jusqu'à Monastir en plein jour.

— Avez-vous prévu des camions? Mes hommes ne peuvent pas marcher, ils sont rompus de fatigue.

— Pour les camions, il faudrait des routes et nous n'en avons pas, sauf pour les charrettes et les arabas. À cent mètres d'ici, sur la rive sud du Dragor, une cantine fonctionne.

360

Nous nourrissons aussi les habitants terrorisés de Monastir. Vos hommes y trouveront bon accueil. Le margis Paul Raynal les conduira. Ils pourront se reposer à l'hôpital grec où les caves sont solides, en cas de bombardement.

Pendant que le capitaine, maugréant, tourne les talons pour se diriger à grands pas vers la villa de Leblois, Raynal pilote le sergent Baufret, natif de Giromagny.

— Depuis le début de la campagne, nous avons perdu la moitié des nôtres, lui raconte le sergent. Et depuis un mois, dans la montagne, nous sommes ravitaillés par des muletiers grecs qui touchent trois drachmes par jour et prennent leur temps pour avancer sans risques. Ils ont été recrutés dans les îles et ne supportent pas la neige et la glace. Il faut tenir avec le ventre creux. Les rations nous parviennent à la petite semaine, et les canons boches ne cessent de nous chercher. Leurs pointeurs zélés tuent en moyenne dix de nos hommes par jour, avec méthode. Vois ce qui reste de ma section, une poignée de survivants!

Les poilus sont à ce point fourbus qu'on les croirait sortis d'une tranchée des Vosges. Sur ce front oublié, se dit Paul, les effectifs diminuent au petit bonheur, chaque jour qui passe, dans chaque unité. Pas de grande bataille, mais une hémorragie continuelle.

À la cantine, les hommes demandent à se laver les mains. On leur répond que l'eau est réservée à la cuisine. Fatalistes, ils se contentent de retirer leurs capotes terreuses, leurs peaux de mouton humides, pour se retrouver en chemise dans la bonne chaleur des poêles à bois.

— C'est égal, dit le soldat Hasfeld, ragaillardi par le vin de l'intendance, on nous a fait croire à la lune. Au quartier de Belfort, ils nous présentaient Salonique comme un paradis d'Orient, c'est tout juste s'ils ne distribuaient pas des casques coloniaux. Regarde mes mains, dit-il à Paul, j'ai beau enfiler deux paires de gants de laine, elles gèlent la nuit. Quand aux pieds, il faut les envelopper dans une triple épaisseur de papier journal, si tu veux te mettre debout le matin. Depuis un mois, on vit sur une banquise, on évacue les congelés tous les jours sur des civières. Et pas le droit d'allumer du feu. Les autres sont aux aguets. Les patates arrivent aussitôt.

— J'ai connu le bois de Barspach et Ammertzwiller en décembre 14, explique le sergent Baufret. On y crevait de froid, mais l'intendance suivait, la gnôle et le café chaud. Puis je me suis battu à la Tête de Faux, toujours sur le front de Belfort, où j'ai vu les premiers camarades aux pieds gelés. Nous avons débarqué à Salonique le 12 octobre 1915.

— Vous avez donc connu la retraite, avec Leblois, coupe Paul.

— Tu parles! Quelle affaire! Poursuivre au nord pour aider les Serbes, battre les Bulgares en perdant les meilleurs des nôtres, et se retrouver dans le camp pourri de Zeitenlik avant de repartir comme en 14.

— Nous avons pris Florina, puis occupé Kenali, puis dépassé Monastir, détaille Hasfeld, accablé. Et on nous a plantés là, devant la cote 1248.

— Que vous n'avez pas pu prendre? hasarde Paul.

— Oh! Le tringlot! Viens avec nous dans la neige! Si le général ne nous a pas lancés à l'assaut, ce n'est pas pour nous ménager. Il était sûr que même les Bulgares ne pouvaient y tenir.

**
*

362

Aucun train n'est annoncé en gare, alors que la lune s'approche à petits pas, montrant en ombre chinoise l'image de sa vieille avec son fagot sur le dos. Les Fokker allemands ont multiplié les observations tout le jour, sans être vraiment gênés par les Nieuport. Vers dix-sept heures, Paul a assisté à l'attaque d'une saucisse d'observation par un Albatros. Après deux passages au tir de la mitrailleuse double, le ballon est en flammes. Paul voit l'homme de la nacelle plonger dans le vide. Son parachute s'ouvre à cinquante mètres du sol.

Les Alboches volent le plus souvent par quatre, mais il n'est pas rare de subir des raids d'escadrilles de quinze chasseurs et bombardiers. Visant avec précision les cantonnements, ils viennent de faire sauter un dépôt de grenades en lisière de la ville. On aperçoit, au loin, la fumée noire de l'incendie, le rougeoiement du ciel crépusculaire.

— Que font donc les nôtres? se demande Paul. Sont-ils si inférieurs en nombre qu'ils n'osent plus quitter leur base? Denain est le meilleur pilote de toute l'armée. Ses victoires ne se comptent plus.

Layné hausse les épaules, résigné.

— Ils ne reçoivent pas de renforts. Le capitaine Lhuillier a été tué hier au combat et n'a pas de remplaçant. Nos pilotes forment des Serbes qui ne demandent qu'à voler, mais les avions manquent. L'escadrille en dispose d'une vingtaine tout au plus à Boresnica : des Farman, des Caudron, quelques Nieuport. Il en faudrait bien davantage, au moins le double, fût-ce seulement pour observer la ligne du front et repérer les convois ennemis.

Sarrail n'obtient rien de Paris. Qui pourrait satisfaire ses demandes? Le ministre a changé, le général en chef aussi, et le gouvernement ne cesse de se modifier. Les aviateurs se désespèrent et le lieutenant Layné s'indigne :

— Tu sais ce que dit Denain, l'as des as, commandant de la place ? «L'aviation est l'œil de l'armée. Si ton œil ne voit pas, jette-le !» Qui écoute un Denain dans les bureaux parisiens ? Il a pourtant raison. Il suffit de regarder le ciel : les Allemands sont si nombreux que leur tir d'artillerie est de plus en plus précis et nourri. Nous ne pourrons pas rester ici sans renforts d'aviation.

À la tombée du jour, la place de la préfecture bruit d'une certaine agitation. Une batterie française d'artillerie vient de faire halte autour de la fontaine pour abreuver ses chevaux. Paul Raynal reconnaît le conducteur de tête : Jean Cadiou, l'artilleur de Concarneau, un ancien des Dardanelles, un géant de la retraite d'octobre sur Salonique, fait prisonnier par les Bulgares, évadé et ramené en avion par le raid du lieutenant Lemoine. Une vedette dans l'armée d'Orient, promu margis.

— Dispersez-vous ! dit Cadiou à ses hommes. Cachez les montures dans les granges, les pièces doivent être camouflées, les avant-trains et les fourgons recouverts de paille. Départ à quatre heures du matin.

— Tu es monté en grade, sourit Layné en l'entraînant avec ses hommes vers la cantine où se dégage une bonne odeur de fayots aux lardons. Je vois que tu mènes la batterie d'une main de fer.

— Il le faut bien. Neuf sous-offs sur seize ont été mis hors de combat chez nous. Nous étions sans arrêt bombardés sur la route. Les vôtres, ceux du génie, faisaient sauter les blocs à la dynamite pour dégager la voie. Les roches détachées par les obus des Boches roulaient sans cesse de la montagne jusqu'à la piste toujours encombrée.

— L'intendance suivait?

— Naturellement pas. Nous avons bien été contraints de vivre sur l'habitant… contre espèces sonnantes. Ils nous vendaient sept francs cinquante une paire de *pilchich*[1], un canard valait trois francs et l'*ofga,* cinq francs les vingt-cinq. Vous avez beaucoup de chance d'avoir trouvé de l'eau claire dans la fontaine réparée par le génie. Tout le long du parcours, sur cent kilomètres, les habitants coupaient les conduites et polluaient les puits.

— Des royalistes grecs?

— Je crois que la population aussi nous est hostile. Ils disent, quand ils daignent nous parler, que nous leur avons amené la guerre. Plus tôt nous serons partis, mieux cela vaudra.

— C'est vrai qu'ils ne sont pas à la noce!

— Pour sûr! Il faut bien convenir que les nôtres pillent allègrement les villages lorsqu'ils ne trouvent pas de ravitaillement. Les Serbes et les Russes sont encore plus féroces. Les habitants le savent, et s'enfuient à notre approche. À Eksisu, nous n'avons pas trouvé âme qui vive. Les civils avaient tous suivi les Bulgares dans leur retraite. Nous en avons rencontré sur la route : des femmes allaitaient, entourées de leurs enfants criant, pleurant, beuglant. C'était pourtant une ville propre, gaie et pimpante : murs badigeonnés de blanc, belles bâtisses modernes.

— Vous avez fait étape à Florina?

— Difficile. Les combats continuaient, le canon tonnait, les cadavres encombraient les rues. Notre groupe tout entier s'est abrité dans le village de Rosen. Les Serbes y ont chapardé des poules et des cochons. Ils ont été écrasés par le

---

1. Des poulets. *Ofga* : œuf.

canon dans la montagne proche, mais les Bulgares ont perdu beaucoup des leurs. Ils attaquaient en formations serrées!

— Les Serbes et les coloniaux ont gagné la bataille pour Florina.

— Et les Russes. J'ai vu un gosse de quatorze ans peut-être, en tête de la brigade, le grade d'aspirant sur son uniforme. Il servait d'interprète avec les Serbes et les Macédoniens. Les Russes ont fusillé le pope d'un village : il paraît qu'il faisait des signaux aux Bulgares du haut de son clocher. Nous avons subi beaucoup de pertes sur la route parce que les canons bulgares parlaient en maîtres. Les nôtres ne leur répondaient pas. À la 45ᵉ batterie, les servants n'ont pu tirer que dix obus. À la 46ᵉ, deux caissons ont sauté. Un feu d'enfer! Les 105 touchaient nos pièces avec une grande précision. Un avion les guidait. Nous avons perdu six fourgons.

— Enfin vous voilà saufs! Ne laisse pas refroidir la soupe de l'intendance. Leblois n'a pas la même. Elle est meilleure que celle du mess de Monastir.

*
*

Cadiou est devenu prudent. Il craint qu'un obus ne vienne perturber le repas. La cantine est à ciel ouvert, masquée seulement par des canisses.

— Ne nous porte pas la poisse, lui dit Paul. Nous avons toujours mangé tranquilles ici.

— Mais le bombardement continue…

— Il ne cesse jamais. Bouffe et n'y pense pas.

— Je sais que les Allemands sont venus renforcer les Bulgares dans la montagne. Nous reconnaissons de loin la

366

musique de leurs pièces lourdes. En chemin, elles nous cherchaient. Nous avons avancé de vingt kilomètres en vingt-quatre heures.

— Quelle est l'étape, demain?

— Nord-ouest de Monastir, à une trentaine de kilomètres. Nous allons grimper dans la montagne pour tâcher de débusquer les canons allemands, s'ils nous en laissent le temps. Il faudra sans doute monter à bras nos 75. Les artilleurs boches, nous a-t-on récemment signalé, ont installé sur les pics au moins six obusiers de 220, et la Garde impériale prussienne est en face de nous.

— Vous en savez plus que nous, maugrée Layné. Qui vous a renseignés?

— Le capitaine. Il reçoit des rapports du 2e bureau. J'ignore s'ils sont exacts, ils émanent d'interrogatoires de prisonniers. Nous verrons bien, le moment venu.

— On prévoit une chaude affaire. Nous avons débarqué en gare les ambulances féminines de la mission Harley. Elles viennent s'installer ici.

Paul Raynal ne peut s'empêcher de dresser l'oreille. Et si sa Carla avait enfin rejoint le front d'Orient?

— Des Écossaises et des Américaines, précise Layné. Elles soignent aussi bien les civils. Elles sont déjà accaparées par les blessés qui nous viennent des pitons. On se bat furieusement sur la cote 1050 et sur la 1248 qui dominent Monastir et couvrent la route de Prilep vers le nord. Pas de résultats spectaculaires. Mais des morts, tous les jours, dans la neige et le brouillard. Et les Bulgares tiennent encore, sous la rude tutelle des officiers allemands, les deux tiers des crêtes, au bas mot.

— Ils y resteront longtemps si nous n'avons que nos 75 pour les débusquer.

— C'est comme en Roumanie, se lamente Paul. Nous serons battus, faute d'artillerie lourde. Les Alliés ont commis un crime en poussant les Roumains à entrer dans le conflit avant d'être à même de les soutenir. Ignorait-on, en haut lieu, qu'ils n'avaient pas de moyens? C'est 1914 qui recommence.

— Pas exactement, corrige Layné. Nous fabriquons beaucoup de 155 courts à tir rapide, chez Schneider au Creusot. Il est vrai que nous n'en voyons guère la couleur sur ce front déshérité.

— Il est insensé qu'on prétende fournir en artillerie nos alliés, alors que nous-mêmes sommes en déficit. J'ai bien peur que 1917 ne voie la fin des Russes. Ici, ils se sont fait massacrer. Et le général Broussilov n'avance plus dans les Carpates. Pourra-t-il repartir au printemps?

— Et je pense, moi, soutient Layné, que la victoire allemande en Roumanie est la dernière qu'ils pourront obtenir. Je ne crois pas qu'ils cherchent vraiment une percée sur notre front de Monastir. Ils seraient incapables de l'exploiter dans un pays aux communications aussi difficiles, si éloigné de leurs bases, après les pertes qu'ils ont subies.

L'artilleur Cadiou ne partage pas l'optimisme du lieutenant :

— Je n'espère plus qu'un jour nous puissions traverser le Rhin. Ils sont trop organisés. Les trains conduisent sur double voie les renforts à point nommé d'un front à l'autre, artillerie lourde comprise. On nous endort, on nous promet vingt et un jours de perme par an avec la certitude de ne pas tenir parole, car il faudrait renvoyer au moins vingt pour cent de l'effectif à la fois. Nos unités étant toutes incomplètes, il serait impossible d'assurer le service.

— Nous recevons des renforts.

— Parlons-en! Nous avons reçu soixante et onze hommes. Trois ont dû être évacués en route, épuisés et malades. Un autre a été renvoyé dès son arrivée : il avait un chancre syphilitique, cadeau d'une dame de Salonique. Trois encore étaient impropres au service. Un artilleur était appareillé à la jambe et ne pouvait plier les genoux. On se fout de nous! Nous devons attendre vingt-deux jours pour avoir une lettre des nôtres. Les hommes se découragent. Hier, un trompette de l'état-major a fait exploser une grenade dans sa main pour ne plus servir. Il a perdu seulement trois doigts. Conseil de guerre immédiat!

— Il est vrai, concède Layné, que le moral est touché. Mais la 156e division coloniale, la plus malade, va rentrer en France, sauf complications.

— C'est à se demander si l'on n'a pas bien fait de limoger Joffre, avance Cadiou.

— Qui sait? Lyautey pourrait nous envoyer enfin les renforts nécessaires, rêve Layné.

— À quoi bon? dit Paul Raynal. J'ai lu le titre d'un journal en vous attendant à l'état-major. Les Allemands feraient des propositions de paix.

— Du chiqué pour faire accepter la levée en masse dans leur pays! Ils sont à bout. On dit aussi que le président Wilson demande aux Alliés de rencontrer les Allemands. Chiqué! Il est sûr du résultat. Les Allemands se croient vainqueurs et ne céderont pas. Mais Wilson veut démontrer leur mauvaise volonté pour faire entrer son pays dans la guerre. C'est pour nous un espoir très sérieux de victoire.

Une violente explosion, toute proche, vient interrompre ces conciliabules moroses. Cadiou sort en hâte et respire :

rien du côté de sa batterie. C'est un caisson de munitions qui brûle en pleine ville, à cinq cents mètres. Impossible d'approcher, tant le feu est intense. Il s'est communiqué aux maisons proches. En pleine nuit, les sapeurs font la chaîne pour passer les seaux d'eau.

— Toute la batterie Dufflot de la 3e coloniale a sauté, dit un sergent à Cadiou. On a relevé vingt-trois morts et deux blessés sur les trente-six servants.

* *
*

À la gare, la confusion la plus totale oppose les biffins de Belfort aux zouaves de la relève. Les fantassins, qui craignent de voir le train repartir sans eux, se bousculent pour y trouver place. En pestant, les zouaves débarquent en vrac sacs, armes, vivres et munitions dans l'obscurité, pour ne pas alerter les Fokker en rondes de nuit.

Paul Raynal et le lieutenant Layné assistent de loin à la mêlée, pendant que Cadiou s'occupe de rassembler sa batterie et de mettre les voiles avant le jour. Prendre la piste du nord-ouest avant les fantassins est pour lui une hantise. Il ne doit pas être gêné par des escouades en désordre sur les pistes étroites et glissantes, et trouver des emplacements aussi vite que possible pour éviter les tirs adverses.

Raynal reconnaît le premier son camarade Edmond Vigouroux. Les autres copains suivent, lourdement chargés, derrière Rasario et Ben Soussan. Ils sont regroupés autour du café chaud de la cantine avant de monter au front.

— Finies les vacances! lance Paul à Vigouroux. Tu te croyais aux bains de mer. L'air de la montagne te fera du bien.

Ben Soussan, prévoyant, passe un deuxième caleçon de laine sous son saroual qu'il a tenu à conserver, sans se gêner, au su de tout le monde. Les autres l'imitent sans vergogne. Jamais le cuistot n'a vu plus belle exposition de culs de zouaves. Des Serbes fêtent au schnaps saisi sur les prisonniers la fête du vieux roi Pierre. Ils ne sont plus que trente mille en lignes et doivent être relevés.

Improvisant à tue-tête des ballades martiales, les combattants serbes se délestent volontiers de leurs gilets de peau de mouton au profit des zouaves qui en sont dépourvus, les prévenant qu'il gèle à moins vingt sur les sommets. Au camp de Salonique où ils partent se reposer, ils trouveront sans peine d'autres vêtements dans les magasins de l'armée. C'est du moins ce qu'ils espèrent, et ce que prétendent leurs officiers.

— On parle de deux cent mille Boches dirigés sur la Macédoine, confie l'un d'eux à Ben Soussan dans un français rugueux. Cela promet un joyeux Noël.

En réalité, selon les plans et les ordres de l'état-major de Salonique, les derniers Serbes en état de combattre doivent tenter rapidement, sans prendre le moindre repos, l'assaut de la cote 1050 devant Makovo. Le général Boyovitch proteste : ils ne sont pas en état, écrit-il à Sarrail, de subir de nouvelles pertes. Il signale le grand nombre des désertions, qui risque d'augmenter encore dans son armée à bout de forces. La brigade russe est poussée sur Brod, que les Allemands ont garni de leurs fantassins, mais elle doit être bientôt relevée et disposée sur un autre front.

L'affaire se présente mal. Le froid, le vent, la difficulté des liaisons la rendent difficile à exécuter. Sarrail multiplie les appels pour obtenir des renforts anglais et italiens, outre des contingents français supplémentaires pour les unités les plus éprouvées. Il implore qu'on lui envoie au plus tôt des engins du génie, des rouleaux compresseurs, des hommes du train des équipages pour assurer le ravitaillement des troupes. Paris promet, mais rien n'arrive. Force est de s'organiser sur des positions défensives en attendant l'occasion de lancer un assaut sur les deux pitons qui obsèdent les états-majors. Grâce à ces pics, en effet, et aux collines environnantes, les artilleurs allemands tiennent Monastir à leur merci.

Dans l'immédiat, seuls les zouaves restent en piste pour un assaut désespéré, en tout cas pour assurer la relève des Belfortins. Ils doivent se séparer des gens du génie, et Vigouroux donne l'accolade à Raynal, lui piquant le visage de sa barbe givrée. Ils marchent seuls au combat. Ils sont destinés, avec les batteries d'artillerie, à emporter la cote 1248 à l'ouest de Mogila.

Le général Leblois est conscient de la puissance des positions défensives ennemies. Les Bulgares ont été renforcés par des *Alpen* en *feldgrau,* bien équipés en armes automatiques et soutenus par les pièces lourdes. Les fantassins bulgares ont préparé à l'avance les lignes de défense et les emplacements de batteries.

Les zouaves avancent bravement vers le réseau de tranchées installé à contre-pente par les fantassins de Belfort. L'accès est un sentier de neige pilée entouré comme un boyau de parois glacées protégeant des éclats d'obus. La seule approche de la position, des cagnas, des abris individuels, des nids de mitrailleuses exige plus d'une heure de marche.

Les sous-officiers recommandent aux hommes de faire silence : l'ennemi est à moins de deux cents mètres. Il est prévu que les soldats resteront seulement trois jours et trois nuits en première position, puis se relaieront pour se réchauffer en contrebas dans des abris plus confortables : maisons de villages écroulées mais aménagées en pare-vent, avec de la paille et des couvertures de cheval.

Ben Soussan admire le calme résolu de Vigouroux. Quand le blizzard se lève, Edmond baisse la tête, rabat son capuchon de laine, et ne se plaint jamais. Il a perdu sa belle humeur de pistachier de Limoux, il n'a plus envie de plaisanter. L'escouade est guidée dans son ascension par un *andartès* masqué connaissant le pays et servant d'interprète avec les paysans macédoniens restés enfouis dans leurs caves bombardées.

Il a entendu le franc-tireur grec dire à son capitaine que son groupe interviendrait bientôt en force pour les aider à neutraliser l'ennemi sur le pic. Les Français n'ont pas, à l'égard des combattants civils, le même mépris que les Allemands. Le capitaine écoute, approuve, remercie. Et Vigouroux ne peut s'empêcher de se demander si la douce Alexandra, transie dans un abri de montagne, n'attend pas avec ses amis l'heure de l'assaut du côté le plus inaccessible du pic, en cordée. Ben Soussan comprend toujours son camarade à demi-mot.

— Ne t'inquiète pas, lui dit-il. Ils n'engageraient pas une faible femme contre les *Alpen* dans une opération de cette force.

**
*

Pendant que Cadiou monte au front avec son groupe, un autre convoi d'artillerie se présente à l'entrée de Monastir.

Les renseignements du 2ᵉ bureau ont fait craindre à l'état-major une double attaque des Allemands sur Monastir et des royalistes grecs par le sud. Sarrail, disposant de peu de troupes, a décidé de renforcer l'artillerie sur ce front.

Paul Raynal a donc vu partir Cadiou, et arriver Émile Duguet, dit l'Alpin, ou le Niçois, à la tête de ses quatre 65 de montagne.

— La route s'améliore rapidement, lui dit-il. J'ai rencontré des ambulances automobiles et même des auto-mitrailleuses. Le génie a bien travaillé.

Raynal l'entraîne, avec Layné, dans la grande bâtisse proche de la gare où ils tiennent leur quartier général, au mépris des bombes. À l'office, des cuistots malgaches s'affairent, préparent le riz grillé au lard qui exhale une odeur voluptueuse pour un cavalier n'ayant pas débotté depuis cinquante lieues.

Comme Cadiou, Duguet planque ses canons sous des toits camouflés de branchages, et trouve un lotissement pourvu de caves solides pour y entasser ses hommes au milieu des familles et des blessés non évacués. Layné lui a recommandé de ne pas oublier que les Boches bombardaient de jour comme de nuit.

— La situation est on ne peut plus agréable, grince le Niçois qui a obtenu le colonel Valentin au téléphone. Les Grecs vont nous tomber dessus. Mackensen guette l'occasion de foncer sur Monastir avant la fonte des glaces. Les Anglais ne bougent pas d'une semelle et Cardona, le général en chef italien, vient d'avertir qu'il n'enverra pas un bersaglier de plus, fût-il sicilien.

— Quant aux Russes et aux Serbes, ajoute Layné, ils ne veulent plus attaquer. Les Russes ont perdu le moral depuis l'arrêt forcé de l'offensive Broussilov. Les Serbes, décimés depuis si longtemps aux portes de leur chère patrie, prétendent que les Alliés ne peuvent, ou ne veulent la libérer. Depuis la chute de la Roumanie, ils n'ont plus confiance dans la victoire et désertent, quand ils ne se mutinent pas. Nous ne pouvons compter que sur nos zouaves, nos cavaliers démontés, nos fantassins héroïques décimés par le Prussien, la vérole et le palu, pour faire face sur deux fronts : les Buls devant, les Grecs derrière.

— Vont-ils nous attaquer?

— Nul n'a pu m'affranchir sur ce qui se passe à Athènes, répond Duguet. La presse, même allemande, s'impose un black-out total sur les intentions de l'armée royale. Le colonel Valentin m'a assuré que le roi voudrait bien composer une fois encore, mais que le général Metaxas et les officiers supérieurs sont pour une attaque immédiate, qui provoquera la descente espérée en Grèce des Germano-Bulgares. Les royalistes paraissent maîtres de la situation à Athènes, dans l'Attique, dans le Péloponnèse et même en Thessalie. Certains affirment que l'état-major détourne des troupes du front pour lutter contre les armées grecques de l'intérieur. Sarrail doit s'arracher les cheveux. On raconte que Falkenhayn se serait fait transporter en avion à Larissa pour se rendre compte de la capacité offensive des troupes hellènes. Mais c'est peut-être un bobard. Les couloirs du QG en regorgent.

— Dire qu'à Nice, ils nous croient ronflant sous les tropiques! J'ai reçu une lettre de ma mère : les lords anglais et les grands-ducs de Pétersbourg sont plus nombreux que jamais sur la Promenade. Ils jouent à Monaco un jeu d'enfer. Les affaires sont bonnes pour les Putilov et les Vickers : les canons et les mitrailleuses se vendent bien.

— Elles sont aussi excellentes pour Bertha Krupp, ironise Layné. Elle ne peut certes pas villégiaturer à Nice, mais elle est si riche qu'elle peut attendrir les familles protestantes, si pieuses et charitables. En patronnant les associations philanthropiques, en achetant par exemple du lait de Hollande pour les enfants des mères tuberculeuses de la Ruhr qui travaillent douze heures par jour aux machines — comme les vieux —, perdent leurs cheveux dans les usines chimiques et leurs oreilles dans le tintamarre des fabriques d'obus.

— Nous savons bien que la guerre rapporte gros. Il y a, de par le vaste monde, des tas de richards qui s'engraissent du prix des obus.

— Les neutres non plus ne se plaignent pas de la guerre. Les Suédois de Nobel vendent leur poudre, excellente, et les Américains leur charbon et leur coton. Jamais les Hollandais et les Danois n'ont été plus riches : ils ont toute l'Allemagne à nourrir! Quant aux Suisses, ils ont triplé leur production de chocolat. Les Anglais et nous, sans parler des Allemands, vainqueurs ou vaincus, nous sortirons de cette guerre aussi pelés que les gitans bulgares.

Coup de tonnerre sur la maison, pluie de gravats dans la pièce où les amis font cercle autour du feu.

— Tiens! constate Raynal, nous n'avons plus de toit.

— Un petit calibre, estime Duguet. Nous voici tranquilles pour la nuit. Vous savez bien que deux obus ne tombent jamais au même endroit.

— Il n'y a plus de vitres, regrette Layné en ajoutant au feu une bûche de pin qui crépite telle une rafale de mitrailleuse.

— Est-ce une raison pour désespérer? Cadiou, devant son piton, doit avoir plus froid que nous, leur rappelle Raynal.

Duguet remet quand même sa vareuse. Sans vouloir assombrir le moral déjà bas de ses camarades, il accumule les désastreuses impressions de voyage : il a vu les Albatros dorés attaquer en rase-mottes, à moins de cent mètres et sans être contrariés par la chasse française, des batteries en marche sur la route. De nombreux blessés de la 44e batterie ont dû être secourus par les infirmiers qui sont arrivés sur les lieux avec deux heures au moins de retard.

*
**

Ils sortent dans la nuit pour contrôler les opérations de sauvetage des victimes du bombardement. Un quartier de maisons anciennes s'est écroulé du côté de la vieille église. Les caves trop fragiles n'ont pas résisté. Les Malgaches et les Annamites sortent des décombres des morts et des blessés par dizaines.

Sous la lune passe une escadrille de quinze biplans au vol lourd.

— Des bombardiers allemands. Ils prennent de la hauteur, note Layné. Ils vont sans doute attaquer Brod, dans la boucle de la Cerna, où sont déjà tombés des milliers des nôtres.

— La supériorité de leur aviation est pour nous tous le plus grand danger, estime Duguet. Ils nous matraquaient exclusivement au canon lourd, voilà qu'ils ont les moyens de faire sauter nos dépôts de grenades, d'attaquer les gares et les routes, et, bien sûr, de situer et détruire nos batteries en montagne. Le capitaine Denain, débordé, n'a pas les moyens de répliquer, ni même de se défendre, quelle que soit l'ardeur de ses pilotes. Si Sarrail n'obtient pas des renforts, nous allons souffrir.

Si d'aventure quelque avion français paraît dans le ciel, et, par chance, abat un chasseur allemand, les biffins sur la route s'arrêtent pour applaudir comme au théâtre. La montée vers la cote 1248, plantée au travers de la route de Prilep, est barrée par le feu ennemi.

— Les Serbes n'iront pas fêter Noël chez eux, décrète Duguet monté sur son mulet, à la tête de la batterie.

Paul Raynal l'accompagne, avec une escouade de terrassiers, pour faciliter la grimpette des pièces sur une piste encombrée d'obstacles : des trous sous la neige, impacts des obus de 210, qu'il faut combler ; des blocs de rochers à faire sauter.

— Il faut ouvrir l'œil, dit Paul. Les obus non éclatés ont roulé sous les pas des chevaux.

Les Annamites découvrent des grenades offensives en tas, des cartouchières et des fusils cassés, des cadavres bulgares en grand nombre gisant sous la neige : les restes et les témoins d'une retraite précipitée.

— Beaucoup ont été mangés par les loups, fait remarquer le guide macédonien. Les meilleurs nettoyeurs de tranchées. Ils ont aussi faim que les Bulgares, ils descendent en meutes des grands bois pour désosser les cadavres.

— Ici, les chevaux morts ne sont pas puants, mais gelés, constate Duguet.

Leurs carcasses forment des masses en chapelets sous la neige, qu'il faut contourner pour poursuivre la route jusqu'à la montagne infernale, celle qui bloque aux Serbes l'accès de Belgrade et aux Français la poursuite de la victoire de

Monastir. Prendre une ville et s'y laisser enfermer, n'est-ce pas le comble du malheur en campagne ?

— Monastir me rappelle Reims, dit Duguet. Quand Franchet d'Esperey a libéré la ville après la victoire de la Marne en septembre 14, on pouvait croire à la victoire. Reims, capitale des rois de France, comme Monastir, capitale des Macédoniens. Reims, ville sacrée, ville du sacre, et Monastir, ville de Sveti-Dimitrija, des minarets et des monastères, ville sainte. L'armée française occupe Reims, et les Allemands, tapis sur les collines de la couronne, la bombardent tous les jours. Comme Monastir-Bitola. Plus d'écoles ni d'enfants dans les rues. Ceux qui restent survivent sous terre, dans des caves. Des cités martyrisées, symboles de victoires non abouties. Pourquoi crois-tu que par moins vingt degrés on s'attache encore à dégager Monastir ? La percée du front bulgare n'est pas pour demain, c'est sûr.

— Mais chacun voudrait, ajoute Paul, que le petit Jésus puisse venir dans la crèche de Saint-Démétrios, dont les Russes ont fait Dimitri, le faiseur de miracles.

— Sacré miracle, si la paix revenait à Monastir ! Ils vivaient bien, les trente mille Monastiriotes. Ils filaient la laine, gardaient leurs moutons, tissaient d'admirables tapis. Les marchands plaçaient leur or dans les banques de Salonique, exportaient aussi par là, grâce à la ligne du chemin de fer, et livraient leur marchandise précieuse aux négociants arméniens, grecs et juifs du port. Pour tous, c'est la ruine, comme à Reims, où les Allemands ont pillé toutes les caves de champagne, tapissant les rues des villages de tessons de bouteilles.

« Chantera-t-on Noël à la cathédrale de Reims ? » se demande Paul avec nostalgie, songeant aux chœurs de

Montauban entonnant le magnificat de leurs belles voix de basses à la messe de minuit. À Monastir, ils auront le concert des corneilles et des hirondelles de neige.

– Si détruites qu'elles soient, les églises auront leur contingent de femmes en prière. Trop de souffrance renforce la foi.

Ainsi conclut le Niçois, attentif à hisser ses pièces sur les emplacements glacés, à occuper les cagnas aussitôt pilonnés par les tirs ennemis qui roulent dans la montagne aux pierres vertes recouvertes d'une neige drue.

**
*

Les zouaves sont partis avec retard. Le commandant Coustou est arrivé le dernier, muni des instructions catégoriques du général Leblois : économiser les hommes. Ne pas se risquer dans de folles entreprises avec son bataillon de zouaves, si éprouvé à la cote 1212.

Coustou n'a pas oublié en effet l'assaut de la position dite du Trident, construite en toute hâte par von Hippel avec des travailleurs turcs recrutés de force dans le village macédonien de Tapavci. Ils avaient attaqué avec les Serbes, clairon sonnant et à la baïonnette, comme au temps du père Bugeaud. Ils avaient capturé deux cent cinquante Prussiens exténués. Au matin, le cri de Coustou avait retenti : «Tout le monde en arrière!» Retraite précipitée. L'ennemi les fusillait comme au champ de tir, depuis un piton voisin resté entre leurs mains. Rasario avait des remords : il avait dû abandonner les camarades blessés pour sauver ceux qui pouvaient encore courir.

Attaquer de nouveau, dans la neige, sans protection suffisante d'artillerie, c'était aux yeux de Coustou un nouveau sacrifice imposé, pour dégager enfin Monastir en assaillant l'adversaire lui-même épuisé, quelques jours avant Noël. La surprise pourrait néanmoins jouer, et permettre de hisser le drapeau tricolore sur le pic sans nom, appelé sur les cartes d'état-major cote 1248.

Une opération sans envergure, se dit pourtant Pierre Coustou. Destinée à raffermir le moral des Serbes et des Russes, à faire croire à l'ennemi que l'armée française a gardé sa puissance offensive. Tout dépend des artilleurs : si les batteries sont assez nombreuses et bien éclairées par l'aviation, cette sale affaire peut réussir. Sinon les zouaves, une fois encore, devront abandonner aux loups leurs blessés.

Rasario et les restes de sa compagnie ont trouvé un abri possible dans une fissure calcaire de la colline. Cet embryon de caverne leur suffit pour l'aménagement d'un cantonnement convenable, à l'arrière immédiat de la première ligne de tranchées qui serpente d'un rocher à l'autre au bas de la pente. Il suffit d'aligner plusieurs piquets de sentinelles à l'avant, prêtes à donner l'alerte. Les camarades peuvent trouver à tour de rôle un repos avant l'action.

Vigouroux se porte volontaire pour la tranchée. Daniel Floriano le suit. Le caporal, revenu au corps, est toujours partant pour les missions dangereuses, comme s'il voulait se faire pardonner son séjour de deux mois à l'hôpital pour blessure légère, le rêve inconscient de tous les poilus. Les Français d'Afrique du Nord ont particulièrement à cœur de faire preuve d'un patriotisme exemplaire, pour montrer qu'ils sont français au moins autant que les métropolitains. Ils ont quitté leur centre de recrutement derrière le drapeau de la France d'Afrique, ils y croient de toutes leurs forces, aussi ardents au combat que les Lorrains ou les Valenciennois dont les villes et les villages sont à libérer, ou encore les Belfortins, toujours menacés.

Ben Soussan rejoint aussi Vigouroux pour la première veille, autant par patriotisme algérien que par pure amitié pour le zouave de Limoux. Edmond, le jeune homme au regard triste, n'est pas un guerrier fanatique, et le prestige de l'arme d'élite ne semble jamais l'avoir aiguillonné. À son arrivée au corps, il ne demandait qu'à jouer honnêtement son rôle en attendant, sans trop de dommages, la fin de la guerre et le retour au pays.

Qu'il recherche à ce point le sacrifice semble suspect à Ben Soussan. C'est aussi l'avis de Benjamin Leleu, le zouave de Dunkerque. Témoin des amours d'Edmond et d'Alexandra à Florina, fine mouche, il a pu constater le rapide changement de comportement de Vigouroux, surtout quand il s'est aperçu que la tendre institutrice, fille du ministre de la Guerre ultra-royaliste Metaxas, combattait aux côtés des *andartès* républicains dans la montagne. Depuis lors, Benjamin et tous les autres savent qu'Edmond ne pense qu'à la rejoindre, ou à se montrer digne d'elle.

Dans cette nuit du 22 au 23 décembre 1916, le calme est absolu sur la ligne. Les artilleurs allemands se sont-ils assoupis? Falkenhayn a-t-il toléré une trêve traditionnelle de Noël? Les canons français restent silencieux eux aussi, comme si l'offensive sur la cote 1248 était décommandée.

Émile Duguet n'est pas encore prêt à ordonner le tir. Il dispose seulement sa batterie et ses réserves de munitions, de même que le Breton Cadiou. La montagne est farcie de ces positions d'artillerie qui, pour l'instant, ne se manifestent pas.

Les zouaves se rassurent. Si le canon ne tonne pas à quatre heures du matin, c'est qu'ils resteront en ligne, immobilisés pour la journée. Ils ne peuvent imaginer que le prudent Leblois les lance à l'assaut sans aucune préparation d'artillerie. Coustou se souvient d'avoir vu, au passage à Monastir, des aérostiers débarquer des ballons des voitures. On attend sans doute la concentration des moyens avant de lancer les zouaves à l'attaque.

La nuit est longue et cafardeuse. L'approche de Noël impose à tous les regards les images du pays. Pour Floriano, c'est l'église cathédrale d'Alger, où toutes les familles en habits de fête viennent prier et chanter à la messe de minuit du cardinal. Pour Ben Soussan, la chaleur du foyer où s'endorment ses deux enfants gavés de gâteaux et d'oranges, tout près du lit de leur mère. Raynal, toujours présent au bataillon de zouaves, pense aux pierres sèches et chaudes de Cayriech, qui ont permis à sa bisaïeule de franchir le cap des cent ans.

Seul Vigouroux, aux avant-postes, semble ne penser à rien, écroulé dans sa niche, au flanc de la tranchée garnie de pierres, son fusil armé près de lui. Son désespoir est si profond qu'il en arrive à oublier les vignes de Limoux, et les sarments répandant dans l'âtre leur fine odeur de bois sacré, encore transi de sève.

* *
*

La journée du 23 décembre est aussi calme à la batterie d'Émile Duguet, en contrebas de la tranchée des zouaves. Au point que Cadiou, en position dans le secteur, vient aux nouvelles, comme on irait au bistrot le dimanche à Concarneau, voir les copains dont les épouses sont à la messe, agenouillées près des vieilles bigoudens en coiffes empesées.

— Ils attendent les ordres, lui dit Duguet, laconique — l'Alpin de Nice aime à prendre ces airs mystérieux qu'il a gardés de ses missions dans les services spéciaux. Ce ne sera pas pour aujourd'hui. Tu peux dormir tranquille.

Cadiou n'a pas envie de dormir, mais de parler. Il offre de la charcuterie bretonne, reçue de chez lui par colis la veille, et sa gourde de gnôle. Le saucisson est dur à couper. Il a tenu un mois dans la cale des navires, transbordé dix fois d'un cargo à l'autre, et peut-être encore quinze jours dans les services du courrier. Mais il a gardé le petit goût du pays.

— Il manque le cabernet, grogne-t-il. Et l'odeur de la mer.

Le brouillard envahit la vallée. On n'y voit pas à trente mètres. Les coucous de reconnaissance ne peuvent se risquer dans cette soupe épaisse et les observateurs en ballon restent cloués au sol. Cela explique sans doute le silence étrange des deux artilleries.

— Nous sommes conviés à un assaut témoin, dit Duguet au Breton qui ne le suit guère. Il ne peut s'agir d'une offensive. Nous ne disposons pas d'assez de troupes.

— Pourtant, les Italiens sont en secteur.

Émile ressasse les éléments d'information qu'il a obtenus de l'état-major de Leblois, désormais replié avec armes et bagages à Florina pour cause de bombardements excessifs à Monastir. Leblois a dû abandonner le bunker de Mackensen. Les courriers du général se faisaient tuer dans les rues par les explosions.

Émile se souvient que le renfort des 11e et 16e divisions coloniales ne peut être à pied d'œuvre avant la fin de décembre. Les hommes seront en ligne pour le jour de l'an. Ceux de la 16e sont prévus pour constituer, avec les chasseurs d'Afrique et plusieurs batteries lourdes, une réserve en cas d'attaque massive de l'ennemi dans cette région, ou d'une opération concertée avec l'armée royaliste grecque.

— Tu veux dire que nous avons tout juste les moyens de nous défendre? Pas question d'offensive? Pourtant, les renforts sont bien arrivés, deux divisions françaises au moins. J'ai vu quelques bataillons fraîchement débarqués à Salonique. Ils sont déjà sur le front?

— Non pas. Tu connais la capacité des chemins de fer grecs sur la ligne de Monastir : cent cinquante wagons par vingt-quatre heures. La brigade des Siciliens de Cagliari n'a pu passer qu'à raison d'un bataillon par jour pour se rendre jusqu'à Eksisu. Tu sais combien le débarquement de troupes en gare de Monastir est aléatoire.

— Voilà pourquoi nous avons crevé nos chevaux et nos mules! Seuls les zouaves ont pris le train.

— On ne connaît même pas les effectifs de nos amis serbes, qui doivent tenir l'aile gauche de l'armée. Leur général, le voïvode Boyovitch, qui ne peut lever de soldats dans son pays, et pour cause, a fait demander par Sarrail aux alliés italiens et russes de leur livrer des prisonniers de l'armée autrichienne et d'origine yougoslave, des Croates, par exemple, ou des Bosniaques. Les Russes ont promis d'en relâcher cinq mille, triés sur le volet. Ils n'arriveront pas demain. En janvier, peut-être, si l'on trouve des transports. Les plaintes de Boyovitch sur l'état moral de son armée sont exagérées, d'après Leblois. Sarrail leur a dit nettement : «Je n'ai personne», quand ils demandaient à être relevés. Ce qu'ils ne veulent pas, les Serbes, c'est qu'on leur enlève les deux brigades russes. Ils y tiennent comme à la prunelle de leurs yeux. Dès qu'il faudra repartir, ils partiront. Ce n'est pas demain la veille, crois-moi.

— Les renforts attendus ne permettront pas de compléter le déficit de nos unités actuellement au front. Dans ma propre batterie, des servants ont été tués ou blessés, ou encore malades. J'ai entendu un gradé raconter qu'il nous manquait 35 000 hommes, seulement pour recompléter les anciennes unités du front.

— Sur ce déficit, rien à dire, c'est exact. Il faut ajouter que 20 000 hommes à débarquer sur ces 35 000 sont destinés à notre front. Tu oublies notre déficit en canons, après la perte de tous ceux que nous avons dû céder aux Serbes, puis aux Russes et aux Italiens. Pour les trois divisions de notre armée Leblois opérant à l'ouest du front[1], l'artillerie est réduite à trois groupes au lieu de neuf. Sans compter le déficit en avions de chasse, de reconnaissance et de bombardement, qui manquent cruellement, alors que l'adversaire se renforce. Il ne reste presque pas de pièces d'artillerie pour nous. Nos batteries sont les seules dont dispose Sarrail pour arrêter une invasion sur le front de Monastir. Heureusement, l'ennemi ne bouge pas. Pas encore. Il n'est pas question pour nous, rassure-toi, de monter une offensive. Mais c'est une bonne idée de lui tâter le flanc grâce à l'attaque des zouaves. Nous verrons comment il réagira.

L'artilleur Cadiou n'est pas du tout rassuré par ce discours d'état-major. C'est assurément Duguet qui cherche à se rassurer lui-même, avec les éléments qu'il a glanés dans les bureaux de Monastir. Le Breton se demande pourquoi il

---

1. Il s'agit encore de la 57ᵉ division des Belfortins, dont un bataillon seulement est parti au repos et qui tient le front à l'est des zouaves jusqu'à la route de Prilep, de la 156ᵉ division à trois régiments et de la 11ᵉ division coloniale. Ces troupes dépendent, comme le 2ᵉ bis de zouaves, du QG du général Leblois à Florina.

est indispensable de « tâter » l'ennemi en risquant encore la vie des zouaves, un bataillon squelettique, maintes fois décimé, envoyé à l'assaut avec des forces d'artillerie insuffisantes. Il est vrai que, pour connaître mieux les intentions de l'ennemi, il faudrait des avions et du soleil. Pour cette sanglante mission d'exploration, le général Leblois n'a que ses zouaves.

* *
*

Les reconnaissances aériennes sont impossibles et Denain s'en afflige. Il risquerait jusqu'au dernier avion, s'il pouvait voler, pour répondre à la légitime curiosité de Leblois et de Sarrail. À la première éclaircie, il fait attaquer en rase-mottes, par ses chasseurs les plus rapides, la route de Prilep. Il est en mesure de confirmer la concentration de troupes allemandes sur Monastir, mais sans détails précis. Le brouillard gênant les photographes, le GQG ne reçoit plus de bulletins d'observations aériennes. Le *schwartz* est complet dans les bureaux de l'état-major de Florina.

On sait qu'un général allemand a installé son PC dans la ville serbe de Prilep au nord de Monastir. Là, il engage et encadre des milices bulgares ou macédoniennes, il fait tenir la montagne par ses *Alpen* et surtout, il a disposé dans la région une artillerie lourde renforcée comprenant jusqu'à des obusiers de 220 qu'il a fait grimper pièce par pièce, à dos d'hommes, grâce à l'inépuisable main-d'œuvre des Macédoniens bulgares. On ignore l'emplacement de ces batteries qui abreuvent déjà de projectiles énormes la ville de Monastir, comme si elle n'était pas assez détruite.

Le brouillard sert aussi les Français. Il est peu probable que l'état-major ennemi ait pu suivre le mouvement des zouaves et la miniconcentration d'artillerie devant la cote 1248, sauf si les *comitadji* espions, si méprisés par les généraux allemands, ont réussi à les renseigner. Si ce n'est pas le cas, bénéficiant de la surprise, l'attaque des zouaves aurait quelque chance de succès.

Il n'est que plus indispensable de faire combattre les agents bulgares par les Grecs de l'armée secrète. Vigouroux a aperçu vers la gare de Monastir la mince silhouette du chef *andartès* Mikaël. Il est clair que les partisans ont pour première mission de traquer leurs adversaires bulgares, de les empêcher de trouver gîte et couvert dans la population des villages détruits, et de les tuer quand ils tentent de rejoindre les lignes allemandes. Dans la montagne, les rares coups de feu sont amortis par la neige qui empêche l'écho de diffuser les sons. Ils sont seulement l'effet des exécutions sauvages, par les *andartès,* de *comitadji* surpris dans les passes glacées.

Émile Duguet connaît cette activité anonyme des groupes de civils encagoulés, qui s'étranglent mutuellement dans le brouillard. Le lieutenant Carcopino, du 2ᵉ bureau de l'armée Leblois, se tient toujours aux aguets, à Monastir, pour recueillir de première main les rapports des *andartès* et interroger les déserteurs bulgares qu'ils ont pu capturer.

Leurs déclarations seraient rassurantes si elles étaient vérifiables. Ils affirment que les Allemands ont de plus en plus de difficultés à faire marcher les soldats du tsar Ferdinand le petit, le Renard de Sofia, menaçant de mort les paysans ou les montagnards qui refusent de travailler aux défenses du front. Ils n'en seraient donc nullement à préparer une offensive.

En première ligne, dans la nuit du 23 au 24 décembre, Vigouroux tue de ses mains, à la baïonnette, un *comitadji* rampant dans la neige pour atteindre les lignes allemandes. Dans sa sacoche, un plan des emplacements français d'artillerie, y compris des batteries de Cadiou et de Duguet. La prise est d'importance. Il la communique à Coustou qui tire plusieurs fois sur sa pipe, signe évident d'inquiétude : si un courrier a été arrêté, d'autres ont pu passer.

Coustou retourne à son PC pour établir la liaison avec Mikaël, tapi dans un abri proche avec son équipe d'intervention. Il est temps, explique-t-il, de bousculer les Boches. Chaque heure qui passe joue en leur faveur. Les *comitadji* sont des Macédoniens payés pour les informations qu'ils recueillent. Les volontaires ne leur manquent pas. Ils sont tous d'origine bulgare, et leurs frères ou leurs cousins sont mobilisés dans la légion du tsar Ferdinand. Ils s'enrichissent de primes en accomplissant un devoir. Quoi d'étonnant au fait qu'on les recrute à la pelle ?

Le commandant des zouaves fait savoir à Mikaël le Grec que l'action débutera, sauf contre-ordre, le 25 décembre, jour de Noël, à la tombée de la nuit. L'équipe spéciale devra opérer dans l'obscurité, pour assurer la surprise. Les zouaves attaqueront à l'aube du 26, après deux heures seulement de préparation d'artillerie. Il vient de recevoir, par porteur, cet ordre du QG de Florina.

**
*

Pour la nuit de Noël, Ben Soussan, Rasario, Floriano et Vigouroux décident de descendre avec Paul Raynal, qui ne les quitte plus, dans la cagna de l'artilleur Duguet, bientôt rejoints par son voisin Cadiou. Noël mélancolique, en rien troublé par le canon allemand. Noël glacé dans un igloo impossible à réchauffer autrement que par la seule chaleur humaine.

Elle ne fait pas défaut. Les hommes obturent de leurs capotes kaki de l'armée coloniale l'entrée de la cagna ouverte dans le rocher, mais gardent les passe-montagnes et les gilets de peau de mouton. Ils se rapprochent les uns des autres et débouchent à la hâte les fiasques d'alcool fort venues du pays, tenues en réserve pour les grandes occasions : le cognac, la gnôle bretonne, la grappa de Nice qui réchauffe le corps et les cœurs. On épuise les cochonnailles de Cadiou, ainsi que les deux grandes boîtes de foie de Paul Raynal. Les zouaves d'Algérie sont confus, les colis de victuailles expédiés de chez eux étant quelque part en rade. Sans doute sur les quais de Marseille.

Ils osent allumer une lanterne sourde pour s'éclairer. Au moment de déballer la mortadelle, une silhouette surgit devant le rideau de capotes et l'écarte pour entrer dans l'abri; un homme de courte taille, masqué, agile. Duguet sort son pistolet. Une grenade est vite lancée…

– Ne tire pas! supplie l'arrivant Leleu.

Comment a-t-il eu vent de leurs agapes? Le Dunkerquois sait humer la brise et les bons relents de fine bouffe. Comme les Algériens, il n'a rien reçu de chez lui. Il est pourtant le seul à offrir, avec un modeste sourire, un dessert au festin des rois : des pâtisseries orientales, de sucre pur, qu'il a réussi à se procurer dans une maison bourgeoise effondrée de Monastir. Une vieille femme serbe les lui a offertes, en le suppliant de gagner la guerre. Il le lui a promis en l'embrassant.

Mourront-ils tous le lendemain? Une question qu'un zouave ne se pose jamais. La nuit de Noël a des allures de banquet funèbre où il est interdit de parler fort, de rire et de chanter, comme si l'on veillait déjà les victimes par anticipation. Des fraternisations? Pas question. Même ivres, les Allemands ne peuvent patauger dans un mètre de neige, sur des pistes non frayées, pour avoir le plaisir d'échanger du chocolat suisse contre des cigarettes de troupe. Ils boivent sans doute eux aussi dans leurs abris, sacrant contre le mauvais sort qui les a engagés dans cette affaire bulgare, sur le pire front de l'armée après la Somme et Verdun où ils ont perdu plusieurs centaines de milliers des leurs, souvent ensevelis dans la boue. Peuvent-ils se plaindre?

Les Français n'y songent pas. Leur seul regret lancinant est de songer que, chez eux, on les croit à la noce en Orient. Qu'ils viennent donc partager leur repas de Noël dans ce désert glacé, les sénateurs ventrus qui prêtent à Clemenceau une oreille complaisante, quand il leur tient des discours dans les couloirs bien chauffés du palais du Luxembourg sur les «jardiniers de Salonique». Ils sont sans doute enfin convaincus, après l'écrasement de l'armée roumaine, de l'urgence à voter des crédits pour expédier dare-dare des renforts en Macédoine. Les plus hostiles à l'expédition d'Orient retournent leur veste sans vergogne, affirment très haut que Sarrail doit tenir à tout prix, sous peine de faire perdre la Méditerranée aux Alliés.

Duguet, Leleu savent tout cela mais n'en parlent pas. Est-ce le moment, le lieu? Les hommes sont assez angoissés pour qu'on leur épargne le récit de l'impuissance et de la légèreté des gens de pouvoir. Ils y sont, ils doivent s'en tirer. Ils le savent et ne veulent rien entendre.

Ils ne parlent que du pays, celui qu'ils aiment et qu'ils n'ont pas oublié. Pays meurtri, Dunkerque : au lieu de la ducasse traditionnelle et de la foire au pain d'épice, les familles ont droit, chaque jour, aux salves d'un canon long, très long, détruisant à heure fixe une maison par obus. Si la guerre dure, il ne restera bientôt plus rien de la ville. Benjamin Leleu détourne de sa pensée ces images de ruines et Cadiou jure ses grands dieux que, dès son retour à Concarneau, il ôtera cet uniforme qui lui rappelle trop de mauvais souvenirs, et vite! à la pêche aux lottes avec les copains! Pour son Noël, il vient de trouver ce qui lui manque : la lotte à l'américaine!

— Les Américains ont encore un ambassadeur chez les Bulgares, et même à Berlin chez les Boches. Pas pour longtemps, jure Duguet. Ils seront bientôt avec nous!

— Noël est le jour du rêve. Tu peux rêver, Émile! J'ai lu dans le journal, assure Raynal, que le président Wilson demandait aux belligérants de faire la paix entre eux en affichant des buts de guerre précis. Il se pose en médiateur.

— Impossible, soupire Duguet. La France ne peut pas dire qu'elle veut la Sarre, ni l'Allemagne la Belgique, ni la Russie Constantinople. Vous verrez, si Wilson entre dans la bataille avec ses millions d'hommes et de chevaux, il imposera aux Européens une paix sans buts de guerre, sans annexions, sans victoire, avec le droit des peuples à disposer d'eux-mêmes. Nous aurons tout juste le droit d'espérer reprendre l'Alsace et la Lorraine que les Boches nous ont annexées en 1871.

— Tant mieux! Qu'il vienne vite, ce Wilson, rugit Paul Raynal, quoi qu'il nous apporte dans sa musette. Buvons à sa santé! Il est le seul à pouvoir nous tirer de là et qu'il ne tarde pas, sinon, il ne trouvera plus personne. Merry Christmas, Mr. Wilson!

* *
*

Le brouillard est encore présent au rendez-vous de l'aube aux doigts de rose – comme chante Homère le Grec –, dissimulant la vallée et les ruines de Monastir, environnant la tête des «cotes» d'un chapeau de plomb. Mais le soleil crève l'écran, vers dix heures, quand les Monastiriotes, croyant dur comme fer à la trêve, vont chanter Noël dans leur basilique à demi effondrée. Ils ne sont pas plus tôt entrés qu'un obus s'écrase dans le chœur, tuant le pope et quinze fidèles. Les chants cessent, des cris les remplacent.

Pendant toute la journée du 25 décembre, quatre canons allemands se relaient pour tirer à tour de rôle à une distance de dix kilomètres. Ils envoient aux soldats tapis dans la montagne et aux habitants de Monastir les «cadeaux d'usage», comme dit Duguet. Une bombe pulvérise une ambulance russe dans les rues de la ville. Un avion en fait exploser une deuxième, serbe celle-là, d'où l'on retire des morts et des blessés.

Le bruit court dans les lignes qu'une division française, la 17e, a quitté le front pour se rendre à Larissa, afin de tenir les Grecs royalistes en respect. Si les Allemands attaquent, le front sera crevé.

Dès l'approche de la nuit, la cordée des *andartès* se prépare à contourner le pic pour l'escalader par sa face morte. Des silhouettes en noir se découpent sur la neige, aux premiers rayons de la lune. Elles avancent à pas prudent, par un long détour à travers des espaces déserts. Raquettes aux bottes, cagoules sur la tête, elles suivent la silhouette massive de Mikaël le Grec, le seul à avoir pu repérer, la veille, les voies d'accès sans se faire surprendre. En queue de colonne, le commandant Coustou remarque une ombre plus fine que les autres, presque gracile. Il se garde d'intervenir. Les *andartès* sont entièrement maîtres de leurs actions.

Edmond le guetteur note aussi depuis son poste de surveillance le passage de ces fantômes de la nuit, assez loin sur sa droite. Il se doute qu'une opération est en cours, amie ou ennemie, et charge son Lebel. Rasario le met en garde : «Ils sont des nôtres, ne tire pas!»

L'attente est longue. D'heure en heure, les zouaves gagnent les lignes de départ, attendant le signal. Les baïonnettes sont enfoncées sur les canons des fusils. La consigne est de surprendre l'ennemi à l'arme blanche, de n'ouvrir le feu qu'au dernier moment, pour ne pas alerter l'artillerie.

Raynal est tout près de Vigouroux, des pains de dynamite dans sa musette. Il a rendu la position d'en face inexpugnable grâce à des rochers balancés tout au long de la pente. Il est aussi muni de fusées de toutes les couleurs qui signaleront l'avance des zouaves aux artilleurs, évitant ainsi une boucherie inutile entre frères d'armes. On a si souvent déploré les tirs des canons de 75 sur des biffins.

Quatre heures moins trente secondes. Pierre Coustou, qui ne quitte pas des yeux son chronomètre, siffle brièvement, presque avec discrétion. Les soldats s'élancent dans la neige, de proche en proche et sans faire de bruit, sur la ouate rigide craquelant sous les godillots. Des cris étouffés. La première tranchée bulgare est occupée par six cents volontaires qui poignardent et piquent, étranglent et assomment.

Les coups de feu sont rares et sporadiques. Coustou, un des premiers à sauter, constate que la position est tenue par des miliciens aux uniformes indiscernables tant ils sont boursouflés de couches de papier protecteur.

Alors claquent les fusils Mauser, et les rafales des Maxim. Les *Alpen* se sont réveillés et contre-attaquent. L'artillerie ennemie écrase les bases de départ, réveille au loin Monastir dans un déluge de feu. L'ensemble du secteur est bombardé. Dans les éclairs, on voit tomber les corps recroquevillés des zouaves attaqués au lance-flammes depuis les meurtrières de fortins en béton construits dans la position.

La surprise vient d'en haut. L'observatoire allemand érigé au sommet explose à cinq heures du matin. Les chasseurs de Denain rasent le sol, attaquent les *Drachen* qui éclatent comme des bonbonnes de gaz. Les batteries de 77 sont aveuglées, hésitent à tirer sur la mêlée d'infanterie.

Qui a fait sauter l'observatoire? Des diables vêtus de noir qui se glissent aussitôt vers les blockhaus, rampent sur le toit de béton, accablent les défenseurs de grenades rondes et quadrillées poussées dans les meurtrières. Ils ne sont qu'une dizaine à mettre la montagne à feu et à sang. Les *Alpen* ont à peine le temps de réaliser qu'on les attaque aussi par l'arrière : les zouaves ont pris la position. Paul Raynal peut tirer une fusée en signe de victoire, à l'intention de Duguet, de Cadiou et des autres artilleurs.

Il avertit aussi les Boches, par le même signal. Une salve d'obusiers le cloue sur place. À deux pas, il voit Floriano tomber, pulvérisé par des éclats. Rasario, Ben Soussan et Leleu surgissent, tâtent le zouave. Son cœur a cessé de battre. Les tirs se succèdent. S'ils veulent eux-mêmes sauver leurs vies, les camarades n'ont d'autre choix que de tirer les restes de Floriano à l'ombre d'un blockhaus et de l'enterrer là, à même le sol, dès la première accalmie.

La contre-attaque des *Alpen* est repoussée, mais les pertes sont très lourdes dans le bataillon du commandant Coustou, déjà fort éprouvé par les précédentes batailles. Aux côtés des zouaves ivres de poudre et de fatigue, les *andartès* rampent dans la neige pour faire sauter les dépôts de munitions. Ils allument un feu d'artifice qui éclaire brusquement le champ de bataille.

Vigouroux le valeureux, épuisé par des charges où il cherchait la mort, aperçoit alors, à quelques mètres de lui, une petite forme vêtue de noir, tordue de douleur dans la neige. Il la cherchait partout, se doutant qu'elle était de cette sinistre affaire.

C'est bien elle, Alexandra. Ivre de douleur, Edmond s'agenouille à son côté, arrache le passe-montagne, libérant la gerbe de ses cheveux blonds, l'embrasse sur la bouche pour lui rendre un souffle de vie. Un dernier soubresaut, les yeux de la jeune *andartès* se figent, son corps se détend. Elle est morte.

Dispositif de l'armée d'Orient en août 1916

– Général Sarrail, commandant en chef. QG de Salonique.

Armée française :
   – Général Cordonnier, puis Leblois, commandant les
forces françaises, QG de Monastir, puis de Florina (en
décembre).

   – 17ᵉ division d'infanterie. Général Gérôme.
33ᵉ brigade coloniale. 54ᵉ et 56ᵉ régiments coloniaux.
34ᵉ brigade coloniale. 1ᵉʳ et 3ᵉ régiments coloniaux.
Trois groupes de 75, un groupe de 65, deux batteries de
120 L. Quatre compagnies du génie.

   – 57ᵉ division d'infanterie. Général Leblois.
113ᵉ brigade : 235ᵉ et 242ᵉ de Belfort, 260ᵉ de Besançon.
114ᵉ brigade : 244ᵉ de Sens, 371ᵉ et 372ᵉ de Belfort.
Quatre escadrons de chasseurs.
Mêmes services que la division précédente en artillerie et
génie.

– 122ᵉ division d'infanterie. Général Régnault.

8ᵉ brigade : 45ᵉ et 148ᵉ régiments d'infanterie.

243ᵉ brigade : 84ᵉ d'Avesnes, 284ᵉ de Dordogne, 58ᵉ BCP.

Mêmes services d'artillerie et du génie.

– 156ᵉ division. Général Baston.

– 311ᵉ brigade : 175ᵉ de Béziers, 1ᵉʳ régiment de marche d'Afrique.

– 312ᵉ brigade : 176ᵉ régiment d'infanterie. 2ᵉ régiment de marche d'Afrique.

Mêmes services d'infanterie et du génie.

– Brigade de cavalerie. Général Frottié : 4ᵉ et 8ᵉ régiments de chasseurs d'Afrique. Un groupe léger de six escadrons à pied, un groupe de 75 à cheval.

– Éléments d'armée :

– Infanterie : 2ᵉ régiment bis de zouaves.

– Cavalerie : 1ᵉʳ régiment de chasseurs d'Afrique.

– 10 escadrilles d'aviation.

– Artillerie : trois batteries de 58, trois groupes de 105, un groupe de 120L et deux groupes de 120L à tracteurs. Trois groupes de 155L et trois groupes de 155 C. Six batteries de 100 TR et deux batteries de 16 sur voie ferrée.

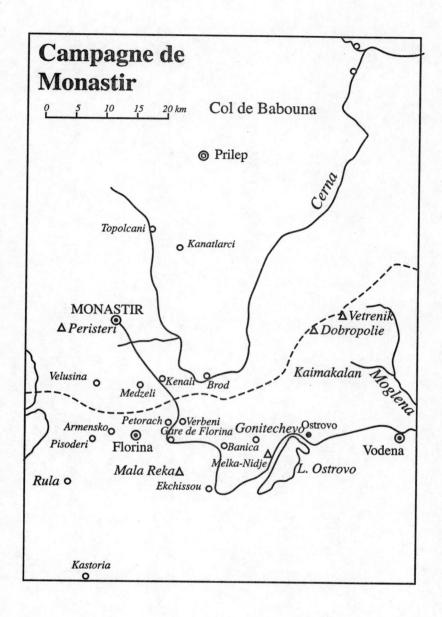

Campagne de Monastir

0   5   10   15   20 km

Col de Babouna

Prilep

Cerna

Topolcani

Kanatlarci

MONASTIR

△ Peristeri

△ Vetrenik
△ Dobropolie

Velusina   Kenali   Brod

Kaimakalan   Moglena

Medzeli

Petorach Verbeni   Gonitechevo Ostrovo
Armensko   Gare de Florina

Pisoderi   Vodena

Florina   Banica

Mala Reka△   Melka-Nidje   △   L. Ostrovo

Rula ○   Ekchissou

Kastoria

Table

DU MÊME AUTEUR

OUVRAGES D'HISTOIRE

L'Affaire Dreyfus, PUF, 1959.

Raymond Poincaré, Fayard, 1961 (Prix Broquette-Gonin de l'Académie française).

La Paix de Versailles et l'opinion publique française. Thèse d'État publiée dans la Nouvelle collection scientifique dirigée par Fernand Braudel, Flammarion, 1973.

Les Souvenirs de Raymond Poincaré, publication critique du XIe tome avec Jacques Bariéty, Plon, 1973.

Histoire de la Radio et de la Télévision, Plon, 1974.

Histoire de la France, Fayard, 1976.

Les Guerres de religion, Fayard, 1980.

La Grande Guerre, Fayard, 1983 (Premier Grand Prix Gobert de l'Académie française).

La Seconde Guerre mondiale, Fayard, 1986.

La Grande Révolution, Plon, 1988.

La Troisième République, Fayard, 1989.

Les Gendarmes, Olivier Orban, 1990.

Histoire du monde contemporain, Fayard, 1991, 1999.

La Campagne de France de Napoléon, éditions de Bartillat, 1991 (Prix du Mémorial).

Le Second Empire, Plon, 1992.

La Guerre d'Algérie, Fayard, 1993.

Les Polytechniciens, Plon, 1994.

Les Quatre-Vingts, Fayard, 1995.

Les Compagnons de la Libération, Denoël, 1995.

Mourir à Verdun, Tallandier, 1995.

Vincent de Paul, Fayard, 1996.

Le Chemin des Dames, Perrin, 1997.

La Victoire de 1918, Tallandier, 1998.

La Main courante, Albin Michel, 1999.

Ce siècle avait mille ans, Albin Michel, 1999 (Prix d'histoire de la Société des gens de lettres).

Les Poilus, Plon, 2000.

Les Oubliés de la Somme, Tallandier, 2001.

Le Gâchis des généraux, Plon, 2001.

ROMANS, ESSAIS ET CHRONIQUES

Lettre ouverte aux bradeurs de l'Histoire, Albin Michel, 1975.

Histoires de France, Chroniques de France Inter, Fayard, 1981 (Prix Sola Calbiati de l'Hôtel de Ville de Paris).

Les Hommes de la Grande Guerre, Chroniques de France Inter, Fayard, 1987.

La Lionne de Belfort, Belfond, 1987.

Le Fou de Malicorne, Belfond (Prix Guillaumin, Conseil général de l'Allier), 1990.

Le Magasin de chapeaux, Albin Michel, 1992.

Le Jeune Homme au foulard rouge, Albin Michel, 1994.

Vive la République, quand même!, Fayard, 1999.

Les Aristos, Albin Michel, 1999.

L'Agriculture française, Belfond, 2000.

Les Rois de l'Élysée, Fayard, 2001.

Les Enfants de la Patrie, suite romanesque, Fayard, 2002.

* Les Pantalons rouges

** La Tranchée

*** Le Serment de Verdun

**** Sur le Chemin des Dames

Cet ouvrage a été composé en Garamond par Palimpseste à Paris